陈巨锁 著

隐斁丛稿

陈巨锁自署

山西出版传媒集团
三晋出版社

出版说明

　　陈巨锁先生是我国书坛的章草大家，他生长于原平，工作于忻州，致力于艺事，未曾离开故土，却已是书名播于华夏了。有关陈先生的成就，他的好友，上海百岁老人周退密有所评述："先生生长于忻州，沐山川之灵气，得遗山之诗教，以绘事名噪朔南。予常读其诗文，均秀发有逸气。"我们以为，陈先生首先是热爱乡土的文化人，同时是一位胸怀天下、饱览山川、广纳艺术精华的艺术家。他的散文，集中于怀乡、情亲、壮游、艺事，是生活、感悟、虔敬的集中表现，诚如周老所言，秀发有灵气，特立于当代文坛，现有《隐堂散文集》、《隐堂琐记》、《隐堂随笔》、《隐堂丛稿》等行世。《隐堂丛稿》是先生近作，内容含故土忆旧，艺事杂谈，友朋交谊，序跋琐语，山河游览等等，无不情真意切，雅洁高远。其中所述艺林名人，如李苦禅、力群、麦华山、杨善深、孙其峰、董其中、王朝瑞等，不仅生动耐读，且为当代艺术界的珍贵史料，足可留意。

三晋出版社

二〇一三年七月二十六日

微动涟漪　复归平静 (代序)

　　本性疏懒，心唯闲适。自退休十数年以来，几无俗务之缠身，竟得清心而适意。诸事随缘，为而不争；一念不起，平静散淡；逍遥自在，夫复何求。

　　居忻之时，一日三餐，淡饭粗茶，食之有味，饮之弥甘。独处一室，有福读书，无事静坐。泡清茶一杯，抄佛经数行。偶欲作字，把笔挥毫，乱鸦满纸；忘却工拙，尽兴而已。偶然为文，翻展日记，整理旧稿，昔游之地，尽现脑海；或遵师友之嘱，写叙题跋，每抒友情，间有点评，亦管窥蠡测，为一己之见。虽未必中的，然皆真情实感，不作空虚之词，更无委蛇之笔。我待师友如是，料师友待我亦如是。

　　偶有旧雨相访，或值新朋见过，品书论画，忆旧谈往，时有会心处，相视一笑，快意半日，乐何如之。

　　早晚，与老妻相偕，步花踏月，散步于房前屋后或林荫道上，听鸟说甚，问花笑谁。

　　晚每与电视相对，世界风云，国家大事，民生哀乐，艺林趣闻，时相寓目，亦复关心。妻则每因电视连续剧，废寝忘食，不知倦怠。

而或结伴旅游，登山临水，访胜探幽，入琳宫梵宇，老妻礼佛，心存善念，恭之敬之，焚香叩拜；我则寻高僧大德，请益求教，聊披开示，心生禅悦。脚踏异国他乡，山光水色，民俗风情，古堡教堂，名画奇珍，亦让人留连竟日，而不知跋涉劳顿。

日复一日，年复一年，如是平淡无奇之生活，竟在任情适意中，斗转星移，一晃已过十余年。行文至此，"有所思而无思，惭愧惭愧"！（东坡语）

壬辰盛夏，承蒙地方领导之垂爱，为我举办晋京墨迹展。七月二十一日，展览在全国政协礼堂隆重开幕，中央首长亲临祝贺，著名书家咸来捧场，广大观众纷至观摩，这一切，令我铭感无喻。一时间，涟漪微动，浪花四起。时过未几，展览结束，于归小城，风止浪收，复归平静。不因好评如潮而妄自尊大，也不因时过境迁而身感寂寞，春去秋来，安然自足。生活散淡，一如故我，读书，写字，游山，看花。偶然兴至，伏案为文，记人、记事、记游而已，无非所见所闻，所思所忆，拉杂写来，又得数十篇。虽不足观，亦不忍弃，结集付梓，愿同志诸君有以教我。

陈巨锁

2013 年 3 月

目　录

故乡风景

　　故乡原平市屯瓦村，坐落在云中山麓，永兴河畔，东去原平四十里。山村四山环抱，一水中流，林木挺秀，人杰地灵。村分南北，俗称河南（南屯瓦）、河北（北屯瓦）。河北以烽火垆为中心。烽火垆者，古之烽火台也，高踞大梁之上，天长日久，风削雨蚀，人畜践踏，渐次低下。我之少年所见，已成一土丘矣。然其工用，仍不可小觑，凡村中发号施令之事，必由执事者立于烽火垆头，早年是先筛锣（敲锣），后喊话，后来是用喇叭喊话，通知村民开会、交粮、修路、支差……大凡涉及村民的公共活动，都在这烽火垆头传达或宣布。特别是在那日军侵华的年代，这里更担负着报警的任务，每有紧急情况，垆头便会有急促的打锣声，村民闻声而走，避入山中，霎时间，山村便会成为一座没有人烟的空村。烽火台消失了，烽火垆却似乎还延续着历史的使命，担当着烽火台应有的作用。

　　北屯瓦村围绕着烽火垆，房舍毗连起伏，道路转折高下。吾家在正街的楼门巷，东边有当铺巷，西边有油房巷，此三巷皆为尽头巷。正街东尽头有戏台院，转北而去是东巷廊，至东五道庙，转东向而出村口，有东河。戏台院南去有大道，过永兴河，便是南屯瓦。正街至西五道庙前，北去为西巷廊。沿西巷廊前去，有碾房，碾房前路分东西，西北去，可上二梁、大梁，并转至烽火垆头。东去一马鞍形的山梁，直通东巷廊。西五道庙西去为张家院，再西去为文殊寺和北屯瓦村小学。

　　这文殊寺可算是屯瓦村的一处古迹了，寺院有正殿三间，内供三世佛、四菩萨、二弟子、二力士。佛坛肃穆，法相庄严。南楼三间，为山门，建筑古朴，气度超然。登楼南望，寺前平畴碧野，绿树烟村，永兴河，清流漱石，浪花飞溅。南屯瓦古堡雄踞山头，老松蔽地，苍鹰盘空。山门左右，为钟鼓楼，值有进香者，则钟声镗镗，山鸣谷应。寺院东为禅堂，西为伽蓝殿，地藏殿，龙王殿。殿之廊下，古碑比列，多为明清镌刻。据碑记，文殊寺始建于唐，而大殿寺额为"成化七年"所立，有明代重修碑记多通。寺院青砖墁地，刺梅数丛，春夏之交，花光灼灼，香气袭人。山寺门前，古松数株，老干撑空，龙鳞斑驳，立于松下，松涛瑟瑟，如泣如诉。松围数尺，二人方可合抱，其树龄，当在千年以上，正唐时旧物也。寺有老善友管护，夫妇二人，无子女，皆垂垂老矣。然撞钟礼佛，尚有力气。寺东为小学，是我少年时读书处，校院有紫荆一株，亦上百年老树，曲干盘枝，颇有姿态，每年春天，花如云霓，香溢校园。值师外出，少年学子，嬉戏树下，或有爬于树上者，呼三喝四，其乐无穷。

　　寺之西为寺沟。沟前，有沙地坡坪，难为禾稼，浅草碎石，野花缀文，每夏雨连阴，数日天霁，浅草碎石上，则生地皮菜，携小铲，提荆篮，蹲爬是处，忙于掇拾，或有比我等先到老媪者，跪于地上，细心捡剥，还不时告诫我们，不要忙于抢夺，以免糟践天赐山珍。

复西去里许，至"石门沟口"，沟口两山对峙，天成石门。雨后，山洪自沟口外溢，轰轰然，声威甚壮。山之麓，渠之畔，有石青黑，状似青蛙，叫"蛤蟆石"，其地名"蛤蟆石湾"，湾前有水磨一盘，立轮打卧轮，卧轮连磨盘，为民磨面，昼夜旋转。磨主孙银台，腰缠绳索，操劳一世，累得不能立起行走，躬身九十度，踽踽而前，已是八十多岁的老人了，尚不肯在家休息，时常往水磨房检修故障。

绕过水磨，沿永兴河西北而去，距屯瓦村五里，为王家庄（今王家营）。半路有"大仙庙"，仅一间之小庙，然门头、窗棂间所悬红布多多，上书"灵应""有求必应"等字样，背柴者，驮炭者，多于此处歇歇脚，乘乘凉，看看庙，喝口山泉水，提提精神，然后上路。

王家庄，俗称"庄子上"，是仅有200多口人的小山村，清末曾出过一位举人，叫王耀武，他的两位孙子曾是我完小时的同班同学，他们没有享受过祖上留下来的荣华富贵，却背了一个家庭出身为地富子弟的沉重包袱，被压迫得半生缓不过气来。这山庄，也曾是虎豹出没的地方，有民谚曰："庄子上，老大（大音作代，老大为老虎的俗称）趴在窗子上。"村中饲养牛羊多多，早年间却常遭野兽的袭劫。

　　由王家庄西北去五里，是荆芥村，有我的外祖家。村居半山之上，爬上"东围坡"，有黑色巨石巍然而卧，石之侧一古松老干虬枝，西风中，松动山吼，常恐此地会有老虎出没，童年的我，误以为这里便是那武松打虎的景阳冈。这里有东西"围坡"的名目，想必也曾发生过围猎的故事。过"观音阁"，走不远，便是我的外家，门之西侧有老爷庙（关帝庙），内塑红脸绿袍的关圣人，长须飘洒，双目炯炯，作"读春秋"状。庙踞高台之上，有乔松护持，直干干云，气势凛然，我与同年仿岁的姨姐、表兄，常于松下剥松香松子、挖昆虫，兴致还不小呢。

　　此山村，在日军侵华时期，曾遭烧杀，我外祖家的两进院落，竟皆化为灰烬。外祖父的一位叔伯兄弟，是个读书人，有点书生气，竟遭鬼子杀害。一个宁静的山庄，一日之间，几成地狱。在我记忆中，破瓦颓墙残垣断壁中，是由梁柱而化成的木炭，孤儿寡母，是被惨遭杀害而遗留的破碎家庭。风景如画的荆芥村，也曾为我留下过如此惨绝的印象。

　　过荆芥村，又十里是文治村，有外祖母的故家，我曾跟随外祖母前去看戏。因为年纪小，对文治村，没有丝毫的印象，后来这村里曾出了一位声名显赫的打虎英雄张三虎，打虎故事发生在上世纪五十年代初，其时我已在崞县城内的范亭中学读初中。记得张三虎因打虎事迹得以参加全国英模表彰会，自京归来，在县城中南门外瓮圈的戏台院举行了隆重的欢迎会。六十多年过去了，华北虎已经绝迹，保护野生动物，已成为人们的行为准则，昔日的打虎英雄，放在今日，或许等待他的将是牢狱之灾。

故乡的风景已写到二十里外的外祖母的故家——文治村了。返回村西的水磨旁，略作小憩，然后沿永兴河的支流西去，则是另一番境界了。入沟有"寺塔坪"，寺塔无踪，空留其名，山之麓，小河溅石，明灭可见，顽石迭出，彩错可喜。河之畔，垒堰淤地，土砂参半，养种糜谷、山药，薄有收成。山脚坡梁，野生杨桃梢，十分茂密。少年时，我曾偕同姑、叔，到此采撷杨桃梢叶，以补家中青黄不接。沿溪而进，山愈深，景愈奇，悬崖峭壁，林木蔚然，山花竞放，野趣横生。方十里，有"滴水崖"，水自高崖落下，白练飞来，寒气逼人，声震崖谷，薄雾迷空，忽彩虹化现，似长桥架起，真人间仙境。偶然仰望，高山之巅，水口之侧，一石挺然而立，若仙人临流，顾盼传神，此正崞县八景之一"石神瀑布"。此景地处深山，道路崎岖，游人少至，然而古往今来，却也不少诗词题咏，兹录当时人李梗诗《石人瀑布》，以见一斑："灵岩岑寂一泉飞，疑是霜纨挂翠微。泉上神人谁巧作，年年独立对斜晖。"山中景趣，因时而异，亦因人而异，各有偏爱，任其撷取。

由北屯瓦出东巷廊，下缓坡，有小河，源于村东，遂名东河。东河之西，有山叫"珍珠花梁"，缘于梁之上下，为珍珠花灌木丛覆盖，春夏之交，珍珠花竞放，绿叶相衬，片若朵云，洁白无瑕，甚是可爱。花中一树特立，为紫檀，果实成熟之时，常引儿童缘木采摘。东河之东为"照山"，山之阴，松林如屏，山之巅，有老松数株，松荫之下，一庙拥出，为"老爷庙"，庙中塑关帝，墙之东西壁彩画三国故事。我曾为这些公案画留连半日。画面新新，色彩焕然，据说新壁画完成于民国三十年间，匠师为小原平武全鳌。这照山，其景致，在冬季雪后更为清奇，高山积雪，青松挺秀，古庙凝寒，雪地上留下的是狐兔的脚印，松林间传出的是鸦鹊的呼唤。山静似太古，岁暮待新年。是时也，"东河"封冻，长冰成场，每当傍晚放学，偕同学三五径往东河"打滑擦"（溜冰），嬉乐无竟，待夜色十分，方分头回家晚饭。

沿东河北去，经官地、旱叉、爬土岭（音里），入西营（村名）境，过岭头，数十步，有一石，状若老虎，高卧路侧，以镇山阿，人称"卧虎石"。对之，常令我想起家中的一副对联，"丑石半蹲山下虎，长松倒卧水中龙"。这卧虎石正得其仿佛。下岭有桥高架两山之间，桥下有水淙淙，桥头立碑建亭，亦过路人小憩之所也。

过桥未几，便进入西营村，临街有戏台，对面为神厅，戏台院有古槐数株，槐荫匝地，风送清凉，每当村社祈赛，锣鼓之激越，丝弦之悠扬，生旦之俊俏，净末之诙谐，常引观众之喝采而放声叫"好"！小小山村，每当静夜开戏之时，即使不便出门的翁媪，睡在炕头，高腔戏文也能凭借风力传入窗棂，声声入耳，让人品咂其传响流韵。

从屯瓦到西营五里，从西营到神山村十里。西营至神山路上五里处，有"红崖湾"，高岩陡峭，石赤如染，纹理若披麻解索之皴,乃风雨雕蚀所致也,可入画,为奇观,仅赘一笔。

神山村西口,有古庙,每年农历五月二十日有庙会,祀"麻线娘娘"。会时,将"娘娘"由石白之五峰山请入神山,供于神厅之上,大戏三日,热闹非常,少年时曾随姑、叔往观焉。

北屯瓦戏台院侧南去是一条大道,行半里,便是永兴河,俗称"大河",大河之南半里,便是南屯瓦,俗称"河南"。大河之南,有水磨两盘,北磨磨主为陈在鱼,南磨磨主为赵修和。欲入南磨,大路之侧,有一小斜路,穿过小树林,便到磨坊。磨渠下有白杨棵棵,直干摩天,树冠硕大,枝叉间有喜鹊窝,每上磨,时闻喜鹊鸣叫,大人言"是喜报"!为之高兴。早春,小树林中,偶有黄鹂、戴胜、百灵鸟飞翔出没,令人出神寻觅,更有布谷声声,亦悦耳可人。若冬雪迷漫,唯白杨树上的一团团寄生草夺人眼球,厚厚的绿叶衬出圆圆的果实,金黄而透明,在雪白的银色世界,着实的亮丽和晶莹。

"河南"一村,南倚"照山",西靠古堡,北面是自古堡延伸而来的大梁和二梁。大梁和二梁上以及照山下,是密密麻麻的房屋,房屋间有高高下下的街道。大街之上,有小河一条,自西而东流淌,以供人们汲饮。早上是挑水和饮骡马的时刻,出入的多是男人,上午,姑娘和媳妇们坐在河边洗衣裳,捶敲声中夹杂着欢笑,传播着家长里短的故事。

河南的照山，除去山头上有两三棵古松外，便是满山的橡树，本地人称为蔡树，夏秋间橡树结出橡实，叫做"橡壳壳"，拾着玩。据说若遭年馑，这橡实可磨面以充食粮。

村中有"花大门"者，乃清末举人赵登洲的故宅，因门上画有"神荼郁垒"的神像，遂有"花大门"之名目。我少年时，所见其家境，已经败落多年，唯庭院深深，尚存气派。赵登洲善书法，尤工欧楷，我上完小时，学校门额有"蒙以养正"四字，为其手笔。土改时，其子赵国珍，定为恶霸，在批斗中，施以棍棒，一命呜呼。

村之东有大庙一座，雄踞垒台之上，俗称"东寺"，内祀真武大帝。后改为生产大队部，庙中塑像，则荡然无存了。

这南屯瓦，有一条商业街，地处"油房邸"。街之两侧，店铺林立，柜台高起，日杂百货，应有尽有，往来顾客，不绝如缕。酒房，油房，车马店，人来人往；铁匠铺，临街而设，炉火照天地，锤声动四邻；钉掌铺，骡马加铁掌，慰藉卖炭翁。

屯瓦完小地处"油房邸"，傍临"观音阁"，阁悬"慈航普度"四字匾，课余，常于阁中嬉戏，少年无忌，观音大士自然是不会怪罪我们这些顽童的。

出观音阁，便是通往袁家庄的道路，路分大道和小道，大路行车马，小道供人行。出村方一里，是叫"白杨泉湾"的地方。山凹中，老杨树七八株，树下山石间，有泉涌出，顺小渠默然下注。泉之侧，树之阴，有坟垍五七个，杂草丛生，墓门已不可寻，此正吾家之祖坟。少年时，曾跟祖父祭扫过一次，待祖辈人一一过世后，此地便很少有人知晓了，清明时祭扫，只到新坟了（新坟也有八十多年历史了）。

由屯瓦东去袁家庄五里，袁家庄村外南山脚下路之两侧，各有巨石一块，传说二郎担山至此，被秽气所冲犯，便不复前进，留巨石，石之上尚存脚印。少年时过此，每登巨石，以访察印记为乐趣。此地南山，一岭逶迤，五峰起伏，自袁家庄至南屯瓦，直抵"照山"前，两山状若相搏，有所谓"五虎斗一龙"。

由袁家庄东去五里为楼板寨，在历史上，此处亦为战略要塞，两山夹峙，一路中通。范仲淹有《楼板寨口》诗曰："数年风土塞上行，说著江山意暂清。求取罢兵南北去，满楼苍翠是平生。"

范文正公是诗，所指确否此"楼板寨口"，很难说，然在《崞县志》的《艺文志》中早已赫然录入，姑妄存之。

由楼板寨再东去五里是北大（音代）常、南大（音代）常。旧历四月十七日，南大常有庙会，是"崞县四大会"之一。庙会期间，游人如织，古庙之中，求神进香者，络绎不绝。曾见有身系绳索，肩枷铡刀，神情肃穆，被数人拥入庙堂之上，乃为还愿者，观之，亦令人胆战心惊。庙之周围，席棚四起，饮店比肩，酒香四溢，热气腾腾，堂倌吆喝之声，不绝于耳，更有百工杂耍，无不引人驻足观看。一日游观之乐，乘兴而来，尽兴而归，花一角钱，穿五个"麻叶"，踏月返家。祖母见之，亦复欢喜，似乎也多少领略到一些庙会的气息。

故乡山水，似乎对林林总总的山作了一些粗略的展示，对于水，只谈了固态的水，那便是在"东河"中溜冰的情况。北屯瓦村之西南，有泉一口，以石砌之，深可尺许，方广不足三尺，油砂铺底，下有泉眼五六孔，汩汩喷涌，若开锅然，气泡上浮，作开花状，其水夏凉冬温，泉中生小虾，蜷曲着半透明的身躯游弋着，有时竟入担水人的瓢中。此泉虽小，却供着北屯瓦西半村人的食用，真是取之不竭，用之无尽。泉之南向，有一小口，泉满外溢，遂成一小渠。至冬日，水不结冰，白气浮荡，渠水中，荇菜油绿喜人，在冰天雪地中，是一抹醒目喜人的景致呢。

此泉之外，尚有小泉数孔，择地而出，汇合而流，便是大家所称的"南河"了。南河皆泉水汇聚而成，终年长流，为女人们洗菜和浣衣的处所。夏日，南河之岸，蓼花垂红，南河之水，荇菜舒绿，捣衣之声，响回南山，更见鱼针住空，蜻蜓点水，蛙鼓鸟过，情兴无穷。

"南河"之南，便是"大河"（永兴河）。每逢春旱，水落石出，河床半现，青石、麻石、马牙石，各呈姿色，见有所爱者，捡选回家，陈之柜头，随时玩弄。值炎夏，天热难耐，则偕同学三五，濯足河中，得一份清凉。玩得忘情时，开打水仗，衣裤皆湿，换来的是母亲的训教。夏秋之交，多有暴雨降临，其时也，山洪暴发，水患肆虐，声震河谷，巨石滚动，林木为摧，长桥垮塌，土地冲毁。南北屯瓦，道路断绝，天各一方，虽有要事，也不能往来。

过三五天洪峰退去，水声减却，河床中巨石横陈，村中壮汉，挽裤下水，清理淤杂，疏通河道，搬放"踏石"，南北阻隔，方得解除。天长日久，大河复归平静。冬日来临，大河封冻，这里又成了儿童少年的游乐场。

谈故乡的水，还有一条渠，也是我永远不能忘怀的。这是一条流经北屯瓦村长街的一条彩带，虽没多少神奇，却充溢着山野的光华和灵气。水自孙银召老翁水磨的东北由永兴河中引入，流经蛤蟆石湾，石门沟口，入寺门道。渠之两侧，青草护堤，杂花竞艳，渠中之水，清流一脉，泛彩映花，掬饮一口，甘甜而爽心。上下田垅，稼禾满眼，新麦随风，碧波荡漾，适有老农灌溉，分水畦田，此正"一水护田将绿绕"之境界也。渠水流过文殊寺前、张家院外，沿长街而东去。村人凌晨汲水、饮马、洗菜，于前响，洗衣者沿渠而坐，谈笑风生，今日想来，的似那兰亭修禊之时曲水流觞之景致。水至戏台院转一个90度大弯，由东去而南流，然后再转大弯，绕过戏台背后，流入"下河"（上游为"东河"）。渠水自春及夏而秋，一年有三季，长流无倦，亲近田亩，亲近树木，亲近六畜，泽惠黎庶，功莫大焉。入冬，大河封冻，则不再引水入渠，渠无清流，落叶填充，一经大雪飘盖，路面与渠道之界线便浑然不辨了。山村归之于宁静，唯鸡鸣犬吠之声和驮炭道上骡马的铃铎声，清越而传响，际此，祖母催我穿好衣服，提起书包，急匆匆去上小学，在雪白的长街上留下一串串醒目的脚印。

2011年5月29日

故乡人家

　　我的故乡屯瓦村，旧属山西省崞县，上世纪六十年代初，改为原平县（今原平市）。屯瓦村四山环抱，一水中流，吾家祖宅坐落在永兴河北当街的一条巷道内，有人称之为"陈家巷"。北屯瓦仅有一条正街，西起文殊寺，东至戏台院，长不过二里许。当街有陈家巷，说是陈家巷，其实巷中还有孙姓、赵姓的几户人家。巷之尽头，便是吾家的祖屋了，砖碹门洞，上饰垛口，下雕砖额，书"安贞吉"三字，颜体正楷，施以洋蓝色，煞是醒目，而不失庄重。两扇黑漆门，上有门钉三排，辅以铺首，颇见气派。入门，有照壁一座，青砖瓦白粉墙，高置须弥座上，修短适度，简洁大方，座下有"泰山石敢当"五字，为欧体楷书。转过照壁，是一个方方正正的四合院，院之北，地基高起，上盖正房五间，是我曾祖父年代的遗物，少说也是百年老屋了。当心间安隔扇门，与东面两间相通，住着我的八祖母，当心间作储藏室，俗称里间。外间，作起居室，靠东一间，一盘大炕，直至花窗下。靠西一间，临后墙贴炕，垒锅台，左置风箱。靠西墙放躺柜，躺柜与风箱间放小立柜，躺柜上置红木小插屏一件，内装清宫画院如意馆画家屈兆麟所作墨笔"松鹤图"。插屏两边，各置粉彩帽筒一个，还有细瓷小盖碗茶瓯，也极讲究。八祖父在京经商，年节时回家团聚，带着一个手摇戏匣子（留声机），唱片大多是京戏，我记得有马连良的《空城记》，还有一张"洋人大笑"的片子，听着听着会让我们跟着笑起来，甚至笑出眼泪来。八祖母手巧，画窗花，捏花馍，总是把年节安排得有滋有味，有声有色。扯远了，说建筑，扯到了屋子的主人。（后面的文字也不免会这样写下去。）正房的西面两间，已经破旧不堪了，我祖母作柴房用，内中堆满了柴草。正房当心间的檐台下，有砖砌台阶七级，台阶两侧有水磨砖"响擦"（滑道），是我童年时常常玩耍的地方。

正房的屋檐下，挂着三面匾，中间一块上书"乡饮宾者"四字，匾之后住着一群野鸽子。每当黎明，它们便会"歌咕歌咕"地鸣叫，声音不大，很好听。西房四间，其中三间连盖一齐，靠南一间，略略低下，叫做"小西房"。大西房，祖母住两间，我和母亲、妹妹住一间。祖父、父亲在原平镇上经营着生意，偶尔回家看看。母亲去世得早，仅活了三十二岁。所幸我和妹妹有祖父、祖母呵护着。"小西房"是祖母夏日作伙房用的，平时堆着一些杂物。南房一溜儿，也是五间的地方，东边的街门占去一间，西边的厕所占去一间，中间的三间作祖母的米面储藏室，靠后墙摆有一张八仙桌，上供神龛，龛前摆满了香炉、蜡台、灯盏。我记得有两只绿釉石狮子，头顶一个小灯盏，每当年节，灯盏中加满麻油，放入新棉花搓成的灯捻儿，将灯点亮，祖母敬香燃纸，虔诚叩拜。叩拜后，又总会从供品中取出一两样"茶食"给我享用。

东房三间，两大间一小间，大间在夏日为八祖母作伙房，平时炕上堆满杂物。日本侵华期间，大约在1940年左右，日军闯入我村，当时人们未能及时逃出村去，大人们把我和大我三岁的"九姑姑"（八祖母的女儿）藏在大东房的筐箩下。不懂事的我们，听到狗叫人喊，竟从筐箩下钻出，爬在窗台上看日本人的进进出出，所幸没有遇害，也让大人们惊吓一场。至于一间的小东房，则是"九婶"（八祖母的大儿媳）的起居室。

四合院儿，青砖墁地，院中有三个窖，冬天储存山药、萝卜；还在正房的檐台下垒了两个花畦，种些花草，有海那花（凤仙花），臭金莲（万寿菊），黄菊花，芫荽花（波斯菊），步步登高等什么的，有时在大花池中，种上莲豆、南瓜，到夏天傍晚，坐在瓜棚豆架下，和祖母乘凉，听听挂在家门旁用"茭皮皮"编制的笼子里"蚂蚱（蝈蝈）"的鸣唱，看看"天河"两岸繁密的群星，说些老旧的"牛郎和织女"的故事，待双眼犯困时才回家睡觉。在这个四合院，我从出生到十五岁离开故乡时，几乎都是在这里度过的，这院子里发生过许多林林总总我知道的故事，还是日后再说吧。

出大门紧邻的"楼门院"，是我三曾祖父家的院落，大门坐西面东，高高的门楼下，穿过黑漆大门有长长的通道，走完通道，是一个崭新的四合院，正房五房，西房三间，东房三间，南房两间，紧临南房西侧是一座面东的大照壁，正对大门的通道，照壁之后，四合院的西南角有一个小院子，内中有柴房、厕所、羊圈等。四合院是三曾祖父时修盖的，门窗上的油漆还放着光彩，满院的方砖，还没有一个小坑儿。西房后面的一棵大榆树，垂下满院的阴影，星星点点，疏疏落落，庭院深深几许，静谧安宁中我常到这个院落中，寻找和我同龄的十姑姑叫"粉鱼"的去玩耍。"十姑姑"的爷爷便是我的三曾祖父，他小名叫"应娃"，大名叫"陈佩伟"。佩伟公在北京地安外鼓楼前经营着绸缎庄"乾泰隆"，是掌柜的。当时交通不便，他从村里到北京，坐着骡驮轿，俗称"架窝子"，要走上十天半月的。他有两个儿子，大儿子，小名叫计劳，大名陈礼，便是我的"七爷"，随父在京经商；二儿子小名叫"二劳"，大名"陈智"，便是我的"九爷"，"九爷"早年在北京大学读书，毕业后，一生从事教育事业，晚年在山西大学历史系执教。三曾祖父原配夫人去世后，续弦的是一位北京旗人，她身着旗袍回到了我们的山庄窝铺，便成了山村人们争相观赏的对象，似乎大受刺激，听说回京后便与"三老爷"分手了。后来"三老爷"在故乡找了一位老伴，便是我的"三老奶"，她活了很大的年纪，到上世纪五十年代还在世。"三老爷"却只活到1937年，在京病逝后，子侄们扶灵柩回到老家屯瓦，因名声在外，安葬后不久，便遭到了盗墓者的荼毒。这些故事，都是祖母讲给我听的，因为"三老爷"辞世时，我还没有降生。再说说"七爷"，后来染上了烟瘾，成了瘾君子，偌大的家产除了一所大院子，几乎让他变卖光了，到了土改的年代，他家还是定成了"地主"成分，他自己外逃了，丢下他的妻子就是我的"七奶奶"，被吊、打、烫、磨，还是一无所出。到后来，楼门院分配给贫下中农"换元奶奶"和孙存堂家。

与楼门院斜对门的是赵家，主人赵高明，我们叫他"高明爷"，虽说名字叫"高明"，他却是一位瞎老汉，他会"测日子"、"算卦"，但往往是算错的，可奶奶与八奶奶有事时还是不忘求他去算一算。他有两个儿子，他和大儿子"敬先爷"（村中人，凡辈份大的，都称某某爷，再高也只称爷）住在一起，生活过得紧巴巴的，有个孙子叫赵秀才，是我小学的同学，高明爷希望家中出个念书人，便给自己的孙子起了个"秀才"的名字，这位赵秀才，后来在本县同川做了中学教师，没想到，有人诬告他在厕所中写了反动标语，调查虽没有结果，他还是被除去了教职，被迁送回村监督劳动改造。过了十数年，他才被平反昭雪，重新回到了中学的岗位上，你说冤不冤。

顺巷往出走，便是坐西面东的孙成龙家，大院也颇整洁，大上房五间，高高大大，东房三间，两间住着孙成龙的大儿，我称"天宝爷"，是个拐子，背地里人称"拐天宝"，他虽有妻室，却长期住在娘家三吉村，他贪赌，有烟瘾，一个人生活着，善说书，"三侠五义"、"水浒传"、"三国演义"等熟背如流。他的家，经常聚集着不少人，听他说书，倒很热闹，当不寂寞。秋冬之际，他还为人"熬鹰"。在房梁上挂一横杆，架鹰其上，晃动绳索，横杆荡来荡去，不让鹰隼睡去，为之"熬鹰"。一面说书，一面"熬鹰"，屋内充溢呛人的旱烟味，迷漫着缭绕的烟雾。西房三间，其中大间住着"万宝奶奶"和她的子女们。"万宝奶奶"是"天宝爷"的弟媳，"万宝爷"早逝，"万宝奶奶"寡守着一女两儿，大儿叫"福如"，小儿叫"福禄"，就是大我四岁的孙育华先生。他大学毕业后，一直从事教育工作，做到了忻州师专的副校长，今年七十七岁，还为师范学院中文系的学子们传道授业讲着课。然而在他少年时，我们虽同住一条小巷，却很少见面，这是因为他常随母亲在他的外祖母家生活度日。

"天宝爷"家对门是一个场院，内有低矮的正房和西房数间，是堆放麦秸和柴禾的地方，院内杂草丛生，似乎很少有人出入。巷口内面东的一家，很久没有人住着，黑漆大门紧锁着，砖碹门额上，雕着"唯善唯宝"四个行草字，是本村文人孙鹏云的手笔。这处住宅建筑似乎没有多少年，它的主人是孙应龙儿子孙凤岐和孙凤鸣弟兄，和"天宝爷"是本家，兄弟二人在外读书、工作，便留下一处空空如也的宅第，解放初年，这里曾作为北屯瓦临时小学的处所，我上小学，就是从这里开始的，出家门，不用出巷口，就到了学校，实在是便捷得很。

出巷口西向，坐北向南的第一家，主人是陈如生，他虽也姓陈，和我家却不是同宗。陈如生在解放战争中支前抬担架被飞机炸死了，被追认为烈士，当时支前叫"支差"，他的女儿叫"然然"，哭爹道："为了一块大洋，你支差送了命，让我怎想你啊，我的爹啊！……"再说这"然然"，她嫁给一个"小原平"村的纸匠武同鳌，他和哥哥武全鳌有上好的手艺，北屯瓦村东有照山一座，山头乔松深处有关帝庙，俗称"老爷庙"，庙内山墙上画的是三国故事的公案画，我儿时上山游玩，常对着那些精美的图画出神，这壁画就是武全鳌和武同鳌兄弟完成的。"然然"有个儿子武还珠，我们在一个小学读过书，五十多年过去了，不曾见过面，也不曾有他的信息。

西去的第二家是赵肉娃，他有三个儿子，大儿子赵映山，住在南屯瓦，某年赵映山和他的儿子在风高月黑的深夜，竟在家中被人杀害，给全村的人们带来一场震惊，他们家到底得罪了什么人，结下了如此的深仇大恨，遭此恶报，一时间众说纷纭。二儿子娶了我母亲的姑母，我童年时常跟着母亲到"老姑姑"家走动。三儿子小名叫"映月"，大名赵春殿，作过我小学时的老师，我们称呼他为"赵先生"，他写得一手好的赵体楷书，曾为我题"仿引子"，也为我的习字作业画过不少红圈儿。

西去的第三家赵科元，他的小儿子赵银鳌，也是我小学的同班同学，他似乎很小就有一些白眉毛，因而我记着他。银鳌有一个哥哥，小名银套，耳聋，人称聋套。

过赵科元家的墙角，又是一条北向的尽头巷，入巷不远，有一个坐西向东的大门，不知是谁家的宅院，这里曾作过油坊，所以这条巷，我也叫它"油坊巷"。这油坊巷与我住的巷子所不同的是，这巷子中，还分出了叉子。先说东去的一叉，入口，有坐北向南两个大门，西门住着"治治爷"，他有两男一女，长子赵润久，次子赵润堂，女儿赵润芝。东门正房住赵千年，妻子也已过世，也是两个儿子，东屋只有一个单身女子，叫赵引鱼，她的父亲在工作，叫赵万年。我"九姑姑"与赵润芝、赵引鱼同年仿纪，常在一块踢毽子，抓石子，我跟着"九姑姑"也多次来到过这些破旧的土院落。再说西去的一条，坐北向南的一门，内住两家，正房住赵二肉夫妇和他们的孩子们，西小房住赵周堂夫妇，下空西房两间，我的八奶奶一家曾借居其间。（土改时，八奶奶的成分定为富农，原宅都贴上了封条，只得找房子寄居，后来复议成分，改订为中农，遂让搬回原宅。）

西叉的尽头，住着孙玉科一家，"玉科爷"会"滚鹰"——驯鹰猎捕野鸡（雉鸡）的第二程序。在广场上，架鹰人手持"七寸"（系在鹰腿上的一根短绳索）站立一方，另一方五、六丈外是"玉科爷"手持公鸡，向鹰隼吆喝，被熬得饿极的雄鹰向公鸡猛飞过去，吃上几口，驯鹰人把鹰和鸡分开，重新对立，再作吆喝，三日五日，如此驯练，养鹰人便可"出坡"寻猎了。我"八爷"喜欢玩鹰，我小时候便看见过"玉科爷"驯鹰的场面。再说这"玉科奶奶"，某年夏天，她正在"小东梁"的地里薅谷，偶一抬头，两只狼已在脸前吐着舌头向她审视，她猛然跃起，从几丈高的山头跳下崖底，狼被惊走了，她却摔坏了腰，人们用担架把她抬回家，卧床几年，才得起身。老夫妇俩有个儿子，就是孙润武，从小喜欢画画，在他家附近的墙壁上，常能看到他的作品。他后来也在忻州工作，近年来竟迷恋起书法来，写了不少字，还参加了全国各地的书法展览，也是令人高兴的事儿。油坊巷尽头住着赵肉罕，他的儿子赵玉开、赵玉轩也是我的小学同学，后来皆在省城太原工作。

出了油坊巷西去，仅二、三十步的路程，有一条北去的大巷，人称"西巷廊"（音西黑浪），巷口路西有座"五道庙"，因庙在村西，称"西五道庙"。庙西便是"张家院"，临街有砖碹大门，上有砖雕四字"和气致祥"，也是孙鹏云的手迹。张家也算北屯瓦村一大户人家，多处院落几乎连在一起，似乎是在村西一片空地上新盖的。这"和气致祥"的家院，没有北房，西房住着张四计，南间住着张五计，东房住着张六计，三兄弟分门另住，皆养着牲口，以务农为生，虽为农民，却也殷实，各自过着日出而作，日落而息的安稳生活。唯四计爷仅有的一个儿子去世早，给他留下了孙女"英英"，后过继了侄儿张奎龙的二儿叫"怀珠"的来"顶门"。

从张家院西去，不远处便是"文殊寺"，寺建高岗之上，顺石板路"之"字拐进，则到寺之山门，面前陡起一座南楼，左右分列钟鼓楼，楼前有石条台阶几级，阶侧有小石狮子一对，亦复朴拙古雅。

楼之前，岗之西，有乔松七八棵，疏密有致，将鼓楼掩去了半截儿。从山门东侧之旁门入寺院，见正殿三间，内供三佛四菩萨二力士二弟子，东为禅房堆柴禾，有子孙殿，供观音。西有伽蓝殿、地藏殿、龙王殿。正殿出檐深广，有巨碑数通，比列廊下，殿之上有立额，为明天启七年旧物。每逢我的生日，祖母备一份茶食领我上庙进香，庙祝扣大钟三杵，洪亮之声，回响南山。庙祝为一对老夫妇，无儿无女，人称"老善友"或"庙老道"。真名孙补元，便不曾有人提起。老人十分和善，时见诙谐，逗人发笑。寺之东，有北屯瓦小学，门前巨松两棵，高标云天，龙鳞巨干，两人方可合抱，当是千年之物，立松下，松涛习习，亦同学少年游乐之处也。

入西巷廊，第一家便是坐西面东的张圆圆家，街门不整，入院有点破落的感觉，东西长长的院落，只有西房几间，主人张圆圆是一位文化人，教过书，我第一次见到的名片，就是印着"张圆圆"的卡片，当时叫做"拜帖"——拜见生人时递上去的自我介绍。张圆圆有手颤的毛病，据说，他只要拿起毛笔写字，手就不会颤抖了。他有一个女儿，叫"生鱼"，早年许配一家人家，待迎娶的当日，她自己割下了左眼皮和右耳朵送给婆家人，以示抗婚，可见是位烈女子，不过没过几年，她便去世了。她有个弟弟，就是我小学的同班同学张喜生，他是个"豁唇子"，工作后，已动了手术，缝合了，只是上唇间尚有明显针痕。绕过张圆圆家的北墙外，向西走数十步，便是张家的上院，北房里住着张奎龙一家，西房里住着张大润一家，张奎龙是张大润的侄子，这院当和"和气致祥"的下院相通，张大润和张四计等皆为堂兄弟，兄弟们分家各过后，上、下院便也分治了。西巷廊路东有陈全忠家，这陈全忠和陈如生一样，在同一次支前中牺牲了，在《原平县志》烈士栏里，都有他们的芳名，他的遗体，被抬回村里时，肠子还露在外面，惨得很，他留下了老母亲"换常奶奶"、妻子和一个女儿陈林鱼，当时生活过得很紧迫。因为土改时，我家最初被定为地主，后改为富农，故宅被封门后，便先后借居在陈全忠、张大润、张四计家闲空的房子里，到后来复议成分，改订为中农，才回到了旧居。

西巷廊向北，到"新碾房"前，便分叉为二，一东向，一西北向。

西北向者，爬慢坡，路之西，坡脚之下，有一户人家，主人吕恩元，屯瓦村只此一户吕姓人家，想必是外来户。我的"十姑姑"粉鱼，嫁给吕恩元的二儿子吕文宣，在省城工作，听说文宣几年前已经过世了。路之东，土梁陡起，杂树密集，沿丛树间羊肠小道陡折而上，有一户人家，主人孙贵龙，务农，其家苦寒，而环境则颇幽美，然主人食尚不能果腹，岂可知山林鸟雀之乐欤？其子孙眼巨有儿孙，经营油罐生意，得以致富，可喜可贺也。

沿土梁下山道西北行，有"二梁"和"大梁"，"二梁"上有几户人家，为赵顺堂家，孙富才家，赵三厚家，赵有和家，赵存和家。"大梁上"有赵二太家，赵天干家，孙二愣家，有陈明星，陈明贵兄弟家和孙玉堂家。皆临崖挖土窑数孔，坐北向南，日光充沛，冬暖夏凉。有的人家在窑洞前的院子里盖几间简陋的房屋，以饲牛羊。茅棚草舍，土窑柴门，夕阳下山，牛羊归圈；雄鸡啼晓，旭日东升，炊烟四起，男人担水，女人做饭，一天的劳作也便开始了。日复一日，年复一年，大梁和二梁上住户的后人们纷纷走出柴门，走出"屯瓦沟"，改变着人生的轨迹，在外闯荡着，创造了一片新天地。梁上的窑洞和茅棚随着人去渐渐倒塌了，即使没有外出的后人们，也在戏台背后的平地上建起了幢幢新屋。

从二梁上大梁的拐角处，住着孙丁酉和孙丁亥兄弟俩，皆无子侄，收养了一个男孩叫孙百岁给孙丁酉顶门，孩子长大成人，还为他娶了媳妇。谁曾料想，这对夫妇却把恩人当成了负担，竟在一个人们熟睡的深夜，把老人杀害了。事发，孙百岁，在刚过二十几岁的年纪被镇压了，他自己罪有应得，却给人们留下了许多思索。

从"新碾房"东去，是一个马鞍形山梁，梁脚下，靠南有两户人家，西户为赵天官，东户为张小肉。这张小肉和张大润等是堂兄弟，前面提到的张圆圆，便是他的大儿子。张小肉老夫妇住在一排正屋内，细长的院落，南临我"七奶奶"家高大的正房后墙，东临我家的北房山墙。我家正房的后墙外，也是"小肉爷"家的一个小院子，住着他的二儿张二园，高高的屋子，远远望去像是我家的正房戴了个帽子。张二园有一女一儿，女儿妙鱼，在村里算是有姿色的女孩，儿子文槐也是我小学的同学，头上长过疮，常年不脱帽子。

走上马鞍形的梁顶，正中住着木匠孙成先，腿有些拐，干活却不妨事，其妻为河北省人，人称"侉侉"，常站在大门外喊孩子，"弟周、弟周"地叫着，声调颇为怪异（少见多怪，其实是河北口音）。从孙成先家西去，有孙富春、孙富维家，有孙有龙家。我家和孙有龙家是远亲，记得孙有龙的儿子们"进宝爷""二毛爷""明宝爷"还曾参加我家的红白事宴。

这些人家，我少年偕同学，似乎进去过一、二次，印象已模糊了。从孙成先家东去也有两家，住着孙福海、孙福明兄弟，养着骡马；另一家住着谢相明，"相明爷"有罗盘，会"看风水，算卦"，没想到夫妇俩到老年竟和他们的二儿子吃了别人家地里的南瓜，三人竟皆归天，想必这南瓜里有人放了毒药。农村人的生命不值钱，人说死就死了，事故变成了故事，时过境迁，对"好人相明爷"，人们也渐渐淡忘了。

在马鞍梁的半路，东北拐上去，走百十步，路的尽头，住着赵双红夫妇，他们有一个儿子，叫海鳌，是村里的民兵队长，挎着枪，好打扮，已经娶了媳妇，不料得痨症病逝了，媳妇重新改嫁，留下一对孤苦的老人在凄风苦雨中度日。

漫步蹿下马鞍形石板路的斜坡，便接上了面向东巷廊的丁字街道。

村西和梁上的人家大略如此，下面该谈谈正街东侧，路南几家和东巷廊的住户了。

出陈家巷，往东第一家，大门深广，坐北向南，入大门是两进院，后院孙海海家住东房，前院孙全海住南房，南墙上临街安着窗户，室内亦复明亮。这兄弟两家，现在生活虽不算富裕，看庭院建筑，其祖上也应是殷实富有之家。

过孙家是赵家，门前有高高的台阶，入门，是一个南北长、东西窄的四合院，北房住"满囤老娘娘"，南房住着她的大儿赵正和一家，东房住着二儿赵瑞和一家。"正和奶奶"懂一点医术，谁家有头疼脑热或霍乱症，她会拿一根银针，给人"放放十指"（扎针挤出血为止），或按摩，或刮痧，治病救人，大家是不会忘记她的恩情的，总要多少有些报答，以表达感激和感谢的心意。转过赵家，便是"当铺巷"。巷之尽头是陈来生的宅院，亦颇高大轩昂，只是主人在口外做生意，似乎土改后已经全部分给贫下中农。正房住着"套套爷"，是我的远房本家，我祖母时常到"套奶奶"家串门，我跟着去，记得她家由于房檐深广，安着隔扇小眼窗户，家中黑沉沉的。她的女儿孙补然，小名毛女，和我同龄，便是前面提到的孙育华老师的夫人，论辈数，我还得称她姑姑呢。

巷内，坐西面东者，有三个大门，从巷内向巷口，第一家，便是我的二曾祖父家，我称"二老爷"的，小名叫新娃。"二老爷"有三个儿子，前两个，便是我的"三爷"和"四爷"，不到二十岁，便过早相继病逝了；还有一个便是我的"六爷"陈三银，大名陈义，得歪膀病，人称"克溜头"。"六爷"有两房妻子，"六奶奶"不会生育，便再娶一房，我们称作"姨奶奶"。"六爷"开一处铺产，在孙海海家的斜对门，便是"庆德恒"，也作"当铺"，因而"六爷"住的地方叫"当铺巷"。

"二老爷"的宅院是两进院，大门坐西向东，进门，是一个广大的场院，院之北头，有砖砌台阶，上台阶，入二门，是一所方方正正的院落，青砖墁地，了无尘埃。北房五间，高踞月台之上，中间一间前建抱厦，卷棚顶，红柱黛瓦，煞是明快，夏天坐抱厦下，吃茶消暑听雨话旧；冬天拥裘赏雪，当有情趣，这北房是凸字之样式。而西房五间，东房五间，左右对称，为凹字样式，亦可见建房之初，用心良苦。"二老爷"喜欢养花，正房月台之上，建有花栏墙，春夏秋三季，置盆栽花木于其上，杂花竞放，清芬远播，蜂喧蝶闹，亦颇招人留连。

"当铺巷"西侧的第二户住着赵如槐和赵如掌兄弟两家。老大在原平经商。西侧的第三户则是赵增和家的场院，街门上往往挂着一把铁锁。"当铺巷"的东侧有两户人家，靠里一户是"正科奶奶"家，孙姓，也是两进院落，然颇迫窄，家境看上去也不见富有，然土改初，也定为"富农"成分，后来似乎在复议中改为中农。还有一户是孙捧生，他有两个儿子——孙补来和孙全来，也是我小学的同学，小补来，上唇上老是挂着鼻涕，同学们便给他一个"脓带王"的绰号。

　　出"当铺巷",往东也有两户人家,西户人称"花大门"住着陈然然和他的儿子,东户仅住着陈宝贵一家。至陈宝贵家街前,北屯瓦的正街,也就走到了东头,然后路分为二歧,一南一北,向南之大路,可过永兴河,仅里许,便是南屯瓦;向北一条通道,就是前面提到的"东巷廊"。正街与南北通道形成一个丁字街的模样。丁字街头是一座"戏台院",院之南建戏台,坐南面北,仅三间;院之北为"神厅"数间,每年秋天,丰收在望,趁农闲,屯瓦村总唱"谢雨戏"三、四天,以敬神灵,届时文殊寺内龙王殿神龛内的诸神和"直(音'赤')流爷"都会被请到神厅内供奉起来,与民同乐。

　　"东巷廊",南起"戏台院",北至"东五道庙",长可百十米,路西有住户五家,分别为张寒计,与村西张家为本家;有孙补拴、孙补续家,有孙鹏云家;有孙科科家,孙银召家。孙鹏云,小名宝宝,为崞县文化名人,青年时考入北京大学俄语系,因其家境贫困,常与崞县同乡在北京大学的李兴堂(黎玉)、余振等九位同学到圆明园捡木炭,借以取暖,时称"九穷"(九个穷人)。孙鹏云善书法,在自己新居大门上书以"聊避风雨"四字额,亦在本村多处题写匾额,如前面所说"和气致祥"、"唯善为宝",还有"永泰泉"等额字。在解放后,为补贴家用,曾鬻字,授徒,我少年时,就喜欢书画,在孙老师的补习班,听其讲授书法,从其临摹中国画。老师富收藏,有许道宁的山水,赵孟頫的"二马图",蒋廷锡的工笔牡丹,宋克的章草小品等等。这些书画，我都临摹过，数十年过去了，临摹品不复存在，而对那些书画作品的印象，还是十分清晰的。晚年孙老师随儿女在长治生活，据说活到 88 岁辞世了，也算高寿。

孙老师家北去是孙科科家和孙银召家。"银召爷"有盘水磨，供北屯瓦村人磨米磨面，老人因终年劳顿，腰弯成九十度了，还是不知疲倦地到水磨房料理，哪里出了故障，他要都亲自动手，为之修理。

"东巷廓"路之东，也有几家人家，分别为孙卯宣家，孙补堂家，姚卯玉家；再过去是一条窄窄的尽头巷，里面一家是孙如拴，一家是孙还明。再往前是孙成未和"气长奶奶"家。孙成未做过小学的学董，脑子很灵便，有"小诸葛"的绰号，他有一儿一女，女儿孙翠兰，年纪比我大得多，是我高中和大学的同学，她在大学学的是生物学。他的儿子孙全和，一直在村里从事会计工作。

至此，已是东五道庙的地界了，东五道庙往南，有大路，直到东河边的照山底，有路通往西营村，神山村。而五道庙侧则是孙来愣家，过孙来愣家，沿边坡爬上一段路，也住着两家：一家孙申有，一家孙拴喜。人家坐西面东，正对着照山，一坡苍翠的松树，是一个天然的大屏风，门前小岗下有潺湲的东河，冬天河水封冻，便成儿童们"打滑擦（溜冰）"的乐园。

从东五道庙左侧拐上去，便是前面提到的接通"马鞍形"坡脚的巷道，也称"东巷廓"，这里住着孙姓的几户人家，西有孙喜堂、孙绪维，东有孙殿宝、孙如先、孙进进、杨十元等人家，孙银发住的是孙家祠堂，门前有一盘露天碾子，冬天我曾随祖母到这里来碾"钱钱"（黄豆制品，可入煮小米稀饭中，成"和子饭"）。这里还有一个空院落，土改时，北屯瓦村的地富家属，曾集中院中生活过，我记得曾在这里过了一个冬天，这是只有几间北房的一个荒废的处所。

从孙家祠堂往北再往东转过去，是一个小石岗，岗头住着孙寒龙、孙二龙兄弟家人。面对"珍珠花梁"，梁之麓住着孙巨巨和孙林才兄弟两家，后来孙林才买下了陈如生后人的房子，便搬到了"当街"的吾家巷口。

再说当街路南的几户人家，自西向东，在"油房巷"斜对面住着赵应红家，他有两个儿子，大儿子喜画中国画，所惜不到中年病逝，留有山水画作曾张挂在"换元奶奶家"的粉墙上，给我留下了深刻的印象。二儿子赵润拴，曾是我小学的老师。往东再一家是陈俊套，"俊套爷"很勤快，手不离箩头、粪叉，随手拾粪，是他的习惯，偶然忘了携带拾粪工具，见路上有骡马粪，便提起衣襟，把粪包回家，故他家的粪堆是见风地长。他冬天也不穿棉衣，只一件有襟夹袄，腰中系一条带子以保温。他家有东倒西歪的几间西房，破败的街门，坐西向东，以斜木顶着檩柱，否则早就倒塌了，院北和院南排列一捆捆山柴，以为围墙。由于老人的不知倦怠，起早搭黑劳作，在寺塔坪的山脚下，年年垒堰筑坝，引洪淤地，竟淤成砂石地十几亩，连同其他地方的水地，一个人种不过来，不得不找短工雇长工，如此一来，在土改时，便淤出一个地主名分来。"俊套爷"供他的小儿子陈云峰（小名吉义）在太原专科学校学建筑，由于供不上学费，陈云峰不得不在课余卖报赚钱。这位陈云峰后来成为我的姨姐夫，一直在山西省建筑设计院工作。我记得清楚，他和我姨姐结婚时，他家的房子似乎坍塌无存了，只好借住在当街孙海海家的西房里。在他家旧居门前有一条南北的小路，便是村人南去"泉"中取水的通道。沿街隔小道是"上碾房"，"碾房"东是一处粪泊，泊东又一条小道，沿小道下去，坐西向东的大门，是吾家祖屋的一部分，原来当作场院，我祖父辈分家时，老屋由我祖父和八祖父占用，场院经改建，分给我大爷和二爷。大爷还分到了南屯瓦的铺产崇德恒。大爷陈善的儿子陈吉堂和陈吉祥住在场院。二奶奶和她的两个儿子陈吉福（福堂）和陈吉富也住在场院，房子是新盖的，门窗明洁，油漆亮丽。所憾，这两个儿子后来皆染上了鸦片瘾，成为了"瘾君子"，竟将所有的房屋变卖精光，可怜的二奶奶晚年不得不寻房住，住在戏台院近边的陈宝贵家一间黑暗小南房里直至去世。潦倒穷困的我的大伯伯陈福堂，待文殊寺老善友夫妇过世后，他便搬到了庙上以度残生。沿街再往东，便是我六爷陈义的铺产庆德恒的四合院，北向垂花门，入院有东房、南房、西房，院中绿树成荫，点缀花木。西房的后墙上开一扇面西的栏柜，以方便小道上行人购买东西。庆德恒铺产南面，是我七爷家的大场院，有坐北向南的高大砖碹门，院内有北房、西房，房前种着桃树杏树，每到春天，桃花杏花竞相开放，也是我常去玩耍的地方。庆德恒东去，依次是下碾房、粪泊和一个向西的小柴房，过此便是通往南屯瓦的大道了。大路东便是戏台院，转过戏台院，又有户人家，是姚顺瑞家，男主人早已过世了，女主人"顺瑞大大"很精明，是五台县蒋坊村人。她抚养着两个儿子姚拴槐和姚全槐，顺瑞大大还有一个妹子，叫二翠，也很精明，帮衬着姐姐过日子。我和姚家兄弟俩为朋友，数十年不见面，也不通音信的，人走开了，便也就疏远了。同姚家一个院内还住一家人家，主人的名字实在是想不起来了。出姚家，转九十度大弯，还有一家叫孙成未，似乎不曾进过他家的院落。故乡人家的分布大略如此，写出来，也没有多少趣味，其实每家每户都有自己家的故事，有的我不知道，有的不能写，有的是淡忘了，我只是想把六十年前故乡北屯瓦村人家布局作一个大略的勾画。数十年过去了，物是人非，其实"物"也变了，时过境迁，故乡发生了很大的变化，这万把字的文章权当一种资料吧，日后有人翻检北屯瓦的历史，能会有些许的参考价值，我便知足了。

2012 年 2 月 5 日于隐堂新居

清明节琐记

少年时，总是期盼着节日的到来，然而一年中，数数看，也没有几个要过的时节，清明节算是一个。清明节，我们小时候叫"寒节"，就是寒食节的简称。其实寒食节在前，清明节在后，在农历中合二为一了。这节日的来历，当年的我，是一无所知的，只知道这个节日里，要上坟祭祖。所谓寒食节，是指不动烟火，吃冷饭。然而，在我的记忆中，以至我的祖辈们在"寒节"这一天，怕也不曾吃过冷饭。

节前要蒸"寒节贡献"，这里的"贡献"是名物化了，专指为神灵和祖宗准备的供品。"寒节贡献"是用白面做的供品，做法有如蒸馍馍，只是在馍馍的基础上，安上五官。耳朵、鼻子以面绳镶嵌，眼睛则以面团衬底，嵌入黑莲豆，嘴以面团衬底，嵌入红莲豆，有的还加以面制的"马鬃"（即"刘海"）为女孩，不加"马鬃"的光头，当是男孩了。在馍馍心还包以油盐调拌的小米，当是心脏吧。蒸出的面人头，点以桃红"跳点"。生动好看，实在是让人喜见的。更让我喜欢的则是"寒燕"，它也是"寒节贡献"中的必备品。"寒燕"是用白面捏的各种小鸟的形象，有站立的，有飞翔的，有呼叫的，有回头应答的……今天想来，当年那些面制的精灵，真是曲尽其态，妙有神姿，所谓栩栩如生者也。

寒节当日上午，要上坟了，祖母把烩好的热菜，调好的凉菜以及头天蒸出的"寒节贡献"、香烛等稳妥地安置在两个竹篮中，盖上一块新新的羊肚手巾。我便跟着祖父和同院的八爷（我祖父的弟弟）、叔叔们去上坟。我家的坟地在村东叫"官地"的地方，坟地坐西面东，背靠大梁，梁高土厚；面对照山，苍松如海；前有东河，清流如带，当为风景秀美的风水宝地。待我们到达坟地，已有先我们而到者，也有后我们而来者，熙熙攘攘，好不热闹。清明节，二三十人上坟祭祖，是祖先们传承已久的习俗。在墓地，伯叔们清理杂物，坟头培土，大爷（我祖父的哥哥）、爷爷和八爷在坟前取出盘碗，摆好供品，焚香敬纸，然后所有人跪拜祖宗。其时也，香篆缭绕，纸烟升腾，大人们叙谈着祖宗的功德，孩子们则四处寻觅着野生的酸枣枝，便是我们叫"圪针"的灌木枝，把"寒燕"插置在"圪针"枝头，颤颤悠悠的，很是好玩，说笑着跑回家。

祖父在原平经营着生意，有时清明节不能回家，这上坟的差事就落到了我的身上，我是很乐意而且恨不得能担当这种事务的。年纪稍大一点，每上坟，便留心墓地的布局，其中一溜儿三个坟头，十分高大，皆有石砌墓栏，像个蒙古包，坟头正中还安放着石雕的收放有度的尖顶儿。这三座大墓，中间的便是我曾祖父，左右两边的是祖父的两个兄弟，我的二老爷和三老爷。曾祖墓后，尚有两座稍低的坟头，当是我的高祖俩兄弟了。墓之下侧有碑数通，有有碑庐者，有无碑庐者。待我上学后，每上坟，都要读读上面的文字，但往往读不通，因为有些字，我还不认得。只记得最后撰写碑文的人叫郭荫楠，他是永兴村人，是我们家的外甥，曾做过崞县县立初级中学第一任校长。1947年他去世后，我曾随祖母参加过他的葬礼呢。这个日子有些特殊，便给我留下深刻的印象。那是1947年清明后不久，我的家乡屯瓦村过了七八天的兵，村民们每日都在街头看这些纪律严明的队伍。四月十六日傍晚我们参加完郭荫楠葬礼返家后，我家的院子里已经住了兵，且是岗哨森严，但还是给我们空出一间房子，猜想一定是住了一位大官儿。部队离村后，竟丢下了一只狮子狗，我八爷喂养着，这狗很机灵，会翻筋斗，会双腿起立，会抓松鼠，只是怕响炮，当是在战斗中受过惊吓，每当年节，听到爆竹声，它便全身颤抖，四处躲藏。扯远了，赶紧转回来。那次过兵，有记载，多少年后我才知道："1947年4月，中共中央撤出延安后，以刘少奇、朱德等组织的中央工作委员会，在前往晋察冀边区途中，于4月16日到达晋绥六地委驻地——屯瓦村。"（见1991年《原平县志》。）后来我知道刘少奇曾住在南屯瓦杨如弼家，而我家住的是谁，至今不曾清楚。这是发生在1947年清明后的故事了，特附记于此。

吾家官地之墓地，当是新坟，在南屯瓦村东里许的白杨泉湾的地方，有老坟，我曾跟随祖父祭扫过一回。那是南山脚下，小路之侧，白杨深处的几抔小丘，坟头几被荒草覆盖，似乎多年不曾有人祭扫了。所幸坟侧一股清泉，终年浅吟低唱，坟周几棵白杨，冬夏护持掩映。坟头或不见了，而风景依旧，白杨参天，清泉长流，这里的陈氏祖先们，回归自然，无人搅扰，得以真正安息了。

清明节前后，蚊虫早已复生，为防其咬蜇，家家在墙壁上会贴一道符，在黄表纸上画一种图案，写上几句话，少年时曾背过的句子，现在是一点想不起来了。而小女子则绣荷包，取绸缎或花布的下脚料，以五色线缝制，绣以花鸟草虫，装以香草五谷，悬挂腰侧，亦见楚楚有致。而小孩的肩背上则要挂一串小物件，我不知道这种物件的名称，总觉得很好玩。它是以线穿制而成的，很好制作，取麦秆数根，剪作半寸长的段儿，取零散花布头，剪成铜钱大小的圆片，然后一节麦秆竖着，一片花布平着穿起来就成了，串之下方，加以花线的小坠儿，缀在孩子们的脊背上，男左女右。孩子们跑起来，小挂件一晃一晃的，也很有几分神采。

在农村，当年于清明节还有荡秋千的习俗，我们称之为"打游千"这是青年男女们的最爱。节前，便有热心年轻人，找木料、借绳子，在一块平坦的地面上，竖起两根木柱，中间架一横梁，梁上钉两只向下铁环，系以粗绳索，绳之下方系一块小木板，"秋千"便算做成了。玩秋千，小孩子们坐在上面，大人推送着，荡荡而已。而那些大胆的姑娘和壮实的小伙子，则面对面的站立在秋千木板上，手提绳索，待人推送开来，便靠自己双腿发力，不断来回荡起，有时荡得很高，以至姑娘吓得惊叫，小伙子越是来劲，不肯停息，只有在围观老人们的劝说或喊喝下，方得悠悠落地。"打游千"，高潮迭起，热闹非常，孩子们嬉戏着，小伙子们比赛着，姑娘们打扮得花枝招展，老人们则东家长西家短叙谈着。

"打游千"，在清明节是青年们最为热衷的活动。有一年，为了新鲜，制作了"胡游游"，就是"胡式（西域）秋千"，先在地上树一老杆，杆头平置一车轮，轮之外沿系双绳索数组下垂，下系木板，多人各坐一板，随着轮子的转动，下面坐在"胡游游"上的人们便风生腋下，衣袂飘举，望之翩翩，人飞云动。还有一种叫"西样（西式）游千"，即在两柱所架横梁中间，装一立轮，轮之周再加装秋千，随着轮子转动，秋千绕着横梁转起，不过那次安装"西样游千"，未能成功，半途而废。以上这些"荡秋千"的活动，我都看见过，只是那时我年纪小，胆子更小，不曾有坐上去的尝试。为了过"打游千"的瘾，曾在自家的大门上系起绳子，和同年方纪的姑叔们玩玩，也觉兴味无穷。

我自离乡后，便很少回老家扫墓祭祖了，每到清明节，则多有怅然歉然之感，似乎对不起列祖列宗。有时心情却是平静的，总想，扫祭只是一种活动，是一种形式，关键是要能不忘祖宗的恩德，有感恩报恩的思想，牢记先贤的教诲，诸如"老吾老，以及人之老；幼吾幼，以及人之幼。""诸恶莫作，众善奉行。""莫因善小而不为，莫因恶小而为之。""己所不欲，勿施于人。""先器识而后文艺。""作字先作人"，等等，若能心存此念，身体力行，祖宗当会含笑九泉了，祭扫不祭扫坟墓，则当无关紧要的。近年来，每到清明节，有不能回乡祭祖者，便在城市十字路口的人行便道上，大行"遥祭"之举，祭奠之后，原本整洁的路面上，留下了一堆堆残剩的供品，四处飞扬的纸灰，未曾尽燃的冥钞，还有白粉画的或灰土围的圆圈儿……看到马路上的这些另类的牛皮癣，让人心里烦躁和厌恶，它破坏了路面整洁，污染了城市的环境。这虽然也算是祭奠先人，却不知已经折损了祖宗的阴德，如此祭奠，远不及默默地怀念，或做一些小小的善事，方能让先人们的灵魂得到快慰和安宁。

几年前，国家将清明节法定为传统假日之一，人们除上坟祭祖外，还给节日赋予了更多的活动内容。踏青旅游，已成时尚。庚寅清明后，与效英、文成、新华有顿村西坡之行。其时也，一夜东风，几声春雷，浅草渐绿，乳燕初飞，桃李乍放，乱花满眼，欣对花木，放情山水，徜徉半日，赏杏花，吃农家饭，兴味多多，曾得俚句十数行，以志其所乐也。其句云：

> 清明才过天晴好，闻道杏花涌春潮。
> 二三学子欣相邀，轻车简从出西郊。
> 杜宇声声催春早，鹅黄未匀挂柳条。
> 乱花点缀青青草，新绿满眼是麦苗。

浅浪纭纭过小桥，绛云暧曃上层霄。

顿村别墅多奢豪，语燕于归失旧巢。

为寻杏园忘路遥，老夫腰脚尚嫖姚。

杏花忽现竞妖娆，连岗填谷溢塘坳。

初惊东海卷银涛，旋觉雪域舞狂飚。

一株老杏独高标，铁干凛然枝柯交。

百年霜雪韵未消，花色红艳似夭桃。

坡南二树若二乔，含风异影姿媚娇。

花中蜂蝶正喧嚣，乍飞乍落忘辛劳。

坡头坡脚几周遭，穿林渡涧乐逍遥。

偶尔风过起箫韶，忽有花瓣落襟袍。

时值卓午正日高，杏林深处见酒寮。

柴门疏篱垂香茅，庭院无苔置屋牢。

田父迎客远喝吆，延之入座语滔滔。

斟茶点菜争分秒，酒菜须臾见丰饶。

野蔬盈盘绿皎皎，清香绕席是村醪。

豆渣窝窝枣泥糕，河捞一碗要苦荞。

台蘑小鸡文火煲，红面鱼鱼羊汤浇。

锅贴折饼任选挑，小蒜佐酒是新招。

每感村酒胜花雕，三杯五盏忘酕醄。

杏花深处今游遨，归来记之欠推敲。

更期明年会花朝，诗酒留连定魂销。

　　清明节法定为国家传统节日的当年，中国书协举办以清明节为题材的书法展，我应邀写了条幅，内容是冯延巳的词句：“满眼游丝兼落絮，红杏开时，一霎清明雨。”这意境，这情调，也是够人玩味，让人留恋的。站在雨后的山厓或水际，新柳鹅黄，游丝拂面，杏花映水，胭脂初湿，是何等景致呵！趁此清明时节，快来出游吧。

2012 年 3 月 24 日

端午说艾

楼下花坛中，有野艾草十数株，颇健旺。转眼又到了端午节，采三五枝，置诸门侧，曰"避邪"，从俗也。《东京梦华录》有云："又钉艾人于门上，士庶递相宴赏。"《帝京景物略》亦云："播门以艾，涂耳鼻以雄黄，以避毒口。"此征古人端午用艾之习，当非迷信者。端午戴艾虎，重九簇黄花、插茱萸，正中华千年之遗风。

"避邪"，辟其邪祟也。邪作"妖异怪诞"解，不无迷信之嫌；若作"致病因素"解，辟之则有何不可。艾能杀菌消毒，自然言过其实；而燃艾以熏蚊虫，则是农家古来之验方。且艾叶可入药，或祛寒暖宫，或平喘镇咳；而针灸之法，离艾绒则无措。邪，病也，艾可医病，正辟邪者也。

童年，家居山村，每到端午节前，便偕同龄姑、叔，到村野山梁，以采艾为乐。艾分山艾与水艾，水艾生水边湿地，枝繁叶茂，虽绿色如洗，然无驱杀蚊虫之功效，故无人采撷；而山艾，虽枝枯叶瘦，其色苍白，貌不可人，而轻轻揉之，则清香四散，弥漫四野，故受人青睐。待采集成捆，小坐树荫下，或溪流之侧，选取十数株，编一凉帽，戴于头上，背艾捆兴然而归，亦复神气。

母亲制艾虎数只，分赠诸孩童，或系胸侧，或缀背后，亦极一时之乐，正古诗云"钗头艾虎辟群邪，晓驾祥云七宝车"之谓也。祖母则将大捆的艾草编成一根根粗如绳索的"艾腰儿"，悬诸檐柱间晾晒。

夏暑难耐，晚上，又每受蚊虫叮咬，便在室内燃一盘"艾腰儿"，以驱杀蚊虫。其时也，坐在小院的瓜棚豆架下乘凉，与祖母"猜瑟儿"（猜谜语），听祖母"叨昔话"（讲故事），渴了，端一碗凉凉的绿豆米汤，一饮而尽；饿了，剥一只凉粽子，津津有味地品尝这端午节的馈赠。待我双眼皮打架时，进屋而睡，在安宁静谧中入睡，而今想来，仍感到几缕温馨和惬意。

夏夜降临时，那田野又是何等的景况，但见那牧羊人或看田人取一领苇蓆，搭一窝棚，地上垫上厚厚的一层麦秸儿，权当铺盖。独自坐窝棚口，点一根"艾腰儿"，抽着长长的旱烟锅。那燃着的艾火，红光一闪一闪的，冒着一缕青烟，回绕在窝棚四周，牧羊狗依偎在主人的脚下，吐着长长的舌头喘着气。暑气难解时，看田人顺手摘一颗红沙瓤西瓜，来到牧羊人的窝棚中，边吃边夜话。四野一片静寂，有时流星在天幕上划出一条长线，间或飘落下几滴雨星来，凉风吹过，夜深了，牧羊人和看田人一一睡去，唯独那"艾腰儿"的朱火青烟，彻夜地闪烁和游弋，充溢着灵气。看田人和牧羊人也许会感到生活的单调和处境的孤寂，而或什么也不曾想，我却向往那儿时偶然碰到的境界，以至数十年过去了，那情景现在想起来，还是如此的鲜活，似乎还嗅到了那"艾腰儿"散发出的诱人的气息。

艾绒不独有药用价值，也是文房用品中的印泥不可或缺的原料。而在农村，四五十年前，也是常备的用品。当时不要说打火机，就是火柴也很少人家用得起。"火柴"，有人称"洋火"，当属外来货，我们叫它"取灯儿"，这自然是北京传来的京城土话。家境可以者，花钱买几盒用用，生火做饭，分外便捷。一般人家，只能用火镰取火，即以"洋铁"与石英石碰撞，致发火星儿，火星入艾绒，便成为绝好的引火材料。再以麻秆制作的"硫磺取灯儿"在艾绒火星中点燃，虽说取火麻烦点，确可省钱以减家用。而每个吸旱烟的男人，无不备有"火镰"和一个小荷包，里面贮满的便是自制的艾绒。吸烟时，火镰碰火石，火星四溅，点燃艾绒，其法与燧人取火相近也。端午说艾，却扯到了艾绒，扯远了，就此打住。最后引古诗数句为行文之结束。

"春场铺艾帐，下马雉媒娇。"以艾草设帐而猎，亦自生动如画。

"凭杖幽人牧艾纳，国香和雨入青苔。"这艾纳亦细艾之别种，以艾纳制香，为"艾纳香"，今之所谓"冰片"之一种，亦复多有药用之功能。

2001 年 6 月 15 日

腊八记趣

　　农历腊月初八，本是释迦牟尼佛成道之日。是日，寺院熬粥供佛，用以纪念，后以粥施舍与众结缘。此俗扩展，民间遂于这一天，家家食粥，名曰"腊八粥"，延续不断，这大约就是"腊八"节的由来和习俗吧。

　　我在孩童时，对"腊八"吃红粥似乎并无多少兴趣，而对"腊七"这一天，倒是充满希望。"腊七"的上午，尚需上学，下午则会放假半日。午后，偕同学数人，到东河或南河打"冬凌（凌音络）人"。这是我们乡下的一种风俗，在封冻的河槽里，寻找冰层最厚、最白、最干净、最透明的"冬凌"，用斧子或带锋的石头（姑且也称作"石斧"吧）等工具开凿冰层，打下一块一块形似小人的冬凌来，肩扛手抱或放入箩头中，携带回家，立在窗台上，圪台下，甚至粪堆旁，用以祈福，以祈求来年的风调雨顺，五谷丰登，六畜兴旺。福，祈来祈不来？我不知道，也不在意，只是对玩冬凌极有兴趣，用"冬凌人"点缀了打扫得颇为整洁的庭院，"冬凌人"在夕阳和朝日的照射下，会呈现出五彩缤纷或晶莹剔透的神采，那奇趣和情致给我留下了深深的印象。还有，在河槽打冬凌的同时，同学们在冰上"打滑擦"（溜冰），看谁滑得远，滑得快，算是一种竞技吧；若是有谁不慎摔倒了，便会引起一阵哄笑，河谷间，顿时回荡起一阵欢乐的音响来。

"腊八"节，自然要吃"红粥"。做粥，那是祖母的事儿。头天晚上，祖母将挑拣好的小豆浸泡水中，加碱面少许，放在红泥小火炉上熬煮，锅开了，发出"咕噜"的声响，音不大，有节奏，很好听。锅盖边沿冒出缕缕的热气，还夹杂着一种甜丝丝小豆和碱的气味，很好闻。小火炉的下部为灰口，在灰坑中，放上几颗山药，烤着。小豆煮出了半锅的红豆汤，豆子也煮绵了，就端下了炉台。炉坑内的山药也烧好了，剥去外皮，露出一层被烤得黄棱棱的硬壳儿，吃起来烫嘴烫嘴的，有点硬，却很酥脆；再里面，便是沙沙的山药蛋。我吃着山药，看着祖母在油灯下忙碌着，准备黄米（黏糜子），洗泡红枣和莲豆。这莲豆，个儿大，颜色漂亮，有大红的，粉红的，雪青的，深紫的，五彩斑斓，很是好看，我也帮助祖母捡出莲豆中煮不烂的"铁豆子"。祖母的影子，有时洒落在墙壁上，有点像皮影戏的动作，也令我看得出神。

在黎明，我还在睡梦中，祖母早已起来做粥了。天还很黑，粥已做好，祖母便把我叫醒，洗脸，吃饭。也许因为我还没有睡足，粥只吃了几口就吃饱了，也没感到粥的香甜。祖母见状，又取出一小碟白沙糖，撒在红粥上，硬是让我再吃。吃"腊八粥"，有个说法，说要在阳婆（太阳）未出山前吃，否则会得红眼病。

"腊七腊八，出门冻煞"，这时节，确是滴水成冰的日子，吃完早饭，祖母把红豆汤放在炉火上热了热，让我端出门给鸡喝，据说，鸡喝了红豆煮出的"腊八汤"脸便会红起来，就能多下蛋。那冻饿瑟瑟的鸡们，喝着热呼呼的红豆汤，一只只都有了精神。我又趁祖母专心剥蒜泡"腊八醋"的当儿，偷出一些腊八粥喂鸡吃，他们争夺跳跃，吃得很开心，竟也引发了我的食欲，便回到锅台边，又端起半碗尚未变冷的红粥吃起来，祖母嗔怪我：

"你这娃娃，叫你吃时，你不吃。阳婆出来了，你又吃，小心你今后得红眼病吧！"

听了祖母的话，我还是有点紧张的。所幸后来，我一直没得过红眼病。

2011 年 1 月 9 日

蘑 菇

孩童时，乡居山村，在夏天的雨后，常跟随同年方纪的叔叔们去村外寻蘑菇。踏着湿漉漉的地面，用手中的小棍儿，翻拨着挂满雨露的草丛，偶尔会在河边、地堰或柳树下发现一个或一窝蘑菇，即有收获，便赋予我们一阵欢喜，说笑声随着东河的水流淌着，填溢着照山下的山谷。这菌子，叫柳蘑菇，菌盖儿像张开的小伞，菌折儿像小女孩的百褶裙，菌把儿粗粗壮壮，像举着盾牌的力士。其色泽伞盖儿灰白灰白，还泛着一抹青光呢，煞是讨人喜欢。还有一种叫做"羊肚蘑菇"的菌子，菌把上顶着一个圆球，球体上布满了网眼儿，通体白亮，像冰雕玉琢的。更为难得，它只是独生单个儿，还没有碰到一窝几只的。我的叔叔，颇具慧眼，当他发现某处地面松松的隆起一个小包时，他便蹲下去，小心翼翼地用双手扒开松土，一窝蘑菇丁儿，便跃然眼前，因为它们还没有见阳婆（阳光），浑身白胖白胖的，恰似在熟睡中的婴儿。说说笑笑，一个上午，运气好，每人可扳得蘑菇半竹篮。如果叔父发现我的篮子中没采下几只，他总会把他采的分给我一部分，然后各自回家去报喜。

　　这种柳蘑菇，必须现采现吃；放上三四日，便会"黑化"而腐烂的。蘑菇最好的吃法是蒸"蘑菇汤汤"调"鱼鱼"吃。先说蒸汤汤，将现采的蘑菇洗净，掰碎，放入大碗中加水少许，加盐、花椒面、胡麻油，然后与搓好的鱼鱼同时上锅蒸，蘑菇蒸熟出锅后，酌量添入滚水多半碗，根据各人口味，可调入姜末、葱花或小芫荽（香菜）即可。这便是香色俱佳的"蘑菇汤汤"了。再说"鱼鱼"，请莫误会，它可不是水中打捞的鱼，而是用手搓成的一种面食。原料是用莜麦面或荛子面（高粱面），以开花滚水冲泼，趁热和成大面团，然后在大案板上搓制，搓成如细粉丝一样，我的母亲在世时每只手一次可搓五根，双手便是十根，正好一把儿，码放在箅篦上（蒸饭用品），蒸 20 分钟即可。这"鱼鱼"，尤以头箩荛子面为好，蒸出以后，那色泽，白中泛红，还有点半透明。调以"蘑菇汤汤"，香滑绵软，吃上一碗两碗，还想吃。这已是 50 多年以前的往事了，回忆起采蘑菇的情景，如同在目前。

　　工作以来，一直在忻州。忻州有两座名山，也产蘑菇，一座是五台山，产台蘑，一座是管涔山，产银盘蘑菇。台蘑中最好的是"香蕈蘑菇"，主要是产在台怀镇的东台沟，产量不大，价格不菲。这"香蕈"大都是蘑菇丁，菌盖小而圆，若球状；菌把儿粗而肥，采归后，以线穿成串儿，挂窗户上，切勿日晒，置阴凉处晾干即可。然后以白麻纸包裹，以通气息，勿装塑料袋，以防变质。这香蕈，香气四溢，不生蝇虫，很是干净。其食法，将蘑菇取出以开水浸泡，待其发透后，将母水滗出，留置容器中；然后再将蘑菇洗净，或炒菜，或煲汤，或炖鸡，无不适宜。切记将母水回入所炒，或所煲、所炖锅中，则蘑菇之香味不会流失。版画家力群先生，尤嗜此味，上世纪八十年代初，曾托我买台蘑，一斤香蕈才需10元钱，而今买一斤普通的台蘑也得数百元。繁峙县，有几个乡镇也属台山范围，县里的张荣熙和李宏如二位，是我先后结交的朋友，他们曾多次送我亲自采的蘑菇，那都是地道的好台蘑，蘑菇凝聚着无尽的友谊和情感。而今在台怀街面上所买的台蘑，不少是一些杂蘑菇，吃到嘴里，岂止是味同嚼蜡，真感到是口嚼片柴，哪能下咽呢。

银盘蘑菇，分白银盘和红银盘，个儿大，肉厚，产宁武、五寨等地。此种蘑菇，采摘后，须及时晾干，否则会生蛆虫。食用时，浸泡后，须细心清理菌折和菌把儿，那里往往会藏着一些蛆虫，在一般餐馆，是不去清除的。五寨有文友张新民者说："吃银盘蘑菇是嚼蛆虫！"听此，到一些餐馆，有"肉丝炒银盘"，我是不敢下箸的。银盘蘑菇其实很有滋味，要吃它，便在家中，我亲自下厨打理，方可放心。这"香蕈"和"银盘蘑菇"向来是忻州餐桌上待客的佳品，当年傅山先生在诗中曾有赞颂："芦芽秋雨白银盘，香蕈天花腻齿寒，回味自闻当漱口，不知瑶柱美何般。"

关于"口蘑"，我读一位现代诗人咏赞的诗篇，便记住了他的芳名。"文革"中，外出经道张家口，游赐儿山和大镜山后，在一家餐馆，想品尝一下"口蘑"的滋味，竟不可得。到商店去购买，也不曾有，后来再打听，回答是："采口蘑去卖钱，是搞资本主义，那尾巴早被割掉了，还有谁敢去冒险呢！"我只得默然以去。

早几年去沈从文先生故乡湘西凤凰古城旅游，当地书画家为我等设盛宴接风，桌子上一瓶名为"酒鬼"的酒，颇为引人注目，一只酷似小麻袋形的容器袋系着一截麻绳儿，摸上去，却是一件陶瓷品，它是出自黄永玉先生之手的设计。据说这"酒鬼"酒，为湖南带来非常可观的效益。我不善饮，品一小杯则罢，而席上的一盘"牛肝菌炒腊肉"倒给我留下了深刻印象。参观苗家，挂在室内的腊肉，一条条，都是黑乎乎的样子，颇不迎人。牛肝菌，我不曾见过，想来，一定是有牛肝一样的色泽，当不会很漂亮，而二者经过厨师的烹饪技艺，竟是那么的耐人品尝。牛肝菌和腊肉中添加很多的红辣椒，不独增加了香色，辣辣的，让人味蕾大开，也加快了进食的速度，竟让我多吃了一碗米饭。

"香蘑"，在今天已是寻常百姓家的菜肴。然要做得好，也不容易。忻州小城内，有几家像样的餐馆，烹制"香菇炒油菜"，很是讨人喜欢，几根翠绿的油菜，码在盘内，呈现出优美的弧线来，在弧弯内，摆放着几枚油亮的香菇，黑中透着红光，看上去，色泽亮丽，对比强烈，有点像精美的工艺品；而吃在嘴里，油菜爽脆，香菇绵软，委实是一道既经济实惠，又香色味俱全的家常菜。

前年到天台山中方广寺,时值正午,定融法师招待我以素斋,其中一碗煮素面,佐以切得很碎的香菇丁、鲜笋丁、红萝卜丁,清汤中还飘浮着几片叫不来名的绿菜叶。这碗面是何等的典雅,看着它,竟使人产生一种沉静和愉悦的感觉,慢慢品味着香菇、笋丁和菜根的香味,竟也咀嚼出一些人生的滋味来,淡淡的,悠悠的,一时间也说不清。我曾在多处寺院吃过较为丰盛的素斋,而定融法师这一碗素面却是经常令我怀念的。

2010 年 1 月 5 日

隐堂小记

隐堂者，文隐书屋之简称也。

上中学时，购得《黄庭坚诗选》，薄薄一册，仅花4角钱，是潘伯鹰先生选注的，于1957年由上海古典文学出版社发行。不知什么原因，当时竟喜欢上读起来有点艰涩的山谷诗作呢。几十年来，不记得搬了多少次家，这本小册子，不离不弃，仍然躺在我的书架上，偶尔还会翻阅几页子。书中有一首《次韵子瞻送李豸》的诗作，结句为："愿为雾豹怀文隐，莫爱风蝉蜕骨仙。"于我颇有启示和警励，甚爱之，遂视为座右铭。上大学期间，于1964年夏天，到洪洞县广胜寺临摹元明壁画，适有山西省文管会杨陌公先生参与其事。杨老善书法，尤工郑文公碑，便请其赐书，"愿为·莫爱"句为一纸，张之座右，朝夕相对。至"文革"初，在破"四旧"风浪中，杨老墨迹亦付之一炬，化为灰烬了。

"四人帮"覆灭，书画事业复兴，我于书画艺术组织、辅导工作之余，也坚持着自身的书画创作。其时，多么想有一间书房。当时在忻州的"小红楼"上，分到了一间十几平方米的房间，作我和另一位同事的宿舍，后来因我工作性质，将同事另作安排，此间，变成了我卧室兼作书房用，还起了一个雅号，叫"伴简斋"，这是因了我当时喜欢临习汉简书法的缘故。其实，我并没有真正的"汉简"实件相伴，只是有几册汉简的书法印刷品而已。这"伴简斋"中，除去"伴"字的"立人"和"简"字的"竹头"，这里的"立人"，便是我，而"竹头"权作竹简吧，这样，"伴简斋"就只剩下"半间斋"了。现在想起这斋号来，实在幼稚而可笑，人年轻，不懂事，真正下苦功，做学问，又岂在书斋的大小呢。

到上世纪 80 年代以后，随着地方经济的发展，居住条件大为改观，我有了一间名副其实的书房，又想起黄庭坚的诗句来，便郑重其事地请楚图南先生题写了"文隐书屋"的堂号，并制成了匾额，颜之高阁之上。楚老又将"愿为·莫爱"二句书成对联见赠，还勉励我："志其大者，不欲速化，默默耕耘，以成文采。""俯仰无愧于天地，志趋不忘为人民。"前辈之墨迹，为永远之纪念；前辈之教诲，时刻不敢有忘也。

某年，以日本著名书法篆刻家梅舒适为团长的"全日本书道联盟"访华团莅晋访问，记得代表团中还有田中冻云、平田华邑、谷村熹斋、青木香流、稻村云洞、饭岛太久磨等书家。我曾陪同他们参观了山西省博物馆，游览了太原双塔寺、交城玄中寺、大同华严寺和云冈石窟。在晋期间，梅舒适先生为我题写了"文隐书屋"额字，这是一幅带有简牍韵致的小横幅，还为我治了一方名章，至今偶有钤用。梅舒适先生归西有年，看到他的手泽，便会怀念他。

海上学者周退密先生，是一位我所尊敬的忘年交，也曾赐书"文隐书屋"和"隐堂"墨宝，书件为周老八十九岁时的手迹，前者为隶书，取法曹全碑，秀逸中更富骨力；而后者是工稳的小篆体，典雅中不乏正大气象。而今退丈年届九九，精神健旺，诗思敏捷，年前还为拙作《隐堂游踪》题贺。奖掖后学，铭感无喻。

在我的书画作品上，所用印章，多至百枚以上，也可谓"百印富翁"了，而较之"三百石印富翁"齐白石，还大大落后呢。为我治印最多者，是我的恩师王绍尊先生。王老师为白石老人弟子，书画篆刻，无所不精，尤以篆刻享誉海内外，曾为周恩来、邓颖超、楚图南等领导人治印，为冰心、叶浅予、李可染、赵少昂等作家、艺术家治印，山西省六七十岁以上的书画家，所用印章，几乎都是出自王老师的手笔。老师过世三年了，还不断看到人们写文章纪念这位可敬的老先生。

另外，以"文隐书屋"和"隐堂"作印文为我治印者，尚有林鹏先生、冯宝麟先生、杨建忠先生等。林先生治印，操刀走石，顷刻而成，新意别出，韵趣天成；而冯、杨二位，所治圆朱文印章，工整细密，静穆圆融，亦当今印坛后起之翘楚者也。

自"隐堂"印出，用之于拙作书画，此名号也随之传布，师友函札往来，不乏戏称吾为"隐堂先生"者。拙文结集问世，亦多有以"隐堂"二字冠书名者，诸如《隐堂散文集》《隐堂随笔》《隐堂琐记》，还有拙编《隐堂师友百札》等。

　　隐堂者，吾之书屋名号也。自上世纪八十年代初，四迁居室，每有所迁，必择一室为书屋，内置一案一几，书橱几架，椅子数只。案为书画之用，几作待客所需，图书拥架，时有捡读。随时序，每有送花木者，隐堂之上，时花不断，清芳飘溢，忽有客至，可谓"好花半放"，"良友远来"，沏茶叙旧，论书赏画，其情融与，其乐无穷。至若独处一室，或开卷读书，或伏案为文，偶然兴起，命笔挥毫，临池遣兴，得半日之快也。偶感慵懒，索然静坐，似有思而无所思，权作半日之懈怠，惭愧！惭愧！而或夏日听雨，冬日观雪，亦隐堂窗前之景致也。

　　"小记"，芜词已多，遂以旧作《隐堂自况》诗二首作结：

　　　　　　隐堂可寻丈，中有几架书。
　　　　　　兴来亲笔砚，挥毫乐何如。

　　　　　　佛经三五卷，随意研读之。
　　　　　　偶有会心处，拈花微笑时。

　　　　　　　　　　　　　　　2012 年 5 月 25 日

隐堂花事三记

前有《隐堂花事》，后有《隐堂花事续记》，今作《三记》。

文朋书友们知道我有耽爱花木的癖好，于己丑岁暮，便携花捧卉，冲寒冒雪，纷至沓来。一时间，隐堂上下，花光灼灼，清香盈室，按旧历时令，才刚入腊月，已是一派年节气氛了，能不令人欢欣鼓舞。一晃便是虎年的元宵节，日前又下了一场雪，今天似乎不会有人踏雪访戴，妻子回娘家探亲去了，我独自一人，泡一杯清茶，茶烟徐徐蒸腾，室静如太古，又对着这些花木出神。待缓过神来，茶已凉了，还不曾呷上一口，索性命笔记下以下文字来。

一、梅桩

还是在 2009 年春节前，白永平先生送一盆梅桩来，但见老干斑驳，粗可盈寸；枝条四逸，野兴横生；枝条上，满缀花蕾，状如红豆，间或有几朵含苞待放，有几朵已是开放了。这梅桩，栽在一只六角形的宜兴紫砂高筒中，说是紫砂，颜色却是古兰的，与梅花映衬着，很是典雅。这梅桩，给我牛年的春节，带来了无穷的欢喜。

后来，梅花谢了，复以绿叶包裹着枝条，也是好看的。待春寒退尽，天候暖和，我便把这梅桩置之阳台外窗户的护栏上，不时地浇点水，有风的日子，只见绿叶在不停地摇曳着，整个夏天，如此而已。秋天到了，那绿叶，稍微呈现出些许胭脂的色相来，后来有点干枯的感觉，我不停地浇水，似无起色，最后所有叶片在秋风中荡然无存了，留下的是干枯的枝条，在初冬的寒风中瑟缩着，我赶紧把梅桩移回到隐堂的阳台上。这梅桩整个冬天，了无声息，我起先还疑心它是否还活着。时间久了，也就很少去理会它，不过隔三差五，也没忘在花盆中浇点水。忽然有一天，发现在它的枝条间，竟努出了针尖大小的红星儿，我心喜过望，便每日察看它的动静，这红星儿愈长愈大，若高粱粒儿大小了，一颗颗疏密有致地排缀在枝条上。到腊月二十三，竟有一朵在枝头绽放了，我乐不可支，便将梅桩移在隐堂的书案上，用数码相机留下了它的倩影。我曾以杨万里的《探梅》诗，画过一幅诗意画，并题上了诚斋的诗以补白：

> 山间幽步不胜奇，正是深寒浅暮时，
> 一树梅花开一朵，恼人偏在最高枝。

是日隐堂中所见的梅桩，差可仿佛，自然逗出我的兴致来。十数年前，陪同孙其峰先生游览五台山，先生晨起，曾以陈老莲笔法画梅花一幅赐我，那画面，老干横斜，放笔写意，而在细枝条上，用白描的手法工细地画一朵梅花，简洁生动，韵味无穷。此画在隐堂中，悬挂多年，今与梅桩相辉映，各臻妙相。

也许是室内的温度过高，方一宿，梅桩的花苞大放了，为了延长花期，我赶紧又移盆于阳台上，这一着挺灵应，那梅花渐次开放，在岁朝清供中，它开放得最灿烂。过了正月初五，花瓣儿开始飘落，几日中，在花盆边，落了薄薄的圆圆的一层儿，我不忍扫去，心中不禁泛起一丝悲凉，感叹这花期的苦短，然而口中吟诵的却是陆游和龚自珍的名句"零落成泥碾作尘，只有香如故"，"落红不是无情物，化作春泥更护花"。

二、春兰

在北方，兰花变得很娇气，甚难伺候。几年前薛勇赠我墨兰，聂沛田赠我春兰，在春节前后，先后都开过花，王者之香，清清的，淡淡的，溢于隐堂之中，令人神清气爽。大千居士说："那种一干一朵花者，叫做兰，几朵花者叫做蕙。"那么墨兰便是蕙了，而春兰则是兰。我曾对着盆栽，依样画葫芦地写生，岂知这画兰花是"大大的难事"，叶之向背疏密，要有飘逸之致；花之开合俯仰，应取呼应之态。大千又说："画时应该用'清'字的要点。如能做到清字境界，便是纸上生香了。"这种境界，我怕是难以企及的。隐堂中有一幅卡纸兰花，是日本僧人大野宜白先生赠我的，一花数叶，颇有韵致，清则清了，可还是没有生出香来。看来，我多少有点矫情了，本来纸上就不会生香，那只是一种"通感"呢！

　　杨文成知我有兰花癖，时近春节见隐堂所植兰花，无
一盆着花者，便携一盆为赠，花植高高的宜兴紫砂盆中，
一丛绿叶，修长潇洒，有临风之状，叶下有四五朵兰花，
有的含苞，有的大放，绿色的花瓣，带有朱线的花舌，吐
出一缕缕幽香来，这自然是得造化之功，画家们当是束手
无策的。

　　晚上，兰花的倩影映在粉壁上，那便是一幅绝妙的图
画了，郑板桥临窗取影，移于绢素，也算是一种观察生活，
师法自然的途径吧。

　　几年前，沛田送我春兰，开花七朵，令我兴奋不已，
遂理纸染翰，书写了文征明的咏兰诗："手培兰蕙两三载，
日暖风微次第开，坐久不知香在室，推窗时有蝶飞来。"今
文成所赠兰花亦复如是，便又想起了衡山先生的诗句来。

三、蝴蝶兰

　　"坐久不知香在室，推窗时有蝶飞来。"时值腊月，窗
外仍是纷纷扬扬的雪花，哪来的蝴蝶呢？不是蝴蝶，胜似
蝴蝶，是一盆蝴蝶兰。这盆蝴蝶兰是黄琼峰自太原送来的，
花分七枝，每枝植入一小白塑料钵内，然后共同盛于一宝
蓝色扁平敞口圆盆中，枝条高高伸起，前端弯弯呈弧形状，
在枝头缀满盛开的花朵，状若蝴蝶，双翅舒展，恰似飞落
花丛中吮蜜者，密密匝匝，争先恐后，枝条下端，衬以肥
厚而宽阔的绿叶，得似上好君子兰的叶面，然而排列之顺
序，却是活泼的，富有变化。早年读书，知云南大理有蝴
蝶泉，泉边树木的枝条上，常有蝴蝶聚集，往往形成一条

蝴蝶链，人们会误为是蝴蝶花。后来，我到大理，徜徉在蝴蝶泉边，竟连一只蝴蝶也没有看到，蝴蝶泉徒有其名了，令我大大地失望。今隐堂中一盆蝴蝶兰，嫣然竞放，让我想起了蝴蝶泉，时下，大家都在关注环境保护，大讲生态文明建设，相信不久的将来，那蝴蝶泉边的蝴蝶，便会重现原来的景观。

蝴蝶兰的花期很长，"立春"前已拔茎抽胎，枝头上缀挂着花蕾，继而渐次开放，经"雨水"而"惊蛰"，繁花尚如乍放，鲜艳欲滴。几天前的黎明，突然听到春雷的轰鸣，蛰伏的万物也该苏醒了，蝴蝶们也当飘然而至，飞入隐堂来，会会这妖娇的蝴蝶兰，我敞开窗户，期待着，蝴蝶兰也期盼着你们！

四、大花蕙兰

文友宁志刚亦知我性喜兰花，送一盆来，是大花蕙兰。丛丛绿叶，高者有二尺余，飘飘洒洒，韵致风流，绿叶中，拔出修长的玉葶，其中三葶依偎着，一葶逸出，疏密有致，似乎是画家精心布局的。茎条上，分布着已开的花朵，还有众多的骨朵儿。已开的，花瓣儿淡绿中透着鹅黄色，花骨朵支支棱棱，有如朝天辣，很富生气。

蕙兰佐以一只雕花的红泥宜兴盆，红色泛紫，沉稳厚重，古朴得很，映衬着素雅的蕙兰，更见其兰花的雅致和高洁了。

这蕙兰，也散发着淡淡的清香，只是"坐久不知香在室"了。偶然外出归来，你便会感到那细细气息浮游在隐堂的空气中，再捕捉，似乎又踪影全无了，这"清香"真是"淡"得好！

蕙兰的花期不长，元宵节过后，早开的花朵便开始脱落，其花色，也由嫩黄，渐次变为中黄而土黄，而赭色了；原先挺立的花头也渐次下垂，花瓣也渐次收缩着；而姿态和色泽倒是很入画的，这花中的尤物，不独给我留下了深刻的印象，也勾起了我挥毫的兴趣，便抄录下陈衡恪先生的题画诗一纸：

> 丛兰浥露影萧萧，静夜何人苦读骚。
> 酒后无言留墨沈，不同草色混青袍。

五、郁金香

腊月二十几，黄建龙偕工人送花来，有金虎、金橘什么的。

那金虎俨然一个老虎头，披满了尖硬的毛发，让人不能亲近。据说它可以发挥空气清新剂的作用，便安放在卧室中，在灯下欣赏这虎头，它虽静静地躺在我的床头脚下，却有几分威猛呢，我恍然做起了伏虎罗汉来。

那金橘有半人高，丰硕的枝干上挂满了果实，放在客厅中，有如一盆初燃的"旺火"，实在是引人注目的。奈何不到除夕，枝头的绿叶不时地脱落着，还发出了索索的落叶声。我不时地浇着水，想它是受旱了。水已从花盆底部渗流到地面了，叶片还是不停地落着，那金黄的小橘子，也偶尔落地，在客厅中传出一些声响。几天后，整个金橘干枯了，我从花盆中拔起植株，谁知花盆底部垫着一层加了茅草的沙土，上面放着胶泥裹着严严实实的根子。所浇的水，从花盆四周流下，经下部疏松浮土中溢出，金橘的根须自然吸吮不着水分的滋养，能不枯萎么，这实在是卖花人的罪过了。

龙龙送来的花，还有两小盆，是一样的品种，每盆五头，装在一个小小的塑料盆内，盆上有盖，花葶从盖上有孔的五个隆起中穿出，亭亭然玉立着，盖下是五个小球儿，得似百合的鳞茎，盖上还有凹下的四个小孔，是注水用的，鳞茎浸泡在水中，白白净净，颇见肥壮。葶之端有一个小蕾儿，尚被绿叶包裹着，好像襁褓中的婴儿，亦甚可爱。这是什么花，一时间，我还不能认出，龙龙告诉我是郁金香。

噢，郁金香，这可是荷兰的国花呢，我国也有栽培，去年在阿姆斯特丹的日子里，却没有看到一棵郁金香，至今还深感遗憾，没想到眼前竟摆上两盆十株呢，大有喜出望外的感觉。

郁金香的花蕾儿渐次长大，恰逢大年初一，它们统统地跟着鞭炮声开放了，我不禁惊诧园艺师精湛的技艺和管理水平。但见玉葶上顶着一个小酒盅，活脱脱的十只高脚杯，且杯中斟满了红艳艳的葡萄酒，这便是郁金香放射出的光华，也是郁金香给我们在新年里送来的祝福，面对郁金香色，自然是一片欢快声，还不曾小呷一口，倒有些微醉了。

六、君子兰

也是 2009 年春节前，潘新华送来一盆盛开的君子兰，为隐堂增加了节日的喜气。花后，我虽对它精心地料理着，怕它受凉受热，不时地转换着地方；怕它受饥受渴，不时地施肥浇水。然而，至今年春节，它却花信全无，连一个小蕾儿也不曾进出。岂知在元宵节后的数日间，它不独拔出一葶，上面竟挤并出十数枚花蕾，由小变大，由绿变黄，由黄而变成橘黄、橘红，由含苞而大放了。我不禁说：你这迟开的花朵，让我久等了。君子兰说：隐堂中有那么多的鲜花伴着你，当不寂寞；诸花谢了，我来了，岂不更好！说得不无道理，我沉思着，忽然又想到了张颔先生的一则故事，自然也是君子兰所引发的。

去年 11 月 23 日，是张颔先生 90 岁华诞，我曾为之撰联祝贺。11 月 30 日，于山西省博物院举办了《着墨周秦——张颔先生九十生辰文字展暨生日庆典》活动。是日一早，我便驱车赴会，奈何大雾弥天，高速路为之封闭，终未能成行。后于今年 1 月 28 日，偕新华再专程到太原谒拜张老，并携一盆君子兰，敬赠先生。张老说："这是真君子？"逗得我等大笑。随后，张老说：

某年与李炳璜先生参加一次大会，见会场布置了很多盛开的君子兰，近前一看，却是塑料制品，当时有所触动，就写了一首诗，并请李炳璜先生画一幅"塑料君子兰"，我拟把诗题上去。后来李先生也画了，但是没有画出塑料花的特色来，诗也不曾再题。

我问张老："诗还记得？"

张老说："记得。"

我说："请张老念，我来记。"

张老说"我自己来写吧"，我便把纸、笔送到张老手中，张老不假思索，便写出了下面的四句诗。

> 君子一何伪？华堂供雅陈。
>
> 主人有癖疾，信假不崇真。

老人话语颇诙谐幽默，其诗则含深意焉，极具讽喻意味。遂将诗稿收藏留念。面对隐堂中盛开的君子兰，特拈出张老这一故实来，读者诸君，对此或可发一深思也。

七、滴水观音

去秋，花农张海宏师傅为我送菊花时，同时送来一盆仅有四个大叶片的绿色草本花卉，也不知其名目。天长日久，有时竟忘了为它浇水。一日见其枝叶完全耷拉下来，软软的，好像抽去了筋骨，叶片上也失去了原有光泽。我恍然发现其情状，赶紧为它浇上几碗水，口中还念念有词："对不起，对不起！"随后不禁哑然失笑：向一株植物道歉，不亦太迂。不过我还是相信，它既然有生命，自然也就有灵性，有知觉的。盆中浇了水，枝叶很快就支楞如旧，对此，我是无比的快慰，同时也生发出因对所植花木的疏于关照而不安。

这常绿的花卉，每梗一叶，叶片呈椭圆形，长可尺余，宽约六、七寸，叶面上生着青筋，有时会沁出小水珠，沿着叶脉滚动着，聚在叶尖，然后坠落在地面上，溅出一朵小小的水花来，这是偶然的发现，这绿叶也太神奇了。

早生的叶片包裹在外围，新生的叶儿总是从前次新生的叶片怀抱中冒出，且后来的叶片总会高过以前的叶片，所谓后来者居上。据说这绿色的植物能生长的很高很高。日前有朋友告诉我，它的名字叫"滴水观音"，这名字太好了，它让我联想起两次朝拜普陀山的情景，默念着普度众生的观世音菩萨。

除上所述外，隐堂中还有多种较为皮实的花木，如杜鹃花、仙客来、文竹等等，它们不受时令的节制，轮番交替着开放或常绿着，为隐堂充溢生机，迎送朋友，其功德也实在是无量的。我感谢这些花木，也感谢诸位赠花的朋友，深谢你们了！

2010 年 2 月 5 日

赏花小记

宿舍楼后，自西向东一溜儿排列着四个花池。花朝月夕，我常在花池间徜徉漫步。惊蛰以后，在花池中，便有韭菜芽破土而出，露出一丁点儿绿色来，煞是醒目，亦甚喜人。继之，有石竹花和蜀葵的小苗儿，也冒了出来，一样的苗壮，一样的鲜活，泛着绿意儿，着实让人生爱，我抚摸着铜钱大小的葵叶儿，隔一天，便会大出一圈儿，这些花草，真是见风就长。

东头的花池中，有一棵杏树，仅十来年的光景，焦茶色的树径，长到了碗口粗细，油精精的，很是光亮。而树高已超过了两层楼的高度，横出的枝条四逸着，当可掩映三四丈的地面了。某日在树下，突然发现枝头上缀满了花蕾，是胭脂色，深沉中放射出光彩，静谧里孕育着春华。一霎清明雨，几日好阳光，那满树的花蕾，全部暴放了，晶莹透亮，如积雪，似堆絮，似雾凇，似树挂，堆堆压压，挨挨挤挤，诚然一株玉树琼花。游蜂在繁花中吟唱，女人们坐在花荫下说笑，震落着轻柔的花瓣儿，无端地飘挂在鬓发间。花放三五日，不意，一阵儿东南风，竟将那花瓣儿和花萼吹落了满地，堆堆簇簇，似柳絮，正落英，这隙儿，黛玉在场，又该落泪了。我则想起了遗山先生的《张村杏花》诗：

> 昨日樱唇绛蜡痕，今朝红袖已迎门。
> 只应芳树知人意，留着残妆伴酒尊。
> 浓李尚须羞粉艳，寒梅空自怨黄昏。
> 诗家元白无今古，从此张村即赵村。

仅十来日的光阴，杏花谢了，在杏树的繁枝上，便努出了绿芽，才看似雀舌，再看为群叶了，未几，青杏便挂上了枝头，小虽小，对着它，齿间便会沁出酸水来。

杏树旁边，有一棵小樱桃树，才三四尺高，繁花也竞放了，纤小的白花儿，白瓣儿有绿色的花萼承托着，那细碎的花蕊散发出红晕来，颇为精致，花心落着有一只蜜蜂，娇小的花朵似乎有点儿承受不住蜂的吮吸，微微地颤动着。我观察着这骚动的一幕，眼前又幻化出盛夏时节那满枝殷红的樱桃来。

从西到东的第二个花池中，则有两丛茂密的迎春花。几天前，在那柔软而焦茶色的枝条上还是满缀着绿中泛黄的小穗儿，仅一夜瞒人细雨的浇灌，小穗儿便竞放了，黄灿灿的花朵，几乎掩盖了枝头，这黄，嫩很很，一派柠檬黄的色相。花头上又挂着珠露儿，朝阳下，更见透亮而清醒。几只麻雀飞逐在迎春花中，将枝条震荡得颤颤巍巍，那珠露瞬间坠下来，渗入芳土，便了无踪迹了。池中的泥土，湿漉漉的，散发出朴素的气息。偶有一只小瓢虫飞落在迎春花的花瓣上，殷红殷红的，很是亮丽，谁家的六七岁的小女孩，慢慢地爬上了花池，小心翼翼地将瓢虫抓起来，一不小心，那瓢虫又飞了出去，不知落到了何处，小女孩四处打量着，两只毛豆样的大眼睛忽闪忽闪地出神，甚是惹人喜爱。迎春花前的这一幕小景，实在是一幅绝妙的图画呢。

这个迎春花竞放的花池中，还有一棵紫荆花和一株桃花，与迎春花相互映衬着，嫩黄、绛紫和绯红交织在一起，诚然是一幅天然的云锦，不知是哪位仙人妙手的佳作呢。要说桃花，还是第二个花池中的这一株，这树是野生的，树龄也该七、八年的光景了。也不曾嫁接过，每年，似乎结上的毛桃儿，也不曾有人品尝过。然时下一树的桃花，虽然疏疏落落，还别有一番韵致，潇洒、清逸、娟秀，当是它的特色了。疏落是疏落，远远望去，已然是一树的绯红了。无人的时候，有几只咕咕鸠，在树荫下嬉戏着，不时发出"咕咕、咕，咕咕、咕"的鸣叫。当我走近他们，便很快地飞上了屋脊。我站在桃树下，逆着阳光看桃花，它们很有层次，又添上几分厚重。树是一株，初出土时，便分作三大枝，渐上，又各自生出许多枝条，花儿渐上渐密，而在枝头，也努出了绿叶儿，叶尖儿向上，簇簇丛丛，承接着朝阳和暮雨的恩惠。树之下部的枝条上，只零零星星地缀挂着三五个花骨朵，盛开着一两朵粉花儿。疏疏的，淡淡的，自然是一幅折枝桃花的小品了。

最东头的一个花池中，则有一棵紫荆树，还有两棵前年新栽的枣树，它们被满池的月季簇拥着。枣树还未发芽，不要说枣花了。而这株荆紫树，绿叶间，缀满了花头，远看一陀罗、一陀罗，有点像绣珠，近瞧则是排列密集的小蕾儿，泛着淡紫色，花蕾间是早开的花朵，其色泽比花蕾更淡雅，散发着浓烈的香味，有些袭人，有些醉人，以至于那些勤劳的蜂蝶们也不敢近前。

傍晚我又在花下徜徉，众花失去了白天的光泽，黑黝黝的，只见些树影儿，蜂、蝶、麻雀、斑鸠等都已经歇息了，只有楼房中的灯光，通过窗户射下一道道光束来，将院子照得星星点点，这自然是花的影子了，空气中弥漫的则是丁香的浓重的香气了。我看到的最清晰的则是那两株枣树的瘦削的身影，它不仅没有花，连叶子的芽还未发，我却想起了东坡先生"浣溪沙"的词句："簌簌衣巾落枣花，村南村北响缫车，牛衣大柳卖黄瓜。"这又是何等的一种景致呢。待到枣花开时，我拟到市郊多枣树的地方，去寻找和领略一下这词意的境界。

2009 年 4 月 14 日

碧桃记

丙戌惊蛰已过，天尚寒，晚欲雪。其时也，文友白永平、阎定文二君携碧桃（言曰"干枝桃"）两盆见赠。宝蓝色釉瓷盆中，各植一株，株分五枝七枝不等，状似梅桩，却无剪扎之痕迹，虽少姿态，翻喜自然。初见，枝无片叶，蕾可盈枝。蕾若豌豆大小，鳞片包裹，绿意可人。蕾端或猩红点额，报道无边春色；或雪白破萼，解寄一缕诗情。

次日晨，夜雪初霁，旭日临窗，遂移盆于阳台光照中，花蕾迸发，花瓣乍展，但见生机盎然，春意盈窗。至午时，枝头之花大放，每株仅三五朵，疏落得体，煞是奇绝。际此，画兴偶发，欣然命笔，临花写照，得二三纸，尚不恶。

过三五日，碧桃大放，繁花密集，累干盈枝。丰腴茂密，一派富贵气，却少了潇洒之风采，远未及初放二三朵时之韵致。红色之花，虽浓艳，总输白花之典雅。却看白色一盆，老干新枝，绿萼白花，复瓣如雪积，密蕊似月华，嗅之香淡，目之神清。又五六日，花蕾尽放，白色者琼枝玉树，红色者飞霞流丹，相携而出，大乔小乔者也。所幸朔北天寒，虽值春风际会，尚无蝶绕蜂喧，隐堂之中，一片清寂，坐于花下，捧读法华经一卷，不知时过几许，心生禅悦，顿感清凉。

　　诸事无常，盛极必衰，案头碧桃，当不例外。落花无言，飘然而下，案头之上，红白枕藉，零落堆积，另一境界也，遂从书橱中取出曩游日本时所购之绢人，置诸案头，荷锄花下，俨然黛玉葬花之情状。对之良久，诚一呆鸟耳。

毛笔的故事

　　学习书画数十年，除去"文革"岁月，几乎日日不离笔墨。既然与笔墨结缘，便在笔墨生涯中，生发过许多难以忘怀的趣话，仅拈数则与毛笔有关的故事，虽然是一些碎片，却在我的脑海中留下了深深的印记。

　　1960年，我考入山西艺术学院美术系，学习中国画。某日，去看望系主任著名国画家赵延绪老师，临别，老师从笔筒中抽出一枝毛笔赠我，并说："这是一枝已经用开的'大兰竹'，虽然半旧，却很是上手，你荷去试试。去年，为迎接建国十周年国庆庆典活动，山西省美协组织我们六七位国画家，创作《同蒲风光》长卷，曾为每位画家发了毛笔十数枝，这便是其中的一枝，且是最好用的一枝。"老师的馈赠，令我十分感动。虽说是一枝毛笔，却深深寄托着老师对学生的厚望。这枝笔，在我手头十数年，凡作山水，勾勒皴擦，无不得心应手，以至用到笔锋短促，笔毛稀少的时候，我仍不忍废弃，而且以它作"点苔"用，更是妙有余姿。所惜，在一次笔会中，这枝心爱的"大兰竹"，不慎丢失了，令我不快了好一阵子。我的老师赵延绪先生，于1998年10月24日以102岁的高龄辞世了。我却时时怀念他。这位早年留学日本，专学西画，归国后终身执教，以培养美术人才为己任，教学之余，又钻研中国画，所作国画，颇富新意。1947年在上海举办个展，多得名家品评，徐悲鸿先生曾有题赞："赵延绪先生速写，情韵甚茂。其用中国画笔墨挥写者，则磅礴有奇气，此放弃旧型之国画，或不入时人之目，但亦须力求精妙，以自完其新境也。三十六年五月，悲鸿。"值此延绪老师逝世十周年纪念之际，又想起了先师对我的教诲，以及那枝充满师生情谊的"大兰竹"。

"文革"初，北京知识青年侯晓明，插队鄙乡原平县，接受贫下中农再教育。"四人帮"覆灭后，晓明考入山西大学美术系，毕业后，执教忻州师范学校，与我同居一城，时相过从。他是细心人，见我偶用皮纸，以"抱石皴"画山水，某次自京归，赠我一枝"山马笔"，并说："傅抱石先生尝用日本山马笔画山水，不妨试试，效果或许不错。"我便吮墨挥毫，果能心手相应，正所谓"工欲善其事，必先利其器"。后来晓明调离忻州，我也很少作画，所赠"山马笔"，似乎没有发挥作用。这是一枝笔杆高26公分，笔头长6公分的毛笔，杆上刻有"四号山马笔，东京博凤堂制"的款字。至今还插在我的案头的笔筒中，权当是一种纪念吧。

晓明的父亲，便是北京荣宝斋的老经理侯恺先生，我们相识甚早，我早年赴京出差，多住在荣宝斋的客房里，这位老乡（侯恺是山西左权人）甚是热情。某次在京，北京湖笔厂（或店）所产新笔假荣宝斋"画家之家"举办一次小型"试笔"活动，北京吴作人、广州黄笃维等先生即席挥毫。吴先生先画一幅金鱼，以赠北京湖笔厂，然后写字。当时在场的人不多，吴老是有求必应，我因未能喜欢吴先生的字，便不曾开口索要，后来想起此事，还多少有点遗憾呢。

1980年初春，我适太原，遇书法家徐文达先生，他说全国将举办首届书法篆刻展览，要我写一幅送选。且作品需在二三日内完成。我想自己虽耽爱书艺，然所作尚感稚拙，又无暇回忻从容创作，入选国展，不抱奢望，然长者之命，不敢有违。遂到老同学王朝瑞家，裁一张四尺整宣，书二条幅。字虽写就，尚无印章。朝瑞遂代请著名古文字学家张颔先生为我治"巨锁书画"四字白文印。说来也巧，拙作竟意外入选展览，这自然也沾溉了张先生为我所治印章的光华。事后，我将在南京十竹斋所购精品"大白云"一枝转奉张颔先生。一次书法会议上，我与颔老晤面，我还没有来得及感谢先生为我治印的恩情，先生便说了："你送'大白云'很好用，谢谢您。"我一时语塞，不知说什么好。先生以治学为务，作书治印，皆其余事，治印尤少，偶一操刀，便不同凡响，能为我治一名章，仅以一枝毛笔为报，委实感到很不过意，想到圣人言"非报也，永以为好也"，才稍有释怀。

还有一位书画家叫段体礼，他是我在中学时期（1954—1960）的美术老师。在上世纪八十年代中，老师以一枝"猪鬃"斗笔赠我，我试了试，锋颖太硬，未能上手，便搁置了起来。每看到这枝毛笔，总会想起这位段老师。他在崞县范亭中学执教时，因材施教，因势利导，培养出我们一大批美术爱好者，并有不少同学在后来走上了美术道路，诸如国家一级美术师就有亢佐田、王錞、傅琳、王建华、邢安夫等同道，还有王郁、邢同科、赵玉泉、李广义、原存根、阎仁旺等，都是颇有名气的书画家。老师辞世已十数年，而列其门墙的学子们，却不会忘却先生谆谆教导的恩德。

1987年暮春之初，我和王朝瑞等三人因"杏花杯"全国首届书法大赛事宜赴京，某日去拜访董寿平先生。座中，董老谈到原荣宝斋笔工某某，已退休回任丘县老家。居家无事，重操旧业，又制起毛笔来。所制之笔，物美价廉。董老边说边起身拿起一枝毛笔，又说："你们来试试，就是这种笔。若好用，可按这个地址订制。"便把一张写有通信地址的纸条递给我们。

待董老走到画案前，铺开一张四尺三裁宣纸，让我们试笔时，我说："还是董老您来试，我们看看就好了。"董老遂即吮墨染翰，立成三纸，分赠我们。这实在是不曾想到的事情，董老因了为老笔工推荐产品的嘱托，竟送我们每人一张墨宝。给我写的是"远山初见疑无路，曲径徐行渐有村。巨锁同志正，董寿平。"钤"寿平八十以后作"朱文印一枚。此作至今悬诸隐堂粉壁，每读先生作品，便会想到董老挥毫时的倩影和他那为人处世厚道的品格，不禁令人肃然起敬。

北京王绍尊先生，早年师事白石老人，专攻花卉，兼及治印，出版有《绍尊刻印》、《篆刻述要》等，分别由齐白石和楚图南题签，今绍尊先生年高 95 岁，仍然精神健旺，耳聪目明，偶然持石治印，宝刀不老，气象纵横。香港赵少昂曾有题赞："直逼秦汉，凌古铄今。"是为的评。

我在大学时（1960—1965 年），王绍尊先生为我们教授花鸟画等课程，五年过从，师生情深。2004 年夏天，我自秦皇岛返忻途中，经道北京，前往探望老师，老师又以斗笔一枝见赠，并说："这笔是 70 年前之物，当时我读北京师大附中，同班同学徐绪堃赠我的。绪堃说此笔是他的叔父徐世昌（曾任北洋政府大总统）送他的。绪堃的父亲徐世襄，其篆书写得也是很好的。此笔一直不曾用过，今转赠给你，看合用不合用。"又是一个饱含深情的赠笔的故事。去年初冬，我书丈八匹大幅作品，便试此笔。虽然是一枝老笔了，用起来，仍感锋颖甚健，刚柔得体，提按之间，似能随心所欲，八面出锋。此笔无款识，杆高 26.5 公分，木质，有微裂；斗高 5 公分，斗口直径 4 公分，骨制，四围浮雕云龙出水图，刻工精致，刀法爽利，云水生动，游龙出没，是一件精美的工艺品，而锋颖长 10 公分，纯羊毫，尖齐圆健，诚吾隐堂文房四宝中又一件值得回忆的念纪品。

江西进贤邹农耕先生每以《文笔》见赠，读其名篇佳什，发我清思，遂成此作，兼怀师友，时 2008 年 12 月 19 日。

砚台的故事

随着墨汁的普遍使用，研墨作字作画的人，渐来渐少，砚台便成了文房的清供，只有供文人雅士把玩和赏读的功用了。然而在40年前，每当我外写生时，在行囊中，总会携带一枚小小的砚台。记得在1978年春末，我适黄山写生，在20多天的时间内，得墨笔画稿90余幅，在日记中，记载了有关砚台的一则故事，今天读来，也复可乐而可笑，遂摘录如下："中午12点许，抵北海宾馆，住206室。下午游狮子峰。至清凉台，观'猴子望太平'。小憩狮峰精舍，画《万松林》，后返散花精舍前，画《梦笔生花》。时值初夏，杜鹃花烂然竞放，万木摇青，百卉朦胧，散花坞中，山泉飞溅，斗折蛇行，所寓目者，无不生机勃发，造化神奇，在此胜景中，又作画2幅。忽见写生处有一小洞，若丹灶，遂生奇想，将我所携小砚台埋入洞中，写生将要结束，以为纪念，预想他年重访黄山，或可发得也。"10年后，我复登临黄山，也曾忆起埋砚之事，然散花坞中，已不复旧观，埋砚之"丹灶"自然难觅了；而眼中之黄山，则更见神奇了。

1990年1月，我于深圳博物馆举办个人书画展，王学仲先生撰赐《前言》，虽称许过甚，殊不敢当，时以激励、鞭策视之，则感大受教益。同年秋月，于忻州举办全国元好问学术研讨会，参会的有天津社科院。会后，我以五台特产荷叶形澄泥砚，烦劳参会的门岿同志转奉王学仲先生。未几，便收到先生的回函：

巨锁书友：

门岿同志带到惠赐澄（泥）砚一方，受之拜嘉，实为愧赧！何时有莅津之便，希到敝所一叙，先此致谢。致砚安！

王学仲顿首　8月30日

此后，我与王老虽然见面机会不多，然时有函札往还，唯近年来，先生身体欠佳，我便不敢再作叨扰。

素喜吾晋乡贤邓云乡文章，然先生久居沪上，我居晋北，从不曾谋面。每见其著述，便购读不倦。1997年见先生有新作出版，但于几处书店遍觅未得，遂贸然致函先生，很快便得到了先生的回函和签赠本《水流云在琐语》。接书在手，我自感激无喻。无以为报，谨捡案头澄泥砚二件寄上，以示微忱。其中一砚，三足而圆形，颇得古朴之趣，在烧制过程中，砚面上不意出现了云、山、水等纹样，正合先生"水流云在之室"的雅斋名号，想必先生对此砚台也会把玩不已。此后，先生不独连寄两函致谢，并以诗书条幅为赠，这真是投之以木桃，报之以琼瑶，也令我大喜过望，随即悬诸隐堂，朝夕相对。其诗曰："滱水南峰旧梦遥，江天春暮雨潇潇。谢公远赐桑梓报，石砚沉泥世德高。巨锁先生不遗在远，赐书报故乡消息，并赐寄沉泥砚二方，病中甚感高谊，口占小诗报之，拙不成书，愧甚愧甚。丁丑小满后，邓云乡。"

先生所赐诗文中，将"澄泥砚"，写作"沉泥砚"，我对此一时未能理解，不知有何出处。后来偶读东坡文集，有《书吕道人砚》，其文曰："泽州吕道人沉泥砚，多作投壶样。其首有吕字，非刻非画，坚致可以试金。道人已死，砚渐难得。元丰五年三月七日，偶至沙湖黄氏家，见一枚，黄氏初不知贵，乃取而有之。"读此，我惑释然。此益知邓先生行文用字之精审而有源。马一浮先生文论有言："说理须是无一句无来历，作诗须是无一字无来历，学书须是无一笔无来历，方能入雅。大抵多识古法，取精用宏，自具变化，非定依傍古人，自然与古人合辙。当其得意，亦在笔墨之外。非资神悟，亦难语此。"行文用字，又何尝有异？

海上周退密词丈，年高96，诚为今日学界之人瑞也。为拙书拙画题赐多多。前辈奖掖后学，提携新人之美德，每令人铭感五内。2006年4月，我赴沪上，遂以定襄县河边镇文山绿石巨砚携赠先生，以充"安亭草堂"之清玩。河边旧属五台县，正阎锡山（曾为山西督军、国民政府行政院院长等，1960年病逝于台湾）之故里，其地有文山，山产良石，分红、紫、黑、绿四色，尤以绿石所取琢之砚为名贵。后得先生函告：

前承惠赠之雕龙大石砚，已转赠上海毛泽东故居陈列，使供众览，似远胜于敝处袭藏也。

这当是关乎砚台的一段佳话吧。

沧州张之先生以藏砚名，曾以所著《拾遗斋旧砚新铭》见赠，内收清代五台山绿石砚一枚。先生以"一叶绿，正春季。水波纹，添生气。余爱之，铭以记"志之。读其铭文，亦为吾地名砚而高兴。后张先生又以一则铭文属书。春节期间，收到贺卡，又附拓片，不独将拙字刊于砚侧，且将拙函刊于砚底，此举，虽出乎意料之外，然似有创意，亦别具一格者也。

去年春天，有赣北之旅，于婺源购一龙尾砚，甚爱之，随书题记一则，谨录于后。读之，当见我一时情趣：

岁在戊子暮春之初，余适婺源。一日过李坑，于街头，见有售龙尾砚者，其形朴拙，其质温润，而其色黑中泛绿，甚是可爱，遂捡一枚小而易携者，购置隐堂几案上。读书之余，把玩不已，偶见砚池中，纹理流美自然，韵趣天成，正皖南山水之再现也（婺源旧属徽州）。陈巨锁记。

隐堂中，藏砚不算多，也有数十枚，虽无名贵者，然或多或少都有点缘分和故事，当待日后再作赘叙吧。

2009 年 4 月 22 日

苦禅先生

上世纪六十年代初，读大学时，王绍尊老师为学校资料室购得不少李苦禅先生的花鸟画佳作，尺幅不大，四尺宣三裁，多横幅，每幅30元左右。后来上花鸟画课，那些作品，我大都临摹过，至今还保留有白荷图。1964年夏天，作为艺术实践课，我们为山西省博物馆到广胜寺临摹壁画。临有下寺明应王殿元代戏剧壁画和上寺毗卢殿明代"十二圆觉"。当时所用颜料十分讲究，有不少色墨是购于李苦禅先生家的旧藏。那一块块精美的圆饼上，有细致的烫金云龙纹等图案，富丽堂皇，当为色墨之珍品。想必苦禅先生当时是为生活所迫，否则也不会把自己心爱的东西变卖掉。李先生和绍尊师都是白石老人的弟子，时相往来，我曾在王师处见有李先生的一通来信，那是我见过的最大的函札了，写在四尺整幅的生宣上，字大如核桃，而或过之，气势雄强，不乏洒脱，汉魏碑基础上以行书出之，且时见章草笔致，确是一件可资欣赏的书法精品呢。

"文革"中，苦禅先生住牛棚，受批判，在"批黑画"大潮中，其姓名也赫然见诸报端，说他画残荷污蔑八个样板戏，其实老先生连八个样板戏是什么样都不知道。

　　十年浩劫结束后，我拿绍尊师写的李先生在京的住址，前往东单煤渣胡同拜访苦老，在一所逼窄的旧房子里，见到的只是一位老保姆，她说李先生在唐山地震后，借居到一位朋友在月坛公园附近的一处空房内，我按照保姆提供的地点，第一次造访了李先生。老人鹤发童颜，已谢顶，戴宽宽的黑框眼镜，上身穿白色衬衫，外套一件浅灰色马甲，肥肥的裤腿下，露出一双黑面圆口平底鞋，爽爽朗朗，一位和善的老先生，谈起话来，底气十足，流露着浓重的山东口音。先生谈打倒"四人帮"的喜悦，谈《红梅怒放图》的创作经过，谈老朋友关山月的大幅作品《松梅赞》，谈王友石在山东开画展的故事，无不绘声绘色，引人入胜。从谈话中，可见李老确是一位心直口快，敢说真话，天真无邪而对艺术又极有见地的老画家。当老人知道我是来自山西后，他说 1937 年"七七事变"后，他到过山西，印象最深的是在街头一家商店的"隔扇"窗户上，贴有八大山人的一幅画作。"我在画前站立多时，不能离去。山西人太有钱了，竟用名画糊窗户。"惋惜之情，溢于言表。而言下之意，似有批评无知商人糟践名画的行为。这件事对老人来说，也许是一生不能忘怀的，以至后来几次拜访先生，老人都会提起它。此外，苦老还说："那次到山西，从太原坐火车到大同，走北同蒲线，路过宁武，那山，太有气势了。"正谈话间，有一位自称是青岛博物馆的青年也来拜访先生。与老人叙谈了家乡的情况后，便提出求画的愿望。李老略一思索，便离开座位，将墙上一幅四尺三裁立幅新作《松鹰图》取了下来，正当秉笔题款时，夫人李慧文一手端水，一手拿药给李老送过来，见状便说："这不是给出版社印挂历准备的作品吗？一二日来取，你拿什么应对？"李老随即放下手中的毛笔说："老乡来求画，能让空手回去？""内室不是有一些吗！不能选一张？"李老遵照夫人意见，从里屋的画作中，选取一幅，题款钤印，以赠来者。

1977 年初春二月，我适北京，再访苦老，入李宅，见老人正在案前躬身作画，我便随李夫人静静趋前，伫立一旁专注观看。只见李老聚精会神地画兰花。原以为大写意画，是放笔挥毫，信手泼墨，纵情恣意，一气呵成的。岂知老人运笔极为审慎，即一笔兰叶画将来，也是很慢很慢的，一段一段接下去，沉沉稳稳完成的，难怪欣赏苦老的画，有韵味，有情趣，笔精墨妙，耐人品读。待老人搁笔，还将画作审视了一番，似乎不需要再加什么了，才慢慢坐下来和我打招呼，问长问短，很是热情，好像见到了久别的乡亲。请教有顷，见案头砚有余墨，我请老先生写几个字，以作留念，老人一本正经地说："我的字，写不好。我练字用的纸张还没有红卫兵写大字报用的多。"说着话，便站起来，铺开了一张四尺单宣，紧握大楂斗笔，饱蘸浓墨，写下了"世上无难事，只要肯登攀"十个雄强劲健的大字，只是在写"事"字时，有点笔误，虽作修改，老人似乎未能称意，执意重写。我建议另写一"事"字，待装裱时，挖补即可，李夫人也是这么主张。而苦老还是重写了一张，并说："艺术创作要致精微，不可草率，不可草率！"然后题了上下款，加盖了印章。还拿起印章对我说："我书画上的用印，除了白石老师刻的，就是邓散木刻的。你看刻得多深，很耐用！"

是年 11 月，我因公差赴京，并将送上前次为苦老所拍玉照的放大片，遂往东礼士胡同李先生住处而来，不料李先生已搬至三里河南沙沟十二楼，便转车到李老新居。居室虽不见宽绰，但不再是借居他人的房子了。墙上挂着新作，画的是兰竹，上题"芳溢环宇，新竹清佳。一九七七年九月九日，苦禅敬写"，是幅纯墨笔的画作，清雅高洁、精妙绝伦。墙角堆着京戏"把子"，刀枪剑戟，应有尽有，让人想到苦老这位曾经粉墨登场的京剧老票友。老人兴致很高，正与先我而来的几位造访者叙谈，谈国画界的人和事，具体生动，时见风趣和幽默，让人忍俊不禁，老人也每每莞尔一笑。见到老人，聆听教诲，亲接謦咳，无不大受教益。到 1978 年 4 月，我又两次谒拜先生。每次到李老家，总会遇到很多人前来讨教。我先后遇到了刘勃舒先生，他赤着脚，穿一双塑料凉鞋，细高条的个儿，这便是当年徐悲鸿先生特招的小学生。他送来李先生的两幅荷花图，想必是借去临摹的。一次是见到美院的王文彬同志，他忙着为李老画速写像，又从不同角度为李老拍照片，看来是要以李先生为题材进行美术创作呢。也曾遇到过北京画院的油画家田零，也许此时改行画国画，拿出一摞花鸟画习作，请李先生逐幅作点评。此外，更多的是如同我一样的来自全国山南海北的国画爱好者，一则亲睹心中偶像之颜色，再则以求学画之度世金针。李老对每位来访者，都是热忱接待，认真指点，曾无懈怠，真正体现了有教无类，诲人不倦的古训精神。

在我的书画藏品中，有苦禅先生的三件大作。一件是前面提到的"世上无难事，只要肯登攀"的大字中堂；还有一开册页，画的是竹鸡两只，新竹数枝，清影野趣，跃然纸上，李可染先生见之，赏对良久，赞为佳作。另一件是李先生致萧龙士的函札，此作是一位朋友在前年于郑州书画拍卖市场拍得后而赠我的。信写在黄色的毛边纸上，高28厘米，宽62厘米。信较长，字或大或小，行忽疏忽密，行文质朴，内容尤富资料价值。读其信，一可见先生人品之一斑；二可见先生当时生活之状况；三可见画家许麐庐办培训班的故事。谨录几段，以观大略。

"张煦和亦来信，彼回合肥，搭车颇窘促。弟无力，略助以屑滴，煦和尚坚辞不受。""弟生平对人事之共鸣同情，如此事者，常为也。以文艺人生之修养，当得知人类之深味……"

"关于去合肥一事，北京美协曾与弟联系。弟忘记一事，弟不时患头晕，出门如去年赴青岛，曾令燕儿随从，不时照顾。此次去皖，仍想带燕儿去。至饮食费用，弟可以自备也。只去时，公家为搭两车票便可矣。祈兄转商张建中同志如何，是盼。"

"麐庐每星期日在本宅教画，学生多干部，非常之忙累。学生时多时少，小室为之满，极形活跃热闹，恐学费不抵招待费。为补助生活，恐相反。吾辈生财，非其（人）也。"

以上种种，读之，能不令人慨叹。一代国画大师，为区区几十元（当时从北京到合肥坐卧铺，每人也不过 30 元左右）车票费，还得求助于"公家"，"祈兄转商""如何是盼"。许先生"为补助生活"，还得"在本宅教画"，云云。而这些艺术大家们，面对窘境，却习以为常，处之泰然，传道授业，默默奉献，不独留下了弥足珍贵的艺术财富，其高尚的人格魅力，也将永远是后来者的楷模。

2012 年 3 月 29 日

力群先生

　　年前 12 月 25 日，力群先生百岁华诞，我本拟前往祝贺，奈何一时因事不能赴京，总想力老身体很健康，总有看望的机会。出乎意外，刚过春节没几日，便听到老人辞世的消息。噩耗传来，令人震惊。按虚岁计，老人已是一百零一岁的高龄了，然而走得那么匆匆，让我不能相信。

　　力群先生是著名版画家，在我上中学时，就开始阅读他在《连环画报》上连续发表的《木刻讲座》，我的仅有的点滴的木刻知识便是从那"讲座"中得到的。第一次见到力群先生，是在 1965 年山西省文代会上，他给美协的代表作报告，站在讲台上，侃侃而谈，声音十分洪亮，带着浓重的地方口音，不时挥动着手臂，有如在电影中看到的五四时期讲演者的姿态。在"文革"后期，力群一家被安置回老家灵石县仁义公社郝家掌村插队，碹了几孔窑洞居住，并在村里植树造林，担当起护林的任务。劳作之余，不忘创作，其时有作品《这也是课堂》的问世。后来为县陶瓷厂设计产品，有熊猫烟灰缸，深受欢迎，还远销海外。在我的案头有一只黑釉笔洗，十分典雅和质朴，也是出自力群先生的手笔。1978 年 5 月，我在黄山邂逅李可染先生，谈到力群，他说力群进京时送了他一只笔洗，是黑釉的，"很可爱，一直放在我的师牛堂。"想必力老以此笔洗分赠给不少书画家的朋友呢。

打倒"四人帮"后不久，力群先生由大同返太原经道忻州，我陪同先生上五台山。在参观龙泉寺石雕牌坊时，力老啧啧赞叹雕刻艺术的精美，当看到一个龙头枋被损坏时，流露出无限惋惜的表情。得知那是"四人帮"时期，在"破四旧"行动中所造成的恶果，这位有素养的老艺术家不禁骂道："那帮龟孙子，真是坏透了。"

1982年2月，山西美术工作会议在临县召开，会后我随同力群、苏光等同志重访晋绥边区政府所在地蔡家崖。二老回到了当年办《晋绥画报》的所在地高家村，深情地回忆毛主席在晋绥边区的讲话中讲文武之道一张一弛，谈贺龙，谈煤油灯下木刻创作，谈演剧……苏光同志还找到了他当年在高家村结婚的住处，在寻觅中回忆，在留恋中畅谈，激动溢于言表。我们听着也感兴味无穷，他们询问着村中的老人，竟不能找到一位当年的相识者，似乎留下了几缕遗憾。

1984年5月14日至21日，力群、苏光二老有代县、保德、河曲之行，在八天的陪同中，二老都给我留下了深刻的印象。在代县参观了文庙，登上了鼓楼，指导了"农民画"的创作，观看了面塑、剪纸、刺绣等民间艺术，提出了保护和发掘民间文化艺术遗产的宝贵意见。在保德参观了天桥电站，观看了县业余文艺演出。力群先生此次到保德，主要是来拜访全国植树模范"野人"张侯拉。5月18日，力群同志在县委副书记陈良继等陪同下驱车到化树塔乡的新畦大队，不巧张侯拉老人又到叫"九塔"的地方植树去了，便参观了张侯拉的居所，一间旧屋，门楣上挂了政府所赠送的"植树模范"的匾额，推门入室，用"灰锅冷灶"四字状之，似为中的。地下堆了些粮食袋，炕头零乱地散放着几只碗，似乎不曾洗涮过，有的碗中还留有一些剩饭，从这些状况中，依稀可以看到"野人"在家的生活了。张侯拉的老伴在病中，住在另一处院子里，力老提着从太原带来的糖果去探望。下午张侯拉返回新畦，便引领力老到"葫芦头"地方去参观。这葫芦头有一处石崖凹进去，崖下有巨石似床铺，张侯拉有五年的时间在这里生活，崖下就地垒锅灶，烧水、做饭、煮野菜。张侯拉白天漫山遍野植树，晚上睡在石床上，与星月相伴，脸不洗，胡子不刮，头发不剃，腰间系一条绳子，赤着脚，挂一条棍子，衣裤的边缘也多破烂飘拂，日久天长，"野人"的名号便不胫而走，四下传播开来。力老看到"野人"的作为，面对漫山的林木，敬重而感叹，遂为张侯拉画像纪念，并题写了"植树造林，绿化祖国"，以赠老人。

5月19日，力群同志在张侯拉等引领下，驱车由桦树塔到"牧塔"的地方，然后徒步到"九塔"看张侯拉所植之山林，八十多岁的"野人"，腰脚甚健，力老也已年高七十三岁，二老人在前，翻山越岭，不让青年。张老对力老说："往前，坡很陡，你老怕是上不去。"力老笑答："山羊能上去的地方，我就能上去。"果然，二老人已经爬上了陡坡，我们却气喘吁吁，还在后边呢。

这"九塔"的高处，"野人"的居住环境有了很大改变，晚上不再是山崖露宿，而有了一孔土窑洞，洞很低，躬着身子才能走进去，不过总算有了遮风避雨地方，晚上能睡个囫囵觉。洞里见有锅灶，却不见粮食，走出洞外，力老问张老："不见你有粮食储备，饿了吃什么？"张老随手从地上拔起一棵野草，揉了揉土，送入口中，稍一咀嚼，便咽了下去，接着说："这就是我的粮食。"力老效仿张侯拉，也从地上掐了同样野菜的叶子，送入口中，嚼了起来，却不曾下咽。我问："味道如何？"力老笑着说："苦涩得很！张侯拉不容易！"

此行，张侯拉的事迹和见闻，让力老感动不已，很快写出了《张侯拉访问记》。此文在《五台山》杂志发表后，又收入他的散文集《马兰花》中；为张侯拉的画像也刻成了木刻，还曾寄赠我一幅。

1986年7月，著名木刻家，也是力群先生的内兄曹白先生，由沪到并，然后由力老陪来上五台山，游览诸寺院。二老甚为愉快，在忻期间，应邀作书，皆欣然挥毫，留下墨宝多件。

力老还详细为我介绍了曹白先生的革命故事。我以前只知曹白与鲁迅先生的交往，没想到他还是一位革命战士。在抗战期间，他是《沙家浜》中"郭建光"式的人物，力老说："《沙家浜》的创作，不少素材是来自曹白当年的革命经历。"

此后，力老似乎再没有到忻州来。然而，我到太原，则每每抽暇去看望力老，老人总是很热情地接待我，每次都有新的著作，签名赠送，以至隐堂中存有力老的题赠计有：《野姑娘的故事》、《力群传》（齐凤阁著）、《马兰花》、《力群版画选集》、《我的艺术生涯》、《力群美术文学评论集》，以及"二〇〇八年十月十六日于京郊香堂村"寄我的《馀晖集》。此外，还有去年十二月底由京托人捎给我的《力群生活及文学世界》（薛苤编著）。这些作品集，我不时展对，欣赏其版画艺术和文学作品，捧读其传略，无不令我感动和赞叹。

2000 年，我去访问力老，有一篇日记，也算详实，谨录于后，以见力老为人与生活之一斑：

> 10 月 11 日，早餐后，8 点 5 分访力群先生。其媳闻声开门，随之郝强（力老儿子）出见，说："力老正在洗漱，请稍等。"或许我来过早，客厅尚未整理，室内颇感杂乱，沙发巾斜披乱放。当地摆放着两个铁丝笼，一个笼中养三只松鼠，一个笼中养一只猫头鹰。正观察间，力老走下楼来，我离座上前握手，力老说："你什么时候来？住在哪里？"
>
> 我说："就住前院的招待所。很久没见面，没有什么事，来看看你。"
>
> 力老说："谢谢！谢谢！"
>
> 我询问力老的身体情况，老人说："88 岁了，还

是忙。上午写作，中午睡一会儿，下午到汾河边散步1个到1个半钟头。但不能打网球了，也不能骑自行车了，因为一条腿上有骨质增生。"又说："明年89岁，虚岁90，大家提议要为我过生日。"

"什么时候?"我问。

"还没定。"

"定了时间，请通知我，我好有点表示。"

谈到创作，力老说："我今年还搞了两张版画创作。眼睛没问题，手有点乏力。"又说："今年我还到山东两次，是青州人请去的。"

笼中那跳来跳去的松鼠，把我的注意力引过去时，力老说："我的家成了动物园了。这些小动物是人们送我的。"

"力老，你搞了《林间》的木刻，又画了中国画猫头鹰，这些小动物是你创作的对象，观察的仔细，画中的形象才那么生动活泼，让人心爱。"

"《林间》我送你了没有?"

"送了送了。早在1982年2月初拓时，就送我了，我一直装在镜框内，挂在书房里。"

老人接着说："这两种动物截然不同。毛圪狸（指松鼠）一天不停的动；而猫头鹰，却一天也不动，临县人形容人不爱动，有'你敢情是信壶'的说法。"

"我们崞县人也有这种说法。也管猫头鹰叫'信壶'。只是我不知道这'信壶'二字该怎么写? 就以谐声，作插信的箱壶吧，它当是一动也不会动的。"

"这'信壶'二字，我也从未思考过，真还得查考
一下。"力老说得很认真。

看看表，与力老交谈已近一个小时。将起身告辞，
老人说：

"你等等，我新近出了一本书，送给你。"随即咚
咚地跑上楼，听脚步声，力老的脚力还是劲健的，88
老人，真不容易。很快拿下一本《力群美术评论集》，
坐在茶几前，展开扉页，工整地签名题赠："陈巨锁
同志存阅。力群千禧年十月十一日于并州赠。"我双手
接过力老的赠书，又说：

"我还保存你五六十年前出版的《访问苏联画家》
一书。"

"是我送你的?"

"不是，那时我还是中学生呢。是后来在'文革'
后旧书摊上淘到的。"

"我手头也仅有一本了。它（指书）记录了很多苏
联画家的资料，还有点参考价值的。"

我起身告辞："我不打扰了，请多保重!"

力老送我到门口，我说：

"今天外面很冷，别送了。"

"好，好! 再见，再见!"

郝强送我到小院大门外。

到 2001 年 12 月，我不曾忘却力老的生日，于旧历 11

月 17 日值老人九十岁诞，遂以老人所作木刻标题集联五副，拟为力老贺寿，即与董其中老师通了电话，询问庆典日子，知力老已迁居北京，以致一时未能取得联系，所作贺件只好搁置一旁，暗暗祈祷力老健康长寿。

2002 年 4 月 8 日，《力群画展》在太原开幕，我持请柬，于 9 日前往参观，于展厅见到了久违的力群先生，叙谈有顷，老人将做保健按摩，邀约晚上 7 点到力老家小坐。

按时赴约，力老方归，九十老人，除重听外，看上去，一切都很健康，记忆惊人，思维敏捷，手可操刀刻版画，眼能不花书小字。我将前书九十贺件送上：

> 二月新苗春到山区郝家掌，
> 林间秋菊帘外歌声莱比锡。

集联中"二月"、"新苗"、"春到山区"、"林间"、"秋菊"、"帘外歌声"皆力老版画大作之标题；"郝家掌"乃力老之出生地；"莱比锡"在 1959 年 8 月举办了国际版画展，力群先生的《帘外歌声》在此次展出中大受赞扬，并收入《给世界以和平》的画册中，为祖国争得荣誉。

老力看到迟到的贺联，甚是高兴，连声道谢。据说，后来此件集联曾悬挂于力老在京的客厅中。

与力老近四十多年的交往中，受益多多，1986 年我在太原举办个人书画展，老人撰书前言。1995 年我的第一本散文集出版，先生为之作序。"前言"与"序文"多有过誉之词，然提携奖掖后学之用心，令我铭感五内。

到 2009 年 97 岁的力老，还应我所约写了《回忆赵缵之老师》的文章，老人用钢笔十分工整地写在稿纸上，几处修改的文字，用白粉涂抹，一一改正，这正是老人为文的一贯作风，文稿留我处，将是一件很珍贵的"文物"呢。

力群先生辞世了，他给我的信件多多，还有他赠送的木刻大作《黎明》、《瓜叶菊》等等，看到这些将可传世的艺术品，我的思绪便久久不能平静。老人晚年画国画，他曾亲自设计，让我为他到五台河边定制砚台，此后便画了很多竹子、菊花等花鸟和山水，呈现一派版画气息，也颇耐看。有人向老人求画，他却说："我的国画再过三年才敢拿出。"这便是力老对艺术创作之严谨态度。老人永远是我们学习的榜样。

2012 年 3 月 10 日

岭南麦华三

    中学时，于阅览室翻阅《文物》杂志，其中有一篇研究王羲之书法艺术的文章，作者引用了麦华三的立论作为文章的论据之一，写道："广州著名书法家麦华三先生说：……"几十年过去了，麦华三先生如何"说"，我不曾记得，就连那文章的标题和作者的姓名，也早已忘却了。而"广州麦华三"的名字却从此深深地印在了我的脑海里。这或许因为我当时已经开始迷恋于书法艺术的缘故吧。

    1973 年，从夏天到秋天，我参加了在广州举办的第 34 届秋季"中国出口商品交易会"的筹备工作。一到广州，便打算抽暇去拜访麦华三先生，奈何筹备工作十分紧张，一时间未能脱身。记得展览布置就绪后，陈云、丁盛、孔石泉、陈郁、王首道等中央首长和省市领导作了认真的审查，交易会于 10 月 15 日如期开幕，第二日我便迫不及待地去拜访了麦华三先生。

    初访麦老，是由美术史家陈少丰先生引见的。麦老和陈先生当时都执教于广东人民艺术学院（今广州美术学院），不唯同事，且甚熟稔。

    麦华三先生时住广州河南南华东路福仁东街，距广交会大楼很近，似乎仅有一桥之隔。然而过大桥，先南去，再西转，经过一条小街，有很多店铺是经营海鲜者，一股浓重鱼腥气息每每扑面而来，让我们这些北方人不得不加快步子掩鼻而过，遂戏称此街为"臭街"。

麦老的居室不甚宽绰，似乎没有客厅，除卧室外，仅一间小书房，似乎还兼作餐厅用。书房靠墙放着几只书架，当地置小圆桌一张，桌面直径也不过七八十厘米，桌旁有高脚凳三四只。老人时年六十七岁，头发短短的，有些花白，身材不高，看上去精神健旺。见客到，操着粤语打招呼，很是热情，只是我从北方乍到岭南，那些难懂的广东话，听起来十分吃力，约摸能有十分之三四的理解就算不错了。说来也巧，麦老的儿子在山西长治工作，孙子很小便随父在山西读书，时回穗探亲，他不独会说普通话，就连山西话也能说上几句，自然而然成了我和麦老交谈的翻译。我向麦老请教书法之道，先生循循教之，说学习书法，首先要在楷书上下基本功，集中精力，突破一点，由点到面，博览专精。又拿起毛笔，虚空比画，细致介绍了写楷书和写篆隶运笔的异同。临别，还赠我作品二册，并说："这是我写的毛主席诗词楷书和行书印刷品，供参考，请批评。"我手接作品连连致谢！先生又说："明日下午你若有时间，欢迎再到寒舍来叙谈，我为你写幅字。"这出乎意料的约定，更是让我乐不可支，应诺着、感谢着离开了麦宅。

次日下午三点，我如约再次步入麦老的住处，老人已为我泡好了一杯茶，如此的客气，令我这个晚辈很是不安。

这个下午，麦老首先讲述了广州的书坛状况，接着介绍了他自己的学书经历和经验，然后为我作书法演示，只是书桌太小了，一张四尺宣对开的条幅，放上去，是见头不见尾，只有一段儿。然而，让我不曾想到的是，先生为我写一首毛泽东诗词"赤橙黄绿青蓝紫……"时，写第一行，不是一书到底，而是仅写了上半段，不推送纸，接着写第二行、第三行，而文字互不连属。然后才将纸推上去，接着又书写成第一行、第二行、第三行的文字。最后将纸完全推上去，露出最下部分，接着挥毫，完成了整幅作品的创作。这写法，为我初见，亦为平生之仅见。这当是因书写条件所限，麦老在实践中摸索出来的办法。先生将书写内容和布局成熟于胸臆，然后放手于笔端，竟能章法统一，气韵通贯，而文字上下呼应相续，达到了天衣无缝、无懈可击的境地。能不令人啧啧称奇而赞叹。

先生知我将离广州，并取道桂林作山水写生，遂又提笔题二签条：《桂林山水写生册》、《桂林摄影册》，又书小横幅"满招损，谦受益"的古训，亦见麦老对青年人的关爱和告诫，我自不敢有忘，常以此为警励。

临别，和麦老合影留念，老人让我和他坐在一起照，我执意不肯，请老人就座，我站一侧，留下了这张四十年前的老照片。

离广州，乘船至梧州，转汽车而阳朔，溯漓江而上，得山水写生画廿余幅，方返忻州，已是天寒地冻的十一月中旬了。回忻后，我致函麦老，寄上在广州时与先生所拍的照片和拙作书画，以求指教，到 1974 年元旦后的第三日，便收到了先生的回信：

巨锁同志文席：

传来照片，两地神交。再观大作，书画双绝，悬之左右，朝夕欣赏。旧作一首，随函中谢，不次。

华三顿首，十二月十八日。

所谓"旧作一首"，便是先生赠我的一幅楷书小中堂，上书：

静极颇思动，飞来岂偶然。江山能我待，风月总无边。百丈悬飞瀑，千秋挟二仙。登高望来者，峡外一帆悬。游清远飞来峡旧作，巨锁方家两正。番禺麦华三。

作品典雅淳正，秀劲妍媚，一派二王气息，遂为装池，悬诸粉壁，时相晤对，犹见先生作书之情状。

2012 年 4 月 16 日忆于隐堂

潘絜兹与五台山

　　繁峙朋友以岩山寺壁画的精印品一轴见赠，面对画面上细密严谨的建筑和典雅秀美的人物出神时，我不禁想起了为保护岩山寺壁画而作出杰出贡献的潘絜兹先生。

　　那还是上世纪七十年代的事情，时值"文革"时期，国家有关单位拟组织中国古代壁画出国展出活动，著名画家潘絜兹受命到山西来，带领一批山西的青年美术工作者，从晋南到雁北，从上党到台山，选取壁画临摹对象，并来到了繁峙的岩山寺。

　　岩山寺，地处台山北麓，在繁峙县城东北约 90 里的天岩村，寺内保存有金代壁画。这些壁画，不独具有高超的绘画技艺，是珍贵的艺术品，同时也是宋金时期社会场景的写照，有如张择端的《清明上河图》，生动具体地揭示了当时的社会生活，各色人物，市风民俗，建筑百器，服饰衣冠，宗教文化，故事传说等等，可谓解读和研究宋金历史的一卷翔实的图录。

　　1974 年暮春时节，潘絜兹先生偕同年轻的画家们，风尘仆仆前往岩山寺。此次临摹活动，我也是被抽调的对象之一，因为单位工作一时走不开，便未能参加，失去了一次向传统艺术临摹学习的实践机会，也失去了再次跟随潘先生随时请教的机会。（此前，于1965年冬天，我曾参加了在潘絜兹先生指导下的永乐宫壁画的修复工作。）每想到此，心中总会泛起若有所失的感觉。

是年5月，我适繁峙，公干之余，于27日，我偕同刘尚鹏同志，乘车到南峪口公社天岩大队，去探望潘先生等一行。到得山门，但见古寺荒凉，草衰风低，断碑仆道。于庭院中，山寺正殿，仅存残基，瓦砾堆积，破败之景，跃然眼底。唯聊可慰藉者，四棵古松，挺然而立，松涛阵阵，瑟瑟传响，苍凉中透出几分生气。

山寺有南殿，为文殊殿，面宽五间，进深三间六椽，歇山顶。所言岩山寺壁画者，正在其中。步入文殊殿堂，看到画家们正在聚精会神地勾勒画稿，俨然潘先生在二十世纪五十年代创作的《石窟艺术创造者》一画的景况。待我走到潘先生身边时，他才发现我不期到来，甚是高兴，随即放下手中的画笔，问长问短。画家中有我的同学王朝瑞、赵光武、李增产，也拥拢过来，还有我熟悉的冯长江、卢万元等朋友，久不见面，偶然相值岩山古寺，咸来问讯。待与各位互致问候后，潘先生导引我在殿内观摩。

首先看到的是一尊南向的水月观音塑像，半倚半坐，丰姿洒脱，衣着线条流畅，面目端庄而饱含慈悲。其他几尊胁侍塑像，造型俊美，装饰简洁，神采焕然，耐人品读，虽为金代遗作，犹存唐时风韵。所惜佛坛上的主尊造像，只留一尊英武的雄狮坐骑了，色彩虽不再鲜焕，却给人以古香古色的快愉。遥想八百年前，大殿新塑初成时，那佛坛上是何等的佛光普照、金碧辉煌的光华世界呢！一定是看到我对塑像出神的傻样子，一向不苟言笑的潘先生，突然笑道："这雕塑精美，更精美的还是那些壁画！快去看看吧。"听到笑语，我才缓过神来，又跟着先生在壁画前巡礼。在西壁前，先生指点着壁画上的每一场景，给我介绍了释迦牟尼从降生，到出走，到苦修，到成佛，到布教，到涅槃的故事，还不时提醒我搜读壁画上那些长方墨线框内的文字，它点明了每个故事的内容，起着对读者的提示和导读作用。而在东壁前，潘先生除从内容上给我作了简要的介绍外，更多的则是对壁画艺术和壁画资料价值的阐述。他说整幅墙面，以通景式的构图，以青绿重彩的设色，以工细缜密的线描，以经变故事为中心，以云、树、山石、流水等自然景观既分割、又联缀的手段，完成了有聚散，有起伏，既分组又统一的庞大而繁复的绘画题材，这就是匠心独运了。潘先生又指着壁画中的楼阁、宫殿、寺塔等工整而宏伟的建筑，为我剖析了唐宋"界画"的画法。他说岩山寺壁画上建筑的画法，正是继承了唐人李思训、宋人郭忠恕的界画优秀传统，为我们留下了这些精美的典范。我们这一代人，应当认真地学习和传承，绝不能把这一古法失传了。先生说这番话的时候，其神情是十分庄重的，似乎话音也有些加强。然后，又指着壁画上的不同人物，先生说，佛教故事是外来的，而画中的人物，已然完全中国化。不管是宫廷贵胄，还是村野百姓，看看仕女的装束，或是百工的衣着，无不是宋金时期中原人物的写照，除却经变故事本身外，画中所反映的社会风貌和人物活动，也极生动具体，诸如水磨图、挤奶图、戏婴图、赶驴图，以及对酒楼茶肆中市井人物的刻画，神态毕现，呼之欲出；而对器物的描写，精工细腻，应物象形。至于对王宫生活的描摹，更是曲尽其妙，多彩多姿，这缘于壁画的领衔画家王逵，他曾是"御前承应画匠"，对宫廷生活自然是十分了解和熟悉的。说着，领我去看一则壁画题记，其字迹虽多模糊不清，但其中"大定七年"、"画匠王逵年陆拾捌"等字样，尚清晰可见。听着解析，品读壁画，我不禁为潘先生对壁画细致入微的观察和对佛祖本生故事的熟稔以及对绘画技法的研究，竟能如此的深刻和精致而惊叹。刘尚鹏对我说，听了潘先生的讲解，如同听了一堂故事会，对释迦牟尼的生平有了一个深刻的印象，看这些壁画，也看出了门头夹道，实在有意思。

岩山寺的壁画尚未赏读完毕，已到午饭时间。画家们在寺院西厢房自起炉灶，由山西省文管会的同志负责，在繁峙县政府的配合下，来完成壁画的临摹工作。由于时在"文革"期间，生活物资十分匮乏，加之天岩村，地处深山老林，交通极不方便，这里几乎吃不到蔬菜，权以山药蛋（土豆）作菜吃。偶尔，由县里买些豆腐回来，那便是改善生活了。时值四月底，地里有甜苣（一种野菜）生出，苗壮新鲜，桌子上加一盈盘的绿色，便会引起画家们的食欲。后来我到北京，至地外鼓楼前，西去烟袋斜街，过银锭桥，于北官房 17 号造访潘絜兹先生，谈起在繁峙的一段生活时，还津津有味回忆说，繁峙的豆腐实在是做得好，细嫩流滑，吃过一回，就不会忘记。在天岩大队，还能从老乡家里买到鸡蛋，那里离城远，老百姓尚可养鸡，可以卖蛋，解决一些油盐酱醋的零用钱。若在城里，那该是"资本主义的尾巴"了，不独受批判，也会被割掉的。这是后话，先此插叙了。

当日下午，刘尚鹏同志返回繁峙县城，我与潘先生相见，不忍遽去，便留了下来。

寺院东侧有钟楼，下辟通道，早已改作山门使用。钟楼南，有室一楹，作潘先生的居室。午饭后，先生略作休息，便邀我到他的屋子叙谈。入得室来，但见家徒四壁，仅一床、一桌、一凳而已。先生为我沏花茶一杯，自己坐床头边，让我坐凳子上。

"先生在这里太清苦了。"我说。

"每日面对精美的图画，是一种享受，紧张地工作，就会忘记一切；生活清苦些，也是一种锻炼，况且这里空气好，是休养的好地方。"先生说这番话时，眼皮也不抬起，似乎是对我说，又有点自语的感觉。我知道先生此时还有一桩伤心事，他不提起，我也不敢发问。那便是他的女儿，几年前到黑龙江虎林县插队，在某次森林大火扑救中，被大火吞噬了；其妻因此卧病在床；自己又受命到山西来，组织壁画临摹工作，只有忘我的劳作，才多少能排除一些胸中的郁结，暂忘那心中的悲伤。所以我与潘先生的谈话，始终不离岩山寺的壁画。他说："壁画填补了金代绘画资料不足的缺憾，是难得的古代艺术精品，只是保护工作太差了，壁画墙体有倒塌的危险。这文殊殿曾圈过牛羊，放过柴草，壁画下半部的画面已被糟践得模糊不清了，有的墙皮开裂，用铁铆钉固定在墙体上，这实在不是办法。保护工作刻不容缓。"我建议先生尽快向中央文物局反映岩山寺的情况，回京后找王冶秋局长谈谈。先生说："我会尽力而为的。"

晚上，我和朝瑞再去与潘先生小坐，才发现先生的居室，四壁通风，屋顶尚露着天空呢。我说：

"先生晚上睡觉，一定很冷。"

"不妨事，天气已经转暖，有风时，多加一床被子，也就过去了。未能入睡时，躺在床上，看看天空的星星，听听东墙外河水的流淌声，也是蛮有意思的。或在半夜坐起来，在灯下写点东西，也是好的。"听着潘先生表面上平静的富有情趣的叙述，我的心中却很不是滋味。那晚，我们和潘先生聊得很晚，我怕打搅先生的休息，几次站起来话别，先生总是说：

"不妨事，再坐一会儿。"

翌日早餐后，我告别了岩山寺，告别了潘先生和诸位画家，搭省文管会的顺车返忻。当我离开天岩村头回望时，先生仍然伫立在山门外的老杨树下。

我回到了忻州，潘先生在岩山寺的身影，会时常浮现在我的眼前。后来又听说，上面有指令，要求参加岩山寺壁画临摹工作的画家们，一面临摹，一面用画笔参加"批林批孔"活动。画家们集体创作了一幅以"批孔"为内容的作品。画面是,在"孔庙"前,聚集着很多革命群众,广贴标语,高喊口号,批判"克己复礼",打倒"孔家店"……在创作时,作者把临摹壁画学到的技法用到作品上,将"孔庙"画得精工富丽,画面上人物虽小,也极生动传神。没想到,此件作品送审时,不独没有入选展览,还遭到了严肃的批判,说作品违反了"三突出"的原则,说把"孔庙"画得如此壮观,这哪里是"批孔",明明是"尊儒"。那年代,遭此棍棒,潘先生等画家,当是如坐针毡。只要不再招来祸端,也算大吉了。待临摹工作结束后,潘先生悄无声息地回到北京。

后来,我在《文物》杂志上,看到潘先生撰写的《岩山寺壁画亟待保护》的文章。文章简介了岩山寺壁画的艺术价值和历史价值,陈述了壁画的现状,指出如不及时保护,将会毁于一旦,呼吁将其列入国家文物保护单位。我读着文章,想到了先生身在北京,却心系岩山寺壁画,这是对祖国文化遗产何等的深厚感情呢。

1979年5月18日上午,潘絜兹先生突然见访,没想到与先生会在忻县见面,这真是喜出望外。为了编辑出版《山西壁画》和《岩山寺壁画》专集,先生偕同国家文物出版社和山西省文管会的同志,一行八人到忻。中午,于忻县地区第一招待所宴请了客人,下午两点半,送别客人往五台山佛光寺而去。这虽是一次短暂的见面,但我见到潘先生精神健旺,令我十分的欣慰。先生此行,在一个半月的时间内，跑遍了三晋大地，整理着古代艺术遗产，传播着艺术知识，先后在太原、大同作了有关壁画艺术的报告。此举，也揭示出先生与山西壁画不解的情结。

1980 年 9 月 2 日至 7 日，于五台山召开"京津晋年画会议"，这是以中国美术家协会北京分会副主席潘絜兹先生一行 13 人，以美协天津分会主席秦征同志一行 11 人，以美协山西分会主席苏光同志一行 17 人的庞大阵容，在打倒"四人帮"以后，召开的一次三省市美协联席会议。出席此次会议的画家，北京以画工笔重彩人物画画家为主；而天津则以杨柳画家为主；山西的代表除青年画家外，也召集了各地市的美术工作者，借以向京津的画家们学习。会议以观摩年画草图为主线，围绕草图，展开讨论，提出草图修改建议和意见，交流了创作心得以及各协会的打算和安排。还举行了笔会，游览了五台山的寺院。在龙泉寺留下了一张有潘絜兹、秦征、苏光等同志观赏石牌坊的特写。三位画家，今皆已作古，此照片，也感弥足珍贵了。

台山会议空暇的时间，我多次寻潘先生小坐，先生以《五台山观摩京津晋年画稿偶得》三首，抄示于我，诗云：

清凉妙境号五台，九月连袂上山来。
梵宇琳宫夺心目，更喜画本呈异彩。

画家心里有农民，相得犹如鱼水情。
彩笔年年添新样，写出农家一片心。

兴国由来多艰难，卅载风云时变幻。

待得四化实现日，浓彩直画《合家欢》。

于此质朴的诗作中，既可了解到画家当时的心绪，也反映了当时年画创作所推重的题材。茶余饭后，我陪同先生参观他不曾到过的几处寺院，每到一处，他对建筑、雕塑、壁画、碑刻、题记，无不认真观赏、品读、评论，有时还掏出笔记本来，作一点记录。先生的一言一行，于我大受教益，大得启示。

9月7日下午，京津晋画家离开台山，取道峨岭，往繁峙县一宿。8日径至岩山寺。在文殊殿，与会同仁，请潘先生对壁画艺术作了简要介绍和评析，精美绝伦的金代工笔重彩绘画，令京津晋的画家们赞叹不已，留连不已。

到1982年，岩山寺终于列入国家文物单位之一，潘先生看到呼吁日久的希望变成了现实，那又会是何等的高兴呢！行文到此，潘絜兹对五台山的功德也算圆满了。谁曾料到，日后又生出一些枝节来，不能不赘述几句。那是上世纪90年代初，我参加山西省某次人代会，有繁峙县几位代表写了"关于潘絜兹为拍摄岩山寺壁画，曾在壁画上喷洒了酒精，造成对壁画的严重的破坏"的议案（大意如此）。其时忻州代表团团长、行署专员刘耀同志找到我，了解情况，我看到了此一议案，所指的便是1979年5月间，潘絜兹偕同文物出版社、山西省文管会一行8人，为出版《岩山寺壁画》专集而进行的拍摄活动。我将潘先生视壁画如生命的经历（参与敦煌壁画的临摹、创作与著述；参与并指导永乐宫壁画的修复工作；对岩山寺壁画临摹以及为保护工作而撰文呼吁和奔走情况）向刘耀同志作了全面的反映，并说明此次拍摄活动，也还有山西省文管会的多人参与，潘先生绝不会也没有可能做出"喷洒酒精"的这一举动，我认为此说，纯属误传。其后，刘耀同志又向省人大有关领导作了汇报，此事方得平息。对一位为宣传和保护山西壁画曾作出积极贡献的画家，竟遭到如此回报，我的心里很感困惑。所幸，风波很快过去了。

此后某年，我到北京时，又去探望潘先生，他的北官房的院落，已全部落实了政策。在"文革"中，院内强行住进了多户人家，他和夫人、孩子们僦居在大门西侧的三间南屋里，既是起居室，又兼画室和会客室。在打倒"四人帮"后不久，先生还是住在这里，只是在横梁下添了一块小匾额，上书"春蚕画室"，是黄苗子先生的手笔。先生在此颇为狭窄的画室里，创作了数以百计的重彩画，先后在北京、南京、太原等地举办了个人画展，都获得了圆满成功。而今，先生已住进了明亮的内院正屋，只是身体大不如前了。见面后，先生不独出示了他的新作，还问起山西画家们的创作，问起岩山寺壁画的保护情况。我没有也不能把有关"议案"的始末告诉先生，否则老人会很伤心。2002 年 8 月 10 日，潘先生以 87 岁的高龄辞世，中国失去了一位杰出的工笔重彩画大家，人们怀着沉痛的心情悼念他。我想起了先生站立在岩山寺山门外白杨树下的身影，似乎也听到了岩山寺那瑟瑟的松涛声，好像在诉说着先生在五台山北麓工作的日日夜夜。

2009 年 3 月 5 日

杨善深与五台山

  1981 年 7 月 26 日下午，旅居香港的岭南派著名画家杨善深先生与夫人刘兰芳女士及弟子张玲鳞、余东汉由广东美术家协会王东陪同下，由大同来到忻州，入住忻县地区招待所。

  杨先生在数年前，曾往游古都平城，访胜探奇，饱游饫看，笔不停挥，得画稿多多。昔游兴犹未尽，遂二次莅同，徜徉云冈石窟之中，徘徊上下华严寺内，朝而出，暮而归，忘却跋涉之劳顿。

  到忻之当晚，文联设宴为杨先生一行接风。杨老时年六十八岁，身着便装，脚踏凉鞋，高个儿，少言语，席间之应酬，皆由其女弟子张玲麟代替。据云，张女士早年在台湾红极演艺界，曾参加过六十多部影视片的演出，后来定居香港，不独醉心于摄影艺术，且沉潜于国画笔墨，遂师事杨先生。如此经历，故尔见其谈笑风生，应对裕如，不致因杨先生的少言寡语而冷场。

  晚餐后，休息未几，张玲麟说杨先生要作画，这消息，令大家喜出望外，能有幸一睹画家挥毫泼墨的风采，真是开眼界，学技艺，机缘殊胜。大家赶紧联系会议室，准备文房用品。晚上 9 点许，会议室内灯光如昼，杨先生步于桌子前，铺纸吮墨，审慎落笔，皴擦点染，完成小幅山水画，题赠大同市文联（杨先生一行到忻，由大同画家王宗训、李万茂送来），大家鼓掌致谢。接着杨老铺四尺整幅单宣，手提大号羊毫，蘸水、调墨，略一考量，然后放笔挥写，几片大荷叶，跃然纸上，墨气氤氲，顿生清凉，然后以淡墨渴笔画荷干，穿插荷叶间，疏密得宜，苍劲有力，生机勃发，妙造自然。随之捡细笔勾勒白荷花，与墨叶相映衬，似感临风摇曳，清芬远播。此帧水墨荷花图，题赠忻县地区文联。先生搁笔，掌声又起。文联领导趋前致谢，并送杨老等一行回客房休息。

7 月 27 日早餐后，我陪同画家一行，分乘两辆车上台山。我和杨先生等坐小面包车，车出忻县，过定襄，入五台县境，画家们不时向车窗外探望，打量沿途之风景。有时听我介绍当地的一些人文和自然景观，诸如阎锡山、徐向前、薄一波等人物以及南禅寺、佛光寺等古建。

中午于五台县招待所就餐，餐后未作休息，匆匆起程，穿阁岭，过茹湖，转而豆村。其时也，山路崎岖，颠簸过甚，杨先生有些疲累了，闭目养神，以为休息。车过东瓦厂，路斗折而上，忽见一群山鸟从车前掠过，衬以绿树白云，煞是迷人。张玲麟女士手疾眼快，打开车窗，探身窗外，按动快门，将此一瞬之景象，定格在镜头之中。

车至金阁寺岭头，凉风习习，暑气顿消，游人爽甚，杨先生健步步入金阁寺大悲殿，面对那五丈高的千手观音像而出神，而张玲麟从后高殿看到前殿屋脊上的红嘴鸦则不停地拍照。

车到台怀，入住五台山办事处的一号院。院处显通寺内，为四合院，青砖墁地，中置花坛，西倚崖壁，高树垂阴，清静无尘，当时为五台山第一下榻处，杨善深夫妇居正屋，其余各位分别住东屋、西屋和南屋。

晚餐后，众人在寺院各处散步，星宿交辉，灯影迷离，钟磬相续，呗梵继起。漫步幽寂之梵宇琳宫之中，虽值盛夏，也感有几丝凉意，身着 T 恤衫的杨先生在夫人的催促下步回客房。

翌日凌晨 3 点半，画家一行便早早起床，登车上山，北上鸿门岩，东转望海峰，以待日出。山高风大，台顶奇寒，好在昨晚每人租得一件棉大衣，有棉衣御寒，免却挨冻，唯广州王东认为自己年轻，且身强力壮，穿一件单衣上山来，其时双臂紧抱胸前，身子缩瑟着，好在有一位我熟悉的五台县文友，她穿的衣服多，便将自己身上的棉大衣脱下来，让给王东。王东嘴说"不冷，不冷"，不过他却很快将棉衣裹在身上。

叙谈中，见东方发亮，层云铺海，高峰涌起，瞬息万变，又见红日喷薄而出，景色瑰丽，壮阔无边，正是赵朴初先生咏东台日出词之境界：

　　东台顶，盛夏尚披裘，无著霞衣迎日出，峰腾云海作舟浮，朝气满神州。

杨善深先生见此胜景，理纸染翰，画《清凉山》一幅，峰峦起伏，云雾吐纳，画幅虽小，气象宏大。而见画家对景写生，又不限于实景，临见妙裁，取舍有度，构思绵密，下笔精微，画毕题小字长跋，更生神采，于此足征画家造诣之高深。

天大亮，东台顶游览写生已尽兴，循原路返回招待所，正值早饭时间。

上午再乘车外出，重登金阁岭，寻"狮子窝"，聊一驻足，复前行，下一缓坡，于路边见"佛钵花"，长茎飘逸，花如酒盅，其色黄艳，在微风中颤颤悠悠，甚有风致，杨先生为之写生，张玲麟为之拍照，张女士询问杨老此花名称，杨老说"当属虞美人一类"。于此坡头，下见"吉祥寺"，山环水抱，绿树葱茏，我告诉杨先生，那曾是能海法师驻锡之所。

车复前行，远望中台翠岩峰，青岚浮空，一台涌起，气象站之建筑依稀可见。张玲麟坐岩头，对景写生，杨先生则将张女士写生像收入画面，又写题记一则，记下了与弟子们到台登山漫游之喜悦。后到西台挂月峰，其时也，道路狭窄而不平，人坐车中，颠簸倒侧，直令人们头晕目眩。到台顶，风起云涌，虽值中午，尚感寒意，逗留十分钟，不及作画，匆匆而返，了却朝台登顶之心愿，亦为之欣慰。

回到台怀，已是下午一点余，到住处进午餐，画家们行程安排过甚紧张，半天时间登南台，上西台，能不疲累，以至下午四点方外出游览。

到华严谷口，清水河畔，草滩沙地上，有骡、驴悠然觅食，杨先生对此牲灵，颇见兴趣，上前与之亲近，骡子逸去；驴子温顺，任杨老以手抚摸，并与之合影，然后对之写生，从不同角度，画了好几幅，此驴有幸，竟入杨老图画。

7月29日，一早杨善深先生和他的女弟子张玲麟到我的客房小坐，我顺手将所携带的山水写生稿取出，向杨老请教，以求批评指导，杨老很客气，鼓励有加，对一幅《雨后少林寺》，更为赞许："用水破墨，画出了水气，很有味道。"先生指着画面上的小人物给女弟子讲解。

谈忻县地区风景名胜，我脱口说出"雁门关"三字，杨先生很为重视，说："远吗?"

我说："不远，在代县，近在咫尺。"

杨老略有所思说："用一天的时间去雁门关够不够?"

我答："可以!"听完我的话，便回去与夫人商议，改变行程安排，原拟下午往太原，再转西安游览，而后飞回香港。欲往雁门关，就必须从西安行程中挤出一天的时间，因回港机票，早已购好。夫人对此提议，似乎不同意，便与杨先生争论起来。我们站在院中，听到了他们高出往日说话的低声软语的习惯。杨夫人没有能打消杨先生去雁门关的念头，也只好夫唱妇随了，于此也得见杨先生对雁门关的一往深情。

计划已定，便去吃早餐，餐毕先往镇海寺，步上松林磴道，观朝岚流云，听好鸟相呼。我趁大家游览寺院之际，急匆匆画了一幅《台山之晨》的写生画。画毕，步入"永乐院"，见杨先生正以三世章嘉活佛塔为对象精工描绘，画上，石塔高耸，衬以双松，门墙下横，远山淡扫，疏密相生，引人入胜。画毕，作题记于右上角，"镇海寺，在山西台怀。一九八一年七月廿八日写生。"

离镇海寺，往游万佛阁，塔院寺，最后步上菩萨顶。文殊殿前，古松苍郁，老干盘空，龙鳞斑驳，气势夺人。杨先生见此奇树，左右打量，然后坐之殿角，打开画本，取出一支小毛笔，渴笔淡墨，细心勾勒，渐次加深，松针猎猎，鳞片如生，偃蹇夭矫，恐欲飞去。菩萨顶之老松，数过其下，皆未曾留意，而今我立杨先生身后，观其作画，审视老松，方见其貌苍古，势欲攫人，正神龙之所化，天生之粉本。今杨先生慧眼识真，图写台山松，当与其所作泰安六朝松争雄也。图既成，杨老合上画本，收起笔墨，步出寺门，俯瞰台怀景色，指点哪是塔院寺，哪是显通寺，哪是下榻处，看到黛螺顶，山寺凌空，小径斜挂，轻岚浮游，古木参差，心向往之，奈何日已至午，遂步下菩萨顶108级石台阶，经广宗寺、园照寺等山门外，过"震悟大千"之钟楼，回到显通寺四合院。

午餐后，不再休息，搬行李上车，取道金阁岭而豆村，溯东峨河过峨岭，再顺西峨河而出峨口，径往代县入住政府客房，时已薄暮矣。

7月30日往游雁门关，先生雁门之行已收入拙作《岭南画家与雁门关》一文，此处便不作赘叙了。先生在代抽暇，为我画册页一开，书对联一副。册页画竹笋二只，题词云："辛酉六月（农历），为巨锁兄画，时同游五台山雁门关也。善深。"下钤朱文"杨"字印章一枚；而所赠对联，收入行囊，几经搬家，不知积压何处，至今尚未觅得踪影，其内容也不记得了。唯先生回港后寄我的合影照片和一本签名本《杨善深的艺术》留诸书橱中，偶尔翻阅，便想起先生在五台山和雁门关活动之倩影也。

2012 年 6 月 28 日整理

孙其峰与五台山

正值孙其峰先生 90 华诞庆贺之际，天津市委宣传部、中国美术家协会、中国书法家协会、天津市文联、天津美术学院等八家单位在津举办了《当代书画大师孙其峰先生从艺 82 周年暨孙其峰师生书画展》。看到此则消息，不禁令我欢欣鼓舞，也让我想起了 30 年前陪同先生游览五台山时的情景。

那还是在 1979 年春天，天津画家一行 12 人，先后到陕西，登华山，通潼关，渡黄河，而至山西，于永乐宫观摩壁画后，便沿同蒲线北上，3 月 28 日上午，到达忻县地区。时值地区美术工作会议在忻召开，于当日下午邀请孙其峰、王颂余、孙克纲三位老画家作书画示范。孙其峰先生边作画，边讲解，细致入微地演示了麻雀、老鹰、松鼠等画法，令与会者大受教益。晚上，由忻州地区文艺班小演员演出三出北路梆子折子戏《投献》、《杀驿》和《挂画》，孩子们俊俏的扮相，精彩的表演，博得了津门画家们阵阵掌声，有的青年画家还掏出画夹来，借着舞台灯光画速写。

29 日上午，天津画家们首先到定襄河边砚台厂参观。

看到工人们一手握石，一手持刀，聚精会神地琢砚景况，孙其峰先生饶有兴趣地拿起一块粗石、用刀子试了试石质的软硬，并说这种石头会很"下墨"的，又拿起了一块成品砚把玩着，建议厂家砚台造型应古朴典雅，忌繁缛花哨。告别砚台厂，前往南禅寺。入得寺院，画家们欣赏着唐建中三年的古建筑，平缓的屋顶、硕大的斗拱、恢宏的气度，便让画家称赞不已，而当殿门打开，破目而来的是佛坛上古香古色的雕塑，庄严的法相中流露出几许慈悲和和悦，既令人肃然起敬，又让人感到亲切，孙其峰和王颂余等先生交谈着，品评这唐代雕塑艺术的精湛和特色，雍容华贵，丰满端庄，一派大唐气度，真是人间难得之瑰宝。

由南禅寺到五台县城，已是中午时刻，随即入住县招待所，匆匆就午餐，画家们也顾不得休息，便驱车佛光寺。时有细雨洒落，一路湿漉漉的，空气颇感清醒。间或有雪花在细雨中飞舞，略有寒意，虽然已是暮春时节，奈何晋北春寒不退，田野间，丛树上，似乎初初泛起绿意，报到些许春消息。

踏着细雨，步入山寺，待站定在佛光寺东大殿的古松树下时，我才发现孙其峰先生也有点喘气了，而七十高龄的王颂余先生尚坐在下院的台阶上休息。雨雾濛濛，山寺更感幽深和岑寂了。我给孙先生介绍着1937年梁思成先生等发现佛光寺的历史，孙先生读着东大殿前大中十一年的经幢，问长问短，又绕过殿角，仔细观赏了魏齐时建的祖师塔。随后又立于古松下，招呼下院的青年，要他们护持好王老攀登这东大殿前陡峭的台阶。入得大殿，孙其峰先生对在佛坛的半蹲半跪的供养人尤感兴趣，他对青年画家们说，这姿态优美，肌肤细润，眉目传神，这手的解剖也是十分准确的，古人的技艺实在让人叫绝，我们能不认真学习么？而王颂余和孙克纲先生则专注那殿角的施主宁公遇和功德主愿诚和尚，他们说这是两尊写实的塑像，它们没有程式化，和生活中的人物相去无几，这在古代雕塑的遗产中是尤为可贵的。

在佛光寺的院落中，有两株千二百年的古松树，那虬枝盘空，老干斑驳，令王颂余先生出神良久，想必在他的腹笥中，又会增加生机无限的新粉本。而孙其峰先生对花坛中的一丛牡丹的枝干情有独钟，他说于非闇先生在工笔牡丹花上曾有题词，写道画牡丹，要观察春天之花，夏天之叶，秋冬之老干。佛光寺这牡丹的老干，正是需要我们观察的对象。孙先生这时时处处留心学问的精神，既让我感动，也深受启发。

晚宿五台县城，其时生活条件十分的差，三位老先生同住一室，我们陪同接待，心中很是不安，他们却说，住在一块热闹，平时也难得一聚，正好说说话，很好。

晚饭后，稍作休息，孙其峰先生说，他们要为工作人员和地方领导作些书画，以示酬谢。我们赶紧联系张罗画案，一时未果。孙先生等三人，便在客舍里，将被褥卷起，以床为画案，每人找了一个马扎子，坐了下来精心挥毫。两个小时内，在那简陋的条件下，三位画家竟画出了三十幅精美作品来。我们将这些大作张挂在会客厅，孙其峰先生提出："先让司机师傅们挑选，因为他们的工作最辛苦。"遵嘱我领着司机们在画作前巡视，我请一位赵师傅挑画，他却说："我看都不好看，不要。"他说话的声音也高，我生怕画家们听到。其实这位赵师傅从农村出来，没文化，开了半辈子的车，是一位老司机，他从未接触过中国画，他喜欢的是花花绿绿的年画。我说："你不喜欢没关系，这画却很值钱。"他便让我挑了一幅孙其峰先生所作的花鸟。待各自选画完毕，三位画家，坐在茶几前，很认真地在画作上为大家题写款识。

30 日上午，细雨中，离五台县城，穿阁道，经茹湖，过石盆洞，沿清水河而上，至松岩口小憩，参观了白求恩纪念馆。午饭前到台怀镇，入住五台山宗教办事处招待所一号院。下午，游览了龙泉寺和南山寺。画家们兴致很高，就连年事已高的王颂余先生，也登临了南山寺的极顶，赵泮滨先生对两寺的石雕艺术多有赞叹。身材魁伟的孙克纲先生，似嫌发胖了，登高爬远，有点吃力，走完南山寺的 108 级台阶时，更是气喘吁吁了，不得不小站休息。

两天的奔波，大家似乎很感疲累了，就连年轻的画家们，在晚饭后也早早上床休息，我也身感风寒，头痛剧烈，不得不早早卧床养息。而孙其峰先生仍是精神健旺，应张启明之请，作花鸟分解示范，画身、画头、画翅、加尾、加爪……正画之际，突然停电，久待，发电机未能修好（此时此处用自磨电机），孙先生让启明找几支蜡烛绑在一起，以为照明。此本孙其峰先生为启明所作示范画，却为王颂余先生开口索去，这段佳话，我本未见，事后，是启明亲口见告的。

31 日晚静休一宿，我的头痛病见好。早早起来，为诸位安排洗漱用水，没想到孙其峰先生已在客舍里作画，画了一幅墨笔梅花，上题拟陈老莲笔意，先生说，此次来五台山画了不少画，自己还没有留一幅作纪念。说着把完成的画折成一个小方块，夹入了笔记本中。又说："我也为你画一幅。"仍是同样的题材，同样的构图，粗笔写意枝干，细笔勾勒花朵，虽仅一花一蕾，已觉春意盎然。所赠此作，仍留隐堂之中，每一展对，便会想起先生在五台山晨起作画的情景。

是日上午将离台怀，早餐后，匆匆参观了显通寺、菩萨顶、塔院寺诸胜迹。在菩萨顶俯察山中景致，白云如絮，梵呗低回，在雨后的佛山胜境中，画家们有的速写，有的拍照，老先生们则是静静地观察，自然是要把五台的丘壑罗于胸中，正所谓："胸罗丘壑，造化在手。"

中午，在豆村进餐。此地，仅有一家小餐馆，也似无人问津，当地摆着四五张木桌子，却没有凳子可落座，更不要说椅子了。上前订饭，答道："厨子（掌勺师傅）回家去了。""快去找！""好！"说着小伙计跑了出去。村子不大，大师傅很快到来。说："这里只有刀削面和土豆烩菜。"客随主便，每人站在桌子前就着烩菜吃一碗面，也许是饿了，大家还吃得津津有味。餐毕，经岩头、峨口，到繁峙县，住进县招待所。晚饭后，年轻人就近到大礼堂看原平县晋剧团演出的《雏凤凌空》。三位老先生又在客房里作理纸染翰，作书作画。他们的辛勤劳作，令我感动；他们把大量的作品赠予群众，这当是为今天"书画进万家"活动开了先河。这能不令人敬佩吗？

4月1日，前往岩山寺观摩金代壁画。90里的山路，坑坑坎坎，十分难行。在一处陡坡，路上竟出现了一道沟坎，车过不去，画家们只好徒步。司机师傅和青年画家们搬石填沟，铲土垫道，沟坎填平了，车赶了上来，老画家频频感谢。

面对岩山寺精美的壁画，大家看得很仔细，很认真，生怕有一处疏忽了。孙其峰先生读着壁画上的题记，介绍着画中的故事，孙克纲先生则为寺院的四棵老松迷住了，立在院侧勾勒起画稿来。一个上午的时间，似乎太短暂了，孙其峰先生说今后有机会，会再来五台山，再来岩山寺。

下午，天津的画家们，结束了台山之旅，取道原平而北上，到大同，参观了云冈石窟、上下华严寺等文物古迹，而后经北京返回津门。

孙其峰先生五台山此行，兴犹未尽，临别时约定抽暇再来。然先生为教学、画画、写字、展览、会议、应酬等事务，总是忙，一直未能成行。到1990年春天，本拟莅晋，到7月14日，先生来信说："五台山，又暂不去了。天太热，当和尚不便，往后一定去。"这"往后"，一直沿续到今天。先生虽没有再上五台山，然五台山的"清凉"，却长留在先生的作品中，在赠我的一本画册中，有一幅题为《疏林雪意》的寒雀图，上题"己未之春，有潼关之行，归途阻雪五台，倚装山寺，闲窗远眺，得此小景。"读其款识，便令我想起了孙其峰先生在台山时倚装命笔的倩影。适值先生 90 华诞之际，遥祝老人体笔双健，海屋添筹。

2009 年 3 月 15 日

梅舒适印象

　　日本著名书法篆刻家梅舒适先生，以 91 岁的高龄，于 2008 年 8 月 27 日在大阪辞世了。消息传来，我久久沉浸在对先生的怀想中。梅先生不独在日本书坛上有广泛而深远的影响，为传播中国书法篆刻艺术也作出了积极的贡献。他上百次地到中国来访问考察，交流书艺，与中国各地的书法篆刻家建立了深深的情谊。

　　1984 年 10 月 19 日至 22 日，以梅舒适为团长，田中冻云为秘书长，以及团员平田华邑、谷村熹斋、青木香流、稻村云洞、饭岛太久磨和译员中野晓一行八人的全日本书道联盟代表团访华莅晋，先后在太原、交城、大同等地考察访问。我作为山西的陪同人员，与日本书家相处四天，留下了几缕难忘的印象。

　　访问团的行程安排是十分紧凑的，10 月 19 日上午 9 时 50 分，日本书家在中国书法家协会副秘书长刘艺先生和译员贺寅秋女士的陪同下由京抵并，到宾馆稍事休息后，便浏览了双塔寺。在寺院的碑廊中，日本书家对墙壁上镶嵌的碑刻作了认真的观摩，有的书家以指代笔，书空比画，摹拟着碑刻中的草法。当来到双塔下参观时，仰观双塔凌空，伟然挺拔；俯察砖瓦遍地，杂然堆积。其时，双塔方修葺完工，而塔下之杂物，尚未清除。只见梅舒适先生步入瓦砾堆中，俯身寻觅，偶得半片残破瓦当，也会欣喜若狂，连连赞叹，逐以纸巾揩擦，品味赏读，然后用手帕包裹，收入行囊。以此意外收获，将作永久纪念。众书家也步梅先生之后尘，欲得残瓦当为厚幸。而饭岛太久磨则在塔下吟唱，并将一首咏双塔的俳句抄示于我，奈何时过境迁，我连一句也记不起来了。

在山西省博物馆参观时，博物馆馆长、山西省书协副主席徐文达先生陪同客人们徜徉于文庙的古柏阴下，游走于展厅的陈列物前，客人们询问着山西的历史，审视着出土的文物，尤其是面对纯阳宫陈列的石雕和书画艺术，都是仔细地品味，对一尊天龙山石佛头像的破损，流露出惋惜的神情；而对傅山几件书作的欣赏，则欢呼雀跃，其兴致是满高的。

晚上，山西省书法家协会宴请日本客人，气氛热烈，情意飞扬，互敬杯酒，共建友谊。宴会后，中、日书家召开座谈会。其间，梅舒适先生从手提小包中取出一枚石材说："在京时，朱丹先生（时任中国书协副主席兼秘书长）赠我一块印石，现在为李之光先生（时任山西省书协副主席）刻一方印章，以为纪念。"待译员译出此话时，李之光先生连连道谢。说话间，梅先生持刀凿石，剥剥有声，仅十几分钟时间，一枚印章，耀然眼前，大家鼓掌祝贺。紧接着是书艺交流，中、日书家们轮番开笔，笔走龙蛇，各呈风采。就中，青木香流手持超长锋日本特制纯羊毫在宣纸上的挥写和前卫派书家稻村云洞的"纸笔"表演，令我眼界大开，我不禁诧异当今书法竟能如此的任笔为体和随心所欲，书法如此发展下去，将不知是何面目？我有点迷茫了。然而这点感想，转瞬即逝。当王朝瑞以纯正的《衡方碑》笔意写出一幅隶体书作时，在一旁观赏的谷村熹斋连连点头称颂，并从一方精美的丝织品包裹中，取出一枝毛笔来，说这枝笔是他父亲的遗物，在他身边很多年了，现在送给王朝瑞先生，愿作为中日书法交流的趣话。须知这位谷村先生是一位真正倾心于中国书法艺术的书家，他以临《石门颂》一举获奖，后又十分倾慕吴熙载和杨见山，并改名熹斋，以取熙载的谐音，还收藏了大量吴熙载的作品，借以观摩和临习，故所作篆隶，一派吴让之面目。于此，便可以理解谷村先生喜欢王朝瑞隶书的原因了。

笔会后，年轻的饭岛太久磨兴犹未尽，特邀我和朝瑞并译员到他的下榻处，打开行囊，取出一瓶白兰地，分别倒入四个杯中，加入少许凉水，也没有什么下酒物，便举杯让我们对饮，我没有这种饮酒的习惯，只浅浅地咂一小口，颇有点苦涩的滋味，译员也只饮了多半杯，饭岛先生见我们对白兰地没有太多的兴趣，也不再敬让，便独自饮了起来。酒后，饭岛谈兴甚浓，介绍和谈论着日本的现代书法，待译员中野晓有人叫走时，才结束了我们的交谈，其时，已是夜深人静了。

翌日，日本书家由我和黄克毅陪同游览交城玄中寺。玄中寺，地处交城县石壁山中。山寺群峰回护，古柏峥嵘，殿阁嵯峨，香烟缭绕，钟磬清绝，梵呗声幽。这里是日本净土真宗的祖庭，时有日本高僧大德前来参访。当日本书家步入山寺巡礼时，处处虔诚礼拜，观摩题刻，寻幽访胜，僧院共话，岩畔听泉。不觉已到中午，遂就午餐，一席素斋，颇受称道。饭后到客堂小坐休息，就中，平田华邑微闭双目，手敲新购木鱼，节奏明快，"梆梆"有声，并唱诵起经文来，时有他人助唱，声调轻缓，多少流露出些许的苍凉来。

下午在晋祠游览，访隋槐周柏，观唐碑宋塑，在唐太宗《晋祠铭》碑亭内，书家们流连最久，宗法于二王书体的田中冻云先生，观摩尤为投入，神情专注，手摸心画。当大家步出碑厅时，他还立于碑下，似乎不欲离去。《晋祠铭》的艺术魅力，委实是动人心魄，令人倾倒的。

10 月 21 日早餐后，梅先生在他的卧室要作书，我们送上纸墨，他以长锋，饱蘸浓墨，先为刘艺先生书一对联；然后书"逍遥游"三字小幅，以赠王朝瑞；为我书堂号"文隐书屋"，字兼简牍笔意。

上午陪日本书家离开太原，乘快车向大同而来。在软座车厢内，书家们相互交谈着，稻村云洞取出一本空白小册页，请梅舒适先生在上面作画。我只知道梅先生在书法篆刻方面造诣精深，影响深广，而不知先生擅画。但见梅先生取出一枝"水毛笔"（一种特制的自带水墨的毛笔），聚精会神地在素白册页上点画，一幅幅生动的简笔花卉在笔下流出，待十二幅的册页完成后，大家传观着，赞叹着，我也为梅先生精湛的绘画技艺而叹服。

在列车上共进午餐时，贺寅秋说今天是她的生日，餐桌上便多了一碗长寿面，梅先生还取出一本随身携带的书籍，作为生日礼物以赠贺女士。

到晚上七八点到达大同车站时，竟没有人来接站，这令我很感意外。随即与车站负责人联系，把客人临时引进贵宾休息室，然后与大同宾馆联系，请立即安排房间，并派车来接客人。还好，一辆面包车很快到来，便先请客人上车到"九龙饭店"进晚餐。待晚餐毕，到宾馆后，房间业已安排妥帖。客人入住，我方安心。此次外事活动，事先省外事办已与大同市政府副秘书长兼外事办主任的王善清先生联系妥当，王先生是山西省书协副主席，我们是老朋友，不知什么原因，他竟把此事给搁置了，这使得刘艺先生十分生气。

10月22日，日本书家饶有兴致地参观了云冈石窟、上下华严寺和九龙壁。那恢宏的古建，绝伦的雕塑和流美的飞天，无不让这些日本艺术家驻足观摩，顾盼往复，品读拍照，在他们的脸上不时地漾出了惊喜和仰慕的表情来。

是日下午外出前，梅先生拿出一方印章赠我，上刻"巨锁"二字，并在当日的日历纸上，钤出一枚鲜红的印花，旁注小字一行："左文，汉印中有此印式。"我手接印石，对梅先生致谢再三。印章至今存隐堂中，时有钤用，每拿起这方石章时，便想起了与梅先生等日本书家相处的日子。

1995年，我适日本，无暇去大阪谒访梅舒适，在神户时，曾与梅先生通了电话，互致问候。

2004年，我游桐庐，在"钓台"的石壁上，刊有十一个赫然大字"严子陵钓台，天下第一大观"，是梅舒适的手笔。要说梅先生与中国书法篆刻的情结，当与吴昌硕和杭州最深。他青年时，爱好书法篆刻，师从篆刻家河西笛洲，并致力于以吴昌硕为中心的近代中国篆刻艺术的学习和研究。以至后来，成为西泠印社的名誉社员，渐升为名誉理事，而后又被推为名誉副社长和吴昌硕艺术研究会副会长，大阪府日中友协会常任顾问等。梅先生到中国访问，当以到杭州次数为最多。

几年前，梅舒适先生率团到并举办日本篆刻展，当我见到梅先生时，他有点老态了。在山西省文艺大厦举办展览开幕致词时，梅先生不留译员的翻译时间，竟不停歇地一句一句往下讲，待主持人员提醒他时，他用了标准的中国话说："我以为自己是在日本发言。"这一句引得参加开幕式的观众哄堂大笑。须知，梅先生早年在日本读大学时，是专修中国语的，也是一位汉学家，只是很少表露而已。

1984 年梅舒适先生莅晋时，曾应我之请写了一首元好问《台山杂咏》诗，后来收入"五台山碑林"。在名山胜景中，留下了先生的遗泽，也将传诸后世，人们游览赏读其作品时，自然会想起这位日本书家梅舒适。

2008 年 10 月 20 日

悼念聂云挺同志

老画家，前中国美术家协会山西分会副主席聂云挺同志于 3 月 22 日辞世了。当我接到讣告时，遗体告别仪式已结束多天，我没有能够去送行，便写下以下的短文，用以寄托无尽的思念。

我和老聂（习惯称呼）相交，少说也有 30 多年的时间了，他一向很健康，只是晚年有点重听，每交谈，他总是把耳朵转向你，对准你的口腔，尚需你大声地说话，他才能够听清楚。他能活到 88 岁，也算高龄了，然而在山西省美术界，又弱去了一位可敬的长者，与他相交往的人，无不为之哀伤。

聂云挺同志，1920 年 9 月 4 日生于忻县庄磨镇连寺沟村。在抗日战争爆发的 1937 年，他才 17 岁，便毅然参了军，在八路军 120 师 359 旅担任连队战士、文书兼文化教员。到 1939 年便加入了中国共产党。在此期间，于晋绥、晋察冀、平西等地，都留下了他的足迹。在转战途中，他写标语、画漫画、散传单，开展各种宣传活动，对鼓舞群众，打击敌人，起到了积极的作用。他以画笔作武器在抗战中发挥的重大作用，得到了部队领导的嘉许和重视，便于1941年春天，推荐他考入了延安鲁迅艺术学院第四届美术系学习。在"鲁艺"期间，曾聆听了毛泽东同志对文艺精神的讲解。毕业后，由"小鲁艺"到"大鲁艺"，到火热的生活斗争中去。于1945年在晋东南，担任了太岳《新华日报》的美术编辑。

新中国成立后，聂云挺同志参加了中国美术家协会山西分会和《山西画报》的创建工作。1957年调往大同，先后参加了大同文联和晋北地区文联的组建，并任主要领导职务。1963年返回省城，任山西省文联办公室主任，美协山西分会秘书长，山西《群众画报》副社长兼副主编等职务，事无巨细，必自躬亲。

"文革"中，我在忻县街头，突然邂逅聂云挺同志，我问他，什么时候到忻县？来办什么事？住在哪里？他笑着说："妻子从省城下放到忻县收容站工作。我成了收容站的收容对象，住在收容站。"听了老聂的答话，我竟一时语塞，最后才挤出三个字："要保重！"而我心中却生发出一缕苦涩和酸楚。

到1971年，省委指示为迎接《在延安文艺座谈会上的讲话》发表三十周年而组织美术创作，抽调老聂等同志负责培训工作，由于我参加了此次活动，时间较长，可有月余光景。在此期间，老聂勤勤恳恳、兢兢业业的工作作风，给我们留下了深刻的印象。会后，各地、市都抽调了美术作者，集中创作。是年冬天，苏光同志（省美协原主席）和聂云挺同志到忻观摩草图，指导工作。我记得，当时我们住在文庙（时为忻县县委党校）。那时连一顿像样的招待饭菜都没有。到中午，张启明同志只好请老苏和老聂到他家坐着小板凳吃了一顿便餐。

某年夏天，我为创作《水上大东梁》、《黄河两岸披绿装》等山水长卷，到河曲深入生活，收集素材。一天老聂来到忻县，了解美术创作情况，值我外出，便又独自乘长途客车追到河曲来，这令我很是不安。一位党龄比我年龄还大的老革命、老领导，他本该打个长途电话，我会立刻返忻，他却是悄声地到晋西北来。（读者诸君须知，那时的交通很不方便，坐长途车到河曲，还得先到在阳方口住一宿，第二日早上6点发车，到河曲县城，得走上八个多小时。）于此一斑，也得见老聂的谦和平易，在他那里，你不会知道"官架子"是何物。

打倒"四人帮"后，老聂一直在美协山西分会的领导工作岗位上，每日更加忙碌，从不知倦怠。美协创作组，是画家集中的地方，大家都忙着画自己的画，日常的行政事务工作，不管大小，老聂总是毫无怨言地操持着，大家也似乎忘了或者根本不知老聂也是一位早已知名的画家。其实，他从"鲁艺"毕业后，到建国之初，便创作了很多有影响的作品，仅举三五例，便可清楚。

1947年，他创作的新年画《丰收》，先后由山西人民出版社出版，在北京展出，获山西省首届文艺新闻奖，后由北京荣宝斋木版水印发行国内外，并在《人民美术》发表，到1951年赴原苏联、阿尔巴尼亚等国展出。

他于 1964 年所创作的套色木刻《六月天》，曾于 1992年参加了在北京历史博物馆展出的《延安鲁艺校史文献学术成果暨著名书画艺术家书画展》。

此外，他为赵树理小说《传家宝》的木刻插图，也是很精美的，而他的一幅黑白木刻《浇园》，很富丰子恺漫画的特色，简洁明快，我是很喜欢的。

他在 1952 年，还创作了一幅《滹沱河忻定大坝修成了》的新年画，这是对家乡建设成就的颂歌。

老聂是一位真正的"党的驯服工具"，党叫他干什么，他就干什么，党让他干行政事务工作，他便放下了画笔，以组织辅导，培养新一代美术创作队伍为己任。为大家辛勤奉献作后勤，乐此不疲，这又是何等可敬和可感！

到 1986 年，聂云挺同志从领导岗位上退休了，他才有了自己支配的时间，便重操旧业，拿起画笔，开始钻研起国画来，山水、花卉，无不涉猎，尤以画游鱼为生动，为时人所赞叹。

去年，我参加《山西省百年书画名家作品展》的提名讨论会，中国美术家协会副主席杨立舟同志便提出了聂云挺同志的名字，他说老聂晚年的花卉画画得很出色，又是山西美术界的老前辈，理应入围。这建议，与会同志都无异议。

大约在八九年前，我在太原遇到老聂，他说省委拨款将为他出一本画集，让我到他家帮他"挑挑画"，"把把关"，我知道这不是客气，是真心话。老聂一向很率直，他说他"画国画没几年，拿不准"。我答应他的嘱托，后却因有急事匆匆回忻，没有能够帮老聂的忙，至今想起此事来，愧疚不已。到2002年，《聂云挺画集》出版了，他很快寄给我数册，让我分送给忻州市文联、忻府区文联和忻州的画友们，说这是对乡梓人民的汇报，请大家多多批评。今天我翻检着聂云挺同志赠我的沉甸甸的画集，一位慈祥老人的面影，不时地在眼前闪现。老聂，家乡人民会永久地怀念你。

2008 年清明节

董其中先生的雅舍

　　董其中先生是我上大学时的老师，他的年龄，仅大我4岁，足见他的年轻有为了。40年前，他版画创作的艺术成就便蜚声海外，这自然缘于他的天赋和勤奋了。

　　先生一直很忙，我不愿打搅他，似乎有两年没有见面了。前不久，我突然接到长信，说他在一年的时间内已编就了7本书：《董其中版画集》、《董其中速写集》、《董其中木刻藏书票及贺卡集》、《董其中书法集》、《董其中美术评论集》、《馀墨集——董其中散文·随笔》、《论董其中艺术》。这实在是让人兴奋的事，也是让人惊诧的事。先生在版画创作之余暇，"利用有限的时间和精力"，做了如此繁重而又繁琐的工作，能不令人感慨和赞叹吗！这岂不是一位真正的"与时间赛跑的人"吗！信中还附有一枚精美的水印木刻牛年贺卡，并在信中写道："奶牛吃的是草，挤出来的是奶，滋养的是我们的身体，其精神可贵，很值得我们人类学习。"鲁迅先生也曾说过同样意思的话。先生们的教诲，自然对我是有很大激励作用的。遂将贺卡装入镜框，置诸书架上，看到嘴衔青草的奶牛，也会想到先生在木板上不倦耕耘的倩影。

　　日前，我适太原，遂于汾河东畔的省文联公寓内造访
了董先生。先生的雅舍，实在是太逼窄了。先说会客屋，
屋内除去三件套的大沙发外，说"家无立锥之地"，是有点
夸张，但当我们去访问的三人入室后，确是感到有点拥挤，
不知该在哪里下脚或落座，但见茶几上放着正在刻制的未
完成的版画，大沙发上已让书稿占却了三分之二的位置。
先生赶紧从外屋搬来了一个小凳儿，各自勉强落座。随后，
将茶几上的木刻板靠墙立着，又将沙发上的书稿移到茶几
上。这些书稿正是所编就的那7本书，先生为我翻阅着，
介绍着，拜读了公刘先生的函札，此札将作为《馀墨集》
的代序。也诵读了王景芬先生为《书法集》所写的序言。

　　董老师是一位很健谈的人，趁谈话的空间，我才打量
着室内堆放的什物，一进门和窗下，便有两堆半人高的书
籍，也不上架，就地堆积着，先生说，这些书大都是朋友
和出版社所赠，也没有时间仔细阅读。靠墙处，则是数层
斜立着的镜框，框内装着先生新旧的版画作品，墙壁上有
空隙处便挂着先生的版画草图和书法习作，间或也有收集
来的民间剪纸和五颜六色的鞋面、鞋垫刺绣，从中进行艺
术借鉴和学习。难怪在先生的版画作品中有一种质朴的民
间情愫在流露，富有装饰味的画面展示，给人一种亲切感。
而在大沙发背后的墙上挂着的镜框内，有和老师吴冠中以
及和老前辈力群、王琦、马烽的合影，有华君武所赠的漫
画等。总之客厅的四壁，可以说是琳琅满目，"略无阙处"
了。我说："老师的居住条件太窄逼了。"

"还可以，5 个房间，建筑面积 103 平方米，可用面积也 80 多平米，孩子们不在身边。我习惯于纵向比较，现在住房和我六十年代一家四口住八九平米的房子有天壤之别。再说，住房大小未必和业绩成正比，够用了，知足了。"先生淡然地回答说。

我提议要看看先生的书房，先生一笑说："太乱了。"便立起身来，走出客厅，经过一个小过厅，此厅四周，除去卧屋和厨房的通道外，也垒摞着杂物，悬挂着条幅，因其光线的暗淡，就没有去品读那些书画的兴致了。待先生打开书房的多半扇门时，我进入室内，这里也只能用"拥挤"二字来形容。当地摆着一张大桌子，桌子四周，仍是堆积着书籍、画框、书稿、信件……一边墙面和一个墙角立着书橱，橱内满满的书和艺术品，橱面上也零七碎八的挂着画稿和函札，其中有一条幅是 1991 年书写的鲁迅先生语——"时间就是性命"。几乎所有墙面和橱面都利用上了。书橱的顶端，更有堆到天花板的纸卷和装满画册和函札的一个个纸箱，很有些会滚落下来的感觉。

再看看先生的书桌，似乎也没有一处空隙可言，仍然是书籍，手稿和信件。桌子前，靠墙顺放着一张单人床，床之侧，挂着两件尚未装池的书法作品，同是赖少其先生的手迹，条幅上写着鲁迅先生"愿乞画家新意匠，只研朱墨作春山"的诗句；横幅上书"刀如笔"三个金农体的大字，是赖老 1974 年莅晋时题赠董先生的。此作经过三十多年的打磨，看上去纸质发黄，颇有些古香古色的韵致了。

床与桌子之间，仅有一条能供一人侧身而过的缝隙，是通往阳台的通道。每当写作时，先生便是坐在一只老式的木椅上，推开桌子上一角的杂物，在灯下聚精会神地爬格子。那发表在《人民日报》文艺副刊上的数十篇文章，大多是在这里完成的。其中《椿树》、《故乡石板桥》、《一节两地过》、《母亲的鲜花》、《校园情思》等篇什，都是我喜欢捧读的文章。短小精悍，质朴无华的文笔中，却寄寓着浓郁的感情和深刻的哲理。读先生的文章，有如欣赏先生的版画，既给人以愉悦，又发人之深思。

书房外的阳台，是一个长 6 米、宽 1.2 米的处所。阳台西头，一如室内，几只木椅上堆积着已刻和未刻的木板，阳台东头摆放着十来种盆花。董先生说："盆花难见花，因无时间去呵护，花都死了。现只剩下绿叶植物，我钟爱绿色。"在阳台两端中间，仅留了一米多见方的地方，放着一个先生于 60 年代自制的小炕桌，是先生坐在小板凳上刻制小版画的地方，那些精美的藏书票和贺年卡，便是在这里完成的。先生坐下来，为我演示着，他说："冬天冷，特别是年节时分，为了给油墨加温，我便在这里按了一个高光灯。"说着，便打开了那个带聚光罩的电灯。

先生的雅舍，在我的眼睛里确实有点乱，而在先生的心目里就未必乱，在这些横堆竖叠的什物中，他需要什么，立可随手拈来。说到师友间的函札，他说："我有一份整理的复印件，你可拿去看看。"随即在一摞杂稿中抽了出来，这足以说明他的东西放在什么地方，在其心中是条清缕晰的。

聆听着先生的叙述，欣赏着先生的作品，参观着先生的雅舍，更加为先生在这样的环境和条件下，竟能创作出那么多的艺术和文学的精品来，我又一次为之惊诧和感动。

待步出董其中先生的雅舍时，我想，先生的房间是拥挤点，零乱点，但没有伤雅，有道是"大象无形"、"大朴不雕"，而董先生的雅舍当是"大雅无饰"了。这才是一位艺术家朝斯夕斯、忘我耕耘的真正的雅舍呢。

2009 年 3 月 26 日

茂林小记

　　50多年前，茂林与我皆是崞县城内山西省范亭中学的学生。他大我一岁，我低他一班。他喜写作，我好画画，时有过从。其时也，他穿掩裆裤，对襟袄，胖圆脸盘，一头黑发，走起路来，虎虎有生气。一个中学生，竟出版了一部中篇小说《新生社》，令全校师生刮目相看，钦羡不置。

　　如今，茂林年届古稀，双腿乏力，两耳重听，一头的黑发全无踪影了。其妻贾林团大姐曾经对人说："老杨一坐下来写东西（文章），一手动笔，一手搔头发，稿纸没写几张，头发可搔下一大堆，你看他的头发还有几根呢？"这是老贾在疼惜老伴哩。老杨的头发被薅光了（人老了，头发不薅也会自然脱落），然而他的文集出了一本又一本，我真为他高兴。想想诗圣杜少陵"吟安五个字"还"捻断数茎须"呢，我辈之头发，又何足道哉！

2008 年 10 月 2 日

怀念朝瑞

朝瑞去世已经三年了。在这三年中，我总想把他忘掉，却总是忘不掉，他时常走入我的梦中，时常出现在我的脑海。有时恍忽觉得他还在画室中不停地挥毫写字、作画。他走了，这无情的事实，却抹不去我心中的错觉。最难忘的日子，当时 2008 年的 5 月 1 日，这是他的忌日。

当时我和妻子石效英，老同学亢佐田，还有文友焦如意，正在庐山游览。5 月 1 日上午，在牯岭街漫步时，忽然接到一个电话，说王朝瑞病危，还在医院抢救。这消息令我震惊，遂跌坐在路边的矮栏上，妻子见状，问我："怎么了，哪里不舒服？"，我只吐出了三个字："朝瑞他……"便哽噎了，不禁潸然泪下。佐田也震惊了，也只吐出六个字："怎么会这么快？"接着是半晌的沉默，谁也不再说一句话。后来焦如意过来搀扶我，我推开他，慢慢地站了起来，在牯岭漫无目的地行走，对面杂花丛树，俊男靓女，全然不见，眼前只是一片茫然。到下午，又接到电话，知道朝瑞已经走完了他还不到 70 岁的人生旅途。当晚，你会想到，那是一个漫长的不眠之夜，辗转反侧，怎么也不能认定他确已走了。

我和朝瑞是大学五年的同窗学友，他的体质在同班同学中，是最为结实的一个。他说他的伯父（或叔父）不曾有子嗣，后来便过继其下，家中自然十分疼爱，到 11 岁时，还吃母乳；在大学时，他的饭量很大，他的身体能不结实吗？没想到，四五年前，他得了一场病，曾在北京、太原住院，我到医院探望他，他笑笑说，无大碍，再过些时日，就要出院。果然，他不久出院了，他没说生的是何种病，我也不曾问及。我只知道他有糖尿病，因为我们外出采风或参加笔会，午饭前，他自己总会注射一支胰岛素。2007 年夏秋间，我到太原，顺便到山西画院看望他，见他虽然有点消瘦，精神却很好，正在整理他的太行写生稿，以六尺宣整幅进行创作，见我来了，放下手中的画笔，漫谈起太行山深处的种种景致和佳色。快到中午了，他邀请我和同行另外两位文友进餐。走进离画院不远的一家餐馆落座在一处比较僻静的雅座里，我们不要生猛海鲜，也不要大鱼大肉，只点了几样鲜嫩的蔬菜、豆腐什么的，朝瑞是文水人，还有他最爱的晋中面食。打开一瓶红葡萄酒，他却以茶代酒，劝我们多喝点，说多喝干红，对身体有好处。这大约是他请我在小范围内"最后的晚餐"了。

2008 年春节期间，我打电话给朝瑞，家中无人接听，又转而问讯佐田，佐田说，朝瑞年前搬进了丽华苑新居，在搬家中，因挪动重物，扭了腰，听说住院医治。我想这算不得什么病，休息一段时间便会康复。到 4 月 24 日，我到太原参加《定襄县书画名家作品展》开幕式，在展厅遇到林鹏先生，他小声地告诉我说："朝瑞病了，很严重，他和他的家人都不知道是什么病，是医院的领导告诉我的。你要常去看看他。"这消息，有点意外，当日午饭后，我便去他的住处，敲门无人应答，打电话，无人接听，向亢佐田、王学辉打听，说前几日还在家中，或许是到子女家去小住了。没有能见到朝瑞，心中总是忐忑不安。没过几日，我在庐山，便接到了朝瑞辞世的噩耗，能不让人哀痛吗。

朝瑞去世已经三年了，我总想写点纪念的文字，却久久不曾执笔，总怕又撩起哀伤的心绪。我没有苏东坡"生死惯见浑无泪"和白乐天"生死无可无不可"的旷达和修为，每听说一位朋友或一位熟人去世了，总会伤悼不已，何况朝瑞和我是同窗同道交往近 50 年的老同学和老朋友呢。

在大学，我和朝瑞都是学国画，兼爱书法艺术。初到校，我见他能作一手双钩字，写字时，不假思索、任笔流走，几个字或一句诗，在他笔下很快完成了空心的双钩字，不独双钩连绵不断，笔画无误，且字形饱满优美。写行楷，则是何绍基的面目；也能作隶书，他当时倾心的是宁斧成的带有金石味和装饰美的一种体势。当时在山西大学艺术系国画专业办了一个小刊物，叫《砚边》，不是印刷出版，而是把稿件用毛笔抄写，张贴在墙壁上的，有似于壁报，一期期地刊出。我是《砚边》的主笔，朝瑞也积极参与其事，书写任务多数是由他来完成的。王绍尊老师，见朝瑞和我喜爱书法，便为我们在北京选购了碑帖，给朝瑞买的是一本上好的"衡方碑"。在老师指导下，朝瑞临摹更加勤奋了，在隶书创作上，崭露头角。某次我和朝瑞正在誊写

《砚边》稿件，系主任见状，便严肃斥责："我们是美术专业，是培养画家，不培养书法家！今后少写字。"对于领导的批评，我们只有不吭声，其实我们也没有要成什么家的想法，对书法也只是一种兴趣和爱好。我等固执，把批评当成耳边风，练字照旧不误。谁也没想到，朝瑞日后，竟成国内外知名的书法家，曾做到山西省书法家协会副主席，中国书协的理事、"国展""书赛"的评委。他的隶书熔铸名家，自成一体，在全国也是颇有影响的，著名书画家孙其峰先生在致我的函件中，多次提到朝瑞的书画，予以鼓励和赞扬。如："尊书与朝瑞之隶，皆大有进益，吾自视不如也，真后生可畏，后来居上也。"又如："王朝瑞的画，大有一日千里之势。"等等。朝瑞作字运笔，雄快振动，很有节奏感，隶书极富阳刚凝重的意趣，施之摩崖刻石，更具一种苍茫气象。曾应我之约，为"五台山碑林"作六尺大幅，其作峻逸爽朗，颇得汉隶之风神，又具个人之面目，的为佳构。而作小行书笔札，用笔灵动，不主故常，一任自然，而真气弥漫。隐堂中收有朝瑞所致函札数十通，且多为毛笔行草，或三五行短札；或长篇巨制，写在生宣和毛边纸上，整幅为之，洋洋数千言，这长信，当会用去他一个通宵的。王羲之有《十七帖》皆为数言、十数言而已，而朝瑞致我信件，待得暇整理，付诸装池，那又是何等的规模呢。抛去书法艺术不谈，信中之情谊和故事，则更是弥足珍贵的。在书法事业上，朝瑞还培养出了不少学有所成的青年，他大声疾呼要继承传统，学有正道。

在他临终的前一年，出任全国第九届书法篆刻展评委后，著文力倡当今隶书，要以凿山铸铜精神，继承汉碑优秀传统，以校时下装腔作势之歪风。

国画上，他喜爱山水画，某年学校组织我们到左权县麻田一带艺术实践，在太行山中探幽，在漳河水边访胜，朝瑞画了很多钢笔写生，用笔细密，取景生动，每一幅写生，便是一张精彩的图画，在学校大礼堂的汇报展览上，他的画大受好评，此展，也许就确立了他日后专攻山水画的志向。他工作后，曾有几年在山西省测绘局供职，那几年，他偕同几位青年男女，跑遍了山西境内的山山水水，他们搞的是测绘，他却得以饱览山水之胜，或许还借机勾画一些画稿或速写。此时胸罗丘壑，日后造化在手，这也是一种机缘呢！后来，朝瑞到山西人民出版社工作，担任美术组组长，不但完成编辑出版任务，审查、把关美术作品的出版事宜，自己也尽量挤出时间，完成一些山水画的创作，参加全省、全国的展览。朝瑞的创作，不是闭门造车，一切画稿皆得之于大自然的造化。某年忻州地区在五寨县召开书法午会，邀请王朝瑞等省城书家到会指导。会后，游览芦芽山，朝瑞在山中不知疲倦，笔不停挥，坐在崎岖的山崖水际，面对群峰厉石，聚精会神地勾画着。后来，他还多次到芦芽山写生，难怪他创作出了一批描绘芦芽山风光的系列作品。1985年4月，我们在京参加完中国书法家第二次代表大会，他到狼牙山去写生，画稿盈篋，又创作出了以狼牙山为题材的大幅画作，在展览中，获得了高度的评价。要说朝瑞最迷恋的还是太行山，他几乎跑遍了太行山的高山峡谷。五代时，荆浩在太行山中画松树，一本万殊，曲尽其妙；而今朝瑞在太行山中作画，笔下能千岩竞秀，万石传神。几年前陵川有红叶节，我和朝瑞同邀作客，在王莽岭、在锡崖沟、在苍山暮霭中，朝瑞拄着一根木杖，跑前跑后，生怕丢掉一处胜迹，时间紧迫，无暇用笔作画，他便细心地观察着，品读着这神奇而壮美的大自然，眼前的胜景，定会收入他的腹笥。他后来又多次到陵川、壶关、平顺等地写生作画，创作六尺宣整幅十数张，在北京、太原等地展出，真是洋洋大观。2006 年 5月，我与妻子，偕朝瑞夫妇、佐田夫妇有高平之旅，老同学作伴访古探胜，颇为开心。一日在拍照之际，佐田突发谐语，引得大家开怀大笑，就中以朝瑞所笑为最，至今"嘿嘿"之声，音犹在耳，斯人已去，又不禁泪下。又再到陵川，本拟入住山中旅舍，奈何大雨滂沱，日色又晚，只得留居县城，朝瑞大为遗憾。他对太行山之感情有如此之深厚，故尔所作太行山之山水大幅，重峦叠嶂，危岩峭壁，间有高山飞瀑，紫云苍烟，而或杂花丛树，曲径断桥，无不摄人心魄，生机盎然；偶作尺幅小品，亦能小中见大，咫尺千里，丘壑万千，即写眼前景致，一石一木，皆极笔姿恣肆，墨彩温润，放而有度，收而不拘，老树干裂秋风，新花润含春雨。我处所存《镇海松涛》二尺小幅立轴，但见古寺半隐，寒泉飞溅，乔松挺然，松涛瑟瑟，画风细密而典雅，画境幽远而清绝，但闻涛声阵阵，消尘涤虑，读之令人忽生尘外之感。以上诸端，当是朝瑞山水画的魅力所在吧。

朝瑞辞世已经三年了，一些琐屑也会时常萦绕我的脑海。朝瑞爱笑，在校时，有时会无端地笑起来，甚至笑得东倒西歪，且发"嘿嘿嘿"的不同常人的声音。笑总有他笑的原因，他总是想到了可笑的故事或可笑的人物，在自己心里憋不住了，便爆发出来。他的笑声的特别，有时也会引起周围同学们的共振，大家因朝瑞的笑而笑，那场面也是可观的。朝瑞还爱看电影，在大学，晚饭后，每每偷偷地溜出去，到附近的院校或进城看一场电影。夜深人静，他悄悄地归来，见同学们虽已上床，却还不曾入睡，他会按捺不住新电影故事对他的刺激，便津津有味地给同学们讲解电影情节。初时，还有人发问："后来，怎么了？"后来只有应声了："听着哩。"最后听到的只是大家的酣睡声，令他很失望，也很生气，说一句："优美的音乐，对非音乐的耳朵是无用的。"来为自己解嘲。因为他的多次外出看电影，也每每受到批评。然而有一次的批评是让他不能服气的。某年中秋节，正值国庆假期，我们国画专业有五个同学——我、朝瑞、佐田、福尔和光武没有回家，在晚上有一小聚，而后赏月、作诗、作画，五人合作一幅花卉秋色图，朝瑞在画上还题了"换了人间"四个字，我写了题记，并将作品张贴在教室里。待假期结束，系里发现我们的中秋雅集，便召开了一次批判会，说我们的行为是"士大夫阶级的趣味"，有"小资产阶级的情调"，朝瑞是共青团员，据说还在团内写了检查。今天想起此事，实在令人啼笑皆非，那当是时代烙印吧。特此录出，以见一斑。

毕业后，朝瑞被分配到太原玻璃瓶厂搞设计，那年代，工作分配由不得自己，要一切服从组织安排，要干一行，爱一行，专一行。朝瑞在玻璃瓶厂，似乎没有出什么成绩，我只记得一件事，是永远不会忘记的。那就是玻璃瓶厂有下脚料青田石碎渣，稍有大块的，经过切割打磨，是上好的印材，朝瑞花钱买了数十斤，赠给我们的老师王绍尊。王老师是齐白石的弟子，所治印章，素有大名。老师得此印材，精心设计，日夜施刀，以瘦弱之躯，竟然完成了毛泽东诗词三十七首的篆刻作品，这是何等的巨制呢！然而作品完成了，却不能广为流传，老师颇有遗憾。事有凑巧，后来，朝瑞调入山西省测绘局，征得单位领导同意，借印制测绘图的机器之便，将王老师篆刻作品以内部形式印刷成册，赠送友朋，广为流通。广东美术学院教授陈少丰先生曾在致我函札中写到："绍尊同志《毛主席诗词篆刻》已看到，如此巨大的劳动，使我深为吃惊、感动。"岂知此举没有朝瑞的鼎力相助，是难以完成的。须知那还是在"文革"浩劫期间的举动，弄不好，是会担着风险和带来麻烦的，因为王老师在"文革"一开始，就被打成了"牛鬼蛇神"的反动学术权威，受着管制和批斗的。于此，亦可见朝瑞的为人了。

朝瑞的工作，后来由山西测绘局调入山西人民出版社，任美编，美术组组长，其书目题签也是一项任务，他善书法，题写签条，本是他自己手到即成的事情，他却写信托我题写，我心里清楚，我知道这是他在推介老同学，是对我的错爱和推重。1980 年的一天，我在太原遇到徐文达先生，他说全国要举办首届书法篆刻展览，要我写一幅作品参选，但时间紧迫，需在两日内完成。我无暇返回忻州创作，只得到朝瑞家去书写，朝瑞理纸研墨，我写了两张条幅，以为应付。（对"国展"，当时不抱入选希望；然长者之命，不敢不遵。）临时到太原，也不曾携带印章。朝瑞见状，说他有石料，明日便请张颔老为之奏刀。这便是后来经常使用的"巨锁书画"一印，也成了张老篆刻的代表作。去年夏天，我去太原之便，又请林鹏先生加刻了边款，这方印章上，见证着四人的友谊，面对印章，我首先想到的是朝瑞，没有朝瑞，也不会有这方印章诞生。某年，我接徐无闻先生函札，有云："别有恳者，北魏程哲碑，旧在贵省长子县，我因撰《寰宇贞石图叙录》，需知其现状，若尚存，其具体地点在何处；若已毁，则毁于何时？"我孤陋寡闻，对"程哲碑"知之殊少，遂致函朝瑞，愿他尽快请教张颔先生，未几，便得回函云："遵嘱，北魏程哲碑一事，询问了张颔先生，得知本碑陈列在省博物馆二部纯阳宫里。现状如何？我又专程纯阳宫作了观察，程哲碑陈列在碑廊里，外形无缺，只是碑文在文革期间，因长期匍匐于泥土之中，有五分之三，斑驳不清，字迹难辨。然尚属名碑之列。现状如此，谨此奉告。"于此，亦足见朝瑞办事的快捷和认真了。

　　我和朝瑞，在校期间，朝夕相处，自不待言。离校后，也时相过从，每外出参会，或观光游览，采风写生，亦多结伴成行。诸如华山探险，普陀观潮，洱海泛舟，姑苏游园，而或文峰山访碑，大研镇（丽江）听乐（纳西古乐），养马岛（牟平）食蟹，傣家楼（景洪）品茶……皆如形影相随。每外出，又因声气相投，多同住一室，藉以白天游目骋怀，夜晚叙旧共话。到2007年5月，我与朝瑞赴大同参加《殷宪书法展览》开幕式，是最后一次同住一室了，畅谈无尽，彻夜不眠。会后，朝瑞返并，经道忻州，到隐堂小坐，这也是他最后一次到我家，见我案头有一只汉陶梅瓶，他大加赞赏，说典雅纯朴，甚是可爱，北方少梅，插一枝桃杏花也会增添香色。我见他对此瓶喜欢，便让他拿去，他说："现在瓢庐（朝瑞的居室），东西多得无处可堆了，待搬进新居，我再来拿。"现在朝瑞走了已经三年，那只汉陶梅瓶也碎了。想到此，我的心又在颤动着，行文就此打住。

2011年2月20日

附录：哭朝瑞(六首)

噩耗传来牯牛岭，

老眼不禁泪纵横。

四十八年相交事，

一朝契阔竟无情。

大学五年作学友，
书画朝夕共研磨。
并门风月今依旧，
笑语相失一刹那。

学书衡方碑最勤，
作字波磔妙有神。
却看并垣多弟子，
应记先生招汉魂。

画水画山不识闲，
丹青长留天地间。
忆到生前师造化，
太行吕梁得得还。

开心最忆是高平，
你我相偕并亢兄。
当时影像时展对，
忍教老友泣无声。

云州欢聚互祝斟，
联床夜话忘更深。
而今梦回遗音在，
争奈愈伤寂寞心。

《张启明书画集》序

　　张启明同志，祖籍天津，生长于张家口。后返津门求学，就读于河北艺术师院美术系（今天津美术学院），专攻油画，兼及中国书画艺术。国画师从孙其峰、张其翼、萧朗诸先生。大学毕业后，分配到山西忻州地区工作，先后在地委宣传部、报社、地区文联、文化局等单位供职，并长期担任领导职务。我与启明同志相交 40 余年，曾在文联一起工作，他一直是我的上司，然而由于他对人始终是恭谦有礼，平易共事，同志间都处得协调和谐，以至大家都对他直呼其名，他不以为忤，反觉亲切。

　　启明在忻数十年，一直从事行政事务领导工作，由于工作的繁忙，加之他对工作一向严肃认真的作风和态度，便无充足的时间进行油画创作；然其画心不泯，有时也会利用节假日，画上几笔国画。若省内外有重大展事活动，也会争取时间，精心创作，拿出精品力作，参加展览。缘于他在校时有坚实的基本功，其作品，尤其是以工笔重彩技法所绘制的年画，令人叹服，每获好评。

　　到文联工作后，便有了较为宽裕的创作时间，也能外出写生，我们相偕在长城内外，大河上下，五台山中，清涟河畔采风作画。也曾登峨嵋，游洞庭，谒普陀，访雁荡，上黄山，每到一处，启明总是笔不停挥，忘我劳作，终而画稿盈册，满载而归。

退休后，时间得以自由支配，启明生活得更为潇洒，他青年时曾经是篮球运动员，而今，则每日作网球锻炼，身轻体健，技巧娴熟，多次参加省内外老年网球赛。又喜器乐，早年能拉一手好胡琴，近年似乎不再操琴了。又善酒，每相聚，必频频举杯，然未曾见醉，所谓有酒德者。兴趣之最大者，还是老本行——画画。

兴之至，步入书房，泡一杯清茶，放一曲音乐，茶香蒸腾，乐曲低回，遂理纸染翰，挥毫不辍。顿时笔底生花，妙造自然。日前，笔者有幸得观启明大作百数十幅，得以大饱眼福。略举三五，以见豹斑。《春意初动》，疏林初芽，夜雨乍晴，鸟雀鸣和，春潮涌起。观其笔墨，浓淡映衬，工写兼施，设色简淡典雅，一派乃师孙其峰先生画作神韵。《好鸟迎春》一幅，但见深山野谷，迎春竞放，小鸟立于岩石之上，清音回响，春光骀荡，其境幽极静极，读之令人神往。而《秋光争艳》，则写朱竹临风，菊花摇曳，蜂飞虫叫，秋色灿然。这画面又让我想到了在花农周海宏家赏菊雅聚的场面，其时也，启明对景命笔，丛丛黄菊，顿现纸上，主人欢喜，画家尽兴，其乐也融融。一幅题为《酣憩静待》的作品，是作者1961年在校学画时的习作，以没骨之法画斑鸠，晕染细密而厚重，设色素雅能响亮，以勾勒之法画桃花、桃干，俱见功力，耐人品读。

《泉涌鹊噪》，丛竹被野，双鹊临流，泉声鹊声风竹声，声声入耳。画面无声似有声，正画家之高明处也。而《勃勃生机》，则野趣横生，其《山花烂漫》，则富装饰性。画家面对不同的描写对象，施以不同的手法，临见妙裁，各具特色。所作山水，多以五台山、管涔山为题材，究其原因，画家无数次徜徉于本区山水中，其山、其水、其树、其石、其泉、其建筑，无不罗列胸臆间，下笔便能应用自如，得于心而应于手也。《泉映月照》一幅，能以简胜繁，虽笔墨寥寥，而意境深幽，颇具水印木刻之魅力。《龙口激浪》，展示了黄河的雄浑气势，高崖削壁之上，堞楼屹立，引人遐想，发生在黄河岸边古往今来的故事，会一幕幕在脑海涌现，这当是画有涯而意无尽的所在了。至于扇面小品和册页小品，当是画家兴之所至，随意点染，涉笔成趣，妙有余姿，为笔者更为喜欢，笔简意畅，心无挂碍，较之有意为工者，似乎更胜一筹。

启明画国画，兼及书法，学颜学柳，学隶学篆，皆有所得，以画家之匠心，求书法之神采，遗其形貌，求其意趣，机杼自运，畅然可嘉。

吾不敏，然与启明交往数十年，嘱为序，不敢有辞，勉为短文，愿与读者相交流。时戊子四月十五日。

《郜继善画集》序

　　双堡郜氏，乃忻州商界之望族，经商有道，持家尚勤，兼之诗书继世，耕读传家，遂声名远播，遐迩皆知忻州有郜家。继善自幼生长此"象贤门第"，受其庭训，读诗临帖，甚为勤勉。诗书之余，尤好绘画，描猫画鸡，能得形似，每获祖母之奖掖，则画兴而愈浓。入中学，主课之余暇，作画不辍，视壁报与板报为园地，每有所作，皆得好评，其画才渐露头角，其画声为之鹊起。入大学，专修美术，心遂所愿，用志不分，夜以继日，学有所成。

　　在大学时，我与继善为同窗学友，工作以来，我们同居晋北小城忻州。我自疏懒，画笔早废；而继善甚是勤奋，寒来暑往，创作颇丰。观其所作，早年多是工笔重彩人物，或借鉴传统壁画创作手法，以单线平涂，发之为年画，为群众所喜闻乐见。《香飘万里》，是作者40多年前的代表作，主题鲜明，构图缜密，而刻画人物健美淳朴，生动细腻，丰收喜悦，跃然纸上。读画，又引发我对梨乡赏花的情思，那"千树万树梨花开"的景况，是何等的壮观，着实令人陶醉呢！1976年出版的年画《爆米花》，将十数个儿童刻画得生动活泼，各具神采，而对画面中器物的描写，诸如竹篮、荆筐、茶缸、面盆、升斗之什，皆极工致，有如张择端《清明上河图》摊贩担中百货之描写，是民俗的，自具鲜明的时代特色和一定的史料价值。《丰收乐》一画，则画面饱满，设色富丽，气氛热烈，一派祥和景象，观其画，如闻其声。八音会，乃晋北最为流行之民间音乐，每逢婚嫁，或是丰收庆典，无不邀其演奏。我所惊诧的是作者对演奏人员观察之入微，刻画之传神，合拍合律，声传画外，能不让人拍案赞叹。读《血手印》一画，则让我想起了晋北名伶贾桂林，耳际又回荡起高亢激越的北路梆子。而画家以洗练的线描，典雅的色彩，再现了舞台上的人物形象，给人以赏心悦目的艺术享受。我知道作者的夫人，曾是一位造诣精湛的晋剧演员，为其创作此类戏剧人物画，作模特摆动作，供其写生，故其所作之戏剧人物画，精工得体，耐人品读。而《贤妻》一画，似乎是对其夫人的写照，典雅素洁的画面，人物神情专注，衬以没骨的海棠，是一幅纯正的中国传统的工笔画，给我留下了深刻而美好的印象。

光阴过隙，不知老之将至，继善也是年近古稀之人了。鬓发皆白，眼睛当不如青年时代好用了，对工笔人物画便不再问津，遂发兴画起山水和花鸟来。记得我们同游管涔山、五台山、峨眉山诸胜迹，其时他尚不曾画山水画，虽有时也画点写生，归家后，便将画稿置诸箱箧。倒是在初游管涔山傍晚迷路时，他那焦急的形态，令我不能忘怀。1982年同登峨眉，在茶棚子的地方，遭遇泼猴当道，混抢什物，继善那手足无措，惊恐万状的场景，至今仍是我们同行者的谈资。（其实当时我们每个人都有一副狼狈相，只是自己不能看到而已。）近年来，继善的山水画，佳作迭出，诸如《野史亭秋色》、《管涔松涛》、《佛地五台山》等等，我发现继善虽然跑了很多地方，然而他还是眷恋着故乡的山山水水，他笔下的"野史亭"，是那么富有诗情画意，是对乡贤元遗山先生的景仰和赞颂；对五台山的描写，则是变换着手法，不拘于一景一物的刻画，而是在写心中的仙山佛国，《银装素裹》的圣洁，《佛国圣境》的幽邃，山云吞吐，水流潺湲，松涛阵阵，暮鼓声声，此意境，此情景，又勾起我往游五台山的兴味，这大约就是继善山水画的魅力所在吧。

继善是一位全能的画家，人物、山水、花鸟，无不涉猎，而现在画的最多的却是花鸟。他的花鸟画，皆是眼中的景物，诸如，庭院的紫藤，池塘的荷花，山间的百合，柳外的月色，或是麻雀乳燕、鸡雏猫咪，信手拈来，亲切自然。而画法，或水墨点染，或浓彩涂抹，前者见传统功力，后者汲民间技法，正东坡所言："淡妆浓抹总相宜。"继善作画以"雅俗共赏"为追求，其花鸟画，正复如是。读《雨后》，见檐下蜘蛛与小鸡相戏；对《幽梦》，喜猫咪于花下憨睡；赏《山花》，幽谷鸣响，花果争艳；观《荷塘》，碧叶田田，清香益远。而《浓荫深处》，雄鸡传神，我心紧缩，深恐啄去枝头瓢虫；《葡萄架下》花猫闲适，羡煞我辈，何日花下得一小睡？

好花半放，美酒微醺，我翻阅着继善的画作，拉杂写了以上文字。掩卷数日，那些呼之欲出的人物，可供卧游的山水，争奇斗艳的花木以及那鸡、那猫、那檐下的蜘蛛，都在我的脑海中不时展现，如此况味，能不令人怡悦！

2009 年 6 月 18 日

《忻州十人书法作品集》序

忻州十人书法选将付梓出版，我得以先睹为快。集中除我而外，皆出于青年、壮年之手笔。青年、壮年，精力弥满，神思敏捷，当其下笔，则有不择地而流之气概，或偶有挟沙而下者，又有何妨哉。之所可贵者，乃能不矜持。唯其不矜持，故所书，所见其性情，得其气象，如见其人，如见其心，坦坦荡荡，真君子也。有道是："书，如也。"

集中诸友朋之华章，或寄妙理于豪放之外，或出新意于法度之中。守法度者，既不离陈法，又不拘陈法；出新意者，能逸于绳墨，又不失规矩。出新求变，有所为有所不为。不为者，不为也，非不能也。书不求工，所以能工；书不求变，则变在其中矣，循序渐进，自然而然，耐得寂寞，不求速化，通会之际，机杼自出。

书可自悦而悦人，兴趣不减，学书不辍，历练日久，感悟日深，书与时进，天之道也。艺无止境，日新又新。愿与同道诸君互相勉励，共见其进也，未见其止也。

2004 年 12 月 1 日

《原平书画选》序

吾崞，历史悠久，幅员辽阔，山川秀美，物阜民康，人文荟萃。自古迄今，素重文化教育事业，人才代出，艺术昌盛，故久享"文风之地"美誉。

距今六十年前，仅崞县城内的范亭中学，便有贾治高、段体礼、程友三等多位在书画艺术上颇有造诣的教师，在他们的精心培育下，十数位学子，在此后的工作中，走上了艺术道路，于书画创作上，取得了令人瞩目的成就，成为山西乃至全国颇有名气的书画家。

及吾山乡屯瓦村，也曾出现了孙鹏云、孙琪父子；赵国俊、赵右名父子；还有孙希胜，赵映月，以及后来的孙润武等在书画创造上，均有不凡的水平，至今孙鹏云所题匾额，还散见于高房大院。

自 1960 年，崞县改名为原平县，而后又改为原平市，随着经济的发展，社会的进步，其文教兴邦之风，愈见加强，书画人才，为之辈出，先后又涌现出王镇、亢佐田、武尚功、李江鸿、刘勇、朱连威、傅琳、邢安夫、王如何、翟跃飞、董文运、李长林、兰路远、段春山、陈巨锁等一大批活跃在全国各地原平籍的知名书画家。他们在书画创作上，各具特色，尽显风流。其中，亢佐田的中国画《红太阳光辉暖万代》，成为中国近百年国画创作中的杰出代表，傅琳和邢安夫的版画作品，也多为中国美术馆所收藏。而活跃在当地的书画家和书画爱好者，亦是不懈努力，勤于创作，成绩斐然，声名远播。

原平，素重室内装饰之美，有画炕围画的习俗和沿革。炕围画之花边，不论繁简，无不精工细腻，而所作画心，不论工写，无不生动悦目。在画炕围画的实践过程中，也成就了一批书画家，如阎眉中所创作的中国画《春满大寨路》，曾参加了全国美展，而邢同科、李广义、亢晶、李卯生等画家，不独在炕围画上有精湛的造诣，在版画创作上，在插图上，在写意花鸟画上，都取得了可喜的成绩。而新近又有阎眉中、何如今等创作完成西神头村"扶苏庙"的大型壁画，更见其气势恢宏，人物传神，故事生动。于此也得见今日原平美术事业兴旺之一斑。

日前，拜观《原平市书画选》大样，仅书画一端（不含油画、版画等品种），却也见洋洋之大观。书法有老一辈贾治高先生之魏碑，段体礼先生之小篆，赵右名先生之颜楷，三位前辈，皆吾之师也，不唯书法耐人品读，其人品学养，亦为我等后学之楷模。而后起各家，皆能承继传统，入古出新，各开生面，对诸佳作，如行山阴道上，应接不暇。复观画作，更见其精彩，状山川之情态，写花鸟之神韵，寄乡思之款曲，赞时代之新声，读之有味，令人振奋。却看崞山叠翠，天涯摇青，滹沱流碧，前高飞红，江山如此瑰丽，风景美不胜收。而或紫藤映霞，春光无限；白荷对月，香远益清。更见战士夜巡，风雪无阻；东坡敲诗，神情专注。人物呼之欲出，花鸟纸上传声，山水直可饱览而卧游。品读再三，不忍释卷，奈何纸短情长，妙处岂可尽说。惟望老骥伏枥，不坠青云之志；青年有为，当上九天揽月；更待后来新秀，不知懈怠，勇猛精进，传承文脉，赶超前贤。幸有政府之重视，领导之关怀，原平文化艺术事业，必将更加光华四射，繁星璀璨。

2012 年 9 月 3 日于隐堂

《定襄书画名家作品展》前言

　　吾晋文风之盛，"二定"备受尊崇。今之定襄，神山北卫，沱水东流；沃野万亩，法兰万家。荒村已变闹市，小路尽成通衢。崔家庄，炉火照天地；镇安寨，粮仓破苍穹。看经济发展成就，物阜民康；论精神文明建设，花繁叶茂。岁在戊子，序属仲春，桃花夭夭，梨花溶溶，集高朋于故里，议展事于并城，招书画之贤达，创翰墨之精品。

　　旭日临窗，书家晨兴，笔耕文石之砚田；细雨入夜，画师不寐，墨染蒙山之烟霞。三霍清泉，几池荷花，一溪神韵入画图；七岩古洞，两山摩崖，魏晋风采上毫端。

　　眼前忽生众妙，厅内尽开奇葩。能熔铸而师古，常吐纳可创新。将军健笔，犹如沙场布阵，胸有成竹；主任素笺，好似临流赋诗，笔无点尘。甲骨几行，得窥殷墟信息；章草数篇，能传张索遗绪。隶分篆籀，金石斑斓，亦复可喜；羲献颜柳，丽质天成，妙有余姿。偶托徽宗之体势，绢素慢展，满幅萧瑟黄花瘦；时寄青主之笔墨，灯火梦回，四壁纵横鱼龙舞。入堂奥，欲探东坡先生之秘笈；继时贤，已接牧南老人之金针。看款署，同道多朋旧；赏大作，书画颂家山。无奈我，才疏学浅，难赋众妙之所在。有道是，纸短情长，以申友朋之雅望。谨祝愿，老骥千里，健康长乐；更希冀，俊彩后起，比肩中州。

　　　　　　　　　　　　　2008 年 4 月

《潘新华书法集》序

新华，嗜书法，尤好章草。初，私学余字。余见之，遂与之言："囧书平平，不足师；汝欲学书，当取法乎上，方可有得。"新华颔之。后，每见古章草法帖，靡不研习摹写，且参以汉简、汉隶笔致，追摹古人，得其情趣，陶冶百家，自成面目。

是卷，淳厚古朴，雄强茂密，偶一展对，令人心生欢喜。新华有灵性，有悟性。某与其同客西安，一日过小雁塔，见有售陶埙者，其音呜呜然，能发思古之幽情。新华甚爱之，遂购一只，试吹，仅发其声，未能成调。待归旅舍，细心品试，粗成其调，未闻其韵。黎明即醒，把埙再试，但见同屋客人，尚在南柯梦中，岂能以此不谐之声搅扰，遂以被蒙头，在被窝中反复品吹。晨起，为我等吹示一曲，声韵苍凉而幽远，已得陶埙品吹之真谛，大家无不为其颖悟而鼓掌。吹埙如是，学书亦如是，贵有灵性。

尝过新华之书房"山石斋"，如入经堂，新写之中堂、条幅，悬诸四壁，所不同者，一为烟香，一为墨香；而所书之手卷册页，叠架盈床。复见一盆储水，置之书案下，凡书之不佳者，皆投之水盆，化为纸浆。仅此，亦可见新华作字勤奋之端倪。此其学书成功之又一法宝。

新华章草书《华严金狮子章》、《文昌帝君阴骘文》将付梓，写此故事二则，以为祝贺。

陈巨锁于己丑年二月二日

《范越伟书法集》题记

　　繁峙范越伟，早年攻读法律。学法之余，雅好翰墨。自京华归忻，每以书作见示，遂相往还。其人潇洒倜傥，风度翩翩。性喜饮酒，辄淋漓痛快。酒酣挥毫，解衣盘礴，脱帽露顶，顿成数十百纸，令人想见千二百年前，张旭长史醉中之情状。越伟既为法官，又为书家，断案严明，不离法度；作字任情，放旷自然。此乃一张一弛，一收一放之谓也。收能谨守准绳，无不公正；放能随心所欲，真如自在。至若字之妍丑，又何计哉！

　　岁在戊子杏花开候，越伟书友拟出书法集再题。

学书琐语

学习书画，兴趣为关纽，唯其兴趣在，故能持之以恒，乐此不疲。初入小学，习字为日课，描红写仿，亦甚认真，偶得老师圈点，兴趣倍增。临欧、临颜，初知间架；继而背诵《草诀百韵歌》，竟涉猎草书范畴。在小学打下书法基础，此所谓童子功。

上中学时，有幸得到美术老师、知名书画家段体礼先生之教导，在书法上学苏、学米、学二王，在临摹古画（印刷品）的同时，亲近书画题跋，课余时间，节假之日，每以摹画临书为乐事。

大学五年，专修国画，兼及书法。在校外，向著名书画家柯璜先生求教尤勤。为先生研墨理纸，观摩先生用墨运笔之法，心摹手追，不知倦怠。拙书偶一送展，面目颇似先生，初以章草出之。

大学毕业后，在文化局、文联工作，以组织美术队伍、辅导书画作者为本职。数十年不离文化事业，且能长期坚持书画创作。日久天长，也许会有些许的感悟和长进，正所谓"天道酬勤"。

在十年浩劫中，作"逍遥派"，独自住在文庙（时作展览馆用），正好读书写字。借得一函《宝晋斋法帖》，观赏临摹，朝斯夕斯。深感对待传统书法艺术，浅尝辄止，仅得其皮毛；只有登堂入室，或可探骊得珠。

观古今之书法大家，无不以治学为根本，书法乃为余事。以国学为根底，而发为书法，便具内涵，有神韵，有意趣，有书卷味，耐人品读，耐人咀嚼。一些国学大家，偶然欲书，乘兴命笔，任情适意，不事雕琢，不求其美，美竟在其中。

平生无所好，唯读书与游山。购书成癖，每外出，必携书以归。数十年间，得书十数架，捆积堆藏，叠架盈屋。无事时，坐拥书城，随意一卷，偶有会心处，便心生欢喜，遂命笔抄录，或书为大字，张于壁间，间有可观者。乃觉作字多在经意与不经意之间。

从小山居，钟情山水。及长，又以山水画为职业，半生外师造化，对景写生，脚迹几遍华夏名山大川。亲近自然，面对山河，开眼界，拓胸襟，观山云之吞吐，悟造化之神奇，引入书法，自然也会多几分灵气。一九七八年五月，我游黄山，某日时近黄昏，于玉屏楼外，正陪同李可染先生赏石观松，忽见白云涌起，未几，山前铺海，波澜壮阔，蔚然大观，令观者欢呼雀跃，叹为观止。此等景致，又幻化多变，以画笔一时难以状况。待收海，回客舍，展读所携《魏源集》，内有咏黄山云海一诗，气势宏大，正可仿佛所见景象，遂濡墨挥笔，得丈六尺书法长卷。当其下笔，心无挂碍，物我两忘，风驰雨骤，水墨淋漓，所作似有山灵相助，满纸云烟，字耶？画耶？我自不知。及返晋，有友朋命重书一过，终未能佳。

大凡名山胜区，皆有题刻，于泰安、曲阜访汉碑；于洛阳、莱州访魏碑；于正定、西安访隋唐碑。或摩挲刻石，或抄录文字，或购买拓片、资料，坐卧其下，流连忘返。

拓片精绝，而下真迹一等，寻访真迹，以观神韵。对故宫博物院、上海博物馆、广东博物馆、山西博物馆、辽宁博物馆等处的法书名画，不独仔细观摩，并作了认真记录。借以研究传统，师法名迹。高格清韵，深入心田，偶然作书，或可免堕俗格。

遇有机缘，造访名家，为学求知，寻师问道。先后向柯璜、方人定、谢瑞阶诸先生请教章草之法；访问赵朴初、董寿平、李苦禅、沙孟海、沈延毅、萧娴诸前辈。老先生们诲人不倦的品格与奖掖后辈的精神令人感动，永以为楷模。

忻州所辖之五台山，为佛教名区，结缘甚深，往游上百次，得交高僧大德，亦颇受教益。曾发愿为五台山修建碑林，奔走呼号，终成胜业。在碑林兴建中，为征稿之需，搜集整理古今歌咏五台山诗词佳作，得以学习名篇巨制，且记忆颇深，故今作字，多以五台山为内容。借此为发展旅游事业尽绵薄之力。

乡贤元好问，为忻州历史文人之翘楚，所作诗词规模李、杜，凌烁苏、辛，今人周振甫先生在"元好问学术讨论会"上有句云："八百年来第一人。"我自供职忻州以来，登读书山，访野史亭，祭五花坟，须臾不离遗山先生典籍。先生人品、学问为后来者树一典范，仰之弥高，学之不尽，元好问之诗作便也成为我非常喜欢书写的内容之一。

大学时，向罗元贞先生请教为诗之法。得先生指授修改，曾集拙诗为《梦石诗抄》，手自书之，集为一册，"文革"之初，付之一炬，此后遂废吟哦。晚近，皆即兴口占，甚少推敲，打油而已。

读黄庭坚诗作，甚爱"愿为雾豹怀文隐，莫爱风蝉蜕骨仙"之句，遂以座右铭视之，并请楚图南先生书"文隐书屋"四字颜其额。朝夕相对，自警自励。学书脚踏实地，循序渐进，不求速化，不事张扬。

学习继承传统为正道。古之法书名帖，浩如烟海，艺
术光华，震古烁今。择其所爱者，认真观摩，细心领会，
朝临夕摹，用志不分。习之既久，识之亦深，初得其形质，
继发其神采。

作书，寄妙理于豪放之外，出新意于法度之中。守法
度者，既不离陈法，又不拘陈法；出新意者，能逸于绳墨，
又不失规矩。学古不泥，入古出新，有法而无法，乃为至
法。出新求变，有所为有所不为。不为者，不为也，非不
能也。书不求工，所以能工；书不求变，则变在其中矣。
通会之际，机杼圆活。

人因学养、阅历、审美之不同，所书自会各具其面目。
试看近现代章草大家沈曾植、王世镗、郑诵先、王蘧常、
谢瑞阶诸前辈，无不学《急就章》、《月仪帖》、《出师
颂》，学史游、索靖，学赵子昂、俞紫芝，学宋仲温、祝枝
山……然各具风貌，各呈风采，绝不雷同，竞显风流。风
格特色皆自然形成，自然流露，若着意追求，矫揉造作，
舍本逐末，徒成下品。

书可自悦而悦人，兴趣不减，学书不辍，历练日久，
感悟日深，书与时进，置身于书法历史坐标上，审视当代，
审视自己，当会自惭形秽，不屑一顾。唯其"知不足"，才
能不敢怠慢，勇攀高峰。

答"书谱社"记者问

书谱社：中国美术馆"当代书法名家五十六人提名展"上只有两位章草书作者，就是您与王世徵先生。请问您是从何时起将章草作为自己主攻字体的？师法方面又经历了哪些取舍？

陈巨锁先生：章草我是在不知不觉中学的。从小喜爱书画，其时，有位乡贤送我一本《王右军草诀百韵歌》，这是我学草书的开始。到中学时，得遇段体礼先生，受其影响，我对书画艺术更加热爱。在这段时间，凡是能看到的碑帖，无不涉猎。

1960 年夏天，我考上大学。小学时就知道省城有位大书法家，叫柯璜。到太原后，便去拜访柯璜先生。其时，先生八十六岁，然对晚辈的请教，很是认真。去的次数多了，我给老先生研墨理纸，看先生写字。老人见我用功甚勤，把他所书毛主席诗词拓片十数纸送我。老人毕生写《淳化阁法帖》，晚年精力不济，作字迟缓，便由今草而返章草。我书学柯体，在不知不觉中进入章草范畴。当时，不知道有"章草"一体，这大约是我学章草的开始。后来，山西省博物馆副馆长梁俊先生说："你的章草写得不错，只是太像柯璜先生了。柯老快九十的人了，你才二十来岁，写的字不应有老态，要生动活泼，学习宋克的章草为好。"我记取梁先生的劝告，开始寻觅有关章草的碑帖。当时，不独章草，其他书体的资料也极为稀少。凡能看到的章草资料，我无不认真研读，钩摹、填墨。如王羲之的《豹奴帖》，王献之的《七月二日帖》等等。通过钩填，对章草的章法布局，以及每个字的特点有了进一步的理解。此后，作字盖能得心应手。

书谱社：据悉，您曾向柯璜、方人定、谢瑞阶诸先生请教章草之法，能否谈谈您当时对章草的理解，以及近三十年来致力于章草创作的体验？

陈巨锁先生：我向柯璜先生学习书法仅二三年时间，因为柯老在 1963 年 11 月 26 日便辞世了。向方人定先生请教书法，则仅二次。1964 年 4 月，广东画家黄新波、关山月、方人定、余本等人来山西采风，应邀到山西大学艺术系美术专业作书画讲座，并作示范。记得方人定先生在一张四尺宣纸上写了吴敬梓的一首七绝："不敢妄为些子事，只因曾读几行书。严冬烈日都经过，次第春风到草庐。"字不大，只占了纸的一部分。写完后，用刀子裁去了多余的部分。方先生一笔地道的章草书，我印象很深，多次背临，至今记忆犹新。1973 年 10 月，我到广州，参与"广交会"的筹办。工作之暇，我访问了方人定先生。方老时年七十三岁。墙上贴一小纸条"我患脑血栓，不能说话。你说，我听，可笔谈。"我给方老介绍了山西的近况，特别是雁门关的变化。最后拿出我的章草作品，请先生指教。老人取出一张小纸，吃力地用钢笔在纸上写了几行字："解缙语，章草，隶之变也，形肥而神滞，皆近世之俗流；笔精而墨妙，近古以为难得。"一经方老指点，我便开悟，深知自己犯了作字偏肥的毛病。方老又写道："写章草，以长锋狼毫为好，力求笔姿劲健，神完气足。"

上世纪八十年代，我曾数次亲近谢瑞阶先生。先是到郑州谒访，请教章草之道。谢老言简意赅，告诉我，章草是今草之祖，隶书之变，可称草隶或隶草，学章草当以隶书为基础，旁及简牍，书写力求质朴自然，不事安排雕琢。后来，在中国书协二届书代会和二届二次理事会上，又多得谢老指点。老先生多以作人和作学问方面的道理教导我，并以《书画三立》示我："书画筑基贵立品，立志立学尽在人。本固枝荣方结果，弄虚作假徒劳心。"以上三位先生的教导，我终生难忘。他们引领我学习章草，并在立品、立志、作学问等方面，为我树立了榜样。

草书的产生，是实用之需，所谓"趋急速耳"、"赴急之书"。然而，章草作字非因急速而使然。我数十年来作章草，是对艺术的追求，无"赴急"之为。故所作书，一是下笔有源，无不遵循（约定俗成的）章草法则和规律，绝不臆度生造。其次，我在章草学习中转益多师，铸熔百家（主观意愿，并非已然），以为我用。汉魏迄今两千年来，章草由盛而衰，流传的作品不是很多。凡所能见到的，我无不临习。从皇象《急就章》（松江本），到索靖《月仪帖》，到隋人《出师颂》，以及元明赵子昂、邓文原、俞紫芝、宋克、祝允明，到近现代的沈曾植、王世镗、郑诵先、王蘧常等名家作品，无不揣摩品味，以汲取营养，丰我羽翼。三是忘我，作书每在经意与不经意之间。经意，嫌拘谨；不经意，则粗疏毛糙，溜滑近俗。情之所至，沉着痛快。不沉着，难得醇厚高古；不痛快，常失风采韵致。四是不求变而自变。人之面目，由少年而青年终至老年，形态在渐变。若骤然变脸，人将不识某甲某乙。蒙养三昧，不求速化，老而弥坚，境界也将不断升华。五是不求工，一任自然，下笔不激不厉，不温不火。心态和平，法而无法，有而不为法缚，无而不离矩矱。

书谱社：我们看到您的章草代表作之一《金刚般若波罗蜜经》，笔致厚重而精巧，以二王草法入汉人章草，高古典雅又自然天成。请您就两汉时期章草书（残纸、简牍书以及刻帖）和元明时期章草名作，谈谈您对章草审美特质的理解。

陈巨锁先生：两汉时期包括魏晋的章草书已是凤毛麟角，一些传刻和记载，都是依托或移植，不足徵信。倒是西北地区出土的古代简牍和残纸，为我们研究和探讨章草艺术提供了珍贵的资料，不难发现章草书省变而出的渊源和规律。简牍和残纸是民间书法的遗存，其风格丰富多彩，与刻帖相较，虽有精粗和文野之分，但这些实物和真迹，则拉近了今人和古人的距离。章草书，由汉隶、汉简省变而来，古朴、厚重、沉着，给人以壮美的感觉。其字互不连属，也少大小变化，笔画平直，以方正取势，然结构精炼、气息贯通，草法森严，隶意分明。元明时期，学书皆由今草而返章草，故所作虽存隶意，而流美妍媚时出，乏厚重古拙之感。由汉魏始，章草能重、拙；由元明起，则失之轻、巧。从今草而返，终隔一层；从汉隶学章草或汉简出章草，当为不二法门。

书谱社：我们留意到，您的章草书作《元遗山论诗三十首》中有杨仁恺、周退密、徐本一等诸位先生的题跋，评价您的章草"入古出新"。请问，您理想中的章草韵致是何模样的？

陈巨锁先生：我曾写过几个手卷，诸师友多有题跋，然而这些文字，多为褒奖过誉，我不敢当。与古人相较，尚难见其项背，能不努力？此其志也。深知自己天资不足，唯以努力补救，成功与否，不计也。学书本自兴趣，日日耕耘，乐在其中。在创作上力求纯正而不死板，洒脱而不野俗，结体寓奇于平正，用笔求灵活多变，所谓"俯仰有仪"、"机要微妙"、"临见妙裁"、"不法常可"。

书谱社：我们关注"国展"时，常见到"钟王风"、"章草风"、"汉简风"、"敦煌风"等提法，在当代，楼兰文书作为学习章草的宝贵资料被热切关注。请问，您如何看待当代章草学习和创作的现状？

陈巨锁先生：魏晋楼兰文书的出土，为我们今天学人研究和学习章草提供了极为珍贵的资料。事实上，一些青年书家模仿此类文书进行书法创作，取得了可喜成就。然而，这些作品多出自民间书家，且文书残破不堪，只相模仿，甚而将自己的书作精心制作成残破样，是舍本逐末，学其皮相，其行可悲。当今，人们的心志比较浮躁，对待书法艺术，也不例外。功利心重，朝方握管，夕求获奖，殊不知作书家，须坐得住冷板凳，耐得住寂寞，有悟性，能勤奋，机缘俱足，方得成功。名利只是副产品，非心有所欲便能探囊取得之物。

近现代章草，沈曾植以汉魏碑为基础，王世镗偶参爨宝子和简牍笔意，郑诵先亦以二爨意趣入章草，王蘧常则熔铸三代金文于笔下。诸家章草各具特色，面目纷呈，尽得风流。诸前辈虽已故去，然遗韵流风尚在。当今，有些老书家，偶然也写几笔章草，但仅具皮相耳。倒是有几位中青年书家，能究本穷源，取精用宏，所书醇厚耐看，气象森然。作字虽宗古法，其书能自具面目，是为新意。若能不为时风左右，不为名利所缚，佐以阅历、学问，这些中青年书家终将成大器。

亲近 《出师颂》

　　《出师颂》是汉代史孝山写的一篇赞颂出师的文章，四言 48 句，192 字，是汉赋名篇。章草书《出师颂》，旧题索靖所书，亦题萧子云书，米友仁审定为隋人书。此帖古意浓郁，遒密凝重，点画浑厚，捺笔波势较重，字字独立不相连绵，具有典雅质朴、刚健雄逸的艺术美。

　　章草，旧说西汉元帝时史游所创，或说东汉章帝时杜操所创，看了出土的汉代竹木简书就可以推断出，只要有隶书，由于实用的需要，不久就会有隶书的简省与连笔的出现，这简省与连笔的隶书就是隶草，后人称之为"章草"。而真正形成一种完整的书体，是需要经过相当长的时间，通过众多的书家在审美上的不断完善才能臻于成熟的。从史游、崔瑗、杜操、皇象到索靖等大书家，在章草的形成和完善过程都有重大的贡献，只可惜这些名家的作品，随着时代的推移，很难见到，或有作品流传，亦摹刻失真，真伪难辨。《出师颂》是索靖书，还是隋人书？对我们学习章草的同仁来说，并不太重要，首先肯定它是中国书法瑰宝中的一件杰作，是我们临习章草的绝好范本之一。它淳古有意外之趣，去索靖或不太远，是隋人临索靖书，也不无可能。所以我们从研究索靖及其书法特色去探索和认识《出师颂》的风格，是十分必要和有意义的。

索靖（239—303），字幼安。敦煌人。张芝姊孙。历官尚书郎、酒泉太守等职，曾为征西司马，故有"索征西"之称。是西晋时期的大书家，兼擅诸体，尤长章草。相传有《出师颂》、《七月帖》、《月仪帖》、《急就章》等。有书论《草书势》一篇。《晋书》有传。索靖的书法地位，可谓声名显赫，《宣和书谱》中说："靖以章草，名动一时，学者宗之。如欧阳询以翰墨自名，未尝妄许可，路见靖碑，初过而不问，徐视乃得之，至卧碑下，不忍去。"于此一斑，亦可见索靖及其书法在历史上的地位和影响了。其书法特色是严整茂密，用笔严谨，笔画古质，萦带处细若游丝，字字区别，不相牵连；有纵行而无横行，点画与波磔相互对比，相互映照，有节奏、有韵律，且能寓动于静，动静相生，妙有余姿。既给人们流美飞动的感觉——"婉若银钩，飘若惊鸾"，又让人感到质朴自然，典雅安详——"舒翼未发，若举复安"，从而达到了"既雕既凿，复归于朴"的天然境界。

《出师颂》既保持了古章草特有的一般特点，又吸收了张芝的草书笔意，但见波磔，而隶意渐少，这也是魏晋以降的章草的特色。此作行笔中锋直下，圆转劲健，形腴而神清，笔周而意远。

临写所用笔和纸，一般以硬毫和兼毫为宜，毫硬笔健，易于把握所临对象的形体，亦可去形肥而神滞的俗病。

　　《出师颂》是章草书的典范之一，它既具备章草书的共性，即有法式，有章程，章法停匀，字字区别，互不连绵，草体而楷写，有波磔外，还有其自己的个性特色：它运笔圆转，隶意渐少，今草笔意时时可见。这因索靖是张芝的姊孙，张芝是"草圣"，索书受其影响，或者说索靖吸收了张芝草书笔意，使自己的章草书别具面目。

　　要把握《出师颂》的特点，就得对《出师颂》单个字进行分析，认识和把握每个字的点画特点以及这些构件的组合，就是结体。点画撇捺的特点以及它们的结体是构成字体的根本要素，缺一不可。要想临得像，只有认真读帖，尊重对象，仔细临写，心不厌精，手不忘熟，存规矩于胸襟，才能现碑帖于纸上。

　　以上是对每个字而言，而对整个篇幅来说，则每字在一行之中，各行在通篇之内，都必须安排得当，各得其所，相避相让，相呼相应，方能顾盼生姿，气韵生动，正如《草书势》中所言："登高望其类"——起笔顾盼左右；"既往而中顾"——运笔照顾前后。在笔势方面，运笔要无往而不收——"骇龙反据"；收笔则要豪迈有力——"凌鱼奋尾"。这些法则，在我们临写过程中要仔细体会，反复实践。

　　意临更多的是把握对象的神韵，但仍是临，要保持《出师颂》的风格和特点。只是在分间布白和管领应接上可以有所变化，而且主观上也要"趋时适变"，正所谓"睿哲变通，意巧滋生"，不拘常规，灵活变化，逐渐由临写到创作。而这种变化，也不是妄自下笔，而能有所出处。诸如临写汉简墨迹，研究结体、笔法、墨色乃至气度、神韵，从而领略当时的书法气息。又如楼兰出土的《五月二日济白》一纸，与阁帖中所刻索靖《七月二十六日》帖，毫无二致，结合临习，以理解和丰富《出师颂》的意趣。进而以《出师颂》为基础，进行章草书法的创造。这种创作是有源之水，是有根之木，是在前人基础上，博采众长，融会贯通的创作，方可逐渐写出自己的风格和特色。

石涛《画语录》有云："有法而无法，乃为至法。"就是说作画既要有法，又能不为法缚。意临亦须达到有法而无法，精熟之极，心手相忘，自然挥运，神采飞扬，这才是临写的最高境界。

历代书家，无不"熔铸虫篆，陶冶草隶"，方能够旁通各种点画情趣，王羲之也说："夫书，先须引八分章草入隶书（楷书），发行意气。"《兰亭序》、怀素的书卷中都可见章草意绪。《出师颂》又是章草的代表之作。历代书家，尤其是学习章草的书家，无不临写、继承其法，元之赵孟頫、俞和，明之宋克、祝允明，近现代之沈曾植、王世镗、王蘧常、郑诵先、谢瑞阶先生，无不把《出师颂》作为临习的范本，启功先生说："此卷墨迹，章草绝妙。"这就足见《出师颂》的历史价值了。

亲近宋克

一、结缘

从小喜爱书画，上世纪五十年代初上中学，某年暑假返乡，适值同乡书法家孙鹏云先生办书画补习班，便往投学请教。孙先生早年毕业于北京大学，善书画，富收藏，见我有一定的书画基本功，欣然出示所藏许道宁的山水小品，赵孟頫的《二马图》、宋克的书法、蒋廷锡的工笔牡丹，为我讲解，供我临摹。我对宋克的作品，尤为钟情，反复临习。迄今，五十多年过去了，而所临作品的内容却不曾忘记：

观阁嵯峨起日边，春云暧霱倚层颠。
天低青海一杯水，山落齐州九点烟。
百尺长松神阙外，千秋灵柏古坛前。
遨游尽是神仙侣，瑶草金芝不记年。

这是一件不足三平尺的小立幅，作品的真伪与艺术的高下，我一个没有多少鉴赏能力的中学生，是难予评说的。然而宋克这个名字，自此却深深地印在了一个十几岁孩子的记忆中，这可以说是我初次与宋克的结缘吧。

1960年，我在太原读大学，课余在校外从黄岩柯璜先生学书法。柯老精今草，晚年所作草书却多呈章草韵致。我为先生研墨理纸，耳濡目染，所作也近先生面目。后得山西省博物馆梁俊先生指教："你才二十来岁，书作过于肥厚，太近柯老面目；欲学章草，当以宋克作品为范本。"此后，便留心宋克的碑帖，凡能见到者，便购藏临习。几页宋克书陶渊明诗拓片，置诸案头，朝夕晤对，钩摹尤勤。

二、浅识

章草书，始于西汉，解散隶体，粗书之，纵任奔逸，以赴速急就之需，正时代之产物也。到东汉而魏晋，章草法备，极一时之盛，能书者众，传世者多。至唐宋，几成绝响。到元明，章草中兴，书家辈出，其中为大家者，宋克堪称巨擘。

宋克（1327—1387），字仲温，一字克温，居南宫里，自号南宫生，吴郡长洲（今苏州吴县）人，在书法上，当时与宋璲、宋广、沈度、沈粲齐名，有"三宋二沈"之称，然其书法成就与影响，诸子远不能与宋克比肩。宋克又善诗，与高启等十人著称诗坛，号称"十才子"。能画，尝作竹石丛篁，亦为人称赏。

据记，宋克性豪爽，身伟岸，喜走马击剑，任侠好施，以至家财殆尽。于元末，北走中原，举义起事，未料中道受阻，不能如愿，遂转亲山水，泛长江，下金陵，游金华，过会稽，搜奇览胜，寻幽探古。归家则潜研书画，专心翰墨，"杜门染翰，日费十纸"。亦曾师事饶介，间接康里巙巙书脉。

　　洪武初，宋克曾任陕西凤翔县同知，然性本放浪，岂能适应官场羁绊，赴任未几，便辞官还乡，与文友杨维桢、倪瓒等诗酒唱和，书画流连，寄情笔墨，乐此不疲。

　　宋克之书法，楷行出入魏晋，胎息钟王，法度严谨，运笔洒脱，韵致高古，风神秀逸。而于章草，入古出新，冠绝同侪。有元一代，赵孟頫在书坛领袖群伦，享誉天下，真行篆隶之余，复兴章草，影响所及，一时间，书家竞相摹写"急就章"，成就斐然，各具面目。章草虽得复苏，而其面目却多有风华俊丽妍态媚人之姿，而少质朴古厚之韵。天趣自然之态，亦时风使然。究其原因，章草本"隶草"或谓之"草隶"，即由隶书步入草书。而元明书家，则由楷、行、今草而步入章草，正先天之基因有所不同，加之审美好恶之左右，温润妍媚之风，遂为之流行。赵孟頫辞世五年，宋克降生。赵书遗风余韵，对宋克当有影响，观其所作，虽时见松雪踪影，而却能突破藩篱，直探皇索书势，取古章草之精髓，得古雅厚朴之气象。正近人叶恭绰先生所云："元末明初，书家能不为松雪笼罩者几希，仲温盖所谓豪杰之士。"

　　宋克之书法作品，所见《急就章》多种，有完整本，为"庚戌七月十八日"所书，即今藏于故宫博物院者；有不完本，为"洪武丁卯六月十日"书，即今藏于天津博物馆者。前者为四十四岁时所作，虽自言"行笔涩滞，不成规模"，乃自谦之词。此卷，实属作者取皇象急就章石本，精心临写，正"结意纯美"，"不失规矩"者也。而"丁卯"本，乃为宋克辞世之年所书，此作虽曰"临"写，却能不为前人矩矱牢笼，有法无法，纵情挥洒，健笔凌厉，波捺险峻，正书家本色，亦与之个性豪放相表里，书中犹见走马击剑之风神。有以"波险太过，筋距溢出，遂成佻卞"之诮，乃学究之论，不亦过乎，正不知宋克之为宋克者也。孰料不到半年时间，这位年仅六十一岁的章草大家便与世长辞了。

宋克之章草书，传世者尚有所书孙过庭《书谱》、唐张怀瓘《论用笔十法》，而两本多有残缺。《论用笔十法》，仅存寥寥十五行，楷、行、章草、今草并用，所谓"混合体"者，最后三行，以章草之字法，作今草之连绵，随机变化，自然天成。而其草书有"至正二十年三月"所书《唐宋人诗卷》（旧题为《宋仲温录唐人歌》）、"至正己丑七月廿八日"所书《进学解》及《刘桢公谦诗》立轴等，诸作皆以今草之章法出之，而字之点画，则章草韵致，随处生发，"纵迈超脱"，时见康里子山之风姿。而所书《七姬志》，楷则端严，笔精墨妙，虽入碑版，而不乏神采。

三、我读《宋克书孙过庭书谱》

孙过庭为唐代著名书法家和书法理论家，所著《书谱》一书，极为后人重视。书迹不独为临习稿书之典范，文字更为学书之津梁。文章文辞简约而章句典丽，义理明晰而旨趣深邃。略论汉末魏晋之书家，叙书家之品性修为到书作之形质性情，探章法与笔法之变化，解"平正"与"险绝"之关系……无不探幽发微，诠释详尽，颇能开启后学之器识，弘扬既往之风规。后来之宋克，见到同乡（"吴郡孙过庭"）前贤之书论，定然捧读再三，临习不辍，味其余烈，挹其前规，极虑专精，稍无懈怠。今见《宋克书孙过庭书谱》残本，虽以楷章出之，而文字之抄录，则不敢疏忽，偶有笔误，往往点正之。

有俞孟京、俞仲基伯仲二人，皆善书法，与宋克有世交之谊，为文友。俞家三弟俞季明，将远行，造访宋克，临行索书，宋克以所书未竟之书谱赠之。此作正是前面所提的《宋克书孙过庭书谱》"未终"之残本。所谓"未终"，较之孙过庭《书谱》墨迹本（下同），后面尚有一百零一行没有完成。所谓"残本"，今存宋克书作，只有十四页，每页八行，合计为一百一十二行。前缺原文二十五行。今之首页从"伯英尤精草体"之"体"字始，下部有残损，首行损"余真比真"四字，二行损"总其终始"四字，三行损"敬之书子"四字，四行损"题后答之"四字，五行损"答云故当"四字，六行损"那得知"三字，七行损"乎且立"三字，八行损"曾参不入"四字。第二页之六行"钟张"下脱"则专博斯别，子敬之不及逸少"十二字，八行末端损"之术"二字。第三页之五行，首四字"犹众星之"为笔误，应作"似"字，八行末字，孙墨迹本为"衄"字，宋克作"剑"字，或有所本。第五页以"徒彰史牒"之"牒"字始，前缺八十一行，末行"今古"二字倒置。第八页，孙之墨迹本，先写"转"条，后写"用"条，宋克本以"执使转用"为序而书录。第十一页首行"苟知其术"，"术"误为"述"。第十二页第六行，"五十而知天命"下衍一"也"字。第十三页第三行"努"上脱一"鼓"字，第六行"情涯"书作"情崖"，"涯"、"崖"相通。

宋克奉孙过庭《书谱》为圭臬，承其准则，身体力行。今以书谱之义理，审视宋克所书之艺术，个中还多有合处。所憾书件为残本，未能得见全豹之文采，即仅存之十四页，亦可窥其华美之豹斑。十四页中，首页纯以楷书出之，意度清和，气息淳雅。以后十数页，则乍楷乍章，楷章相间。楷书工稳整肃，点画向背分明，结字揖让顾盼；章草灵动劲健，妙有余姿。一篇之内，动静相生，生意盎然，而其形质情性，具现眼前。至第八页后，楷书渐少，章草渐多，到第十页，章草多至七行，可谓心无挂碍，意合手从，畅达快然之情状，跃然楮墨间，到本页末行，草笔戛然而止，转以楷则，想见书家此时心气和平，正襟危坐，秉笔恭楷，规矩谙于胸襟，点画森然笔下。至十二页，则又纵情草势，其时也，可谓思虑通审，心手双畅，所作故能潇洒流落，翰逸神飞。而第十三页，复归平正，楷章相伴，一似如前。综观所作，起伏跌宕，如行云流水，一任自然，此正宋克书孙过庭《书谱》之精彩处。

是件，未署年款，其风格与"庚戌七月十八日"所书皇象《急就章》和所书张怀瓘《论用笔十法》相仿佛，故知此作当书于至正末到洪武初之间。

2012 年 3 月 15 日于隐堂

沉晦庆昭苏

——王荣年书法作品读后

我居晋北小城，自是孤陋寡闻，竟不知书坛有王荣年其人其书。昨得张索先生所惠《王荣年墨迹·书信》、《王荣年墨迹·集联》二巨册并《王荣年先生墨迹选》散页廿余种，眼前为之一亮，遂把卷二日，逐一品读。掩卷而思，略抒管见。

王荣年之所以能成为一位近现代的书法大家，首先先生是一位饱学之士。其出身书香门第，家学渊源，15 岁，则以县试第一入县庠，非颖悟敏学，焉能有此成绩。继而游学京师，负笈东瀛。学成归国，宦游京师鲁浙，其积学之厚，见闻之广，亦可想见。仅"集联"一宗，洋洋洒洒 400 副，足征先生胸罗唐宋诗家之典籍，随手拈来，皆成妙对。而所见诗作，多纪游即景或奉和之什，亦情感真挚，清新质朴，且有关注民生，关心时事者，如："地将赤野全凭麦（冬种皆绝，唯大麦得雨，可望有收），天肯倾河便洗兵。"

先生相与往来者，多学界之鸿儒硕彦，若江庸、夏承焘、余绍宋……"书信"中，有致"诚女"云："余绍宋先生系浙江通志馆馆长，约我帮忙，言甚恳至。"又"但我自问，心长才绌，性刚器狭，难为人下，将来如有机缘，能予我以参政监察或其它清高位置，颇思一试，否则，懒为五斗米折腰矣"。学人本色，犹可见也。以学养器识为根底，即不学书，偶然命笔，自具书卷气息，则为"学人之字"。无此根底，虽毕生挥毫，亦徒成字匠。

先生于书法一道，则兴趣颇深，用力尤勤，仅其所见手迹印品，得窥深入传统，广采博纳，为我所用。写小楷，法钟王，而守矩度。写大字，融汉魏，能见风骨。临褚帖，则精于纯熟，可谓登堂入宝，探骊得珠。于庚寅（先生辞世前一年），尚孜孜于《争座位稿》的临摹。

先生之书，其章草，更令今人称道，察其书迹，远继索靖，近汲寐叟，且取法沈曾植尤多。王与沈，所处时代特征，宦海经历，学问交游，多有相似之处。沈辞世之年，王已 33 岁，沈晚年居沪上，王往来于杭、沪、温之间，一位是年高德彰，学问宏富，书名大振的学界泰斗，一位是学有所成，书名初具的同乡后学（沈为浙江嘉兴人，王为浙江瓯海人），这位王先生或曾拜在沈老门下，求学问道（臆测而已）；若无缘一面，王荣年私淑沈曾植则定然不错。二位作字，无不熔铸碑帖，备魏取晋，时参分隶意趣，遥接钟繇规迹，近现倪黄余绪，作字用笔，何其相似乃尔。细察之，大同中，也有小异，沈书多方峻反转，八面出锋，古健苍茫，如高岭之古松，气势傲岸；而王书能圆活灵动，意蕴深邃，似深山之涓流，泠然而可人。

其所憾者，王荣年一生，基本处于政局板荡，战争频仍，物价飞涨，民不聊生的时代，其生计，每每入不敷出，捉襟见肘，典田借贷，难以应对。只能发出"金圆堤防（指金圆券），将濒溃决，如何如何"的慨叹。于此境况，生活尚且不堪支持，何以潜心诗书艺事。更以错案，年仅53岁而毙命。东南一笔，遂付东流。

先生若逢盛世，假以天年，其书，或可突破沈书窠臼，走出沈书轨辙，得鱼忘筌，更上层楼。堪可慰者，38年过后，错案平反昭雪，玄珠因时再现。今先生之书，为人所重，为世所重，窃以为近人学寐叟，而得与藩篱，舍梅庵而谓谁欤！

2009 年 10 月 12 日于隐堂

从屈兆麟的《寿星图》说起

隐堂所藏的旧画中，有一幅屈兆麟的《寿星图》，它已是面目黝黑、衣破身残的景况，其纸张酥脆断裂，亦不复能够开卷张挂了，遂请文友曹文安君为之揭裱装池，老画现出了几分风采，我方作了一番认真的端详和品读。此画虽不是什么大名家的手笔，却在流传中，也有些许的故事，便引出了以下的文字来。

先说画的第一位主人陈佩伟，他是我的叔伯曾祖父，我称他为"三老爷"。我的曾祖辈，兄弟三人，老大叫"明明"，老二叫"新娃"，老三叫"应娃"。这位"应娃"，便是佩伟公，他在北京地安门外做着"乾泰隆"绸缎庄的掌柜，是当时颇负盛名的买卖人。今天的北京人，知道"乾泰隆"的人，恐怕难寻二三了，而老一辈人中，或研究北京近代商业肆井的人们，也许会列出一些北京鼓楼前大街的商号吧。在我的书架上，有一册朱家溍先生的大著《什刹海梦记》，其中有一篇文章，题为《北京的鼓楼和钟楼》，文中写道：

> 鼓楼大街顺着东路有"鼓楼儿"、"金驴儿"、"满汉饽饽"、"乾泰隆"。……乾泰隆，五间门面，传

统建筑形式的两层楼房，每逢正月十三到十八在门面上挂满着绢灯，全部《彭公案》的人物故事，每一回目一个灯。

从以上简短的文字中，约略可以窥见"乾泰隆"当年的情状以及佩伟公的喜好。据说佩伟公经商之暇，颇好和书画家往来，时有茶酒之会，其中就有画家屈兆麟。

"三老爷"佩伟公有两个儿子，大儿陈礼，二儿陈智，便是我称"七爷"和"九爷"的。"九爷"青年时毕业于北京大学，一生从事教育事业，终老于山西大学历史系。"七爷"随父在京经商。1937 年，佩伟公在京谢世，归葬崞县屯瓦村祖茔，传言有宝物随葬，不幸新坟遭劫被盗。"七爷"后染烟瘾，成为"瘾君子"，家中除一处"楼门院"得以保留外，几无长物，所幸几轴书画，因了在我们的山乡窝铺，无人见爱，便得以保存了下来。其中就有屈兆麟的三幅作品，一幅是前面提到的《寿星图》，为立轴，另外两幅是"牡丹"和"鹿"，皆为纸本，四尺宣整幅横披。

土改时，"七爷"家，尽管早已败落，但声名在外，仍被定为地主成分，其时，"七爷"外逃，"七奶奶"在"烫""磨"批斗下，几无所出，只有一所"楼门"四合院为农会所没收而外分。而这幅"寿星图"被一位"孙家奶奶"的妇女捡了回去，成为该画的第二位主人。当时，我们乡下在年节，有挂年画的习俗，那"寿星图"挂在"后梁上"孙家的窑洞里，黑糊糊的不为增色，反觉堵心，便取了下来，折叠成方块，放入"鞋样夹"。某日，我的"八奶奶"到孙家串门，适逢"孙家奶奶"取出《寿星图》，因其画纸裱褙，其地厚实，可作"鞋样"纸，正欲动手剪裁，"八奶奶"见状急说："我家有牛皮纸和道林纸，给你做'鞋样'用，画就不用剪了。这画我待见。""孙家奶奶"爽然答应，将画让"八奶奶"带了回去。岂知这《寿星图》在孙家奶奶家时，已将残破部分剪去，画面上的款字也几乎不存在了，唯"仁甫"、"屈兆麟"等印章尚留存着，亦不幸中大幸了。"八奶奶"又用糨糊在折裂画面的背后贴上了小纸条，以防画面更加破损。"八奶奶"家另有一小幅《松鹤图》也是屈兆麟的手迹，画在灯芯纸上，落墨处，略略高起画痕来，很有立体感，画装入红木小穿衣镜内，置诸躺柜上，对此画我曾认真临摹过，这画也是"三老爷"家的旧物，"八爷"陈孝跟着叔父佩伟公在京学生意，是三叔送他的纪念品。后来，我上大学学美术，"八奶奶"就把《寿星图》送我，画在篓筒中沉睡几十年，偶然翻捡，聊换新装，暂挂隐堂中，我便成了《寿星图》的新主人。

《寿星图》的流传故事，简说如上，下面该对画家屈兆麟作点介绍了。早年我只知道屈兆麟是清廷"如意馆"的画家，有时为慈禧太后代笔。后来读鲁迅先生作品，在他致郑振铎先生的函札中，因编印《北平笺谱》，曾提到了屈兆麟的名字，便加重了这位画家在我心目中的分量。

成立于康熙年间的"如意馆"，一开始是清代内务府造办处的作坊，到晚清，几乎成了以绘画供奉皇室的画院了，同光间，在如意馆供职的画家有 50 多人，屈兆麟便是其中的一位，还做到了如意馆的最后一位首领。屈兆麟，字仁甫，1866 年出生，家居北京，少年时，即拜清廷画师张乐斋（张恺）为师，学习工笔画，青年时崭露头角，18 岁由乃师荐于如意馆，承差做画工，在馆供奉 28 年，先后应旨与他人合作《普庆升平图》、画珍禽异兽、鹿鹤同春、双凤牡丹、松寿鹤龄、五福捧寿等吉祥如意题材的作品，这《寿星图》当是这一题材的同类作品。有为慈禧的代笔画，还钤有"慈禧太后之宝"、"澄心正性"、"承受光明"之印信。如意馆的画士们，除每月领取一定的钱粮俸禄外，有时也会得到皇帝和太后的恩赏，如当时如意馆的首领沈振麟曾得到二品顶戴，于此，亦可窥见如意馆供奉的地位。然而随着清室的衰败，如意馆自然也不会再"如意"了。清帝逊位，如意馆便不复存在，画院的画家们遂作鸟雀散。不过这些画家们有一双能写善画的"指爪"，生计自不会太差。屈兆麟与佩伟公相友善，应邀作画多多，想必佩伟公也不会亏待这位清廷遗老的。那"乾泰隆"春灯期间所挂绢灯上的《彭公案》，或许还是出自屈兆麟的手笔。1937 年，71 岁的屈兆麟辞世了，见前述，吾家佩伟公也在这年离开了人世，留下了《寿星图》，74 年过去了，还引出这段文字来，也算是一种纪念吧。

2011 年 7 月 12 日

游觉山记

　　戊子夏末，忻州苦热。蒙王利民君之邀请，避暑繁峙。立秋前一日，与老妻效英，偕利民，乘车而出。侵晨出城，经道砂河、大营，而转浑源之王庄堡，过汤头，入灵丘境。未几，即东河南镇，乃邓云乡先生之桑梓，曩曾造访其故居，引出先生《吾家祖屋》一篇长文，颇感快慰。而今，邓老物化多年，过其地，不禁怀想绵绵。

　　行车 240 里，至灵丘县城，有驾车迎候者，遂导引而前，往访觉山寺。寺在县城东南，顺唐河而下，入峡谷间，山峦起伏，风景如画，唯道路上，载重卡车，首尾衔接，状若长蛇阵势。所幸我等乘坐警车，得以穿行其间，择路而过。行 30 里，离大道，右折爬缓坡，顿见山寺拥出，高甍背倚峭壁，岩岩金碧绿错，占屋嵌空，细路沿云，俨然大李将军之图画。门前旷放，有老松三株，挺挺然，风姿高洁。立松下，俯察唐河，水石击搏，其声清越。环堵，则千峰罗列，秀骨清奇，白云迢递，变化无定。更有古塔高耸，直逼霄汉。入寺门，径往塔下，绕塔而观。是塔，砖砌密檐，八角十三层，高可十八丈，为辽时遗构，其塔基所饰人物力士，虽遭数百年风雨剥蚀，而神采犹存。其时也，山风飒然，檐铎丁东，山谷传响，幽韵不绝。复登大雄宝殿礼佛，磬声方起，灵雨忽降，飘飘洒洒，如丝如幕。但觉暑气顿消，凉意可人；杉桧承露，花草含笑。

入禅房，与老僧共话，喃喃然，不知所云；坐听檐溜如注，砰砰然，妙合金石之音。有顷，雨丝渐弱，复入诸殿巡礼。礼毕，甫出寺门，雨脚顿收，云幕卷起，晴空万里，诸山一碧。灵雨时降而乍收，我甚诧异，随口而说："我佛慈悲，赐此清凉，归家当书'慈云法雨'四字，以记此殊胜因缘。"

利民说："我得沾溉先生佛缘，亦感幸甚！"

我说："君言差矣。佛视我等众生，皆作平等相，你我无别。"利民欣然诺之。

时近中午，循原路返回灵丘县城，有冀先生者，为利民旧友，招饮于明珠宾馆，时新历 2008 年 8 月 6 日。

五台山观瀑记

夜雨初霁，晓雾乍收，与繁峙友朋五七人，乘车两辆，往访"台背冰岩"（繁峙县十景之一）。主人言道：五台山之北麓，山高谷深，地处高寒，"岁积坚冰"，虽盛夏季节，不知苏醒。其冰之巨者，如盖如岩，高卧夹谷间，洋洋乎，诚一大观也。

出县城，经道砂河镇，南向而行，烟树村庄，山色河声，破目而来，倏忽而过。车行时许，抵太平沟口，舍车徒步，溯溪而上。一路溪水，忽左忽右，明灭可见，丁东有声，如琴如瑟，清音满耳。路之畔，山崖高下，怪石嶙峋，熊蹲虎踞，其状妙肖。更有蔓草披拂，杂花尽放，白花似玉琢冰雕，竟呈天然图案；紫花如铜铃倒挂，临风摇曳。而状如草莓者，老乡呼为"地仁"，殷红欲滴，煞是喜人，摘几枚，聊一品尝，酸甜可口，两颊生津，遂沿路寻觅，频频采摘，食之无致。而花为黄色者，一为细茎修长之虞美人，山僧言为"佛钵花"，元好问《台山杂咏》中有句云"香绵稳藉僧鞋草，蜀锦惊看佛钵花"。而另一种黄花，名为"金莲"，更为引人注目，其色金光灿然，花头盈寸，状若复瓣莲花，丛丛簇簇，缀于山崖水际，入山渐深，花渐多，行十数步，便可遇上一丛，复忆元子"佛土休将人境比，谁家随步得金莲"之句，盖写实也。

与花相悦者，不独我辈游人，更有蜂喧蝶逐，游弋其间，款款飞起，轻轻落下，或采花粉，或吮花蜜，嗡嗡然，其乐无穷。

入山愈深，林木愈见茂密，苍松古柏，老桧云杉，三棵五棵，挺然有序，比肩于路畔溪侧；挨挨挤挤，覆盖于高岩巨壑。远山如黛，近水如诉，凝碧拥翠，眉鬓生绿。举首长空一碧，白云迢递，时闻好鸟和鸣，空谷传声。我等友朋，闲步深山幽谷，笑语相续，几不知路之远近。小径崎岖，略有倦意，小坐青石之上，仰观俯察，尽得悦目赏心之景；日高人渴，颇思茶饮，满掬山溪之水，清心涤虑，远胜僧家般若之汤。

好景无长路，行行近沟掌。忽闻水石相搏，激越回荡，山鸣谷应，有似铁马金戈。既抵山脚，但见白瀑高悬，砰然飞降。主流倒泻，珠玉喷薄，适有阳光返照，顿现彩虹。虹桥高架两山之间，五彩缤纷，衬以青山白瀑，更见神奇瑰丽，鲜焕夺目，对之良久，兴不可遏。

瀑之侧，有巨石垒叠，水雾浸润，绿苔堆积，石面油滑而黝黑，司机彦峰，身高力大，伸手缘木，若猿猴之敏捷，爬跃而上。我等畏难而止，不得登临，怅然有失。待司机下，询之岩上状况，答道：上复见瀑布二级，轰然洒落，亦甚壮观。唯感其地迫窄，寒气愈加袭人，衣襟尽遭瀑水，其地不可久留，遂拍摄资料一组，匆匆而下。

　　却看诸位友朋，游兴正浓，或采山花，或摘野果，或临流戏水，或选景照相，其乐亦无穷。时至此，我方想起此行之目的，遂问"冰岩"之所在。主人告曰：此地正是"台背"，月前造访，巨冰尚卧崖谷，今方二十天，竟化为乌有。想全球气候变暖，五台山虽为佛地，又岂能例外，遂将那"台背冰岩"化作这"台背飞瀑"。蛰龙飞腾，也复灵异。在台山胜景中，增此一景，也是幸事。且秋去冬来，飞瀑又归蛰伏，冰岩又当重现。至明年五六月，自不会飞升，届时再来，以一睹胜迹而快焉。

　　在此山水佳绝处，忽发畅想：这五台山北麓之太平沟，一路山花野卉，珍鸟佳禽，冰岩瀑布，无不引人入胜。若得开发，自沟口至沟掌，仅五七里，沿山脚，修一木板便道，曲径高下，斗折而进。其一，便于游人行进观赏；其二，山中野趣得以保护。于瀑前建一小亭，名之"揽胜"，以供游人小憩品茗，观飞瀑冰岩，岂不快哉。瀑之侧，架一扶手木梯蹬道，将便于游人安全攀登，以得窥飞瀑之全豹。若果，此"台背"，"春有百花秋有瀑，夏有冰岩冬有雪"，四时之景不同，则游人亦更盛，岂让"冰岩"专美于前。

　　同游者，繁峙李慧英、石彦峰、薛平，王利民携小女王晓丹，我与妻子石效英，时 2008 年 8 月 7 日，值戊子立秋日。

游崞山寺记

吾乡崞山寺,在原平南神头村北。其地四山环抱,二水合流,中建高阁,名曰"叠翠楼",以"崞山神"三字颜其额。"崞山叠翠",向为崞县八景之一,古人多有诗文赞叹,吾师段子敬先生曾以画记之。

戊子九月九日,往访之,山寺荡然无存,松林砍伐殆尽。寒烟荒草中,有屋三楹,格局卑小,为新建,内祀蒙恬,传为笔祖,谨三拜焉。询诸古建之所在,村人对曰:毁于十年浩劫。将归,于瓦砾堆中,拾得半残琉璃瓦当一枚,绿色釉面,上有盘龙浮雕一躯,鳞片生光,指爪传神,对之良久,徒唤奈何。此行,得见崞山古寺之一介,古训云:"一介不以与人,一介不以取诸人。"吾取之,以为纪念耳。

2008 年 9 月 10 日

入川记

（2007 年 9 月 12 日—26 日）

九月十二日

上午十点，旅友焦如意驾车到，我与妻石效英同车往太原。中午 12 点到亢佐田处。如意将车存山西画院宿舍院。画院司机李师傅送我等往机场，顺便在路旁某饭店就午餐。下午 2 点 50 分乘飞机入川，4 点 35 分抵重庆机场，然后打出租车到渝中区路碑站。如意就近找旅馆未得，然后再打的往朝天门附近，入住重庆消防招待所，时值下午 6 点半。其地空气潮湿闷热，四周高楼林立，人住其中，如在井下，甚感逼窄不适，效英身体亦觉多处难受，遂卧床休息。8 点进晚餐。餐毕，徒步往朝天门广场，观长江、嘉陵江夜景，灯光朗照，江流无声（江声为人声所掩），朝天门码头磴道已非当年景象（1982 年 4 月我曾小住重庆），昔日之景观，觉已复难觅。偌大一个城市，环境卫生差甚，垃圾随处可见，脏水恶臭，亦令人作呕，街头人影散乱，有收月饼票者（中秋临近，商店中月饼比比皆是，不知印月饼票作何用？百思不得其解），有散发小广告、宣传品者，有手提木棍的捎夫，有挑卖水果的妇女，跟踪着行人，招揽生意。这情形让你不自在，不舒服；甚而还得心存戒备，以防不虞。置身如此境地，了无游兴，便匆匆返回招待所，也懒得洗漱，晚10点，便上床休息了。

九月十三日

夜雨连宵。早餐后，在细雨中就近游罗汉寺，寺内有明摩崖造像两铺数十尊，然风化烟熏严重，面目全非，似无精彩可言，稍一浏览，便步出寺门。其时也，小雨已停飘洒，路面湿漉漉的，行人也少，遂漫步到解放碑，与效英等先逛百货大楼，再逛新华书店，购得《大足石刻》、《说梦楼里张中行》二册。在重庆似无兴致逗留，遂返招待所，结账离店，打出租车径往菜园坝长途汽车站，购得往大足县车票。11点45分，离重庆，走一段成渝高速路。路上有大货车，庞大若山西运煤车，满满装载红辣椒，其气势亦复可观。当我们的车转下高速路，北向往大足而来，路旁有行脚农民，多打赤脚或穿草鞋者，亦多年所未见。

下午2点20分，车抵县城，入往金叶宾馆204号。稍事休息，外出吃饭，跑了两条街，竟没有找到一家餐馆，经多方打听，终算寻得一家，也不开张。无奈，只得买酸奶、点心充饥。大足是一个卫生城市，街面极为整齐干净，商店中也无多少顾客，售货员或邻近居民，多坐在门市前搓麻将，一派安静闲适景象。

看看表，才下午4点，遂往城北3里许的北山摩崖造像而来。其地古木清幽，丹桂飘香，细雨如雾，游客仅我等三五人，导游导其前，游人随其后，走上台阶，步入长廊，一尊尊雕刻精美，造型典雅的佛、菩萨造像让我们驻足观看。这里有开凿于唐景福元年至南宋绍兴年间的近万尊造像，被誉为唐宋石刻艺术博物馆，所造观音像，尤为细腻，恬静丰满的颜面，华美玲珑的衣冠，璎珞垂身，吴带当风，体态潇洒，神情端庄，不禁令人欢喜赞叹，并发生出无限敬意来，难怪王朝闻先生说，这里观音造像是东方的维纳斯。导游介绍说，此处造像和大石湾等刻石早在1961 年，就被国务院公布为国家第一批文物保护单位，于1999 年 12 月 1 日，被联合国教科文组织作为文化遗产，列入《世界遗产名录》。我和佐田对大足石刻艺术的向往，少说也有 40 年的历史了，今方来，以朝圣的心情，认真的态度，仔细地赏读，生怕遗漏了一处地方。走累了，坐在长廊里歇歇脚，然后再作观摩，以至导游要锁门时，我们才步出长廊。其时也，廊外细雨已不再洒落，浓郁的古木笼罩在一片水气中，墨团团的，有如堆放在龙岗上的绿云，绿云间游离和弥漫着桂花的香气，打湿的石条栏杆和地面上，撒落着无数的花瓣，丹桂的颜色，是那么的亮丽和醒目，以至我在行走时，不敢下脚，深恐践踏了它们。在这北山摩崖的佛地中，我的心境，是格外的恬静和爽快，这当是佛和菩萨们的恩赐，感激之心，油然而生，同时也感激那些古代石刻艺人们的精湛技艺，为我们留下了一批可以慰藉心灵的艺术珍品。天色渐晚，离开了北山。

8 点，进晚餐后，往大足广场散步。这是建于 2002 年的广场，占地千亩，十分的壮阔。其时，华灯尽放，喷泉冲天，在广场中，有练太极拳者，有跳健身舞者，有举家漫游者，有情侣偎依者，有小孩嬉戏者，不一而足，各尽其兴。广场西端，饰有雕塑几组，为新制古装少女伎乐人，或吹排箫，或打云板，或品横笛，或弹箜篌，姿态流美，妙造自然。在场地西端有一篇《广场赋》，刻于黑色花岗石上，通读一过，文采华美，亦见此地人文之一斑。散步半小时，回金叶宾馆休息。

九月十四日

晨 6 点起床，天已放晴，旭日临窗，红光朗照。洗漱后，便下楼，于对面夫妻小餐馆就早点。饭后，由县城打的东北向行 30 里，抵宝顶山，经圣寿寺门前，见寺僧正接待香客，寺院宏大，钟磬声幽。我们一行径直往大佛湾而来。大佛湾由上而下，分列三层，其下竹木浓郁，绿可鉴人。步下层层台阶，沿组组刻石而欣赏。其中，尤以释迦涅槃像为巨制，全长 31 米，右胁侧卧，体态舒展，慧目微闭，神情安详，佛母眷属，立于龛顶，弟子信士，地中涌起，悲恸之情，溢于颜面。而入观音殿，只见千手观音像，占崖 88 平方米，有手 1007 只，各具姿态，因其造像全部贴金，故尔金碧辉动，有如波涛涌起，幻化无穷；又如孔雀开屏，瑰丽多变。面对地狱变相图，但见牛头马面，行刑解尸，其状触目惊心，惨不忍睹。阴森恐怖之地狱，读来，能不发人深省。而置身圆觉洞内，则感心静神舒，瞻仰十二圆觉，尊尊刻画精微，衣袖舒缓，举折飘逸，台座峻嶒，似木石坚硬，衣服与台座质感分明，对比映衬，更见匠心。再观十大明王像，则雄猛威烈，降伏诸魔，法力无边。而其造型，更见功力，刀痕斧迹，质朴天成，与自然之山岩浑然而一体，比之世界雕塑名品，或有过之。已故雕塑名家刘开渠先生说，此处的怒目明王可与意大利的大卫像比美。至于石刻中的"牧牛人""吹笛女""养鸡女"等造像，早为专家所称道，其"养鸡女"，早在40年前就作过《美术》杂志的封面，我是从此幅作品才开始知道大足石刻的令名。

因为我们到大佛湾，几乎是第一批观光者，故无太多游人搅扰。观赏得以从容不迫，乘兴而来，尽兴而去。小佛湾，正值修缮，未能一睹圣迹，稍有遗憾。日后若有机缘，当得造访。中午12点，返回县城。就午餐于"夫妻餐馆"，因早餐时预定饭菜，待入座，方饮茶一杯，9条红烧小鲫鱼已端上桌子，鲜嫩可口，是专门向渔人订购的鲜活品。加之竹笋肉丝等山蔬野菜，一桌饭，才收了45元，经济实惠，何处可寻。于此，亦可见大足人的质朴和可敬。

下午，睡到3点半，打的往访南山摩崖，因修路，车不得过，遂改访石门山造像。其地位于县城东南40里处的石马乡新胜村。租车而行，谈话间，便到目的地。过田间便道，穿竹林百数步，便抵山门前，然大门紧关，几经敲喊，寺内无人应答，唯有犬吠之声相闻。询之田间农民，知此处文物单位常年有人看管，需重力敲门。正焦虑间，忽有一中年妇女匆匆而来，她帮助喊叫，方得应声。步入山门，但见此处黄林树，甚是高大，而一株罗汉松，尤为可人。造像规模不大，主要分布于圣府洞。佛教、道教题材杂然而陈，且有碑碣题记等十数则，多破损漫漶，不能卒读。所见宋刻"佛母孔雀明王经变相"一躯，尤为引人注目，雕琢细腻而不繁琐，赋彩鲜焕而能典雅，经数百年风雨，尚能亭然玉立，光彩照人。我遂立于像下，摄一照片，永为纪念。而十圣观音殿，铁栅紧锁，未能入观，只好通过栅栏孔隙而向内窥视，粗可见到造像雕琢之精美，然其中一躯，几年前为歹人盗去，至今不曾破案，能不让人痛惜。

返县城，效英疲累，回宾馆休息。我和佐田、如意再打的绕道寻南山石窟而来，到停车场，我们徒步登山，在绿树浓荫中，走走停停，待到翠屏峰巅，又见寺门紧关，呼之不应，于山门前小坐十数分钟，无奈而返。心想，此次来大足，两访南山石窟，未能如愿，当是机缘未熟，故尔缘悭一面。

九月十五日

上午7点15分，乘长途汽车离大足往成都而来。车入合川某车站与另一辆大轿车相擦，事故不大，而纠纷不小，两车司机互不相让，未能私了，便叫了当地警察调解，各自方得离去，本该上午11点半到达成都的班车，晚到下午2点才抵达目的地，实在是苦了旅客。

到成都后，入住杜甫草堂对门的"万里客商务旅社"465号，条件虽差甚，然吾素习俭素，有一安身之地足矣。在旅社，稍事洗漱，就近草草用午餐，已下午4点许。然后与四川青旅联系，拟往九寨沟、黄龙一游。未几，来一青年，出示有关证件，说时近国庆，游人日多，要去，明日则可。若旅游日期往后推，恐难在九寨沟安排得周到。商酌半小时，听来人建议，遂订合同，交上押金，定于16日至19日，作川北九、黄4日游。

晚8点，进一餐馆，品尝成都小吃，有钟水饺，龙抄手，赖汤圆，川北凉粉，夫妻肺片等。每份少许，逐一品尝。虽有特色，而未能适口，莫若来一碗纯正的山西刀削面。明日要作长途旅行，晚餐后为效英购置药物，顺便买点水果食品，以备旅途之需。

九月十六日

早5点起床，成都中雨。6点半有接站车到旅社，遂乘车到青旅社集中点，7点半离成都。雨雾迷天，昏昏然，不知所向。到都江堰市，停车就早点，似无食欲，遂购零星小食，有热玉米，四穗10元，清晨冷雨中，这玉米棒，带来一丝热意。唯停车处，散乱嘈杂，了无秩序。曩游灌县谒二王庙，访伏龙观，观宝瓶口，步安澜桥，登青城山，一派清幽。而眼前景象，令人生恶，匆匆上车，闭目养神。

车行成阿公路，溯岷江而上，忽在江左，又转江右。山路崎岖，行车甚慢，且不得不慢，一则路况差甚，再则旅游车几乎一辆挨一辆，以至从灌县始，几乎不到20分钟，车便会停下来，停停走走，走走停停，能不让人心烦，此行堵车现象之严重，为我游旅中所仅见。有同车者见告，言在岷江出峡处，拟建一发电站，若果，具有2200余年历史的都江堰，这一我国乃至世界上唯一保存完整，且至今还在使用的"生态水利工程"，将被报废，这将是对人类历史文化的破坏，有谁胆敢作出这样的实施，那便是千古罪人。

在车中，时睡时醒，偶尔睁开惺忪的眼睛，看看窗外岷江的激浪和岸边的村落，景色单调，又复闭上双眼。车过汶川县城，导游言这里曾是蜀汉大将姜维驻防的地方，至今尚有姜维城古城墙遗存，姑妄听之。至茂县，已是下午2点半，匆匆就午餐，饭菜质量差甚，勉强充饥而已。饭后，复登车赶路，过松州古城（松潘），时值傍晚，华灯初上，城门高耸，背衬远山，城垛可见，城下行人熙攘，这一川西门户，曾是青藏线上的贸易中心。奈何行程所限，不能入城一睹今天松州之新貌。是晚7点，入住川主寺金景宾馆四楼。其地风急高寒，草草进晚餐，尚不觉温暖，遂回住室，身裹毛毯而呆坐，至晚上9点，室内所设空调才送热风来，和衣而卧，身渐舒展。此行也，说"自讨苦吃"，或不为过。

九月十七日

早5点起床，6点早餐，6点半便乘车开启一天的漫游。到本教寺院扎如寺的地方，寺外山坡上树木葱茏，经幡高挂，藏式小屋点缀寺外周边，在朝阳的朗照下，清新自在，宁静幽远。寺院中传出了长号和铙钹的声响，空气中迷漫着经声和纸马（一种印有图案的纸制品）。导游将大家领入一座新建而又颇为硕大的藏式民居，先有藏民打扮的妇女招待大家喝茶，然后带大家煞有介事地步入佛堂，室内光线昏暗，有人为大家讲解祈福，并发放护身衣物、纸马。最后领大家悄声走出殿堂，到屋外挂衣物（所发之物），撒纸马，每人留钱百元。明知骗术，却又上当，导游从中受益，游人怨声载道。

至九寨沟沟口，购票入山，乘景区内专车往游。九寨沟旅游线路若"丫"字型。先入树正沟，至朗日诺瀑布，山分两岔，一岔入则查洼沟，另一岔入日则沟。九寨沟内，一串串高山天然湖泊坠落山谷间，一挂挂飞瀑流泉飘洒人天外，山高林密，天晴云淡，层林尽染，倒影散乱，海天幻化，奇瑰多变。盆景滩，矮树丛聚，奇石天成，细流其间，喷珠溅玉；芦苇海，芦苇无际，随风荡漾，芦花飘处，孤鹜飞起，展现出无穷画意；犀牛海，水深山高，倒影如画，山之烂漫，水之诡谲，山水交辉，如梦如幻，撩拨起几多诗情。

车过朗日诺，直达则查洼沟尽头之长海。下得车来，人满为患，找一观海立锥之地，颇难觅得，若想照一张以长海为背景的留念像，那实在是望不可及，取景框中难以排除的是颗颗游人晃动的脑袋。即便小解，在数十个厕所门前，也已排成长长的队伍，佐田于此等待，颇受折磨之苦。于长海能看上一眼墨兰的水色，也该知足了。离长海，过"山水画廊"，往"五彩池"而来，四里长的下山道，我被挤压在行人当中，想走走不得，想停停不住，"山水画廊"，何画之有？我只顾脚下的台阶和后推前搡的游人了，若有画，怕也无暇顾及。

到得五彩池，总算绕到了人少的地方，虽然位置不算好，人弃我取，只能看到近处的钙化池，水浅浅的，淡淡的，有如国画颜料中的三青色，然而它却是透明的，流滑的。我蹲在池边，亲近池水，用手撩起了一握，它从指隙间又滑落了下去，溅起了小小珠玑，划出圈圈波纹，搅得这一池水有点心动，我深感抱愧和不安。若人人都把手伸入池中，这圣洁的池水岂非被我辈俗物所玷污，想来真是罪过。

一上午在涌动的人群中浏览，有如在拥挤的市场中购物，委实没多少兴致。中午回到朗日诺休息、野餐。坐在树荫下草地上，吃着携带的零食，喝着酸奶、矿泉水，聊聊天，躺下来，看看天上的游云，听听枝头的鸟叫，间或有蜂蝶飞来左右，嗡嗡之声，深入耳际，身上暖烘烘的，怪舒服，一股清风掠过，睡意全无了，便开始了下午的旅行。就近到朗日诺看大瀑布。

穿密林，下台阶，循声而来。早几年，在电视片《西游记》中曾多次领教过朗日偌大瀑布的声威。待亲眼看到它，那《西游记》的场景，便有点像货郎担中的玩意了。置身瀑下，铺天盖地流水向你袭来，不由得倒吸一口气，急匆匆的退上几步，身上已落满了水气，水花溅到脸上，不甚冷，怪清爽的感觉。游人的嘈杂声，被大水的轰鸣，消减得了无声息。在大自然的环抱中，人似乎很渺小，这瀑布亘古流淌，永无止歇，而人生百年，稍纵即逝，岂可消极懈怠，不思进取。

在朗日诺瀑布左右徜徉有顷，便望日则沟而来。其时游人已少，将近40里的山谷间，颇为宁静。首先抵达沟之尽头，但见山岩峭拔，林木苍古，浓荫叠翠，松涛瑟瑟。行进在林间木板道上，脚下得得有声。至沟掌，小坐栏边木凳上，见栏外落叶拥石，苔藓斑驳，密叶间筛下几束阳光来，照在长满绿苔的地面上，星星点点，红红绿绿，想那高超的美术设计家，未必能画出如此精美的图案来，倒是有点像点彩派画家们的杰作。忽有几只小松鼠向我走来，我即撒点面包块给它们吃，竟有一只跳上木凳来，咬我的衣襟。呼吸着湿润而略具松香的气息，观察着活跃的小精灵，真有点不忍离去的感觉呢。

我们几位是乘最后一辆旅游车离开原始森林的游客。顺沟而下，依次经天王海，这里细草如绒，浅流低唱，在浓绿的山谷间，一片鹅黄，煞是靓丽而醒目。至箭竹海，箭竹丛翠。经熊猫海，海水凝碧。然而每天游人于此成千上万，曾经为熊猫游息的家园，被人类入侵后，熊猫们再也没有到这里来饮水和觅食，真有点"熊猫不知何处去，镜海千载空悠悠"了。

接下来是五花海，地处孔雀河上游，是"九寨精华"之所在。时值深秋，山色如染，碧海红叶，飞黄流丹，在阳光的照射下，更是斑斓交辉，妙处难与君说。至于镜海，其时晚风过谷，水生涟漪，枯木时露，苔鳞遍体，跃跃然似潜龙游弋。镜海不静，充溢神奇。

在五花海和镜海间，我们饱览了珍珠滩和珍珠滩瀑布的风韵。这珍珠滩，不知是哪位天仙，在这翠谷漫坡上，慷慨地撒落下无数的珠玑，颗颗珠圆玉润，晶莹剔透，让那些贪婪的商家们到此，也休想拾得一粒，这珍珠原是天地的结晶，捡起一颗，便会在你的手掌中化得无影无踪，请勿徒劳了，天地的精灵，还是留给造化的怀抱吧。

步下珍珠滩，来到瀑布下，直看得目瞪口呆。壮阔处，白练千丈，银河直下；娟秀处，珠帘倒挂，轻烟喷薄。乱石分流，杂树明灭，瑰丽夺目。在此境界中，我索性坐在岩石上，沾溉一身的珠露，这当是大自然对我的恩惠。而或闭起眼睛，听这山水的喧嚣，忽如虎啸，忽如龙吟，忽如经堂里的梵呗，忽如山谷中的啸咏，其实都不是，水石相搏，山谷共鸣，天籁相助，音自天地而生，岂丝竹管弦而能仿佛。于此聆音，益知吾之文字之浅陋。看看夕阳在山，天色向晚，便打道回府。时值下午6点半，入住九寨宾馆311号。7点进晚餐。餐毕，年轻人或访藏民，吃烤牦牛肉；或参加篝火晚会，跳锅庄；或到容中尔甲演唱中心，欣赏藏族歌舞表演。我等年岁稍大，只在街头散散步，然后回室休息，时方8点半。推窗而望，岷山重叠，黑黝黝，有如浓黑，岷江奔去，涛声不绝，夹杂着往来的汽车声，在窗下回荡，唯对岸商店内，虽灯火灿烂，却游人了了，颇觉有些冷落和萧条。

九月十八日

6点早餐，餐毕，尚寒冷不禁，遂购棉衣一件，赶紧穿裹起来，然后离九寨沟往松潘，时在上午 11 点，于川主寺就午餐后，往黄龙而来。车将驶过 4200 米以上的高山大岭，导游推销一种叫"红景天"的口服液，说喝了它，可以防高山反应，每盒 10 支，单价 80 元。车停一商店路旁，旅客下车购买，我也买喝一盒。上至山顶，风甚大，冷极，果然我不曾有高山反应。不过，未喝"红景天"者，也都没有反应。远眺雪宝顶，直刺苍穹，在蓝天映衬下，冰峰似剑，寒光闪烁。雪峰之麓，山谷之间，一片片蓝色、绿色的色块，有如屋顶，镶嵌在墨玉般的丛树中，导游指出，那里便是黄龙的所在了。

车到黄龙入口处，已是下午 1 时半。先坐缆车至黄龙极顶，甫下缆车，我头晕甚剧，几欲不能站立，效英忙为扶持。不知是"红景天"已无效用，还是血压升高了，赶紧吃一颗心痛定，慢慢行走在木板道上，走走停停，看看木古穿天，摸摸碧苔裹石，头晕渐减，游兴方兴。徒步1800 米，来到玉翠彩池的地方，木板浮桥，低架流水之上，碧流浅浪，琮琮有声，过桥后，折向黄龙寺方向而来，池群数十个，在左手一方，或大或小，各具形状，池水随山石树木的倒影，以及水中钙化物包裹的枯树枝桠形成不同的姿态和色彩，蓝绿相杂，黄白以间，红紫交辉，五彩幻化，其色彩随时、随地、随光影而不同，彩色中有钢蓝和粉绿二种，是我们日常所很少见到的水的颜色。入黄龙寺，大殿内高塑黄龙真人像，道家的仙人，入主佛家的寺院，有点不伦不类，且建筑、匾额、楹联，无不寒碜。在

如此一个世界自然文化遗产中，有这么一座建筑，实在是
有碍观瞻，大杀风景。黄龙寺后有"五彩池"，"转化玉
池"等景点，我对这些雷同的景观，看得有点头晕眼花，
似乎难分伯仲。站在五彩池前，仰视雪宝顶，在林表木末，
那晶莹积雪，眼看就会倾泻下来。其实五彩池中的碧水，
不正是它玉体的幻化么，纯洁与流美当分别是雪与水的灵
魂。

　　从黄龙寺到沟口7里，一路下坡走来，时对彩池流水，
悬崖飞瀑，穿绿树浓荫，步浅滩细流，就中尤以"金沙铺
道"的景观，最令人流连。这是长约1500米，宽在70到
120米的钙化流的斜坡上，钙化物在阳照下，金光灿灿，
流水珠跳玉溅，若锦鳞闪烁，游龙舞动，这当是黄龙之名
的由来吧。至"飞瀑流辉"和"洗身洞"，瀑布如帘如幕，
亦复壮观。奈何6点半，游人须在山门前集中上车，路过
那缤纷的迎宾池，也只能割爱了。

　　在黄龙山中，仅逗留4个小时，加之初上山时，头晕
眼花，在众多的景点中，匆匆浏览。黄龙给我印象，有若
梦游，唯恍唯忽，扑朔迷离，似入太虚幻界。6点出山，
循原路而返，经川主寺、松潘，于晚上11点半到茂县，入
住"成和酒店"，草草进餐。从上午11点半到午夜才进餐。
因疲累过度，待上床休息，反而久久未能入睡。

九月十九日

　　茂县至成都仅500里的路程，几乎用去了整个一白天
的时间。6点起床，吃早饭，上路。导游先后将大家领进

了 3 个购物点，分别为牦牛肉、藏药材和珠宝首饰等销售地。这些购物点规模都十分宏大，而物价却惊人的昂贵，你不买东西，也得进去看看，否则导游会不依不饶和你过不去。以首饰点为例，首先导游把大家介绍给一位商场员工小姐，然后领进一间茶室，送上热水，和颜悦色欢迎大家，问客人从何处来，玩得很累吗？听说我们同行游客中有几位是宁波的妇女，便说他们商场的老板是浙江人。随后，那女士走出茶室，领来一位风度翩翩的中年男子，说："这是我们的老板××先生。"老板便操着浙江口音问"哪几位是宁波老乡？"几位浙江妇女应声道："我们是。"老板过去一一握手，并说："你们辛苦了。我父亲是入川干部，几年前我从萧山来这里做生意，赚了点钱。生意么，倒还不错。"随后把那位员工支出去，便十分真诚地告诫大家："这里商店的东西，你们不要买，利润太大了。那些首饰不值钱，就是个样子货。因为是老乡，我不能骗你们，实话实说。"大家报以热烈的掌声。游客中有两位东北姑娘，嘴特快，马上接着说："老板，能不能打折？卖给我们点作纪念品？"老板略一迟疑，便说："可以，我领你们去，以进价卖给大家，出去不要声张，否则我的钱就没处赚了。"宁波妇女脸上漾出了自豪感，东北姑娘则再三感谢老板的恩惠，殊不知她们已入老板彀中，大把的抛出钞票，跟着老板捡"便宜。"这久闻的伎俩，今日竟得亲眼目睹。待大家上车后，走出数十里，购物者才似乎醒悟过来，竟把怨气撒在导游身上。且不知导游每次带一个游客步入商场，便可获得 15 元的回报，数十人的团队，一天之内，导入三个销售点，其收入也是可观的。

兴起于岷江上游河谷的"蚕丛及鱼凫"，虽然时代久远，胜迹难觅了，而茂县是羌民族的聚居地，沿路有不少可看的高山、湖泊、山寨、碉楼，很想顺路领略一下其地的民俗风情和山川景致，导游说："第一没有时间；第二在旅游项目中也不曾安排。"然而购物的项目也没有安排，时间却是那么的从容。购物上当者堵心的事情还没有消解，前面堵车的局面又在开始。这是没有办法的事情，只好耐着性子任车子慢慢地向前移动吧。过汶川、都江堰、回成都，再入住"万里客商务旅社"802 房间。

今日，时值农历八月初九，是我虚龄 69 岁的生日，虽然经一天的劳顿，身体十分的疲累，妻子和朋友们还是要我进一家餐馆，吃一碗长寿面，就着几种小菜，喝一瓶红葡萄酒。

九月二十日

往九寨沟、黄龙旅游，不跟旅游团，有诸多不便；跟着旅游团走，又太紧张，有被牵着鼻子走的痛苦。且此次往游，花的是豪华团的钱，享受的是低档团的待遇，（因为同车的游客大多数每位是 780 元，而我们交的是 1350 元的费用。）多花了几百元没什么，但有一种上当受骗的滋味，颇不好受。如意有自我保护意识，遂求诸法律，报了110，警察将青旅社联系人找到，经调解，给我们每人退了点钱，也算了事。吃一堑，长一智，受此教训，日后出门，当更加小心。不过几年外出，每每上当受骗，可谓身在彀中，防不胜防。

脱离了旅游团，似得解脱，今日就近过马路，步入杜甫草堂，因是旧地重游，陪同妻子、朋友四处走走，自己竟以导游的身份出现，讲讲草堂的故事。当大家在草堂陈列馆内看到了我的签名的复印件，他们十分高兴地观摩和拍照，我则有点不好意思起来。我算什么名人，竟在草堂专框中陈列了签名，能不汗颜。还是捡一处游人少的地方，摆一张方桌，拿四把竹椅坐下来，要一壶龙井，买几包瓜子，天南地北的摆起龙门阵。有时风过，看身旁竹枝的摇曳，听头顶竹叶的瑟瑟，有时仰观蓝天，白云闲渡，云阴竟投到我们的茶几上，这阴儿转瞬间，又过去了。有时丹桂的香气袭来，是那么浓烈，佐田寻香立在桂树下，对之出神；我有点疲累了，闭上眼睛养神，如意竟打开了相机，留下了瞬间的丑相。这一坐，就是多半天，待竹阴移近，看看表，已是下午2点半的光景，便步出草堂大门，在一家叫张飞牛肉面馆处进午餐。然后回旅社休息。午睡初醒，已是下午5点1刻了，倚枕持书，展读三五行，妻子也醒了，略事洗漱后，便相偕外出散步。

九月二十一日

早点后，打的到昭觉寺长途汽车站，转乘往广汉方向的汽车，行1小时，改乘广汉6路公交车，到达举世瞩目的三星堆。三星堆城墙的发掘和三星堆祭祀坑大量青铜器的出土，早在电视报导和诸书刊中看到过，那奇谲怪异的青铜造像，刺激着人的感官，我跑过全国大大小小的不少博物馆，却没有看见过如此神奇的青铜器，便心生一睹圣物为快的冲动。此次入川，拜访三星堆，便是要还夙愿。三星堆展馆，规模宏伟高大，而建筑设计又十分精巧新颖。馆分一、二两个展厅，步入其中，有如进入了一个神秘莫测的祭坛，一株近 4 米高的大青铜神树，长枝下垂，短枝翼出，枝头花蕾茁壮，小鸟站立其上。树枝间饰以花纹，在灯光辉映下，光彩迷离。此处还有多株大小不等的青铜神树，形态各异，却看立鸟、悬龙、花蒂、铃铛、蝉鱼、海贝等神物，更见生动，或有铜人在树座旁护卫，神树之威严，得窥一斑。在神树间穿越，那五光十色，让你眼花缭乱。而面对那身高 2.6 米的青铜大立人，浓眉大目，鼻梁高挺，头戴五齿花冠，身着左衽长襟衣，后摆燕尾，立于高台之上，双手环举胸前，手掌中空，成圆孔状，威武之气，咄咄逼人。据导游介绍，古蜀王国是一个实行神权政治的国家，这大立人，即是蜀王化身，也是主巫的写照。而当看到那"纵目"大耳的大型青铜面具时，我便想起了对"蚕丛"的记载，从这些青铜器上，似乎捉摸到古蜀王蚕丛、鱼凫的脉搏，听到了他们的呼吸，三四千年的历史场景，顿化眼前，竟又是如此的清晰，传说故事中的人物，活生生地展现给大家，难怪它成了世人瞩目的奇迹。在展厅，还有那些跪坐人物，顶尊人物，人头像，人面像，黄金面罩，青铜动物，植物，怪兽群像等，都会令你灵魂出窍，神游太古。奇异瑰丽的三星堆青铜器，它是古蜀文明的见证，当为中华文明发源地的一个重要部分。

在两个大厅里巡游，不知不觉已过下午 1 点，走出展馆，天热甚，在三星堆景区外靠近公路的一家饭店午餐后，返回成都旅社，然而那些青铜群像和青铜神树的奇特造型，却如同刻在脑海中的一张光盘，不时地会闪现出它们的光彩来。

九月二十二日

早餐后，打的往新南门汽车站（旅游车站），8 点半乘车往眉山。曩年行脚四川，两次经道眉州，只因行色匆匆，未能一谒苏子故家，遗憾在心，挥之不去。今入川，特来拜访。车行 80 分钟，抵达眉山市。改乘 8 路公交车，经道三苏祠。其祠位于县城西南隅，占地 52000 平方米，园内古木垂阴，修竹滴翠，小溪流碧，曲径通幽。浓绿繁阴中拥出几组建筑，有大殿、启贤堂、瑞莲亭、济美堂、披风榭等等。步入其中，赏读法书名画拓片，摩挲古碑石刻，浏览版本目录。

东坡造像伟岸，犹面对长江，高歌大江东去；或目送飞鸿，长吟雪岭西来。三苏文章，涌于胸臆；四柱楹联，注入眼底。真是"一门父子三词客，千古文章四大家"。

石路萦回，水光翻动，至"瑞莲亭"内，泡一壶清茶，消半日时光，眺书窗云洞，赏丛菊幽篁，听鸣琴古调，读半卷诗词。其时也，游人稀少，境极清幽，于此小坐，有思无思，悔晚生参谒殊迟，忆长公蹉跎太甚。秋风乍起，落叶飘零，步出三苏祠，入一家餐馆，品尝此中风味，菜多冠有东坡名号者，然饭菜色香，不敢恭维，坡公地下有知，当会愤起，打此假冒货色。

饭后，返回成都。一路之上，一副联语，不能忘怀："宦迹渺难寻，只博得三杰一门，前无古，后无今，器识文章，浩若江河行天地；天心原有属，任凭他千磨百炼，扬不清，沉不浊，父子兄弟，依然风雨共名山。"

九月二十三日

上午，与效英、佐田往游武侯祠。拜谒丞相祠堂，这已是第三次，正合了"三顾频烦天下计，一番晤对古今情"的联语呢。入得大门、二门，匆匆浏览诸建筑、雕塑，品读楹联、刻石，于"三绝碑"前，伫立良久，诵读碑文，品赏书法。然后坐茶社丛树中喝茶，一上午，竟喝去4壶水，真牛饮者也。武侯祠，曾多记述，此处便不复赘叙了。

下午一点，步出祠堂，逛锦里仿古一条街，于某餐馆，点担担面、川北凉粉、棒棒鸡等风味小吃，虽味道尚好，然麻辣太过，我等外地人入川，其口味，还得有一段适应过程。

下午外出淘书，逛几家新旧书店，只购得新书数册，有《车辐叙旧》、《成都旧闻》、《二流堂纪事》、《流沙河近作》、《念楼集》等，遂携归卧读。晚餐后，在街头散步，见草堂门外，行人道上，多有杜诗刻石铺地，行人往往踩踏而过。佐田说："这是践踏斯文。"诚哉斯言，杜甫泉下有知，亦当懊悔，不该当年为成都人留下如许诗篇，竟被踏上千万只脚，永世不得翻身。悲夫。

九月二十四日

上午效英外出购物，我在旅社读书。下午参观四川美术馆展出的潘公恺画展，多巨幅墨笔花卉，尤以荷花为盛，似以气势胜，然面貌雷同，缺少意境，笔墨也觉单调，与其父潘天寿先生作品相较，似未得其家法。或曰为"创新"，新则新矣，只不知美在何处，偌大展厅内，只我等三四人，实在冷落得很。

九月二十五日

上午到青羊宫吃茶。忆昔20多年前，初次到成都，时值春深，在青羊宫中逗留，虽说花会已过，而游人不减，热闹非常。夜雨初霁，花重锦城，赏花者、遛鸟者、做糖人者、卖小吃者，来来往往，络绎不绝。今日旧地重来，适值农历中秋节，善男信女，摩肩接踵。三清殿内，略无阙处，焚香跪拜，自见虔诚。

身在青年宫，见"雍正元年九月十五日，自京移于成都青羊宫，以补老子遗迹"的单角铜羊和道光九年所铸之双角铜羊，备受青睐，游人无不以手抚摸，以致铜角锃亮，金光照人。灵祖楼上，八卦亭内，斗姥殿前，同样是香烟缭绕，钟磬声回。在这烟熏火燎的氛围中，颇感不适，便寻一静寂处，小坐用茶，太上老君，当不怪我大不敬。

时已至午，漫步琴台路上，入座"武陵世家"火锅店，是处环境典雅，服务周到，效英等要菌汤锅；我欲一品四川风味，要麻辣锅，直吃得，头蒸热汗，口舌吸溜，食相有失常态，定是有伤大雅。

　　餐毕，顺路参观了成都百年老店"诗婢家"。几年前，我曾应邀为画店写一中堂，后来见诸画册。册中收近现代名家书画手迹多多。今来参观，"良田美池，桑茂桃夭，又是一番新天地"（流沙河对"诗婢家"赞语）。

九月二十六日

　　早餐后，收拾行囊。10点半，打的往双流机场。在机场就午餐。下午2点乘机离成都，行1时半，到太原。然后如意驾车，同返忻州。一路小雨，至石岭关，大雾迷天，车缓缓而行。回到家中，已是晚上7点钟。奔波十数天，疲累有加，勉力写日记，以志行踪。

西安四日记

(2008 年 12 月 1 日—12 月 4 日)

陕西省举办"隆重纪念改革开放三十周年名人名家书画邀请展",送上拙书一件。日前接西安来电,邀请参加大展颁奖晚会和开幕式。遂成此行,借以见见老朋友。忻州潘新华、黄建龙、王海增、蔡建斌、焦如意、殷未林诸同道愿同往,此行当不寂寞。

十二月一日

上午 8 点,建龙驾车,接新华、海增、建斌与我到太原武宿机场(如意、未林日前已到太原,拟乘火车入秦),小坐候机楼中叙话,海增说笑话二三小段,无不使人捧腹大笑。上午 10 点 50 分登机起飞,行一小时,抵西安咸阳机场。待乘机场汽车入城至鼓楼,已是下午 1 点许,就近于"回坊"之"马二饺子面食馆"就午餐,其地甚迫窄,然生意倒算兴隆,沿街皆回民餐馆,虽已过午,尚见宾客满座,吆喝声声。

餐毕,到文艺北路"唐人大酒店"书画大展接待处报到,见其地条件差甚,且所到书家多年轻人,也未曾看到认识的朋友,遂与新华等诸同行入住东大街之"瑞晶商务酒店"，五个人分占三个标间，我独居一室，房间颇宽绰、明洁而安静。只是午休未能入睡，遂起身步入隔壁之新华书店，浏览一小时，捡《陕西之旅》一册购归，以作卧游。

晚在住地就餐，出房间，仅十数步，便进餐厅，点菜四种，色泽鲜美，口味清爽。我品尝本地特色"酸汤面"一碗，面尚精道，唯汤酸甚，正其特色者也。

晚7点半，焦如意、殷未林到，已入住另家旅馆，遂一同乘车到陕西省戏曲研究院剧场，参加书画颁奖晚会。剧场外，灯光辉煌，彩旗飘荡，军乐声起，好不热闹。

颁奖仪式简短，晚会开始，是研究院小梅花秦腔团演出的新版《杨门女将》。剧团阵容整齐，演出颇具气势，且富新意，利用声、光、电等现代手段，烘托人物，渲染气氛。其演员皆十几岁到二十几岁的青年，而做派、唱腔皆有动人处，真是难能可贵，后来者居上。唯剧本偶有拖沓之感，尚需精炼。待戏散，已是晚上11点余，而西安街头，仍是热闹如昼。

十二月二日

上午9点半，往西安美术博物馆参加名人名家书画邀请展开幕式。观众云集，盛况空前，其人数之多为我参加书画展开幕式所仅见。待省、市领导致词、剪彩完毕，观众涌入上下四层楼的展厅内，真有点水泄不通的感觉，拥拥挤挤，艰于行走，至于仔细赏读作品，那只是一句空话了。不过洋洋八百余件展品中，名人作品（领导者）或算不少，而名家作品却是寥寥，至于精品则是难得看到。遂匆匆挤出展厅，偕诸同行，往西安碑林而来。

碑林地处南城墙内侧书院门东端的三学街文庙内，向为我国最大的室内碑石博物馆。收藏汉至清代碑志 2300 余通，仅《开成石经》，就有 114 石，两面刻字，石石相连，排列成一堵堵墙壁，煞是壮观，故有"石质书库"之雅称。碑林始建于宋哲宗元祐五年，尔后历代收集和补刻大量碑石，遂成今日之规模。徜徉于碑室之中，摩挲刻石，品读碑文，无不为这些古代的书法艺术珍品而出神和赞叹。唯有诵读那些曾经临习过的碑版和名帖，似乎如对老友，分外亲切。只是室内温度阴冷，站立碑石之间，面对黝黑而静谧的文字，多少感到有点寂寞和苍凉。便加快了脚步，匆匆而过。步入石刻艺术馆，那东汉的石兽，唐代的蹲狮和犀牛，体态硕大，气势恢弘，又令我为之振奋。那举世闻名的唐太宗的坐骑"昭陵六骏"（四件为原物，二件为复制品），亦令我裹足不前。那些魏唐佛教造像，无不吸引我一一观摩品味，魏之清秀，唐之丰满，皆极美轮美奂，耐人赏读。于碑林，为旧地重游，件件刻石，似不陌生，而重一观览，又获教益，古之文物，可谓博大精深，取之不尽，用之无竭。

石刻艺术馆外，竖立着一排排雕刻古朴、造型精美的"拴马桩"，这是我以前不曾看到的实物，每件"拴马桩"，当系着一串串有趣的故事，我抚摸着这些饱经沧桑又别具情趣的石雕，冰凉的石质和滑稽的人物与坐骑以及生动多样的石狮子，又是那么的和谐和可爱，并生发出几许温情来，我为这些民间艺术品的高超技艺而倾倒。

看看时间，已经是中午了。出文庙，徒步回住地"瑞晶商务酒店"，仅数百米路程。

中午，有到西安闯荡八年的定襄人氏崔文川乡友，到酒店来探望我们，相见甚欢，遂共进午餐。席间酒后，闲聊西安书家、画家、作家之故事，信马由缰，颇富趣闻。

下午3点半，崔文川邀我等到西双门他所经营的"燕露春"茶社品茗，茶室仅一间，集郭沫若字，颜其额，四壁陈列古玩图书，茶桌一张，圈椅数把，待落座，小姑娘为我们泡"雀舌"一壶，色清而味淡，品数杯，香留舌本，谢别茶师，文川再陪我们游小雁塔。

小雁塔在城南荐福寺内。由北门入寺院，逆向而行。时值下午五点，寺院内，除我等一行外，了无游人，古木蔽空，时闻鸟语，偶见黄叶飘落，更感幽深岑寂。忽见一塔涌起，密檐13层，仰之弥高，可10数丈，正小雁塔是也。文川说，此唐建砖塔，在明成化年间，因地震"自顶至足中裂尺许"，又于正德地震中而相合。是塔原为15层，今存此13层。听其这神奇的故事，我不禁打量那秀美绝伦的唐构，虽古塔"神合"莫测，而千年风韵犹在，对之大快我心。

荐福寺，唐长安城中名刹，为睿宗皇室族戚为高宗荐福而建，初名献福寺，武则天时改今名。今寺院除唐塔外，皆为明清遗构，在幽邃寺院中，殿宇嵯峨，碑碣林立，某殿檐下置一额，为吾忻宫葆诚先生手泽，先生神池人氏，青年时毕业于日本早稻田大学，返国后，一直供职西安，其书法艺术，享誉书坛，尤精隶书，生前曾任陕西省书法家协会副主席。我与先生，虽不曾谋面，却有鱼雁过从，为我作书数帧，至今存于箧笥。今偶于寺中，见先生所书额字，甚感亲切，遂附数句。又见古槐老树中，悬一口大铁钟，为金代明昌年间所铸，向闻"雁塔晨钟"，为关中八景之一。而今大钟在商品大潮中，也成了生财之物。一天之中，不分朝暮亭午，凡有肯花钱者，便可撞击，"雁塔晨钟"，变成了"午钟"、"暮钟"、"随时钟"。钟可复制，而"雁塔晨钟"之景观则被破坏得荡然无绪了，岂不可悲。

文川在内寺内东厢开一小店，由其妻照料，经营旅游产品，时值旅游淡季，生意似感清冷。见有售陶埙，新华雅善音律，遂选购一只，试作品吹，其声呜呜然，颇感凄清而苍凉，而韵致与古塔名寺正甚协调。

步出小雁塔，逛"陕西万邦百隆店"书肆，购《周作人传》、《奇人王世襄》和《迦陵杂文集》，时已下午8点，文川于某餐馆招待我们吃"大碗鱼"。餐毕，漫步慈恩寺广场，适有音乐喷泉开放，水柱高扬，华灯朗照，五光十色，煞是瑰丽，而大雁塔剪影，高耸天际，黑越越，正西天一柱。时有小风，微感暮寒，忽忆祖咏诗："终南阴岭秀，积雪浮云端，林表明霁色，城中增暮寒。"遂发明日城南一游的主意，看看终南山的秀色，听听香积寺的钟声。

十二月三日

今日拟往城南访胜探幽。

　　晨起，洗漱毕，于住地餐厅就早餐，建龙邂逅商友高聪先生，高为文水人，是"太原市七彩云南翡翠专卖店"总经理，时下，又于西安市经营金银首饰门市，亦住"瑞晶"。二位见面互致问候，高总知我等今日游览计划，遂安排他的助理小王驾车陪同我们出游。他乡遇同乡，其情方见之。

　　小王，名乐南，25岁，西安市人，机灵且热情。驾车出南门，经曲江，直奔长安区，沿子午道南去，行约10里，西去，仅一二里，正滈水和潏水交汇处，有高塔涌出林表木末，正香积寺是也。香积寺，地处神禾塬上。神禾塬者，传说古代地产谷米，穗重5斤，听来神乎其神，倒也令人喜悦。

　　至寺门外，有一平坦广场，前端建一石牌坊，额书"香积古刹"四字，为赵朴老手迹。登石阶，入山门，见僧院清幽，古木掩映，有雪松、女贞子，各具风采，桂花、樱花虽非花期，而修姿挺拔，亦甚可人，而天王殿前院花池中，巨石玲珑，漏透得体。围石植南天竹一圈，竹实殷红，正吴昌硕画中之尤物。天王殿后，东西各建长廊，立今人所书碑碣百余通，匆匆一读，不乏名家高手，见有熟悉朋友的题刻，便多停留几分钟，不独赏读他们的书法，也会想起与他们交往的往事。

　　大雄宝殿中，金色宝盖下，有阿弥陀佛接引站像，金碧辉耀，法相庄严，庄严中又流露出几许亲切。站像下，有日本净土宗所赠善导大师木雕彩绘像，这是一尊平和中见睿智，慈祥中寓刚毅的形象。面对雕像，我不禁对这位1300多年前的大和尚，心生敬仰，也惊诧他与山西的胜缘呢。

吾晋慧远，东晋时在庐山西麓建东林寺，为净土宗之祖庭。而唐之善导往谒东林寺，"观远公遗迹，忾然增思"。后遁迹终南，"恒谛思维，忱节西方，以为冥契"。继而往访吾晋石壁玄中寺，拜道绰为师，深研《无量寿经》，道业与日俱进。道绰入寂后，善导返回长安，开始了弘扬净土佛法活动。据载，善导大和尚，曾奉敕前往洛阳龙门主造卢舍那大佛像，而我曩游龙门，见大佛像下有一块题记碑，言大像是武则天施"脂粉钱"二万贯所造。武则天祖籍亦山西文水。这善导和山西的宿缘真可不浅。此后有名诗《过香积寺》，作者王维，先世为太原祁人，其父时迁居蒲州。王维自然为吾晋历史上的文化名人。时至今日，我们游览香积寺，大雄宝殿等建筑，是在续洞法师的亲领下复建的，而这位已故的香积寺住持，也是吾晋临汾人氏，冥冥之中，其中的机缘巧合，实在是有点说不清。

收回遐思，回到西院善导大师塔下，上下打量，塔为唐建，密檐仿木结构，砖砌而成，呈正方形，今存11层（原建13层）逐层收分，每层券拱形洞门，门侧以土朱绘直棂窗，观其形制，古朴健美，唐风历历。置身塔下，怀想善导和尚于69岁圆寂后，弟子怀感、怀恽等葬其遗骸于神禾塬上，建寺立塔，即今我们所见到的香积寺之崇灵塔。香积寺在历史长河中，几经兴废，原貌不复可见，而唐塔，

饱经风雨，丰韵犹在。而王维笔下《过香积寺》，其意境，
则有另外的感受了。

> 不知香积寺，数里入云峰。
> 古木无人径，深山何处钟。
> 泉声咽危石，日色冷青松。
> 薄暮空潭曲，安禅制毒龙。

品读是诗，我以为诗人策马城南，匆匆与香积寺擦肩
而过，便入南山"云峰"。"数里"者，言其快也，真正路
程或在数十里，正所谓"好景无长路"。诗人所见景色（古
木、危石、日色、青松），所闻声响（泉声、钟声），皆是
终南山中特色，而非神禾塬上景致，诗作最后二句，已入
禅境，心空万有，迁想妙得。

出香积寺，漫步神禾塬头，扑棱一声，惊起野雉东飞
去。时已上午11点，复登车，再沿子午路南去十数里，继
转西向，又行数十里，入户县境，未几，至草堂营，游草
堂寺。进山门，有老树数株，树干上与枝杈间挂满玉米，
甚是醒目亮丽，犹如农家院落。甫入后院，方见殿宇宏大，
法相庄严。诸殿巡礼后，从院后西厢小门，入西跨院，但
见竹林茂密，竹下置有一亭，亭中有井一口，名为"烟雾
井"，见说早年，每逢秋冬，有烟雾从井口升腾，不绝如
缕，直抵长安，称之"草堂烟雾"，列为关中八景之一。所
惜今天烟雾环境不存，胜景已是难再，能不令人慨叹。沿
竹林南去，见一屋宇，内置小塔，正姚秦三藏法师鸠摩罗

什舍利"八宝玉石塔"。据云，后秦弘始三年，皇帝姚兴迎西竺僧人鸠摩罗什于安长，住此译经。时以茅茨筑室，草苫盖顶，故名"草堂"。罗什在此演讲佛法，校译经卷。他与三千沙门弟子，译校佛经达 97 部 427 卷之多，遂得译经大师之令名。唐时之物，今唯舍利宝塔，前朝诗刻虽多，则明清时遗物。前殿为法堂，今辟为"鸠摩罗什法师纪念堂"，有楚图南先生题额。出寺门，南望圭峰，巍哉挺秀，犹屏风然。

时已中午 12 点，遂乘车望圭峰东南而来。车行终南北麓，山道弯弯，忽一峡谷出口，下见水石相搏，浪花飞溅，正高冠峪口。闻说溯溪而上，则有高冠飞瀑，岑参曾有句云："崖口悬瀑流，半空白皑皑。喷壁四时雨，傍村终日雷。"奈何时间促迫，未能往游，唯一顾峪中急浪，车已过长桥，绕山脚而去了。按时令再过四天，便是二十四节气中的大雪了，而北望樊川，平畴无际，小麦青青，阡陌间，绿柳垂丝，细叶鹅黄，若非村头丹柿满树，篱落黄菊盛开，此中风物，直以为是早春三月的景象呢。

行进间，又过一桥，桥下便是沣河之水。沣水北流，吸纳滈水，直抵咸阳，注入渭河。一路东去，终南连峰夹涧，有紫阁、圭峰、玉案、雾岩之胜，灿然目前，指顾间，已为过客。经南五台峪口，车东北向而行，于下午 1 时许，抵杜曲之兴教寺。

兴教寺，地处少陵塬畔，其地高旷，背倚岩头，面临樊川，古木修竹之中，山寺如画。入寺门，钟楼鼓楼，分峙左右，大雄宝殿、法堂、卧佛殿以次而升，庭院静净，僧人往来。其西跨院，即"慈恩塔院"，有塔三座，坐北朝南，品字而立，其北塔方形五级，青砖叠砌，高可七丈，为玄奘三藏舍利塔，塔之底层北壁镶有《唐三藏大遍觉法师塔铭》，以志法师之生平事迹。大塔之前，东西各置一塔，亦为青砖砌成，四面三层，分别有额字，曰"测师塔"、曰"基师塔"，为玄奘弟子窥基和圆测的灵塔。三塔高低起伏，错落有致。前有古柏掩映，后植油桐护卫，漫步其下，但见桐籽穗红，时有喜鹊衔食，窃红穗而飞鸣；又闻柏枝瑟瑟，如泣如诉，诉说那高僧玄奘，西域归来，译经不辍，年久积劳成疾，圆寂于玉华宫译经场中，初葬于浐河东岸的白鹿塬头，后于高宗总章二年迁葬今址。立塔建寺，以资纪念。待肃宗来山巡礼，题"兴教"二字为塔额，寺遂以兴教名之。古寺代有兴废，而往来游人不绝，上世纪五十年代中外国家领导人周恩来、尼赫鲁、吴努、胡志明等，也曾先后光临礼佛浏览。东跨院有藏经楼，内藏珍贵文物典籍，因已下午，尚未午餐，此间藏品，只能割爱。步出寺门，立于门前旷地，南望终南诸峰，如翠屏峙立，似青莲嵌空，值其薄雾升降，却看时有开合，其峰乍隐乍现，其雾如丝如幕。对之神驰良久，待同行催促上车，方意收神回。

返回西安市，已是下午 2 点半，司机小王于"回坊"米家"果渊斋"招待大家吃正宗西安羊肉泡馍。确是饿了，文化人也忘却了斯文，便狼吞虎咽起来，餐毕，回"瑞晶"

休息。

下午 6 点半，文水高聪先生于大雁塔广场西侧之"天龙宝严素食馆"，以素斋招待我等乡友。是处环境典雅，食品精细，在灯光朗照下，桌上摆放的菜点，有如一件件制作精美的工艺品，对之再三，不忍下箸。待白酒大浮一杯，才开始品尝那桌上的佳品。

十二月四日

听如意说，隔壁书店有《韩羽文集》。待上午 9 点开门，登楼寻购，仅一、二两卷，匆匆购归。9 点半，离旅馆，小王（高聪之助理）车送咸阳机场。11 点 50 分乘机离陕。机上供应午餐。仅袖珍米饭一小盒，咖啡一小杯（两次合成），其吝啬为前所未见。下午 1 点到太原武宿机场。其时风甚大，天奇寒。匆匆由建龙驾车返回忻州。时值下午 2 点半，重就午餐。餐毕，洗澡归家，已是下午 6 点许。

2008 年 12 月 22 日

苏皖行记

（2009 年 4 月 15 日—4 月 25 日）

四月十五日

今日将南行，早晨 4 点醒来，5 点起床，收拾行囊，就早餐。7 点罗晋华（黄建龙夫人）驾车来，送我与效英并潘新华、黄建龙四人赴并。于 8 点 20 分到太原武宿机场。小罗驾车返忻，我们办理登机手续。9 点 40 分起飞离并，行 1 小时 30 分，于 11 点 10 分到南京禄口机场。见有直往扬州大巴，遂在机场待车。离晋时，天空浓云密布；到南京，骄阳似火。天候热甚，遂将所穿外套、羊绒衫、毛背心一一脱下，尚感难耐。到 12 点，车方开，空调启动，凉风习习，干热难耐之痛苦始得解脱。车循沿江高速公路而行，车窗外，沃野平畴，瓦舍烟树，飞驰而过。经镇江西，过润（州）扬（州）大桥，穿瓜洲而扬州。入住紫荆园大酒店，新华、龙龙居一室；我与效英住 313 号。于酒店，稍事洗漱休息，便外出就午餐，龙龙引入"必胜客"吃西餐，有比萨饼等数品，我虽记不上食品名目，然皆可口，似能适应。在这绿杨城郭的古扬州，坐进了陈设典雅的西餐厅，倒也感到环境赏心悦目，而饼汤大快朵颐。

餐后，了无睡意，遂相与往游"何园"。于扬州，我是旧地重游，而游"何园"却是第一次。"何园"又名"寄啸山庄"，为园林主人何藏舠取陶渊明《归去来辞》中"倚南窗以寄傲"，"登东皋以舒啸"而命名。其园曲径回互，亭台低昂，老槐苍古，花木掩映，所见绣球一株，已成大树，繁花密缀，千朵万朵，雪白中微透绿意，在翠碧的叶片环衬下，显现出无比素净而高洁的风韵。赏花之际，忽然风起，云影袭来，竟落下三五点小雨，匆匆过"片石山房"一观，见方池之上，有太湖石叠山一座，苔痕古木，点缀其次，甚富丘壑，古拙自然，诚天然图画，传是石涛上人手笔。"山房"门外，有丛树若红云经天，似胭脂过雨，遂于树下摄影留念。风益大，天益冷，游兴尽，速返酒店，加衣保温。

晚餐于"百姓饭店"，炒菜心，菌汤煮干丝，菜泡饭，真百姓饭也，清素可人，入目鲜活，入口绵软，入肚和适，而四人仅84元，经济实惠，咬着菜根，弘一法师"惜衣惜食，非为惜财是惜福"的开示语录，又在脑际油然涌出。

四月十六日

早7点，就餐于"富春酒家"，品尝扬州茶点，小巧玲珑的各种包子，不独味道鲜美，其造型也颇讲究，其中，尤以汤包令人称绝，菊花瓣似的包子皮中，一窝热汤，以吸管吸溜着，热浪冲口，口颊流香。"五丁包子"，就着肴肉、烫干丝，据说"这就是扬州菜馆的特色"了（见曹聚仁《食在扬州》）。也令我想起了朱自清先生这位扬州人写的《说扬州》，他把烫干丝的过程描写得有声有色。我咀嚼着干丝，也品呷着朱先生说的"烫干丝就是清得好"的滋味。

上午往游瘦西湖，我竟成了同游者的向导。我导引诸位漫步于长堤绿柳间，柳丝依依，波光粼粼，人行岸上，影映湖中，兼之亭台楼榭之倒影，变化无穷，如梦如幻。我讲述着乾隆皇帝下江南的故事，不觉来到了五亭桥内，诸位忙着摄影留念，我坐在白色栏杆上，赏读这建筑别致的朱柱黄瓦的桥亭，俯察那烟波浮动的湖水，夹岸的奇石和丛树，卧波的长桥和游湖的男女，这瘦西湖是一卷静谧的山水画，又是一卷流动变化画卷的粉本，它可以是水墨的，典雅而高洁，也可以是金碧的，富丽而堂皇。

过五亭桥，至莲性寺，寺外有白塔一座，其形制，得似北京北海之白塔，这种藏式塔，在江南是很难见到的，突然化现在瘦西湖边，是那么的醒目，与五亭桥相映衬，更见其朴拙的风姿和韵致了。

于莲性寺诸殿参礼毕，过二十四桥，登春熙阁，凭栏远眺，暇想联翩，诗人佳句，涌上心头，"二十四桥明月夜，玉人何处教吹箫？""二十四桥仍在，波心荡，冷月无声。"……千古名句，犹如长空月色，虽有圆缺，终不磨灭。

昔游瘦西湖，曾于春熙阁下租船往谒大明寺，今值湖道整修，船不得行，遂出园门，打的向平山堂而来。

车抵蜀岗中峰山麓，舍车徒步，但见沿山脚与磴道两旁，多有售香烛、假古董、各式玩意儿的摊点，叫卖声声，颇感烦人。抵大明寺山门外，有"栖灵遗址"四字石碑，破目而来，趋前摩挲，苔痕斑驳中透出几许苍古的神韵来。入山寺，于诸殿礼佛毕，直奔新建之鉴真纪念堂，这是一处仿唐建筑，气度恢宏，风格朴拙，它是在周恩来总理的直接关怀下凝聚了梁思成先生心血而兴建的一座能传诸久远的建筑艺术品。步入静寂的纪念堂，瞻仰鉴真大和尚的塑像，那端庄肃穆的神态中，流露出平静和安详，令人崇敬而亲近，让人窥见他那平等心、平常心和菩萨心，我不意想起了《心经》中的名句来："心无罣碍故，无有恐怖，远离颠倒梦想，究竟涅槃。"我似乎读懂了鉴真圣像的妙谛，正是一副"心无罣碍"的绝好写照。当我再去赏读纪念堂那几铺东渡历程的大幅壁画时，想那老和尚鉴真在惊涛骇浪中，仍然是心静如水，无有恐怖，这是一种何等的定力？何等的修为？怎么能不让人肃然起敬呢！

出纪念堂，东去至栖灵塔下，绕塔而行，仰望这73米的庞然大物，在蓝天白云映衬下，是云动呢，还是塔动？恍恍忽忽，心入迷离。际此，新华正仰卧在地，为我等拍影留念。竟然将全塔收入镜头，其辛苦和技艺也是令人感佩的。正说话间，忽听有笑语自空中落下，仔细打量，才发现有游人登上了飞灵塔。刘禹锡诗云："步步相携不觉难，九层云外倚阑干。忽然笑语半天上，无限游人举眼看。"我等便是这"无限游人"中的三五了。当年刘禹锡与白居易同登寺塔，诗酒唱和的情趣，也让1100多年后的今人分享着，我不禁举头再向寺塔的高层仰望，幸祈会承接更多的"笑语"呢。

由大明寺西去，入平山堂，遍读楹联、匾额，无不佳妙，皆起画龙点睛之作用。是时也，天朗气清，南望江南诸山，皆来堂下，如豆如簇，当为金焦北固，此其平山堂之由来。遥想永叔当年，任扬州太守，政务之暇，诗酒雅会，平山堂上。谈笑间，立成文章千古。今我来游，见堂前杨柳，依依依旧。壁上题咏，何年碧纱笼就？

平山堂后，依次有谷林堂、欧阳词。"六一宗风"，代有所传，时至今日，"风流宛在"。出平山堂，游西园，读御碑。访"天下第五泉"，其泉荒败，无客茗饮，徒具空名耳。寻石涛墓，不可得，若有所失。时已过午，便离开这万松洒翠一涧留云的"淮东第一观"，打的返回市区，于"个园"外之"嘉客多"就午餐。

餐毕，游"个园"。但见满园堆绿，翠竹千竿，竹阴深处，琴音迢递，粉墙高起，竹影如画。更见假山迭出，各具形色，高下昂藏，尽现丘壑。山前竹后，亭阁缀之，流泉池沼，游鱼可数，小憩有顷，步出园门。

打的到古运河东岸的普哈丁墓园参观，这里似乎游人很少，当我们踏上"天方矩矱"的园门时，一位管理人员急匆匆走了上来，导引我们步入各个景点，且为我们详细地介绍了墓园主人普哈丁的历史。这位阿拉伯伊斯兰教传教师，于宋度宗时来到扬州，在扬传教十年，还创建了"仙鹤寺"。后来到山东传教，在返扬州途中，病逝船上，广陵郡守遵其请求，安葬于此。其后，历代伊斯兰教人士辞世，多葬是处，形成今日之规模。我们搜读着石棺上的年号文字，听着那些被掩埋了久远的故事，眼前又幻化出宋元时期阿拉伯人在维扬活动的倩影来。

时方下午4点，顺路游天宁寺。寺始创建于东晋，是扬州最为古老的佛教名刹。今之寺院，已辟为扬州博物馆，有大雄宝殿、华严阁、万佛阁，皆甚高大空阔，殿内利用声光电等现代手段和图片展览，介绍扬州之沿革与佛教故事，大大有别于他处寺院之状况。寺门外不远，便是清康乾南巡时的"御码头"，这里曾留下了四次接驾康熙皇帝的曹寅的身影。曹寅不独传下他的文孙曹雪芹及其孙之巨著《红楼梦》，也为后来诗坛上刊刻了一部《全唐诗》，并开启了《佩文韵府》的刻印工作，其功绩，能不令后继的文人学士所感佩和赞叹。

下午5点半返回紫荆饭店。7点，再到"百姓人家"吃农家饭。饭后先逛"时代商场"，然后经一书店，购李斗之《扬州画舫录》与陈从周之《说园》以归。

夜来倚枕读书，不知时过几何，竟入梦乡矣。

四月十七日

早餐毕，徒步往淮海路上访"扬州八怪纪念馆"（原"西方寺"）。入门，一大殿，内塑八怪等画家，或坐或立，或聚或散，或对谈，或独吟，或提笔挥毫，或伏案沉思，各具形态，呼之欲出。此雕塑，当出自传神写照之高手，八怪幸甚；传诸未来，观者幸甚。殿后又一进院落，西有琼花一株，尚不大，其花正盛，清香淡逸，素色冷艳，而花姿绰约多奇。韩琦有《忆江南》词，颇能曲尽其妙，谨录其后，当可共赏："维扬好，灵宇有琼花。千点珍珠擎素蕊，一环明月破香葩。芳艳信难加。如雪貌，绰约最堪夸。疑是八仙乘皓月，羽衣摇曳上云车。来会列仙家。"琼花东，有银杏一株，苍古茂密，已逾750年之历史，为宋物。殿之东，有水一泓，为"鹅池"，池后衬以修竹，竹影荡漾，池水尽绿，亦复可爱。池之东，有泡桐一株，花放满树，灿若红云紫雪，颇可观览。殿之西，为方丈院，今辟为"金农纪念堂"。冬心晚年居是处，前室为念佛堂，堂之后，有一小天井，苔痕满地，翠竹葱茏，浓荫覆地，甚是幽寂。后堂分三室，中可会客，东作卧房，西为画室。惜因前簷深广，屋内光线颇感暗淡，冬心先生居此僧舍，不知可感清苦！

出扬州八怪纪念馆，往"仙鹤寺"而来。寺小甚，正普哈丁所创建者。一所清真寺，却为汉地建筑风格，实以伊教之功能，可谓匠心独运。今之寺院，多有明代遗构，甚可珍也。

返紫荆园，方上午 10 点。建龙日前在湾头镇加工玉器，订于上午去取货，遂于 11 点同往一游。这湾头之所在，正是古之茱萸湾，地处扬州东北乡，运河侧畔，是东行通海，北上淮泗的要冲，隋炀帝于此建行宫，日本高僧圆仁来扬州，也曾于此登岸，今胜迹虽渺，而茱萸湾已成了扬州的工业园区，车水马龙，商贾云集，樯橹竞渡，一派繁荣景象。镇上尤以加工玉器为甚，商店比列，珠玉盈柜，晶莹剔透，无不可人。效英、新华选购玉佩多种，讨价还价，满意而归。

离湾头镇，返扬州，携行李，取道瓜州，轮渡过江，向镇江而来。陆游"楼船夜雪瓜州渡，铁马秋风大散关"的诗句又复涌现脑海。

抵镇江，入住金山附近之"一泉宾馆"116号。这"一泉"，便是"中泠泉"，所谓的"天下第一泉"，有王仁堪五字题其壁。文天祥诗《饮中泠泉》，为人所乐诵："扬之江山第一泉，南金来此铸文渊。男儿斩却楼兰首，闲品茶经拜羽仙。"而后，随着江水北移，此"一泉"，便登陆南来，取水转为便捷，而光顾者少，反而失却了当年之声誉。今一泉公园内有重建之"芙蓉楼"。登斯楼也，便会让人想起王昌龄《芙蓉楼送辛渐》的名篇："寒雨连江夜入吴，平明送客楚山孤。洛阳亲友如相问，一片冰心在玉壶。"

中午就近处一家小餐馆，吃"锅盖面"，颇具地方特色，佐以几品鲜活小菜，亦感兴味无穷。

下午打的往游焦山。至象山，待船而渡，抵焦山脚下，忆及1975年10月独游焦山定慧寺，正西风萧瑟，山寺冷清，游人寥寥，其印象也颇凄凉。而今正值烟花三月，春光骀荡，游人如织，熙熙攘攘，往来不绝。所见之定慧寺，规模展拓，殿堂高起，古佛金装，一派辉煌，此正茗山法师之功德。继入焦山碑林参究，洋洋洒洒三百余方，逐一观赏，直看得眼花缭乱，腰酸腿痛。其中"大字之祖"、

"书中冠冕"的《瘗鹤铭》，灿然嵌于亭中壁上，残石5块，93字，摩挲品读，体味那"古拙奇峭，雄伟飞逸"的特色，观之再三，不忍离去，新华、建龙为我频频拍照，记录了此次访碑的虔诚。

出碑林，东转，沿磴道上焦山，至"汲江楼"下，有新建"板桥画屋"，过庭而已。屋前有茶座，落座休息，泡一壶句容茅山茶，四人共饮，观大江之东去，谈我等之南来，江山如画，畅游爽心，不觉一暖壶开水告罄，汗水落去，脚力倍增，起而复行。未几，已至焦山绝顶。顶有新建万佛塔，绕塔一圈而下山，经"别峰庵"，取道西路，走走停停，渐至峰脚，摩崖石刻，接踵而来，唯因时代久远，风剥雨蚀，字多模糊不清。忽见高处有"巨公厓"铁线篆三字，完好无缺，遂手足并用，爬上去作一观摩，有洪亮吉之题记一则，其文清新可诵，其字亦复畅然可爱，嘱新华为之翻拍，归以临习，永志墨缘。唐之《金刚经》偈句，宋之米芾题记，皆为错过，唯陆游"踏雪观瘗鹤铭"题记，豁然在目："置酒上方，烽火未息，风樯战舰在烟霭间，慨然尽醉。"寥寥数语，人物尽现楮墨，心绪传诸毫端。时已薄暮，复登渡轮循原路以归。

晚餐后，新华、龙龙送我与效英回"一泉宾馆"，复徒步外出，购得水果多多，有梨、苹果、香蕉，与小西红柿诸种。

四月十八日

7点半于"一泉宾馆"就早餐后，便往游北固山，其地虽有甘露寺、多景楼、祭江亭、鲁肃墓等胜迹，皆附会三国故事，以招揽游人。除去一宋时铁塔（明代加铸两层），似无一文物可观赏。然高不到 60 米的北固山，高下起伏，亦多丘壑，加之杂花丛树，亭台楼阁，倒是镇江市民晨练的一个好处所。我方来，见有跳舞者、登山者、打拳者，更有一人唱京剧，学《甘露寺》中马连良饰乔玄之唱段，虽发音难谐，时有跑调，然自娱自乐，亦无不可。

过"多景楼"，憩"北固亭"，观米芾"天下江山第一楼"之额字，赏"客心洗流水，荡胸生层云"之集联，瞰长江浩荡而东去，思古今人物之悠悠。放翁《水调歌头·多景楼》，稼轩《永遇乐·京口北固亭怀古》、《南乡子·登京口北固亭有怀》等雄词丽句一时涌出。此行也，触景生情，勾起如许少年时所诵篇章，重温旧学，感触良多，江山依旧，辛陆难觅。

金山因"白娘子水漫金山寺"、"梁红玉击鼓抗金兵"等故事，皆家喻户晓。而今山寺，香火甚旺，进香礼佛者，填溢山门，直破门限，香烟缭绕，法灯常明，钟磬木鱼之声杂糅，经声语声难辨。身在清静之地，如入肆井闹市，颇不适应，匆匆穿悬崖，访法海洞，登极顶，于凌云亭中，领略"江天一览"之胜概。此金山寺，亦旧地重游，似无兴趣可言，仅为陪诸同游而已矣。

下金山，时方上午 10 点半，遂返一泉宾馆收拾行囊，到汽车站，乘 11 点 10 分开往南京客车。

下午 1 点 20 分抵南京汽车总站，于站前吃"大娘水饺"，权当午餐，然后转地铁往中华门汽车站，换乘往马鞍山大巴客车，行40分钟，至马鞍山，入住"贵龙大酒店"607号，时方下午3点许，在酒店休息，6点外出，于街头散步，时有天风吹拂，颇感凉快。随意走进一家小餐馆，点素菜几品，见有本地特产散装酒，特为之品尝，甚感醇厚。酒后，吃米饭少许而归。

四月十九日

7点半早餐后，打的往采石镇，过"锁溪桥"，即抵"采石矶"门前，仰视额字，为郭沫若所题。

入园，南向而转西去，一路修竹迎风，林莽拥翠，忽一豁口，曲径徐开，碎石铺道。方一小折，见一雅致小楼，亭亭玉立于丛树之间。正"延园"者。入楼，有季汉章先生藏砚展，仔细品读，颇发兴味。先生藏砚之富，砚品之精，令我大开眼界，一长见识。离"延园"未几，至小山脚下，古木之阴，得见"江上草堂"，正林散之先生纪念馆。是馆规制宏大，屋顶以茅草覆盖，与山石木树相映衬，正古画中景致。登堂入室，拜观林先生墨迹，四壁风雨，满眼龙蛇。忆昔游南京"求雨山"，曾以半日时间研读林老大作，未能尽兴，今见"江上草堂"藏品，比之"求雨山"，似不相上下，亦令我徘徊良久。只是林老生前，与之缘悭一面，在宁数访钱松嵒先生，竟不知林老居钱老楼下，到钱老辞世后，读林老所撰挽联，才知道二老同居一楼的状况。在"江上草堂"外，有林散之先生墓园，墓碑为启功先生所题，趋前一拜。

沿园中大道西去，过"李白纪念馆"，"太白楼"正在重新维修，施工之期，不曾开放。早年曾应"太白纪念馆"之邀，为兴建碑廊，提供拙书李白诗一纸，不知刊列何处，请施工人员行一方便，说明我等远道而来，愿能入"纪念馆"各处走走。承蒙应允，得登太白楼，然其他诸处，皆因施工，道路阻隔，行遂作罢。

复西行，经"大脚印"，登"燃犀亭"，至"联璧台"，大江已横脚下，思绪竟致纷纭。下视悬崖峭壁之底，盘涡毂转，声如雷霆。而南望"天门"，所惜时值天阴雾障，当涂之东梁山—博望山，与和县之西梁山，邈难一见，只有太白名篇《望天门山》助我神思。

> 天门中断楚江开，碧水东流至此回。
> 两岸青山相对出，孤帆一片日边来。

经"蛾眉亭"直下"三元洞"，已至江边矣，江水临窗可掬，江景甚是可人，遂坐窗下，泡清茶一杯，茶烟氤氲，大江北去，鸥燕横江，片帆下注。"江心洲"，如浮萍出水；"金牛柱"，似神针定海。当"是时，若有思而无所思，以受万物之备，惭愧，惭愧！"，与东坡之感，何其相似乃尔？

自山脚沿磴道而上山，经"李太白衣冠塚"，至绝顶，登新建之"三台阁"，遍读阁中题咏，复凭栏四顾，时有小雨飘来，雾霭濛濛，江天混同，山河胜概，不复可见。雨中下山，苔湿路滑，小心翼翼，笑谈全无，唯脚声得得，传诸林木间，眼前细路沿云，绿云堆絮，影影绰绰，别饶清趣。经"怀谢亭"，略作小憩，有忆李白《夜泊牛渚怀古》诗：

> 牛渚西江夜，青天无片云。
>
> 登舟望秋月，空忆谢将军。
>
> 余亦能高咏，斯人不可闻。
>
> 明朝挂帆席，枫叶落纷纷。

于此也为李白怀才不遇而感慨系之。复前行，过"广济寺"、"赤乌井"、"翠螺轩"，循原道出大门。至唐贤街，小雨转大，雨脚如注，急匆匆，躲进一家小餐馆，遂进午餐，效英和龙龙各吃"麻辣烫"，我和新华吃水饺。煮水饺，竟成"片儿汤"，也无须与店家理论，聊作充饥而已。尚好，午餐过后，雨脚也停，时值下午1点，遂打车往当涂县一游。古县新城，连一丁点的旧迹也难觅了。有"大悲寺"，为新建，虽尚未完工，而已有佛事活动。在县城转几条街道，似无有可观者，遂返往马鞍山住地而来，一路水光山色，垅亩烟树，倒有几分韵致，几缕情趣，几许眷恋。到贵龙宾馆，时方下午3点半。

四月二十日

中学时，读《醉翁亭记》，迄今50多年过去了，仍能背诵如流。数过滁州，未游琅琊山，每有遗憾。今值皖东，特来造访欧阳先生，有道是："翁去千载醉乡在，客来四海共陶然。"7点早餐后，打点行装，径往旅游汽车站，8

点乘由芜湖经道马鞍山开往滁州之大巴，9 点许过南京，后驶出高速路，走乡间便道。路况极差，以致车出故障，不得不在路边等待，而后改乘另一辆过路车，于上午 10 点 20 分抵滁州旧城之东门。是日天阴，时有小雨，这滁州东门外，颇为冷清，久待，方来一辆面的，上车往四牌楼的地方。司机欺客，绕道而行，穿小巷，过边城，道路脏乱，坑坎不平。本来只几站的路程，竟用了 20 分钟的时间，实在是生财有道呢。

　　入住"速八酒店"，店不大，颇清静整洁，是一家连锁店，只是这"速八"二字有点费解，也怪自己孤陋寡闻了。龙龙因一路颠簸，加之车内空气混浊，以致头晕恶心，只好卧床休息。稍事洗漱，我独自外出街头，见附近一家"新华书店"，招牌豁然高标，遂往购书，到店下，书店已改为服装店，于此似见皖人对文化事业的冷漠。在马鞍山时，寻购一册新的内容较为丰富的旅游读物竟不可得，只购得薄薄的一小册《采石矶揽胜》，还是十年前即 1989 年的印刷品。我不胜叹息这曾经是李德裕、韦应物、王禹偁、欧阳修、辛弃疾等文人学士为官的地方，他们留下了那么多不朽的诗文佳什，而今书店竟改作服装店，能不让人哀叹。

　　12 点就近就午餐于"随意饭店"。饭后，打的往游琅琊山。山正滁州西南，行恰六七里，便抵琅琊山门。购票入山，每人 95 元。游山访胜，拟先远后近，再打的沿琅琊古道，深入腹地，直逼山麓。忽见山峰陡起，磴道垂天，古木夹径，鸟鹊声喧，正"望之蔚然秀者，琅琊也"。其境幽极静极。我等同行，拾阶而上，路渐转折，已至山脊矣，却因雨后路滑，"南天门"之胜景，只能割爱了。在林表木末，引兴长啸，放浪形骸之外，其乐也无穷。忽闻钟声大作，空谷传响，幽韵绵长，遂沿山间曲径，循声而来。至一山坞，丛林茂密，山寺隆起，正琅琊寺也。游山寺，先访无梁殿，为明代遗构，余皆新建，有大雄宝殿、天王殿、藏经楼、玉佛殿等，皆高敞庄严，见一老僧，穿堂而过，步履矫健，岂非"山之僧，智仙也"！不敢唐突动问，奇想而已。山寺有"雪鸿洞"、"濯缨泉"，尚别致可玩，徜徉良久。而巨型摩崖石刻，似无精采者，聊一浏览，随即离去。

出山寺，循"琅琊古道"，缓步而行，经"峰回路转"刻石，入"欧阳修纪念馆"，读文图之介绍，观版本之陈列，欧阳公之生平传略，为人、为政、为文诸端，更令人景仰而亲近。

于琅琊山，最后游"醉翁亭"，亭不大，以小巧玲珑视之，当可仿佛。檐角"翼然"信然不虚。然不闻"水声潺潺"，更非"泻出于两峰之间者"，于此益知文章不可死究，源于生活，而高于生活。小坐亭上，面对题联："饮既不多，缘何能醉？年犹未逮，奚自称翁？"先生对曰："我年四十犹强力，自号醉翁聊戏客。"当年欧阳修被谪滁州太守时，年方 38 岁。

"醉翁亭"后，有"二贤堂"，内塑王禹偁和欧阳修两

太守，王之《黄冈竹楼记》、《待漏院记》等都是我爱读的
文章，欧阳之《醉翁亭记》、《丰乐亭记》，更是我耳熟能
详的名篇。置身二贤堂上，名句佳词，直涌胸臆间。

　　"醉翁亭"西侧，有"宝宋斋"，内置二碑，每碑前后
皆镌刻文字，正"欧文苏字"《醉翁亭记》，为楷书，字大
若拳，虽残漶不堪，然端庄敦厚之韵致，勃勃然流露于碑
石之上。余之隐堂，有庋藏东坡行草《醉翁亭记》二册，
一为拓本，一为印本，前者为上世纪 60 年代得之于太原，
后者为长安画家康师尧先生所题赠。今于琅琊山中，得观
苏书楷体书碑，亦颇受教益。又西去，为"古梅亭"，有篆
书"梅瑞堂"刻石三字，亭前为梅园，内有老梅一珠，高
可两丈余，枝干苍古，穿插披离，虽非花期，赏这老干虬
枝，亦甚可爱，传为欧阳太守所植，能不宝诸。

　　出醉翁亭园门，过小桥，河谷之畔，有小泉一泓，正
"让泉也"。观之，水自底出，汩汩涌起，新华以手掬饮，
曰甘甜清冽，龙龙将所带玉佩，浸入水中，以沾灵气。

　　复行琅琊古道之上，夹径水杉，直逼霄汉，枫树如盖，
斜阳为穿，浓绿满眼，唯"深秀"二字，能揭此中奥妙。

　　离琅琊山打的上车，欲访"丰乐亭"之所在，询之司
机，难以回答，寻之不得，徒唤奈何。至于韦应物笔下
"独怜幽草涧边生，上有黄鹂深树鸣。春潮带雨晚来急，野
渡无人舟自横"的《滁州西涧》，那司机，则更是闻所未闻
了。忽然想到，曩游四川万县，寻黄庭坚所书《西山碑》，
无人以对，今之"丰乐亭"犹在市区，连当地司机导引，

竟也寻而不得。若我忻州，有客欲访"野史亭"，欲寻"元墓"，当有司机亦不知其所在。此种状况，当一深思。发展旅游事业，提高文化素质，是全民面对而不可忽视的问题，出租车司机岂可例外。

下午6点，返回"速八酒店"。晚餐后，往"海阔天空"洗澡、泡脚，虽索价甚为昂贵，却解游旅之困乏。滁州之行，匆匆而过，仅窥豹之一斑，其所见，远非想象中之品位。"醉翁"之安在，"其乐"也与谁？

四月二十一日

早餐后，往滁州汽车站，乘8点20分开往南京班车，行驶乡间小路，泥泞满道，颠颠簸簸两小时，抵南京下关汽车站。再打的入住"文昌巷"之"如家便捷酒店"，亦为连锁店。

12点半进午餐，于"绿柳居"清真饭店吃冷面、锅贴等。餐毕，效英等逛玉器珠宝店，我独往南京古籍书店，购《东坡题跋》等三册而归。

龙龙又感头晕不适，遂到附近之"八一医院"急诊中心就诊，测得血压偏高，或因劳累所致，吃药休息，遂得缓解。

晚逛夫子庙、秦淮河、江南贡院等景点，灯光如昼，游人摩肩，商品云集，小吃杂陈，走走看看，在灯光人影中，磕磕碰碰，竟用去了一个多小时。最后登一楼，点小菜数品，水饺几两，耳畔丝竹清歌，此起彼伏；窗外秦淮河上，画船往来，花灯高照，灯影桨声，好个乌衣巷口，一派热闹景象。

四月二十二日

上午游中山陵、灵谷寺，皆旧地重游，因前有叙，此行，便不复再赘，仅陪诸同游，过明建无梁殿，于新建之玄奘纪念堂，巡礼观瞻。效英精神可嘉，独自一人登灵谷塔至极顶，其游兴之浓，亦可见一斑。待伊下塔，偕经"八功德水"，往观"谭延闿墓园"。早年只知这位南京国民政府主席、行政院长，擅长书法，精于颜体楷行，而不知死后有如此哀荣，墓园甚大，且将肃顺墓地之华表、石狮等移置墓前，亦极一时之盛。而今只作游人之谈资而已。

中午 12 点半，乘 2 路旅游车返回"总统府"站，于"湘菜馆"用午餐。下午休息至五点，外出欲逛"十竹斋"，见已关门，遂再往"古籍书店"，又购书二种。

下午 6 点半外出，拟吃晚饭，寻数家，未能有可口者，我只顺口说："若能喝一碗小米稀饭，那该多好！"

"不愁，你们回家等着。"新华说。

"我们试试看，我也实在想吃老家饭。"龙龙帮着腔，硬是要一试，也让我和效英回酒店休息。

过了半个小时，新华、龙龙真的捧回了一铝锅稀饭，并买了馒头小菜，实在喝得开心。问其操办过程，答以先到超市购得小米一袋，然后商诸一家小餐馆主人，借用炉火、用品，付以些许补助，并请加炒和调拌几道小菜，于路边购得热馒头以归。过程就是这么简单。说来简单，其实不简单，跑腿、费口舌。新华和龙龙的敢想和辛苦，着实是令人感动和佩服。

四月二十三日

早餐后，参礼鸡鸣寺。上大学时，读徐悲鸿先生油画集，见有《鸡鸣寺道中》一幅，印象颇深，则知南京有鸡鸣寺之名胜。1975 年初到南京，便寻访之。至北山门外，见大门高锁。询诸当地人，知山寺已被南京无线电元件厂占用，早在 2 年前，因工厂电线失火，寺院主要建筑皆化为灰烬。乘兴而来，扫兴而去，在那大革文化之命的年代，毁去一座寺院，又有什么值得叹息呢，然而，我当时的心中，却是感到无限的悲凉，只能怏怏而去，默不作声。今在南京，听说鸡鸣寺已复其旧制，古寺新辉了，特来谒拜。拾阶而上，至新山门石坊，"古鸡鸣寺"四字额，跃然奔来眼底，乃虞愚先生笔迹。早在 24 年前，在北京邂逅虞老，曾请先生到我的客房为我即席挥毫，作对联两副。今观题额古劲洒脱，先生那作字不时雀跃的特点，蓦然又现眼前。山寺依山而建，诸殿堂，错落有致，其新建之"药师佛塔"伟然挺立，直入苍穹，长空万里，白云飞动，对之良久，恍若入诸观音慈航之舟，遨游南海之上。忽听檐下风铃，泠然作响，直落半空，令人心清气静。诸殿堂逐一参礼后，来到东北之"豁蒙楼"，有数尼众，前来接待，仪态清雅端庄，谈吐温文尔雅。是处今为"百味斋"，陈设清素俭朴，有清茶素食，以款游客之需。我临窗而坐，北瞰玄武湖，烟波如罩，湖光迷离；东北可见"台城"，韦庄之《金陵图咏》，便脱口而出："江雨霏霏江草齐，六朝如梦鸟空啼。无情最是台城柳，依旧烟笼十里堤。"东望小九华，玄奘寺之塔影，挺然涌出林海碧波间。

正小坐"豁蒙楼"上，赏读朴老为鸡鸣寺题句："饮茶处，旧日豁蒙楼。供眼江山开远虑，骋怀云物荡闲愁。志业未能休。"新华忽接曹文安电话，说狮子山有售印章石，物美价廉，遂打的，往狮峰西来。方入山门，效英头晕不适，便不拟登山，休息片刻，西去静安寺。寺内游人三五，清静无哗，步入"郑和纪念堂"，一睹航海展示图。复入西北小院，有"南京条约"签署之场景陈列，重温中国近代史，发人深省，给人警示，以古为鉴，永记国耻。

中午1点，返回住地，仍就午餐于"湘菜馆"。下午休息，与效英外出，购得衣服3件。晚饭如昨，仍是稀饭馒头，另加炒山药丝一盘，大受效英青睐，虽此家常菜，也见新华烹调手艺之精良。

四月二十四日

上午打的往傅厚岗6号，访"傅抱石故居"，至其处，大门紧闭，推敲再三，内中无人应对，似不曾对外开放。隔壁（或为4号），便是"徐悲鸿纪念馆"，那该是当年徐先生和蒋女士所居的"危巢"了。一如傅家，其门亦锁，只能拍摄门外景观，以志雪鸿。所幸，司机熟悉"傅抱石纪念馆"之所在，便引领到西汉口路132号而来。方入大门，见一高岗，隆然而起，上有云杉、榆槐之属，浓荫蔽天，碎影匝地，苍翠之中，有二层小楼一幢，更有爬山虎布满屋壁和山石，新绿靓丽，苍翠中更觉醒目。傅先生最后几年，居住此处。步入室中，先为先生当年之会客室，陈设甚为俭朴，墙上悬挂家人合影镜框，临窗有沙发三只，一大二小，亦极普通。上楼，有"南石斋"三字题额，为郭沫若手迹。室内有铜像，壁上挂傅氏所作《画云台山记》手卷，上有郭沫若、沈尹默、胡小石等人题跋，审视良久，多有启示。于纪念馆中，观摩画作，便忆起 1965 年 9 月，我适在永乐宫参加壁画修复工作，某日潘絜兹先生忽接华君武来信，言傅抱石先生于 9 月 26 日突然病逝，年仅 62 岁。华将赴宁参加其追悼会。噩耗传来，令潘先生不能接受，便放下手中画笔，用低沉的声音为我们讲述傅先生的为人和为艺。1978 年我过南京，适值"文革"结束后，南京第一次举办《傅抱石先生遗作展览》，在宁 4 日，我竟在展览馆中观赏 3 日，对其作品逐一分析观摩。归晋后，背临数幅，颇得师友好评。今徘徊于"傅抱石纪念馆"院中，脚踏绿苔，瞻仰雕像，而思入往事。将离纪念馆，购得《其命惟新——傅抱石百年诞辰纪念文集》等两种以归。顺路到新街口，陪效英于"金鹰国际购物中心"买衣服。

下午在酒店倚枕读书，效英独自外出购物。

四月二十五日

上午 8 点离"如家酒店"，打的到南京禄口机场，时方 9 点，待机 3 小时，中午 12 点 10 分登机离宁，在飞机上用午餐。飞行 1 小时 40 分，到太原武宿机场，有龙龙朋友来接站。回忻后，洗澡，泡脚。晚餐后，回家休息，时已 8 点。

广东九日记

(2009 年 5 月 11 日—5 月 19 日)

五月十一日

我和效英将往深圳，上午打点行装。

下午 2 点 30 分，黄建龙驾车与潘新华送我等往太原。路遇小雨，车行缓慢，又值东山公路施工，遂绕道太原北、西，而南，再转东，方至武宿机场，已是 4 点钟光景了。新华、龙龙返忻；我与效英于下午 5 点 25 分乘深航南行。晚 8 点抵深圳宝安机场。有工作人员裘松京者接机。先我到机场者有姚天沐夫妇，自北京而来。4 人登车，入住宝安区"金碧源酒店"。稍作洗漱休息，然后往"邻云阁"，见到已交往两年而未曾谋面的陈振彪先生。入茶室，在座者已有安徽朱松发夫妇，宁夏马建军等画家。一一认识后，便步往一餐馆进餐。饭后，再回茶室小坐，已是晚上 11 点，匆匆回酒店休息，奈何热甚，虽有空调，又不敢常开，开一阵，关一阵，再开一阵，如是往复，一夜折腾，岂能睡好。

五月十二日

一日无事，上午吃茶聊天。

　　下午在酒店看望姚天沐先生。我与姚先生认识，将近半个世纪的历史了。早在上世纪的 1960 年，我在范亭中学毕业后，到山西美协画报室工作（未几，到山西艺术学院美术系上学），就是由姚天沐与我联系的，后来姚先生做到了山西美术家协会主席的位置。退休了，常住北京。几年不见，而今邂逅深圳，相见甚欢。姚老虽已 80 高龄，而身体壮实如当年，且谈锋甚健，声如洪钟，整个下午，为我叙述他的生平经历，趣事逸闻。姚先生，福建莆田人，他从小学画，就学，打篮球，肺部受伤，不得已离开培训队伍。1951 年参加高考，考入东北鲁迅美术学院（时在黑龙江，后迁辽宁），当时闽中未通铁路，交通十分不畅，几经辛苦，辗转到黑龙江。四年大学，未能回家探亲。在校入团、入党，毕业后，将留校工作，终因其姐姐赴台湾，而受影响。最后分配到山西工作。先在太原二师任教一年，后调回山西省美术工作室，反右"鸣放"中，正值下乡，躲过一劫。谈程曼、王兰夫妇，药恒、王奂、李玉滋、王莹等在反右中种种，颇翔实生动。又谈及他下乡收集素材，画速写，时常有少年儿童围观，待他走开时，便会听到传来齐声的呼喊："老姚老姚站一站，给我画个老汉汉！"也曾参加三门峡工地和在"大炼钢铁"中背矿石的劳作；到黄河老牛湾采访，因迷路而巧遇村支书的故事。叙述无不有声有色，引人入胜。

　　晚与老同学亢佐田通电话。

五月十三日

上午9点出酒店，已感酷热难耐。10点，出席第五届深圳国际文化博览会第二会场开幕式。时有《深圳特区报》记者刘永新见访，刘为山西原平老乡。

下午参加"邻云阁"书画笔会。集体作画2幅，一为八尺宣纸横幅，由姚天沐写石，陈涤画仕女，马建军作紫藤，张少石补牡丹，后再由陈涤收拾，又添墨竹数竿，最后我题"紫雪红云，幽谷佳人"八字于其上。另一幅六尺宣纸横幅，由朱松发主笔作山水，大笔淋漓，气象森然，我以"千峰铁铸，万木峥嵘"补白，甚合朱先生心意，观者亦皆拍手称快。

晚，某房地产公司罗总招饮，11点方归酒店休息。

五月十四日

上午效英偕姚天沐夫人逛深圳市场；我为"邻云阁"主人所藏三本书画册页题写签条。展对册页中作品，精品有之，甚少，一、二而已；粗制滥造者比比皆是。虽小名头，认真画来，亦复可观；虽大名头，搪塞应付，亦复可恶。今之市场中所流传者册页多多，大抵如是，不独"邻云阁"所见者。

下午召开题为"形式语言与人文精神"的讨论会。虽各抒己见，随意座谈，然不乏真知灼见者，颇发人深思，有所教益也。

五月十五日

上午参观深圳第十五届国际文化博览会，11 点方到达展览中心，人山人海，连个停车位都找不到，不得不跑得很远，把车停放，然后徒步入馆巡游各地展览，各省均有综合厅，各自展出自己的文化拳头特色产品，诸如新疆的玉器，给我留下了深刻的印象。所见山西厅，颇狭窄，有忻州之木雕、砚台等，似未能引人注目。而不少展台，为招徕观众，组织各种民间艺术演出和杂耍，倒颇受人欢迎，往往围得水泄不通，只是太吵闹了。而第二馆，为各省画院和名家作品的展览，此处倒很清静，甚至有点清冷，参观者，寥寥无几，其作品也有不少大名头者，然精品力作，少之又少。

中午，于馆内餐饮部，用便餐。

下午，往游"仙湖植物园"，其地位于深圳东部山峦之中，植被甚好，绿荫浓郁，湖光山色，鸟语花香，诚为大都市中一处佳好的休闲去处。

在仙湖，有"弘法寺"，规模宏大，拾阶而上，气喘吁吁。见大殿侧有画院招牌，遂入室问讯，主人甚是热情，招呼各位入座吃茶，并以本寺长老本焕大和尚血书《大方广佛华严经普贤行愿品》印品惠赠我等每人一册。询之法师近况，言法师已是 103 岁的老人了，尚住院中。拟往参访，遂作电话联系。老和尚知大家远道而来，同意见面，只是在感冒中，请勿拍照。遵嘱，便往东方丈院，入室，见老和尚坐客堂侧室内的沙发上。客至，在侍僧的搀扶下，略一起身，合掌致意，并示意各位来客落座，并取出名片，给我们每人一张。随后聊作叙谈，问大家从哪里来，何处去，知我自五台山来，法师打量着我，略有沉思，当是忆起他早年在台山习修的岁月。我们都是俗人，说了一些祝愿的话，唯河北张少石为居士，双膝下跪，给老和尚磕一头，送上随手携带的象牙念珠，请法师为之加持。

我们不愿太多打搅法师，退出侧室，在客堂就座，侍僧送上饮料。侧室传出法师的声音：

"快去取念珠和护身佛像！送给各位！"师言如是三次。给我印象颇为深刻。

出山寺，游植物园之兰圃、热带园、硅化木园，奇花异树，多有不识者，逐一观赏，亦开眼界。时已下午 6 点余，值周五，又是下班时间，道路拥堵，车行缓慢，回到"邻云阁"，已是 8 点。晚餐毕，回酒店，又是 10 点有余了。

五月十六日

今日将离深圳，往江门去。

早餐后，将拙作《隐堂琐记》一本奉赠朱松发先生，朱以其《当代经典·朱松发》卷一册与光盘一张回赠。

上午 10 点，亢佐田偕其大儿子阿毛来接我和效英。阿毛，十数年前以优异之成绩毕业于清华大学建筑系，遂回山西省政府就业，偶值广东出差，有意到南方工作，见有公务员招考启示，遂参加考试，一举被录用，便成了广东省江门市的一位职员并任其领导职务。他驾车来接，奈何正犯着痔疾，加之体重200来斤，行走、开车很是不方便，我真为他的痛苦而难受，抱怨佐田说："真不应该让一个带病的人来开车"。阿毛只是笑笑说："不妨事，不妨事！"

12点到中山县翠亨村，就午餐。餐毕，阿毛在车上休息，我们瞻仰了孙中山故居、参观了孙中山纪念馆，购买了《香山文存》、《香山诗词》等五册书籍。随后，发车往新会而来，至崖门，参观古炮台遗址，残堞尚在，铁炮横陈，有田汉、秦咢生等诗碑仰卧着，以方便游人观赏。田汉诗曰：

云低岭暗水苍茫，此是厓山古战场。
帆影依稀张鹄鹚，涛声仿佛斗豺狼。
艰难未就中兴业，慷慨犹增百代光。
二十万人齐殉国，银湖今日有余香。

秦咢生诗曰：

凛凛英雄树，巍巍古炮台。
朝辉城雉肃，春激浪花开。
要塞无烽警，崖门不可摧。
江山磅礴气，吟望几低徊。

前一首，把我们带到了南宋末年，丞相陆秀夫背负7岁少帝赵昺投海殉国的故事之中，那交战的激烈，那背负少年跃入大海的悲壮，那越七日"尸浮海上者十余万人"的凄惨，无不令人惊心动魄，感慨万端，又不禁想起了文天祥《过零丁洋》中"人生自古谁无死,留取丹心照汗青"的名句来。

而后一首,既道出了诗人眼中景象,也抒发了心中情怀。正是我们伫立古炮台的遗址上,面对南海之门户,江水浩荡,思绪纷纭,当看到那渔人撒网捕鱼的悠然而闲适的景况时,激荡的心潮才慢慢平静了下来。崖门啊崖门,装点着江山,凝铸了故事,在天地间,让人们观瞻和评说。

在诗碑前,我又想秦咢生先生。秦老生前为广东省书法家协会主席,1985 年,在北京参加中国书协第二次全国代表大会,得识老人,秦老曾亲撰七绝一首,并书以见赠,令我铭感无喻。1990 年 1 月,我在深圳举办个人书画展,经道广州,秦老已在病中,尚安排欧广勇先生在某酒店设宴为我祝贺。而今,老人故去多年,面对所撰诗碑,便又想起他那规整而有韵致的爨体书法以及老人为我题咏时的情影。

前行,有一村,背靠青山,山不高,叫"凤山",遍山林木葱翠,正"凤凰双展翅者"。山顶绿树间涌出一高塔,叫"凌云塔",卓然碧空白云间,煞是瑰丽。山下房舍楼居栉比,亦复充满新气象。此村叫"茶坑",正是梁启超先生故里。先生故居,在新建纪念馆西侧,入一小门,见有青砖黑瓦二层小楼,耸立天井之北,室内光线暗淡、陈设简素。天井颇窄小,小楼之南,又有几处连环小院,前院设私塾,额书"怡堂书屋"四字。先生孩提时,曾在此接受启蒙教育,6 岁便读完了"四书"和"五经"。10 岁,赴广州应童子试，舟中吟诗，语惊四座，被誉为"神童"。故居外为广场，花木扶疏，灿然可喜。有梁启超雕像一尊，额头宽广，充溢智慧，双目炯炯，欲穿时空。广场东北角，新建二层白色小楼一座，玲珑剔透，倒映楼前一池碧水中，光影迷离。步入楼中，参观梁先生生平介绍，著作陈列，书法艺术，无不令人驻足赞叹。梁家一门，人才济济，竟有3位院士，此前我只知道著名建筑学家梁思成先生，余皆不甚了了。

离梁宅，驱车寻访"小鸟天堂"。早在1973年，我在广州参加第34届广交会筹备期间，就知道新会有一处"小鸟天堂"，据说小岛一个，被一棵古榕覆盖，老树盘根错节，枝杈交互，真是一树成林，榕荫百亩，各种鸟雀，栖息其间，尤以鹭鸟为众，千只万只，难以说清。来时如白云，盘空而降，甚是壮观；黎明和唱，如听笙簧共鸣，百鸟朝凤。今方来，所见小岛孤高，绿水环绕，榕荫浓郁，游人熙攘，唯不见小鸟踪迹。"小鸟天堂"徒具空名而已。正是"小鸟不知何处去，此地空留天堂名"了。既来之，亦复购票登船，环岛漫游，入得榕荫深处，只听得笑语穿林，人声嘈杂，我却了无游兴，人来了，鸟去了，小鸟的天堂，变成人的"天堂"，这"天堂"，也许会行将消失，榕树老去，河网干涸。1933年，巴金先生来此游览，留下了迷人的《鸟的天堂》，今天那景象也只能在美文中重温了。我突然想到，要保护他们——小鸟，便是远离他们。小鸟的天堂，人类不该去侵占。

过新会县城，至圭峰山下，于劳动大学楼前，瞻仰周恩来总理铜像。至江门市，已是华灯朗照，夜色十分了。入住"丽宫国际酒店"817 号。此处为 4 星级酒店，标间每晚 460 元，为我外出自掏腰包最为奢侈的一次了。

晚餐，由阿毛为我等接风，其夫人刘典也携儿子到酒店作陪。刘典的父亲刘治平，是我的校友，刘典的外公靳极苍先生和外婆杨秀珍先生，早在 40 年前，我们就相熟稔，杨先生是齐白石老人的入室弟子。杨老曾为我画得一幅蜻蜓，一幅红梅，尚存箧笥之中。今在江门见其外甥女，爽朗大方热情，又是佐田的儿媳，我自然是十分高兴的。阿毛和刘典的小公子已四、五岁了，十分机敏可爱，难怪佐田来江门，已是半年有余了，怕是离不开小孙子。

五月十七日

早餐后，首先寻陈白沙故里参观游览。这位白沙先生陈献章，我在中学时，因为看到了他的一幅梅花画作的印刷品，就记住了他的名字。后来，自己爱上了书法，便知道了他晚年以茅草制"茅龙笔"，写出了一种飞腾恣肆的行草来，今人欧广勇兄以茅龙笔作隶书，能得朴拙茂密的韵致，亦复可爱。天津书家顾志新，先前赠我"茅龙"数枝，偶一试写，未能应手，遂不复用。今日，来到"白沙里"，入目而来的是一座新建的牌坊，上书"陈白沙纪念馆"。中轴线上有"圣旨""贞节"匾的古建坊，是旌表白沙先生母亲的。陈白沙是遗腹子，他出生前一个月，27 岁的父亲染病辞世；24 岁的母亲，孀居独守，含辛茹苦，侍奉家婆，抚育儿子。儿子终成一代大儒，其母林氏72岁时，得到了皇帝的恩赐，建造了这座贞节牌坊，以及牌坊后面的"贞节堂"。

在"白沙祠"中，有"圣代真儒"的匾额。白沙先生，为正统间举人，曾应诏，授翰林院检讨而归，隐居乡里，侍奉母亲，教授弟子，讲学不辍，后屡荐不起，格物致知，静坐"澄心"，开后人所谓的"江门学派"，且从祀孔庙，获此殊荣，在有明一代，于广东籍者，仅此一人而已。

在纪念馆中，多有陈白沙手书刻石，一一品读，耐人寻味。白沙里尚有"陈长毛武馆"、"民俗陈列馆"，聊作浏览。后以100元，购新制"茅龙笔"一枝，用作留念。

离白沙里，仍由阿毛驾车，往开平而来，目睹已被列入世界文化遗产的开平碉楼与村落。

先到"自力村"，这村名，是建国初为之命名的，取"自力更生"之意，自具时代特色。到村口下车，见平畴碧野中，水网遍布，阡陌交横，小道上，行人往来，水牛游弋，池塘中，荷叶田田，鹅鸭浮荡。村外树荫下，有售物者，仅草帽、藤编、蒲扇之属，黄皮蜜饯，姜片陈皮之味，杂什摆放条桌之上，桌后坐一老者，或站一妇女，也不吆喝，见有问价者，热情答话，淳朴之风，昭然可见。在风景如画，安宁静谧田园中，有碉楼十数座，巍然屹立于天地间，在蓝天白云映衬下，甚是引人注目。这些建筑物，楼高壁厚，铁门钢窗，颇感壮实，而其风格，则是一楼一式，各具面目，其共性，则是皆呈西洋风格，又多少流露一些中国建筑的特色。所谓碉楼，便是此种建筑物，集居住与防卫于一体，楼顶有瞭望台，墙体上安枪眼，有如碉堡之功能。我们一行，登上一座名为"铭石楼"的建筑，下面几层为居室、生活间，第五层供"神主"，即祖宗牌位，第六层则是瞭望台，顶建六角凉亭，罗马柱上承托起绿色琉璃瓦顶，有如中国帽子西洋装，有点不伦不类。而居室中陈设，颇为繁复，有西洋彩色玻璃屏风，镏金床，"金山箱"，红木椅，留声机，大扬琴，德国古钟，法国纯银茶具，日本首饰盒等等，虽然竭尽奢华，可谓琳琅满目，而感品位不高，缺少文化，给人以"土财主"之印象。其实这些建碉楼的"金山伯"，都是在清末民初，当"猪仔"，被贩卖海外，或迫于生计，漂泊西洋，颠沛流离，作苦工劳工，不少人客死他乡，尸骨抛弃；而也有一些人，通过心血打拼，有所发达，积累了钱财，尔后，衣锦还乡，建筑居庐，荣宗耀祖，享誉乡里。岂知树大招风，这些发了财的"金山伯"，便引来了一批批匪盗，他们打家劫舍，掠财掳物，杀人绑架，索款撕票。一时间，那些"海归"的富翁，便慌了手笔。这"碉楼"便应运而生，"更楼"、"众楼"，独家的"碉楼"，一座座拔地而起。据说这开平市，自清末以来，先后就建起了3000多座，今天尚存1800多座，这实在是南粤的一项奇观和特产了。

离自力村，往"立园"而来，这可算一座西洋园林了，它占地近12000平方米，有大花园，小花园，别墅区三个部分，还挖了一条2里长的小运河，直通潭江。兴建别墅，用去 10 年的时间，所有钢筋、水泥等建筑材料，皆来自西洋，而室内装饰、生活用品，无不是高档的舶来品，美式浴缸、欧式壁炉、手摇水泵、铜煲熨斗、西式餐具等等，举不胜举，一言以蔽之，这"立园"中的生活，几乎是西化的。细察之，也不全然是这样，瞧这三层的"泮立楼"，却有一个中国式的绿瓦覆盖的大屋顶，尽管屋顶上还附加了一些不够大方的小零碎。"立园"的牌坊总体上看去，也是中国式的，有匾额，有对联，读这 52 字的长联，似能看出此中景趣，遂录于下："立身在山水之间，此地后耸罗汉，前绕潭溪，四望蔚奇观，倦堪容膝；园景离尘氛以外，尔时春挹翠亭，雅栽宝树，一方留纪念，殊洽娱情。"

在"立园"，时近中午，天热甚，佐田与效英兴致尚高，登上"泮立楼"。我感疲累，小坐浓荫之下，运河侧畔，观碧水扬波，赏游鱼往来。

中午，就餐于开平"潭江半岛酒店"，其地颇为豪华，为 5 星级。这潭江半岛上，有高楼两座，一为银行，一为酒店。建楼中，出过一起惊世贪污案，案发，2 人外逃潜伏，1 人跳楼自尽，贪污赃款达 4 亿 9 千万美元之多，也颇惊心触目。一个案例，竟让我忘了仔细品尝丰盛的午餐，实在是有违阿毛安排来此就餐的美意了。

下午游岭南古镇"赤坎"。但见潭江由西向东，穿镇而过，江北一排广州骑楼，长可 300 余米，立柱檐饰，却充满欧式风韵。人行骑楼之下，影落潭江之中，江水迷离，风情万种。又有小舟三五，往来轻捷，如行画中。这小镇上，以关姓和司徒姓者为两大家族，皆为"闿蕃"大户。关家居潭江之上游，称"上埠"，司徒家居潭江之下游，称"下埠"，两大家族，各居其地，可谓泾渭分明，决不混杂。而在建筑上，事业上，却在暗里竞争，正因如此，赤坎古镇在两姓的竞争中得到了发展。我踏进了"关族图书馆"的4层楼建筑内，看到第一层为阅览室，案头堆积着各种图书，还有自办的家族刊物《光裕月报》，这实在是不会让人想到的。书桌前，坐着男男女女、大大小小的读书人，这也是一个让人振奋的场面。二楼是藏书室，馆内曾藏有《万有文库》、《四库全书》、《廿四史》等万余册，这在今天一些新建大学的图书馆，也是不能与之相比的。四层是钟楼，上面安置了德意志进口的大钟，至今按时报点，声回四野。而下埠的"司徒氏图书馆"，亦复可观，那里的钟楼上，安放的是从美国波士顿进口的大钟，区区的赤坎小镇，竟有两只报时钟，而偌大广州城的海关，也仅有一只。于此一斑，你便不可小视这"赤坎"古镇了。

"关族图书馆"西侧，有拍摄《三家巷》的"影视城"，或洋楼高起，广厅彩照；或深宅庭院，高窗雕花，或回廊曲槛，如入迷宫。直看得眼花缭乱，不辨东西。于此中，想起了我读高中时的语文老师欧阳代娜先生，她便是《三家巷》作者欧阳山的女儿。老师为我批改的日记和作文，尚有保存者。站在"影视城"中，祝福远在北京的代娜老师健康长寿。

离赤坎镇，又到"马降龙村"来，在叫"庆临里"的地方，又看了几处碉楼，我已疲劳，不再登楼；而这里的环境却是格外的幽美，西倚潭江，围以绿树修竹，一个小村子，呈长方形，十分规整，几排房屋，南北无通道，东西有小巷几条，建筑皆一色一形，若模具中打压出来一样。到村中东西小巷中走走，多房门紧锁，似无人住，偶有一、二开门者，室内暗黑，门前坐一老者，也不言语。里东有池塘，里西有林木，有母鸡领小鸡在竹林花下咯咯觅食者，无人打扰，悠然自得。我们穿过林间小道，坐一株硕大杨桃树下的篱落间休息，仰望蓝天，亦复惬意。

忽有阵云袭来，将降大雨，匆匆登车，而阿毛，不循原路而返，偏要到"锦江里"，寻一处誉为开平第一碉楼的"瑞石楼"，奈何三番五次，不入其径，楼尖已经在望了，就是不能进去。大雨袭来，遂作回程，阿毛因未能领我一睹"瑞石楼"的丰姿，留下一缕遗憾，其实，我对碉楼，早已尽兴了。

在路上遇两起车祸，亦让人惊悸不已，雨中行车，能不小心？

返回江门，已是下午8点，于某西餐馆，就晚餐，又是阿毛盛情款待。

五月十八日

上午陪效英购物，先后逛"益华超市"和"益华百货商场"。我对逛商场，素感烦躁，今方来，见商场一层有咖啡屋，便泡在那里，喝咖啡，吃冰激凌。商场内设有餐馆，中午时分，效英购物尽兴，进餐而归。

中午接阿毛电话，知他痔疾发作，需明日手术。又发短讯三则，安排了我们明日赴机场事宜，亢佐田原拟与我一同返并，机票早已购得，因儿子住院，他便暂时留了下来。

下午刘典偕同司机宋师傅到丽宫酒店来，引领我们到白云机场设在江门的候机汽车站，购得明日往广州车票（飞机票，阿毛早几日已为我们购得）。

晚七点，就近在本酒店三楼用餐，餐厅颇为讲究，豪华而不失典雅，我们临窗而坐，点饼食二种，小菜数品，稀粥每人一碗，饭菜可口舒适，而价格也不菲，一小碗大米粥，索价 18 元，也许这便是酒店档次的标志吧。

五月十九日

晨 4 点半起床、洗漱、收拾东西，5 点半，离"丽宫"，有宋师傅送往江门候机汽车站。6 点发车，行车 1 小时 40 分，抵广州白云机场，换票候机。于 9 点 50 分，登机起飞。至 12 点半，飞抵太原武宿机场，有新华、建龙到并接站。返忻后，于"天外天"吃农家饭，吃得十分惬意，比之广东的生猛海鲜，要可口得多，食欲好坏，又岂在价位的高低。

此行，整整 9 天时间，有幸拜见本焕老和尚，为第一快意事。次则有中山、新会、江门、开平之旅，且有同窗学友亢佐田作伴游览，其乐更为融与。唯小侄阿毛带痔疾而驾车，以致肛瘘住院，令我歉疚不安，特为志之。

欧行记略

(2009 年 6 月 29 日—7 月 16 日)

六月二十九日

晚 10 点半，由杨文成、潘新华、黄建龙送站，我与内子石效英乘由太原至北京经道忻州快车（6 号车厢软卧），于 11 点 6 分离忻往京。

六月三十日

早 8 点 10 分抵达北京站，打的往空港快捷酒店，住 1225 号房间，条件差甚。在酒店见到欧行组织者朱先生，谈行程安排，交出访费，余无他事，遂倚枕读所携《袁中郎随笔》。

七月一日

7 点早餐，10 点离酒店往机场，下午 1 点登机，本应 1 点半起飞，奈何有数位旅客未能按时到达，以致延误起飞时间。待延误者登机，又是没有了跑道（没按时起飞，临时安排所致），以致起飞时间延迟 1 小时，即下午 2 点半方得离京。此行，乘海南航空公司飞机，行约 10 个小时，在机舱吃两顿便餐，有各种饮料，随时送上。乘机未久，精神尚佳，默想行经路线，猜度云层之下，是黄河，是西安，是兰州，是乌鲁木齐，飞出葱岭，足迹不曾经历，飞行路线便是地图中的知识了。乘坐久了，腿脚麻木，颇感困顿，便懵然入睡了。

到柏林，已是北京时间晚 12 点半了，时差 6 小时，值柏林时间 6 点半。飞机到柏林降落时，在机舱小窗中瞭望，蓝天白云在阳光中，甚是亮丽，山脉浓绿，草地芳鲜，河网交织，绿树夹岸，而一排排洁白的风力电塔在浓翠铺陈的背景中，不倦旋转，这景致，让我从昏睡中清醒，柏林郊外的自然景观是令人欣慰的。

飞机降落柏林泰格尔机场。欧人生活节奏缓慢，办事效率低下，一个出关手续，便用去了很多时间。更有麻烦者，同行者 75 岁的雕塑家李行健先生的两件雕塑作品被德国海关所扣留（以为是文物）。朱领队、倪导游与李先生四处奔走，多方交涉。我等小坐广场石磴上，以待李先生提取作品。石磴旁，常有鸽子往来觅食，与之招呼，似不惧人，沙燕高翔于天，乌鸦则散落在泰格尔航空楼头，广场上则是熙熙攘攘的行人和快速来往的车辆。

在机场用去两个半小时，与海关再三洽谈，李先生之雕塑作品尚作扣留，无奈，我等一行 19 人，只好乘车往东柏林，入往一家酒店。酒店虽不宽绰，尚干净可人。泡一桶方便面，我和效英分食之，聊作洗漱，随之歇息。

七月二日

此时此地，昼长夜短，晚 9 点天未黑，早 4 点天大亮。因时差关系，尚需适应，这一夜，我仅睡了 4 小时，12 点半起夜一次，2 点半再起一次，此后便未能入睡。早 4 点半便起床。见效英尚在睡眠中，想是昨日一天行程，当也疲累之极。我轻轻去冲澡，效英也从梦中醒来。窗外虽然是一条大道，其时行人、车辆尚少，室内倒也安静，一窗的阳光通过净洁的纱帘，均匀地洒落在屋壁上，静谧而柔和。

6 点就早餐。8 点外出游览。车几经拐折，西入菩提树下大街，这是一条宽绰而笔直的林荫大道，路北是历史悠久的洪堡大学，高大的建筑在车窗中倏忽而过，才听到导游的介绍，那校园便失去了踪影。前行绕过勃兰登堡门，进入"六月十七日大街"，这是一条更加宽绰而明媚的东西主干道，道路之南北，建筑少而低矮，到处是草地和绿树，车在行进中，见一圆柱高耸，高可七八十米，柱顶塑有金色胜利女神像，巍巍然，甚是醒目，名曰"凯旋柱"，当是历史上俾斯麦出任普鲁士首相以后，先后对丹麦、奥地利以及在后来普法战争中取得胜利后的纪念物，通过"六月十七日大街"的西边尽头，车向西北而来，未几，到达夏洛藤堡宫，在柏林，这也算一处大大有名的游览区，然而游人却寥寥无几，我等在这儿也只是逗留一会儿，看看颇为高大的建筑，品读建筑前一组精美的雕塑，人物动态之生动，骨骼肌肉质感之细腻，面部表情刻画之传神，无不令欣赏者发出啧啧赞叹之声。

从夏洛藤堡宫循原路返回勃兰登堡门，大家在这座柏林地标建筑物前纷纷摄影留念，我则面对门顶部胜利女神像的四马二轮战车，那长驱直入不可一世的姿态，以及战车上方高耸的铁十字架和展翅腾空的飞鹰，不禁浮想联翩。曾几何时，当希特勒凶残的铁骑灰飞烟灭后，给国家和人民带来的便是支解和分裂，一个城市中，树起了一堵高高的柏林墙，一树便是三十年，分隔了城市，也分隔了血缘，分隔了情感。权利、物欲的横流，冲击着和平与宁静，统治者的野心和残暴，给人民带来的自然是灾难。我在一段尚且保留的柏林墙下停留，考量这曾经分离骨肉情份的建筑，这人为的障碍，当是人们永以为鉴的。

在柏林街头漫步，所见楼层窗户皆无防盗护栏，阳台也不封闭，置小盆花木，甚有情致。商店皆不大，顾客也不多，无吵闹之感觉。小饭店门外设雅座，供人餐饮，上置遮阳伞，一杯啤酒，几块面包，少男靓女，小声谈笑，怡然自适。

从苏联红军公园（有高大的纪念碑和雕像），徒步到亚历山大广场，这是一处十分宜人的处所，坐在绿树凉阴下，面对红砖建筑的市政厅大楼，别致的教堂，球形的电视塔，观察来来往往的游人，而或闭起眼睛来，作短暂的养神。起身转入马恩广场，在马克思、恩格斯铜像前拍一照片，以为留念。随后来到施普雷河边，那绿色圆顶的柏林大教堂在蓝天白云下，煞是壮观。教堂前广场上是油绿的草地，有三五成群的青年小坐其中，有的聊天，有的读书，有的干脆仰面朝天平展展地躺下来晒太阳，也有年轻的母亲推着幼儿，选着景儿拍照片，这又是何等和平的景致呢，人们不知道二战结束前盟军对柏林的狂轰乱炸，心头不存战争阴影的创伤，该是何等的幸福。世界不需要战争，人类渴望的是永久的和平。

在帝国议会大厦前，我驻足良久，眼前是不绝的游人，心中想到的却是独裁专制的希特勒，大凡有一点历史常识的人，就该知道希特勒的凶残，以及他对人类历史所犯下的罪行。

距帝国议会大厦不远的北侧是柏林的老博物馆，那高大的建筑，一排儿十八根爱奥尼式圆柱，看上去十分的气派，我没有时间进入内部参观，我联想到藏在另一家博物馆的当年德国探险考古家勒柯克在中国，特别是从克孜尔石窟盗取的大量壁画，据说在二战中也被炸毁了半数。几年前我在库车克孜尔石窟的墙壁上，看到那伤痕累累的壁画，心中的激愤难以抑制，而今身在柏林，自然又会想起那盗画者勒柯克。

中午 12 点在"老上海餐馆"进中餐。下午 1 点 20 分便乘车离德国东北部的柏林往西南部的法兰克福而来。

7 个小时的行程中，除困顿小睡外，所见车外景象，由平原到山地，无处不树，无地不草，砂土、岩石裸露者未曾见也。林木深厚而茂密，层层叠叠，由近及远，由翠绿而深蓝而墨绿，高低起伏，变化分明。嫩绿之草坡上，间有三五红屋顶拥出绿树浓荫下。路旁有未收割之麦田，有成片之玉米，有无涯之向日葵，将河山点缀得五彩缤纷，清新悦目。半路到生活服务区休息时，见所售黄瓜、西红柿，每公斤合人民币 49.5 元，上厕所收费 5 元，聊记一笔，以见物品价位之一斑。正欲上车，忽然天降大雨，但时间极短，顷刻而过，待登车，雨已停，雨洗林木，空气清爽，精神健旺。行车一路，所见村落少，更无开发之工厂，一派田园生活景象，佳可人也。

晚 9 点半，车抵法兰克福，入住某宾馆，匆匆用餐、洗漱、休息。

七月三日

5 点起床、洗漱。6 点半早餐。9 点出发，往游法兰克福大教堂，这是一座十分高大的哥特式建筑，数层土红色的墙体之上，又是几层渐次缩小的高耸尖顶，仰面望去，直刺苍穹。据说这里曾是德国历代皇帝选举产生并且举行加冕大典的地方，难怪它有一个"帝王大教堂"的尊号。由此步行东去不远，便是大大有名的"罗马人之丘"，这里的建筑十分别致，北面是市政厅，从山墙看上去，呈阶梯状的人字形屋顶，有塔式的天窗，有徽章图纹装饰的露台，其二层高高的立窗间饰有精美的雕塑，正中窗户的顶端安有走动的时钟，这布局似乎有点繁琐和细碎，然而仔细观察其每一构件，制作却是十分精致的。广场之东西是一排几座连着的半木结构的楼房，形式富变化，色彩能互补，格调统一，难能可贵。广场之南面，是老尼古拉教堂，宽广的梯形大屋顶，顶上由上而下排列着 3、4、5 个天窗，想必屋外的光线从这些孔洞中透进，照射在往来于屋内的市议员们的脸上，会展现出种种可观的形象来。而老教堂钟楼的绿色尖顶上面传递出悠扬的钟声来。立于广场中央花坛上的正义女神铜像，左手持长剑，右手提天平，她似乎正在告诫市议员对公民要平等行事，否则便会受到象征法律的长剑的惩罚。我想这精巧的艺术构思，其警示力量当不可小觑的。

拐过老教堂右侧的通道，我登上一座古老的大铁桥，美因河在大桥下平静地流淌着，两岸的风光尽收眼底，北岸的摩天大厦，其密集程度，犹如我当年在纽约曼哈顿所见的景象，委实有一些气派。

在法兰克福，最让我想造访的是歌德的故居。早在我读大学时期就读过歌德的《少年维特之烦恼》，据说这是作者在 25 岁时仅用 4 周时间完成的成名作，至今在我的书架还有一本《少年维特之烦恼》，虽然很久不曾翻阅了，但对书中的人物，维特那蓝色的燕尾服、黄色的背心和时髦的长统靴曾给我留下过深刻的印象，而维特与绿蒂之间的感情纠葛更是让人牵肠挂肚，不能忘怀。后来曾见过一幅李可染先生画的"歌德故居"写生画，也令我久久观摩。因此我向领队提议，商得大家同意，割爱对保罗教堂的参观，特来歌德故居参礼。故居是一座浅棕色的五层楼房，下层正中开着门，门之两侧各有长窗三个，外设护栏，护栏下端外凸，内置盆花，花正怒放，缤纷馥郁。四层为诗人的生活和写作的地方，白色的屋顶，浅绿的墙壁，不甚光滑的地板，明洁的窗户，乳白的纱窗帘，靠墙的一张写字台以及两把靠背木椅，一把置写字台旁，一把随意地放在写字台前，墙上有两张诗人的剪影，影下立着高高的烛台，据说诗人是站在这里完成了《少年维特之烦恼》创作和《浮士德》初稿的。故居外面的山墙上覆盖着绿色的爬山虎，生机旺盛，绿可鉴人。故居之旁是歌德纪念馆，有诗人的生平介绍，图文并茂，还有歌德以及同时代人物的画像，更有供游人选购的诗人的著述，我看到一本中文版《法兰克福》的旅游手册，购以留念。看看时间，已届中午12点，遂外出于某中餐馆进餐。餐毕，往游老歌剧院，其时，剧院正在重新修葺，未能入内参观。我独自绕剧院一周，用去很多时间，亦见剧院规模之宏大。仰见前厅房顶上有铜铸四驾豹车，匠心独运，气度不凡，特别是豹子英武的姿态，亦令人注目凝视。

德国在二战中，诸多建筑夷为平地，今之所见，皆为战后重建，抚今思昔，也让人慨叹不已。

下午1点半，离德国，往荷兰而来，其间用去6小时（包括两次休息），行程460公里，于7点半达荷兰首都阿姆斯特丹。

阿姆斯特丹，是由渔村变成的大都市。围堤造田，将低于海平面的土地，空出水面，筑基建房，以至于形成而今荷兰繁华的经济中心和文化中心。而它仍是一座水城，市内有运河百余条，呈蛛网状，道路迫窄，行人多以自行车穿梭于街道上。荷兰人，人高马大，骑自行车的技巧看上去是蛮高的，快速地行驶，忽遇过路行人，骑车者会速提一腿拄地，车子戛然而止。导游说，此地社会秩序甚差，远不及德国人文明，到处有小偷，甚而有当面抢包抢首饰者，每一得手，飞快离去。并告诫我等同行，一定小心，应将随身提包挂在胸前，晚上切勿一人外出，以防不测。没想到在当天就晚餐时，被盗的事情发生了，而且发生在多年在欧做导游的倪导自己身上。

初抵阿市，通过几多运河桥梁，将车停放在一处宽绰的停车场，大家来到一家中餐馆楼下，倪导上楼联系用餐，其时餐馆顾客为满，无有座位，有几位女士步入就近的商店物色自己的所需。我和效英有点疲累了，坐在餐厅楼边的室外咖啡座上休息，观察那路边南来北往的行人以及高下起伏的建筑。过了十几分钟，餐厅中走出一拨来自台湾的游客。倪导说，三楼已经腾出了座位，请大家上楼用餐。楼道十分陡窄，行人只能鱼贯而入，我们分坐两桌，朱领队与倪导则对坐门边的小桌旁。倪导将所带提包放在自己的座位上，并让朱领队照看，他下二楼安排饭菜。朱领队忽觉有人从背后按了一下，以为是自己团队人员询问事情，才一回头，倪导的提包便不翼而飞了。这下大家都慌了手脚，因为在倪导的提包里放着所有人的护照，还有将近合20万人民币的欧元，大家焦急万分，饭菜上桌了，人们自然没有心情下箸，四处寻找小偷的踪迹，在房角、厕所以及楼下的地沟，是否有小偷偷窃了钱财，会"好心"将大家的护照留下来。打开监控录像，方知为二窃贼所为，盗包者为一女性青年，她早就坐在餐厅的一角，打量猎物，伺机下手，待她的合伙人按朱领队肩背时，她便迅速行动，用自己的一件外套盖着倪导的提包，携物而去。寻觅不得，便电话报案，回答说此等事情经常发生，怕难以破获。待之许久，也不见一个警察来过现场，后与中国驻荷兰领事馆联系，知朱领队尚带有每人护照的复印件，便决定取消明日在阿姆斯特丹的游程，到海牙重办临时护照（荷兰的行政机关多设在海牙），这样则可免除大家因没有护照而被遣送回国的结局。到此大家方松了一口气。在这家中餐馆我们一直坐到晚上 11 点半，店主对我们的遭遇，很感同情，不时地说些安慰的话，端茶送水，更是周到。一切商妥，离开中餐馆上车时，倪导突然接到另一家叫"南天"中餐馆老板的电话，倪导与老板相识，说在"南天"的厕所里，发现了倪导等人的护照。这一喜讯，有如天降，大家匆匆上车，寻"南天"而来，车跑过灯红酒绿的夜市，谁也无心欣赏那光怪陆离的运河倒影，在阿市中转来转去，终于来到"南天"。待倪导下车取回护照，一一点名核对，一本不少，大家的心才平静了下来。遭此不测，虽然合 20 万元的人民币丢失了，护照尚在，亦算不幸中的大幸了。待入住酒店，已是子夜 12 点半。虽然躺在床上，却久久不能入睡。

七月四日

早晨 5 点醒来，窗外几声斑鸠之声，清新而嘹亮。奈何几日疲劳，加之睡眠不好，以致头晕不止。

7 点吃早饭，9 点外出游览。所住之宾馆，似乎位于市郊小镇之上，门前水网交横，桅杆林立。行车所见，绿野平畴，望之无际，奶牛悠然觅食，间有野鹜飞起，丛树间，拥出红顶小屋三五间，然无一人出入，境极清幽。此种田园景象，较之陶渊明笔下之桃花源则是别种韵致。偶见风力电塔之三叉轮，犹如硕大之鸡足，在晨风中转动，更有教堂尖顶出诸林表木末，映于白云蓝天之下，也极生动如画，更具西方情调。车过阿市一角，则见运河交错，高楼栉比，行人多骑高车者，往来倏忽，似无秩序。

风车是荷兰的一种象征。10点到一处地方参观，碧野长渠，风车缀之，风轮缓转，了无嘈杂，一派宁静，充溢中古气息。据云，此处风车，已列入世界遗产名录。是处尚有一家木鞋制作作坊，步入其中，但闻机声隆隆。木鞋制作半为机械（极简单之器械），半为手工，应我等要求，匠师作示范表演，一只木鞋在熟练的操作下，没用10分钟时间已具雏形。在货架上摆满了大大小小形形色色的木鞋，以供游人选购，效英买一对，以为留念。又进入一家钻石加工厂浏览，见其价格不菲，便很少有人问津。

回到市区，往荷兰国立美术馆参观，欣赏到荷兰15至19世纪的绘画精品。奈何在馆时间紧促，加之观赏者拥挤，我只对伦勃朗的《守夜图》、《犹太新娘》，威梅尔的《女佣倒奶图》以及罗伊斯达尔的《风车》等画幅作了仔细观摩，那人物刻画的细腻传神，生活场景描绘的生动得体，自然风光的云影幻化，无不给人以深刻的印象。至于那些造诣高超的雕塑作品和精美的家具，也只能一瞬而过。步出国立美术馆，在颇具艺术特色的大门前摄影一张，亦是到此一游的留念吧。

午餐后，就近到堤坝广场游览。据说，这广场是荷兰历史的心脏，早在13世纪，阿姆斯特河边在此筑起了堤坝，后来在广场的西面建起了市政厅，也就是我们今天所看到的皇宫，它是建筑在13659根木桩上的一座古建筑，曾有"世界第八奇迹"之誉，是荷兰女皇接见外宾的地方。广场北面是哥特式建筑的新教堂，比之皇宫建筑，小则小了，却也庄严肃穆，广场东面是国家纪念碑，用以纪念在二战中为国捐躯的烈士们。纪念碑下，游人、浪子、杂耍者不一而足。更有鸽群上下，有售鸽饲料者，与鸽嬉戏，招徕顾客。有欲上前与我搭话者，我心存戒备，以为是偷斧子的，便匆匆离去。

荷兰的郁金香享誉世界，奈何时不我待，且远离花卉市场，更非郁金香之花期，此行，未能一睹花容，不无遗憾。在阿市，我本拟造访伦勃朗故居和参观梵·高博物馆，只因导游昨日丢失巨款，以至今日精神萎靡，话也不多说，我提此额外要求，徒遭拒绝。

离堤坝广场，横过马路，75岁的李行健教授，不慎摔了一跤，我忙上去搀扶，见颏下流血不止，须上医院包扎，却不知医院在何处，幸有自愿者，骑摩托车带路，引领到医院门口，也不言语，转车而去，此举令我等很为感动。到医院，大家私语，在国外就医，检查、包扎，花销定然可观。事到如此，也无可奈何。李教授经认真检查，精心治疗包扎，医务人员却分文不取，此亦出乎意料之外，此虽小事，也令大家对荷兰产生了新的认识，消解了不少因昨日遭遇窃贼的坏印象。

下午3点，离阿姆斯特丹，往比利时而来，中间休息两次，于7点到达布鲁塞尔，在市区叫"福华"的一家中餐馆进晚餐。餐毕入住郊区小镇某酒店。

七月五日

早4点醒来，5点半起床洗漱。7点40分就早餐。9点外出游览，漫步布鲁塞尔街头，建筑呈不同风格，颇富变化。街道多以鲜花点缀，道旁常见咖啡座，遮阳伞各具特色，花光伞影，五彩斑斓。人之肤色，有白有黑，不白不黑者，混血儿也。据云本地4个人中，便有一个外国人。摩洛哥之黑人，随处可见，衣着散乱，似乎也不太注意卫生，颇感邋遢。倪导再次叮咛大家，此地警察诸事不管，时有抢劫案件发生，单人万万不可外出。一个欧洲联盟总部，北大西洋公约组织秘书处之所在地，素有"欧洲首都"之誉的布鲁塞尔，竟是如此状况，实在匪夷所思。

步入布市大广场，四周的建筑确是恢宏壮丽，令人眼花缭乱，应接不暇。首先是让人引颈仰望，方可看到尖顶的市政大厅的高耸钟塔，它是一座哥特式的经典建筑，下层17座拱门构成长长的走廊，游人可在其下避雨和遮阳。二三层的落地窗侧则装饰着造型别致的雕塑，认真赏读，那都是一件件令人赞叹的艺术品。市政厅的对面是国王之家——皇宫，它没有市政大厅的高大，而典雅过之，色调沉稳而统一，构件精巧而近玲珑。此外，还有十来座精美的颇具巴洛克风格的行会会馆，还有一座饰有白天鹅图案的"天鹅酒店"，马克思、雨果等名人，曾下榻此处，据说"共产党宣言"还是在这里起草的。再过半个月，便是比利时的国庆日，届时这金色大广场将以鲜花摆成图案，成就一幅世界上最为阔大的鲜花大地铺，那又是一种何等壮观的景象呢。早几年，我曾在电视屏幕上一睹为快，今漫步于这在1998年便列世界遗产名录的广场上，欣赏建筑，怀想古人，颇感是一次惬意的行脚。

由广场西去不远，在一条街道拐角处，看到一个小男孩，铜铸的胖乎乎的赤身裸体，站在高台之上，身子后仰，顶着大脑袋，挺起肚皮，左手捉着小鸡撒尿，憨态可掬，令人怜爱，他便是布鲁塞尔的城市象征——"第一公民"小于连。他的故事广为传诵，这里几乎是各国游客到布市旅游不能或缺的去处。

在布市还游览了市北区的高百余米的原子球塔，它是原子时代的象征，于1958年为万国博览而设计建造的。草地之上，林木之中，突然抛出一组钢材连接的圆球来，在太阳下放射着光芒，似乎与环境不和谐，时代发展了，艺术品却变得有点单调和乏味，也许是我自己落伍了，便跟不上艺术发展的脚步。

时到中午，再入"福华"中餐厅就餐，从餐馆的窗户望出去，有一建筑，颇引人注目，6根高高的圆柱支撑着硕大的三角顶，科林斯式的柱头简洁大方，而三角楣饰的浅浮雕却工细绝伦，我放下碗筷，步出餐厅，面对建筑，不停地拍摄其精美的构件，这座建筑便是大名鼎鼎的布鲁塞尔股票交易所，是比利时金融界的集会点，也是一所颇具艺术价值有 200 多年历史的文化遗产了。

下午 1 点离布鲁塞尔往法国而来，行车 300 多公里，中间休息两次，于 7 点许抵达巴黎，车在环城路上行驶，渐次看到了塞纳河、埃菲尔铁塔、凯旋门等等，向往已久的巴黎到了，然而眼中的景象却非心中的想象，原来巴黎也不过尔尔。

绕过铁塔，在广场之侧的一家中餐馆就晚餐，然后入住市郊某酒店，时已晚上 10 点，然太阳刚落，天尚亮堂。

七月六日

7 点早餐，8 点出发。一路堵车严重，到埃菲尔铁塔附近，已是上午 10 点，行路竟用去了 2 个小时。所购塞纳河游艇票的下船时间是中午 12 点，抽此间暇，大家就近步入一家中国免税店，同行者不乏购物狂，出手颇多大方。效英购得法国香水 8 瓶，什么"夏奈尔 5 号""沙丽玛"，我对这些名目，闻所未闻，深知自己是门外汉，只是站立一旁作壁上观。项链、女式提包也是效英的所爱，便也认真地选购着。11 点提前就中餐，餐毕往码头，排队登游艇。

巴黎，坐落塞纳河两岸。塞纳河由巴黎东南而入，画着弧线，至市中心，又转而向西南而下，流出巴黎市区。我们的游览，只是中心的一段，一个半小时的行程中，不知穿过了多少座桥梁，每座桥梁都展现了不同的风格，布满桥头桥柱上的雕塑皆极精彩动人，阿尔玛桥的士兵雕像，双脚没入水中，一手叉于腰间，气宇轩昂，英气袭人。奈何船行水上，眼前的景物，转瞬即逝，唯有高入云天的埃菲尔铁塔，只要你打量它，它是不会离开你的眼睑的。在游艇上向南望去，一个金色拱顶的建筑，格外突出，导游说，那是荣军院，这里曾安放了拿破仑一世的遗骸，现在这里有三个博物馆，也很值得一看，还有一个重伤医疗中心，聚集着不少医术高明的大夫。向北望去，树荫中闪过去的是矗立在协和广场上的来自埃及卢克索神庙的方尖碑，据说此碑已有3300多年的历史了，碑身上雕满了埃及的象形文字，碑立光天化日之下，也经风剥雨蚀，这珍贵的历史文物，何以长期保存？又见卢浮宫外的长长的宫墙，宫墙下是车水马龙的游人。待游艇驶过西岱岛和圣路易岛的通道时，导游指点着西岱岛上的一座古老的哥特式的建筑，这就是建于13世纪的"巴黎圣母院"，我目不转睛地审视这一座宏伟肃穆的天主教堂，想到的却是雨果和他笔下的《巴黎圣母院》，眼前幻化出美丽的吉卜赛姑娘和她的遭遇，更想到了那位形象可怕而心灵崇高的撞钟人。据说圣母院的南钟楼里悬挂着一口13吨的巨钟，单是钟锤就重1000斤，那是何等的气派呢？在塞纳河上绕了个小圈子，游艇返回了原来登船的地方，我们在碧眼黄发的人群中步上码头。

下午2点30分至5点40分参观卢浮宫。这座举世闻名的艺术殿堂，它拥有从古代到1850年以前的世界上最为丰富的古代埃及、古希腊、古代东方的雕塑和19世纪之前的各种流派美术作品以及各种古珍藏品，然而，仅有的 3 个小时观摩时间，只能是浮光掠影地看看。在古代埃及展区，神奇法老像，天书一样的古文字，几何图案雕饰古朴而厚重，散发着悠久的历史气息。在古希腊展区，一座座体态生动、肌肤细腻的雕塑，看上去，这些人物似乎还在呼吸着，就中 12 号展厅的维纳斯和另一层的萨默特雷斯胜利女神尤为精绝，它们代表着古代希腊艺术的最高水平，人物表情的传神和衣物质感的刻画，无不摄人心魄，令人折服而赞叹。而在意大利的米开朗琪罗的大理石像前，令我驻足良久，仔细观摩。在达·芬奇的《蒙娜丽莎》画像前，拥集着数百人，我只能一侧欣赏，看看这卢浮宫的镇馆之宝，然而终因人多，未能接近这位淡淡微笑的"瑶公特"。在卢浮宫究竟有多少个展区，多少个展厅，多少件展品，恐怕任何一位酷爱美术的人士，都没有也不会对每一件展品作认真的赏读，我匆匆一过，除几件作品外，留下的只是模糊的印象，只有日后在画册中择其要者而补课了。

下午 6 点进晚餐，7 点半返回住地，整个奔波，颇感疲累，倒床而卧。

七月七日

此次欧洲之行，还有一个所谓的"第九届中国文化艺术交流展"，上午 8 点前往展厅，地点在《欧洲时报》社的一座小楼上。展品虽不精彩，却也丰富，除去书画为大宗外，还有雕塑，民间工艺品等等，更有中国武术，可谓五花八门，雅俗兼具。开幕式，人虽不算多，然程式倒也齐全，讲话，剪彩，喝香槟酒，笔会，不一而足，就中真正的艺术品，我以为就是李行健先生那两件曾经被德国海关扣留的东西：一件是以飞人刘翔为题材而创作的《翱翔》，另一件是《冯法祀先生》头像，特别是后一件，它将油画家冯老刻画得神彩奕奕，呼之欲出。对于冯先生，我早年曾有一次的谋面，而对他的作品是多次的拜读过，而今于巴黎能欣赏到一件为冯老而创作的铸铜头像很为庆幸。李先生与我介绍了他此件作品的创作经过，令我深深佩服这位雕塑家精湛的造型能力和表现手法。

此次赴巴黎参展，本也无多兴趣，只是借此机会与效英一同出国旅游观光而已。得以成行，便已知足，展览之效果，自不计也。下午 9 点返回酒店，时有小雨，微觉秋凉。出国前，唯恐 7 月天气，在西欧会高温难耐，没想到这里的早晚尚须添加衣服。

七月八日

7 点 10 分早餐，8 点外出。其时天空乌云密布，似有大雨将至。到埃菲尔铁塔下，排队登塔，队伍已成长龙阵势，层层转绕，不见首尾。衣薄风大，风中还裹夹着雨星，打到面颊上，感到格外寒冷。仰望这座坐落在塞纳河畔的钢铁巨构，拔地撑空，气度不凡，成为了世界上众所瞩目的建筑物，据说当年设计师埃菲尔拿出方案时，还遭到了剧烈的抗议。时过境迁，它竟成为巴黎的地标，将永久地屹立在蓝天下，供人游览和品读。排队期间，时有黑人兜卖旅游纪念品者，同行武术家小刘购得丝巾一条，忽有警察出现，卖丝巾者还未及收钱，便匆匆逸去，小刘四处寻觅付款，未得其人。

排队许久，方得坐电梯登塔，于第二层外廊观光，巴黎四围景象尽收眼底，但见高楼栉比，道路纵横，远处苍苍茫茫，望无涯际。是时风更大，高处不胜寒，匆匆拍照片数帧，便返回地面，时已 12 点半。

午餐后，往戴高乐广场中心看凯旋门，这座由拿破仑下令建造的纪念物，气势壮阔，四门洞开，正门左侧之浮雕更具匠心。门下建一无名烈士墓，用以纪念第一次世界大战中牺牲的烈士，从 1923 年起，这里燃着长明灯，亦为游人们驻足的地方。从凯旋门东南望去，是一条宽绰瑰丽的大街，两旁绿树夹道，绿树间是飘荡的连缀小红旗，间或有露天的咖啡座，有序地排列在大楼外林荫道的一侧，有人在聊天，有人在喝饮料，闲适自然，惬意宜人。这条大道便是有名的巴黎香榭丽舍大街，它一直延伸到卢浮宫东端的协和广场，当为巴黎的第一大道了。

下午 2 点离巴黎，往卢森堡而来，经 5 个半小时，抵达卢森堡，这是坐落在一个红褐色岩石高地上的都市，到处是碧绿的林木和盛开的鲜花。车停宪法广场，广场不大，下临岩谷，东侧有白色纪念碑一座，碑座石阶上，坐着六七位市民，打量我们这些刚下车的东方人。北面是高耸的大教堂，南面便是所谓的卢森堡大峡谷，有佩特罗斯河流淌其中。这峡谷深仅 45 米，有磴道拐折而下，以至谷底，道之旁置花坛草坪，谷之中别墅教堂比肩而起，兼之绿树

埋壑填谷，号为大峡谷，诚如小盆景，静谧安宁，深可人
也。又一拱形大桥，横跨峡谷之上，长桥修美，尤可入
画，这便是著名的阿道夫大桥。忽有钟声迢递，出自南岸
丛树间教堂之中。街头行人甚少，颇有清冷之感觉，穿一
小巷，步入兵器广场，这里却很热闹，广场四周，绿荫蔽
日，花团锦簇。广场中央置一高台，台之上，有音乐演奏
者十数人，台之下满布雅座，读书者，听音乐者，各得其
所。

广场西南角有一家挂牌"敦煌"的中餐馆，登上二楼
雅座，喝茶吃饭，室外之音响不时传入餐厅，以佐进食，
则别有一番趣味。餐后观赏市政厅和大公爵宫之建筑后，
便乘车入住市郊一家酒店，时虽晚上9点，而窗外斜阳朗
照，丛树摇金，草地如茵，奶牛三、五，进食其间，恰似
地毯上织出之图案，天成自然，且富变化（因牛之走动），
于此法国画家米勒笔下的质朴景致顿然化现于脑海。

七月九日

7点早餐，8点离酒店，行仅7分钟，便出卢森堡国
境，国家之小，可见一斑。一路林木葱茏，时过村庄小镇，
草地铺陈，稼禾满眼，小麦金黄，玉米拥翠，远山如黛，
山林叠架，高坡深谷，无些许岩石和砂土裸露，时有红瓦
白墙跃然半坡之上林木之间。行进间，远处高山之巅，有
红褐色如岩石雕琢者，厚重而古朴，乃为久历风霜之中世
纪古堡。而近边路旁，偶有村舍三五，阳台上杂花悬挂，
门前却不见一人出入。或因葡萄园成片涌现，口颊生津，

竟觉小香槟酒滋味。行车 3 小时经法国、德国，而入瑞士境。12 点许在某服务点休息，草草吃麦当劳，权当午餐。下午三点二十分抵达苏黎世。

瑞士表，享誉世界，一到苏黎世，就有人要逛表店，导游便引领大家到班霍夫大街的一家钟表店，这是苏黎世很有名的钟表专卖店，踏进门厅，便是豪华而不失典雅的设计，宁静而净洁的环境，衣着十分讲究的服务生，热情而有分寸地推介商品，只是一只手表少则几万元（合人民币）多则几十万元，这价格远非我等所能接受，在此，也只能是一次参观而已。谁都没有买东西，而服务生仍是很有礼貌送出大家，这倒令我刮目相看，他们的服务态度自然是一种自身素质的体现了。

苏黎世坐落在利马特河入苏黎世湖岸边，其地湖光山色分外瑰丽，在沿湖大道上漫步，但见双子大教堂比肩撑空，复听音乐会音声悠扬，循声而来，见一偌大院落，数百人坐绿荫之下，中置一高台，上有乐队五六人，歌唱者轮番而上，放喉而歌，手舞足蹈，而听者鸦雀无声，待一歌竟之，则掌声四起。我与效英于此听歌两支而去。

小坐苏黎世湖滨，看桅杆四起，帆船驶过，忽有白天鹅泛水而来，悠然而高贵，又见野鸭争食，来去倏然，而岸边游人，赏雕塑者、观鱼乐者、谈天者、进食者，不一而足，而更多人则行色匆匆，不知是赶船、赶车，还是赶飞机，眼前之景色则全然不屑一顾。我看游人，游人也或看我，这便是苏黎世湖边的一道景色，衬以高山古木，楼观教堂，尤其这溶溶漾漾长达三十九公里的湖泊，山容水态，妙处难与君说。

下午六点，到一家叫"竹园酒家"的中餐馆进晚餐。餐毕，有几位女士又欲前去买手表，待到了一家钟表店，时过七点，业已关门，急急而去，悻悻归来。便登车沿湖滨西路而南去，望湖之东岸，高山起伏间，绿树红楼白屋间状若蜂窝，天色将晚，华灯亮起，的似琼楼玉宇，影落湖中，交相辉映，其景致着实令人陶醉，不愧为阿尔卑斯山北部的一处休闲度假的胜地。入住酒店，时值九点，窗外忽然传来深沉而悠长的钟声，推窗而望，星天中，一座教堂楼钟的尖顶亮着灯光挺然而起，这时间，该是信众们做功课的时间了，又令我想起了米勒《晚祷》中那两个半弓着身子的农民，在暮色苍茫中聆听那远方钟声，那是一种何等虔诚的景况呢。

七月十日

上午 8 点出发，8 点至 10 点在瑞士境内，一路山光云影，风景如画。10 点入奥地利，前行又入德国境，12 点经慕尼黑服务站休息，草草就午餐。下午 3 点 20 分再入奥地利，仅 10 分钟便抵萨尔茨堡，4 点入米拉贝尔花园，在碧绿的草地上，以红白花朵摆出几何图案，醒目瑰丽，诚然一天然巨毯，数尊雕塑屹立花园之中，人物肌肤温润，眉目传情，活力四溢，允为佳构。为情人而建的米拉贝尔宫静穆地伫立着，倾听导游为大家演绎着这座宫殿的大主教迪特利希不守教规——不要江山要美人的传奇故事。

　　由米拉贝花园向南望去，与河南的大教堂、古城堡正处在一条中轴线上，层层高起，不同风格的建筑相互映衬着，生动和谐，美轮美奂。出花园南门，向东不远处便是"三位一体教堂"，亦极壮美而肃静，教堂下的台阶上坐着一些人休息，他们好像在打量我们这一行黑头发黄皮肤的"老外"。

　　绕过教堂，前行到萨尔茨河南岸，看这由东南而流向西北的河水，浅浪轻涟，不舍昼夜。见一游船而过，船后留下一串串雪白的浪花。登上长桥，左右望去，沿河风光，奔来眼底，更觉妩媚而秀美；聆听河水，泠泠作响，似乐曲传声，难怪在这钟灵毓秀的萨尔茨河畔孕育出享誉世界的音乐家莫扎特。

　　步过长桥，行百十米，便是遐迩闻名的"粮食街"，它保留着中世纪的特色，在迫窄的街道上，行人熙攘，古典的铁制镂花招牌高置在老字号商店的门面上，门市的房屋间偶然出现一个小花园，花园间有的搭起了小布棚或支一把遮阳伞，下面便是几张咖啡座，或是一个售卖冷饮食物以及纪念品的摊点，一个幽默的老人或是一个俏丽的妙龄女郎，热情地招徕着顾客，而飞落在屋檐下不知名的小鸟，旁若无人似地忘情鸣叫，这便是粮食街颇具特色的"奥拉过廊"。

　　粮食街不算长，东去有老市政厅，西去有僧侣山脚下的"布拉修斯教堂"，教堂处在僧侣山的阴影中，其建筑基座石条上满布了油绿的苔藓，与周边的商店相比，形成了强烈反差。而在粮食街漫步，最吸引人的则是"莫扎特故居"，这是一座坐南面北宽五间高为六层的楼房，在楼面上，通体施以黄色的涂料，装以白色的长方形窗户，从楼顶上垂下一条长长的红白两色（顺旗条，两边红色，中间白色）的彩旗来，直落二层窗户的上方，旗在微风中轻盈飘拂。在一层的东面一间开门洞，标为粮食街9号，门牌下，有一小牌，上书"莫扎特故居"，这是二战后重建的纪念物。穿门而上楼，略作游观，有音乐家的卧室、琴房，有泛黄的乐谱，老式的钢琴，盛装的油画像，不时还传出令人陶醉的小夜曲。

在莫扎特故居门前，我特意摄影留念，也算是一次朝圣纪录吧。其时还有一位民间艺人作杂耍表演，有如我国福建的提线木偶，然而操作简单，以便推销他的玩偶——一只大红公鸡。近旁的一家乐器店，陈列着形形色色的乐器，制作十分精美，有如一件件工艺品，两个七、八岁的小姑娘，站在橱柜的玻璃窗前，老半天不肯离去。又于广场上，巧遇数十位来自天津的中学生，得知他们曾往维也纳金色音乐厅表演舞蹈，在三位老师的带领下，特来萨尔茨堡谒拜莫扎特的出生地，以接受音乐洗礼。听着充满喜悦而自豪的同学们的叙述，也令我为之高兴。

下午6点于"华都饭店"进餐。餐毕，复往萨尔茨堡脚下游览，待进入大教堂广场，适有大雨袭来，幸有咖啡座布棚下避过。大雨约15分钟，雨过天霁，丽日当空，建筑出浴，分外清新，高高的钟楼，手持十字架的耶稣以及墙壁上饰有大主教的爵徽，都是让人驻足观赏的对象。据说大教堂内尚存有七百年历史的锡制洗礼池，莫扎特出生时曾在此池中洗礼，奈何时间所限，未能入内一观。随后又步到弗朗西斯大教堂和圣彼得修道院，雨后的院落，地面湿漉漉的，没有多少游人，面对充满巴洛克艺术风格的建筑，此起彼伏的钟楼尖顶，令我颇费推敲，不知哪座钟楼属于哪家范畴。我渴望看到从一个洞门中走一队修道士或几位修女来，然而无缘一见，这确是可遇而不可求的机会，一切随缘好了。最后来到莫扎特广场，这里有一尊于1842年落成的莫扎特铜像，他斜对着米歇尔教堂，一手握笔，双目凝视，眉宇间似乎流露出尚在构思钢琴协奏曲的神态。

在斜阳落照中，仰见那八百年历史的古堡，更具神秘色彩，每一个窗户中，当会有一个动人的故事，我无暇登高探访，留下了不尽的思索。待入住酒店，已是晚上9点钟的时刻了，窗外又隐约传递着教堂中晚祷的钟声。

七月十一日

早晨8点30分，离萨尔茨堡，行300公里路程，于中午12点许抵奥地利首都维也纳。12点20分到"昆仑饭店"就餐。餐后，往市西南角申布伦宫（美泉宫）游览，它便是驰名于世的仿照法国凡尔赛宫而建筑的皇家避暑离宫，故有皇室夏宫之称，现已列入联合国世界遗产名录。这里有富丽堂皇的建筑，有设计精美的花坛，剪裁成墙壁的林木，衬着一组组高大的人物雕塑，而地上则是由碧草和鲜花组成几何图案的大地毯，游人行走其间，便成了"地毯"中活动的装饰物，"地毯"的尽头，便是巨大的喷泉，喷泉中又布满了造型别致的圆雕。喷泉后又有高高的草坡，坡之尽头，一座白色的凯旋门衬以蓝天碧树，幽远而宁静。

在美泉宫花园中徜徉，引我注意的是那些大小树木，被修剪成球形、螺旋形，特别是一排排面向花园广场的树木，竟被剪出一堵平平的树墙来，犹如垂挂的壁毯，绿意茸茸，凉风起处，毯摇影动，行走其下，气息可人。于此，我惊诧西方园艺工人的匠心独运，对环境的美化和装点与东方的理念大相径庭，我们崇尚的是质朴自然，是天人合一；他们追求的是雕琢细密，是干预和改造。

离美泉宫，返回环城大道，道之西有议会大厦，高高的 8 根大圆柱，充溢着希腊式的建筑风格，大厦前一尊白色的雅典娜女神雕塑和喷泉，构思之巧密，工艺之精湛，亦引人注目。由此北去，不多远，便是市政厅，五座塔楼尖顶，有如火箭一样的直面苍穹。而市政厅的广场上，却布满了仅留一条通道的咖啡座，似乎这里要举行一个音乐会，在艳阳下，人们已经落座等候。由广场隔着马路看过去，便是气势不凡的城堡剧院，据说这里原是皇家的宫廷剧院，以演德语话剧而驰名。

步入大众公园，在一处僻静绿树围绕的处所，看到了端坐着的伊丽莎白皇后的石雕像，它便是思想独立才貌出众的"茜茜公主"，弗朗西斯·约瑟夫皇帝的妻子，奈何这位皇后竟在 1898 年于日内瓦遭到了刺杀。面对一尊衣着流美而素洁，神态自然而又若有所思的"茜茜"，也同样让人思索她那短暂的一生和凄美动人的故事。

从大众花园来到霍夫堡广场，这里四面是堂皇的建筑，有精美的米歇尔门楼，豪华的博物馆，拥有二百万册以上图书的国家图书馆，还有皇家马厩（现已为博物馆）。广场上还有两尊跃马横空的铜像，马皆后蹄着地，前蹄腾起，马上之人，持旗按剑，叱咤风云，英姿勃勃，所向无敌。以此纪念卡尔大公爵和欧根亲王的壮举。

离英雄广场，顺林荫大道向国家歌剧院而来，穿过拱形长廊，坐在花坛外石栏上歇脚，斯特凡大教堂的尖顶豁然在目，它是维也纳市的地标，据说它的尖顶高有 137 米，难怪在不同方位，都可以看到它的修姿。教堂的前面便是克恩腾步行街，那里有众多的高级精品店，教堂东去不远便是莫扎特博物馆，据说这位仅活了 35 岁的天才音乐家，最后几年就是在这里度过的，著名音乐剧《费加罗婚礼》也是在这里完成的。有几位青年朋友前去观光，来去约需半小时。我在剧院前广场上，看行人来去，看杂耍艺人的表演，其中有一辆"飞雅客"马车在环城道上驶过，给我留下了深刻的印象，这是一辆四轮马车，双马驾辕，马车夫长满髭须的脸上，露出专注的神态，头戴礼帽，身着白衫，外套一件大红的背心，系着一条花领带，可谓衣冠楚楚，还有点绅士的风度呢。马车远去了，车轮的轧轧之声犹在耳际。

待人之际，我和效英顺着歌剧院北去，走不远，看到一尊雕塑，是歌德的坐像，在夕阳的斜照中，锈迹斑斑的额头上也会放出光华。顺歌剧院南去，有一家名为萨赫的咖啡屋，五层的建筑物上，斜插着多国的国旗，这里有什么国际活动呢，还是把这些旗帜作为装饰物？问题在脑中甫一出现，转瞬即逝。

观礼斯特凡大教堂的人们归来后，大家便集中向"音乐之友协会"而来。一座看上去很普通的建筑，表面并不豪华，白色的窗棂门框，施以沉稳的土红色墙壁，朴素大方，而它的里面，却是享誉世界的金色大厅，在电视中每每欣赏到维也纳爱乐乐团在这里的精彩演出。有几位同行者，很想在这里听一场音乐会，遗憾的是今晚这里没有演出，高额的费用也就省了下来。

在维也纳仅半日的游览，旋转的华尔兹舞自然无暇领略，音乐圣地的优美旋律也失之交臂，所幸今之科技发达，莫扎特、舒伯特、施特劳斯父子的乐曲自然可以在光碟中寻觅了。

下午6点，再到昆仑饭店就餐，餐毕，入住某酒店。

七月十二日

8点离维也纳所住酒店，仅半个钟头，就入匈牙利境。其时司机甚为高兴，手离驾驶盘，作捻指动作，发出嘣嘣的音响，有如新疆舞蹈中的"捻指"。这是因为司机是匈牙利人，他从柏林开始经过十多天的奔波，眼下回到了祖国，即将与亲人见面，其高兴的情绪溢于言表。司机高高的个子，宽宽的脸膛，40来岁的样子，因为语言不通，一路上很少说话，而工作却十分认真和辛苦，每日早出晚归，上车时，他把每个人的箱子整齐地码放在车厢座位下的行李仓，晚上入住酒店前，又一个个把箱子提下来送到我们每人的手中。为了游客的安全，在西欧旅游，司机一日不得超过八小时的工作时间，车速不得超过100迈，行车2小时，便要在服务区休息20分钟，车上装有类似飞机上黑匣子的东西，以供警察检查，查有违规，司机便会受到罚款处理。我们的司机驾车行驶，平稳有度，一切按规则而行，每到一处服务区，他会爬到柜台前，喝杯咖啡或什么饮料，吃点巧克力或面包，以为对体力消耗的补充。数十天的相处中，他学会了导游的一两句中文，停车时他会说："下车嘞、走嘞。"开车前，他又会招呼大家"走嘞、上车嘞"，这亲切的声音，会逗得大家一乐。他通过导游翻译告诉我们说："我是马扎尔族，有人说，我们的祖先是匈奴人，因为我们有与东方人很多相似的地方，如写姓名，姓在前，名在后，这与西方人名在前姓在后不同；在语言上，叫父母为阿爸、阿娘。真是匈奴人的后裔吗？我可管不了。"说着一耸肩膀，摊开双手作出幽默的表情，又让大家哄然大笑。不知不觉中，我喜欢上了这位司机，便在车门前合影一张，以为留念。

上午11点，车到匈牙利首都布达佩斯。这是一座美丽的城市，蓝色的多瑙河由北而来，穿城而过。河西之布达多丘陵山地，建筑顺地势起伏而升降，高低错落，颇有韵致，河东之佩斯，地处平原，市之容貌则一览无余，尽收眼底，这便是我初入布达佩斯车行在伊丽莎白桥上时的第一印象。

到佩斯，直入安德拉大街，来到市东北角之城市公园入口处，这是英雄广场。其时在广场中有一辆化装彩车表演，车上的人们身着艳装，在音乐伴奏下，唱着歌，做着动作，彩车前围着一些游人观看，待我们下车走过去的时候，表演已经结束，彩车绕过美术馆而消失了。

广场中央，巍然屹立着高高的纪念碑，是用以纪念匈牙利民族定居于此1000年的纪念物，碑座上塑有7位勇士，是首先定居这里的部落首领，骑在马背上，英武豪迈，从装束和衣着打扮上，颇有一些与匈奴人相似的感觉。纪念碑之后面，有两座半弧形的柱廊，廊柱间排列着14尊铜像，是匈牙利历史上国王、大公和政治家。我听着导游对这些历史人物的介绍，忽然听到不远处有弹拨乐器的音响，循声看去，是一位流浪的民间艺人，借以向行人乞讨。

中午12点，到一处叫香港酒家的中餐馆就餐，有一位服务员来自大连，在此店打工一年多，收入尚可，见国内游客光顾，甚是高兴，送上饭菜后，仍站我们旁边，问长问短，待我们要离开酒店时，她送出门外说："你们晚上仍在这里用餐。晚上见！"

下午1点20分往游布达。复过伊丽莎白桥，西南望盖莱特山亭然而起，上面建一尊盖莱特的铜像，用以纪念这位威尼斯的传教士，它曾是国王圣伊斯特万儿子的宫庭教师，也为这个国家出力办事，以至于被杀而献身。

过桥北去，登上城堡山，这里有最著名的马加什大教堂，曾是国王加冕的地方，据说内部装饰壁画，保持着中世纪的风格，奈何其时该教堂正在修缮中，不对游人开放，留下了一缕遗憾，我们只能仰视其尖顶以及拱门上端的古老装饰。转过大教堂，便是渔人堡，首先看到的是匈牙利开国国王圣伊斯特万的骑马铜像，铜像下，除了游人，在路边树荫下，有很多小摊贩，有表演节目的街头艺人，有为游人画像的民间画师。在堡墙前，人们指点着静静的多瑙河，欣赏着河对岸瑰丽的国会大厦，北望，绰约可见玛尔吉特岛，它是漂浮在多瑙河中的一颗绿宝石，近处则有碉堡式的建筑，让人们遐想在这里也曾发生过的激战。而今人们坐在回廊的咖啡座上，悠闲地读报、看书、聊天、喝咖啡，是何等的闲适。我和效英顺渔人堡的山道而下，坡面缓缓的，铺满不规则青石，大道之两侧，则是平整石台阶，石缝间长出低矮的青草。而不少民居则是垒石为墙，墙上留有小小的窗户，而一些别墅小楼，其建筑具不同风格，施以土红和土黄的墙壁上开以上圆下方或长方的窗户，又罩以金属的防护网，那网编成不同的图案，也引人留连观看。走在这长长的巷道中，连一个行人也不曾遇到，静悄悄的，传递着的是我和效英的足音以及我们低低的谈话声。行到坡麓，便是顺多瑙河的一条街道，大树间，露出几座教堂的尖顶，小风吹过，带着湿润的多瑙河水气的气息。登上赛切尼铁索链桥，俯看南去的蓝色的多瑙河，碧波荡漾，流光溢彩，而国会大厦等建筑的倒影扑朔迷离，有如幻境，一条游船驶过，便划破了那影像的清幽，顿时化现出印象派画家笔下斑斑点点的笔触，也复令人遐想和沉醉。迷人的布达佩斯，不愧为"多瑙河畔的明珠"的美称，难怪它被联合国教科文组织列入《世界遗产名录》。

我们在链桥上，打了一个来回，绕过桥东，观赏大桥设计者克拉克的雕像，也伫足桥西的一对铜狮雕塑前，畅想它长年累月在烈日或风雨中对链桥的守护。随后踏上返回渔人堡的另一条磴道，斗折而上，前面是一个洞门，步入其中，黑魆魆的，让人有点害怕。快步行走，穿过洞门，未几，便又登上渔人堡，看看表，来去用去 40 分钟的时间。走累了，坐在树荫下的长凳上休息。尔后，又陪效英就近逛了几家商店，买了一些纪念品，在一咖啡店的橱窗里，看到一个有一米多高的宝塔式大蛋糕，制作精美，诚然一件艺术品，我便打开相机，把它拍摄了下来。

下午 5 点半离渔人堡，再往"香港酒家"用晚餐。6 点 40 分餐毕，乘车入住某酒店 102 号房间，为大套间，客厅，厨房等等，一应俱全，为此次欧行所住最豪华者。

七月十三日

7 点早餐，8 点离所住酒店往布达佩斯飞机场，办理相关手续。在候机楼读报，惊悉季羡林、任继愈二老皆于 7 月 11 日在北京逝世，季老 98 岁，任老 93 岁，虽皆享高龄，然二老的辞世，当是我国学术界的巨大损失，为之痛悼。下午 2 点登机，搭海南航空公司飞机回国。飞行 9 小时 40 分，抵北京，已是北京时间 7 月 14 日早晨 6 时整。

七月十四日

早 6 时抵北京机场，打的进城，入住大栅栏之"京文宾馆"，条件较差，勉强歇脚。

昨晚在飞机上吃两顿便餐，或因喝咖啡过量，大脑兴奋，彻夜不眠。到京后，又感天气较西欧热甚，遂不复外出，整日于家休息。下午 6 点后，漫步前门大街，久不进京，此处业经整修，大为变样，一段步行街，东西两侧建筑复归旧京风貌。于"都一处"进晚餐，环境颇为舒适，饭菜亦自可口。餐毕，于某书店购季羡林先生所著《东西漫步》一册，也是对季老的一种纪念吧。

七月十五日

天气热甚。上午与效英逛王府井百货大楼、新华书店。中午于某餐馆点小菜数品，每人炸酱面一小碗。下午休息。6 点半在全聚德吃烤鸭。7 点半上北京站，8 点半乘 K601 次返晋。

七月十六日

早晨回忻州，火车晚点约半小时。文成、建军来接站。

欧行半月，匆匆去来，诚浮光掠影之旅行，故所见所闻，皆极肤浅，然雪泥鸿爪，略加整理，权为日后回想作一线索耳。

台湾八日记

（2010 年 5 月 20 日—5 月 27 日）

性喜游览，足迹几遍全国，唯宝岛台湾，未尝往也，1995 年夏天，偶接台湾美术家协会主席易苏民先生请柬，相邀赴台参加海峡两岸书画交流活动，奈何手续繁复，几经周折，终未能成行，常引以为憾也。欣逢两岸"三通"，机缘成熟，遂随旅游团有台湾八日之行，尽管来去匆匆，然旧梦得圆，亦为之欣慰。

五月二十日

上午与内人石效英偕潘新华夫妇、黄建龙等一早赶往太原武宿机场，会合旅游团队。上午 9 点乘东航飞机直飞台湾。其间行程 2345 公里，用去 3 小时零 5 分。于中午 12 点 13 分抵达花莲机场。因乘太原至花莲直航第一飞，机场举行了隆重的欢迎仪式，停机坪上铺着长长的红地毯，有身着民族服装的欢迎队伍，迎接步下舷梯的山西游客。在机场外的一角，旷地上搭起了简易的舞台，舞台的对面安放几列折叠椅，上方撑起遮阳伞，我等游客落座其下，待台下鼓乐停止演奏，花莲县县长傅崐萁先生等领导一行七八人走上舞台，致简短热情的欢迎词，然后在台下的广场上，表演了当地的原生民族舞蹈，草裙赤臂、长发甩头。

舞姿粗犷而激烈，精力弥满而飞扬。正午之骄阳加之舞者之火爆，令我等游客鼓掌不断，汗流浃背，亦深感同胞之热情，气氛之融与。

欢迎仪式结束后，步入餐厅，饭菜颇丰盛，多海鲜，大米尤为精到。

餐后，乘大巴车往台东，车行 200 多公里，一路南行，右倚高山，左临大海，起伏高下，颠簸难耐，效英晕车尤为严重，虽经"石梯坪"、"北回归线标"、"水往高处流"等诸多景点，初时效英尚能走走看看，面对大海波涛，奇礁怪石，聊作浏览，到后来在车上，呕吐不止，到景点，则坐石畔草滩上，但见面色苍白，抱膝低头，其状苦不堪言，令我手足无措，所幸一路有导游金胜和新华夫妇尽力护持，使我减却些许紧张。勉强到台东。进一餐厅，主人以草药泡水，饮之无效，新华端来稀饭素菜，点滴不进，令人焦急，又无可奈何。匆匆入住高野大饭店 1143 号，倒床而卧，衣不解，鞋也不让脱，话也不许问，我闷坐其旁，待静卧时许，头晕恶心稍有缓解，才起坐勉强喝水几口，方脱鞋宽衣而睡。此行也，遭罪不说，担心更甚，待内人传出入睡声息，我始心安。

五月二十一日

7 点起床，效英休息一晚，身体恢复较好，洗漱后入餐厅，同行者皆来问讯，关心之情状，真让人感动。

8 点乘车离台东，先沿东海岸继续南行，后西去入屏东县山中，其山层层叠叠，其树浓浓密密，一条沿云绕山路，满眼苍翠醉人色，时闻鸟声，偶见流泉，效英在此种景色声闻中，心中紧张得以放松，晕车现象亦为之缓解。车转上山顶，随之复下，经"草铺"、"狮子"等地域而"恒春"，而"垦丁"，路入平坦，眼界乍开，楼观草坪，则大别于山中之景致也。复前行，远见海中一礁石，亭然若帆状，近前正标字曰"一帆风顺"，妙肖天成，知造物之神奇。

车停"鹅銮鼻"的地方，此处为台湾之最南端，漫步海滨栈桥之上，遥望南天，海天空阔，茫无际涯，时有海风吹拂，浅浪拍岸，银花溅起，衣袂飘举，而鸥鸟近人，似与人戏，效英与秀英说笑传声，新华、建龙频频按动相机快门。身心之劳顿，似为海风尽扫矣。

徜徉良久，穿海边热带雨林，到"东亚之光灯塔"下，摄影留念。登高远眺，南海与太平洋往来之水道——"鹅銮鼻"，给我留下了深深的印象。

时值中午，外面骄阳似火，入"垦丁"之"乔晶海鲜馆"，空调相伴，凉风宜人，品美食、歇腰脚、得片刻之小憩。

饭后，游"猫鼻头"，山石嵯峨，花树满眼，唯游人如织，不得清静，觅小径而升岩，下眺"猫鼻头"，亦海边之一巧石，地处台湾海峡与巴士海峡之交汇处，当不独因风景之异耳。

离"猫鼻头"，复乘车经屏东而高雄。台湾导游与旅人一路问答互动，间或爆出笑料，减却长途坐车之疲劳。导游疲累了，便放几段邓丽君的歌曲，有人跟着浅吟低唱，不知不觉中竟也陶醉在乐曲中，谈笑无长路，傍晚时分，车抵高雄。先往西子湾风景区看"西湾夕照"，红霞在天，落照映水，艨艟斗舰，扼其中流，水天明灭，光影散乱，好一派港湾之景致。后沿磴道攀升，至"打狗英国领事馆"所在处，似无多少可观者，"打狗"是前清原住民对高雄的称呼，"打狗"谐音"竹子"，高雄当为"产竹子的地方"。

华灯朗照，夜色十分，乘车沿"爱河"而观光，高楼林立，河影灿烂，花圃酒肆，清幽与繁华互现。步入"邓丽君纪念文物馆"听其音乐，观其收藏，悦耳而怡目。

晚餐于"美浓客家菜馆"，虽名为客家风味菜，似无其特色，饱腹而已。

出餐厅，逛"六和夜市"，一条长约 300 米的小吃街，热闹非常，游人摩肩接踵，灯火灿若白昼，我们在一家摊位前，每人买一筒"木瓜牛乳"喝，竟在这家摊位招牌上方有马英九和陈水扁等名人之签名，难怪这家生意如此兴隆。出于好奇心，又在另一家摊位前坐下来，品尝一种叫"棺材板"的小吃，五人（我、效英、新华、秀英和建龙）先买一份，切割品尝，如可口，则每人一份。不料此小吃，难合我等口味，每人尝一小口，皆不欲下咽，相视一笑，匆匆离座，赶紧买莲雾等水果，以冲口中之不适。至于"担子面"、"蚵籽面"仅一观而已，也不愿为之品尝了。晚入住"河堤旅店"，小巧，干净，推窗下望，"爱河"即在近边，河影迷离，有似梦幻，时已晚上 10 点半，匆匆洗漱后，便上床休息。

五月二十二日

早 6 点起床，7 点早餐，8 点离"河堤酒店"，乘车由高雄走高速入嘉义县，到中埔乡，路旁有吴凤公园，导游介绍吴凤其人其事，未几至阿里山山脚，进一家茶社，小坐品茶，把盏叙话。是处有"大禹岭茶"最为名贵，浅斟慢品，香留舌本，回味无穷。将别茶社，买茶叶几筒，打包托运，亦甚便。

出茶社，改乘 8 人座小车上山，山道弯弯，盘旋而进，时见山体滑坡重修之新痕，又多急弯，车速乍缓乍疾，不禁令人俯仰倒侧，头晕目眩，以致内人又复晕车严重。至山顶，入"阿里山阁大饭店"，休息有顷，就午餐，效英仍不欲进食，勉强吃了几口，便放下了筷子，什么台湾料理，阿里山山珍，自然无心也无力品味了。

步入山林，古桧参天，碧草铺地，山花如繁星，鸟声似笙簧，清风拂面，幽香满鼻，人在其中，长啸放歌，谈笑不羁，效英之精神亦为之一振，渐多言笑，对周围之景致亦复留心，对千年古神木，摩挲再三，不忍离去，遂与之摄影留念。过"姐妹潭"，见碧潭如玉，临流照影，湖光山色，幻化无穷，对之良久，眉宇生绿，是地幽极静极，诚修身养性，消夏避暑之处所。又多古木老桩，皆日人占领台湾 10 年中伐木所致。后老根生条，天长日久，复成大树，有一桩 3 株、4 株合抱者，别具姿态；有奇根外露，肖猪肖象者，巨石旁起，高可丈余，有一女士登其上，振臂高呼，作就义状，令所见者哄然大笑，空林传响，声转久绝。

山间有小火车道，蜿蜒入林深处，乘小火车登山游览，当复另有滋味。

山顶有道观一区，颇宏大，为新建，虽金碧辉煌，而嫌繁缛，未可人意也；有"慈云禅寺"则小巧清寂，当为静修处。

人在氧吧中，精神焕发，效英亦复精神，此大自然恩赐之良方，诚可宝诸，建龙在路边购得煮花生，效英亦为之咀嚼，似有胃口，也让人为之欣慰。

在阿里山诸景点浏览尽兴后，循原路下山，至茶社换车处，又用去1小时，与上山用时等同，然感觉行车更为快速，更为颠簸，五六百个急弯，让同车人个个面无血色，眼晕心呕，有人建议司机将车开慢点，没跑几里，却又再加速，似乎开快车，已为习惯，游人无可奈何。

从茶社处，坐原乘之大巴，入高速往台中市而来。一路看蒋家父子电视资料片，颇多解密处，有些人看听专注，而不少人则已入梦乡矣，鼾声起处，笑声随之。抵台中市，于"新天地餐馆"进晚餐后，入住"金典会馆商务酒店"。在晚餐时，效英见荤腥油腻，又不曾进食，到酒店，静养心神后，我为之泡方便面一包，勉强吃半碗。未几，新华、龙龙送水果来，时在晚上9点半。

五月二十三日

　　晚上睡眠不佳，早晨2点半醒来，再不曾入睡，辗转反侧，耐得5点半，起床洗漱，7点就餐，8点离"金典酒店"，别台中、南行经彰化、入南投，一路小雨，车窗玻璃上，雨点化出，如流星坠空，似蛇行草地，稍纵即逝；窗外高树槟榔，丛竹芭蕉，桂园村舍，稻田平畴，远近山，高低树，浓淡云，浮岚乍起，小溪飞溅，车行景变，眼前展现出一幅山水长卷来，温润而清新，一派田园景象，无边山水真容，辅之车内邓丽君乐曲，暂忘旅途之劳顿。至鱼池乡，入日月潭，雨中游湖，多饶韵趣，远山如螺，古塔如豆，白云无心，岭上相逐，雨点多情常吻面颊，凉丝丝，亦复可人。近水扣舷，浪花飞溅，涟漪微动，碧波成纹，忽见沙鸥拍水，搅乱湖天云影。潭中景致，瞬息为变，放目四顾，各有妙处，赏读间船已靠岸。

　　舍舟登山，山路数折，石道平缓，红男绿女，燕语莺声，老幼相偕，乐也无穷，熙熙攘攘，直至玄光寺，游人入寺，焚香跪拜，颇见虔诚。寺外有石，刊"日月潭"三字，游人多争立石旁，以潭为背景，摄影留念，得为佳绝处。

　　停立山寺前，俯瞰日月潭，则又一境界，湖天辽阔，涵混大千，碧树围堤，心岛涌出，游船往来，风景如画。赏对间，小雨又来，匆匆撑伞而下山，复登船而返，乘车至埔里游"文武庙"，庙为新建，虽则雄宏壮阔，然似无多可留念处，聊作浏览，在庙中购一份"台湾全图"，以备暇时在此图中标识台游之踪迹。

中午于"埔里四季料理饭店"进餐，菜肴丰盛，且多山中土产，新笋白嫩，尤为可爱，却标之曰"美人腿"，其名鄙俗，影响下箸。然有红酒佐餐，绿蔬盈盘，谈笑相伴，不觉下精米一小碗，尝埔里米粉一小碗，为此行食欲最甚者。餐厅内，酒香飘溢，餐厅外大雨如注。餐毕，雨势稍减，打伞游台湾地中标志，匆匆一驻足，聊慰百回头。于其地，龙龙购得新鲜槟榔，分赠众人品尝，吾素知其威力，不敢放入口中，与效英把玩而已。有同车老史、老宗等一曾品试，反应强烈，尤以五台 73 岁某公，细嚼之，一时心跳加剧，难以忍耐，惊呼曰"我怕是不行了"，众人赶来问讯，让其闭目静神，时过半点，症状缓解，龙龙似也慌了手脚，悔不该买此槟榔分赠大家。我嚼橄榄，是在湘西凤凰，无多印象，嚼槟榔，此生当不会尝试的。

离埔里，往游中台寺，时大雨又作，虽打伞，衣裤尽湿。从寺门牌坊疾趋大殿，只见四天王兼作石柱用，拔地擎天，威猛可怖。建筑设计者，构思可谓奇巧，然给人印象却有点不伦不类的感觉。唯后殿有几尊佛、菩萨、高僧之雕塑，简洁大方，格调高雅，慈祥中流露出悲智，瞻仰中，令人生发欢喜之心，亲近三宝。

山中之雨，来去无常，寺院逗留一小时，雨停天霁，万树为洗，新绿鉴人，花叶含露，珠光耀眼，真可谓一花一世界，一叶一菩提。

出中台寺，时已下午 3 点半，复乘车而行，两山夹峙，一路通幽，秀岭奇峰眼前过，白云绿树尾追来。行车时许，过"笃路桥"入中横公路，一大招牌上书"东西横贯公路，谷关风景特定区"，豁然入目。"谷关"到了，入住"龙谷饭店"520 房间，推窗而望，山峦高下，苍翠填谷，流泉飞来，清风拂面，山中小驻，好不快哉。

下午 6 点晚餐，游人皆因一天奔波，疲累之极，虽饭菜丰盛，然下筷者少，唯水果吃尽。

关谷中，沿溪开设多家温泉浴室，称某某"温汤"，此日人在台之遗绪，亦如餐馆风味标识有某某"料理"等称谓。所居客房，有引进之温泉热水，小泡半时许，值晚 9 点，便上床休息。

五月二十四日

也许因为昨晚 9 点上床，今晨早早醒来，黎明 5 点，便起床洗漱，见效英尚在睡中，便小心出门。见"龙谷饭店"雄踞两山夹谷之间，通过楼前一片小广场，便是山脚下的一条十来米宽的道路，顺山势蜿蜒西去。道两侧，分列着数十家商店，有专卖山货者，有卖茶叶者，虽无顾客往来，商店却早早打开了店门，且见店面整洁，陈列井然。我随意步入一家山货店，正在读报的店主人见客至，立即起身招呼，与之交谈，彬彬然而不乏热情。而另一处水果店面前，店主在接收新送到之桃子，桃实硕大而金黄，一筐筐搬下运货车，过秤后码放在店铺下，有几位游客已等候那里，看来是为这鲜鲜佳果所吸引了。继之东去，尚有露天咖啡吧、小吃街等店铺比列。

"龙谷饭店"背倚"大甲溪",昨晚因有大雨,但见"龙谷吊桥"下,山洪涨起,色泽混浊,巨浪激石,盘涡毂转,声震崖谷。仰之群峰,云笼雾罩,曼妙动人,诚一天然画本。至停车场,见我们所乘大巴司机陈师傅,他正擦洗汽车,与之叙谈,他说:"少年时,常见张学良先生,只是当时不认识,后来见影像照片,才知道他是一位大人物。我们两家所居一条街,很近。"话语间,有几分亲切,并引以为骄傲。

7点早餐,8点出发,峰回路转,车返"东势"(昨日所经之路),在"丰原"的地方上高速,经台东,而新竹,而桃源,到台北市,过淡水河,园山大饭店的高大身影便破目而来了。

午餐后,先往士林官邸,林木蓊郁,繁花如织,幽径深处,一楼拥起,正蒋介石宋美龄别墅,其外观无多特别之处,质朴自然,与环境相融。我因叩念台北故宫,此虽名人故居,却无心逗留,径驱车往外双溪而来。碧瓦高墙的宏大建筑,似乎未能引起我的注意,便急匆匆步入展厅,奈何参观者甚众,精品文物前,总是一堆堆围着人。我本怕拥挤,遇到人多的时候,便会退了出来,找一块宽绰的地方,会感到自在。然而来到梦寐以求的殿堂,面对一件件心仪的国宝,便也顾不得自己的自在了,力争挤前去寻觅那熟悉而不曾谋面的国宝。

人们在"翠玉白菜"、"东坡肉"展柜前往往不肯离去,我则一观而已,那白菜与草虫,与想象中的形象差远了，没有所说的"栩栩如生"的感觉，而"东坡肉"，亦小甚，似乎一口便可以吞下去。而在"毛公鼎"和"散氏盘"面前，观众却不算多，我得以仔细打量，认真观摩，每想以手小心去摩挲，又觉得如此国之重宝，岂可用指爪去触摸，刚伸手又自觉地缩了回来，其实那重器是陈列在透亮的玻璃罩柜里，是无法去碰一碰的。盘浅鼎深，盘中的铭文，是可以尽情欣赏的，而鼎内的文字，则不能一一看到，有待于日后赏对拓片了。于书法，苏黄二札，杨维桢书卷，文征明书赤壁赋等都给我留下了深刻的印象。于瓷器，汝窑水仙盆，莲瓣碗等青瓷，还有哥窑瓷、黑瓷、乾隆五彩天球瓶等亦让我眼前一亮，驻足良久。玉猪龙、唐俑仕女、二女打马球唐三彩、19 层的牙雕套球，牙雕食盒、核雕小件，无不精彩绝伦，令人赞叹。在一个个展室穿梭，有限的时间，无数的国宝，实在是难以应接，带着遗憾，不得不按时步出博物院。当我乘车离开外双溪时，脑海里不时闪现着那些文物的身影。

在一家珊瑚珍宝店，女士们疯狂地购物，我则因了在台北故宫博物院的奔波，精力似乎耗尽了，竟自坐在商店一角打瞌睡。

晚上在一家叫"丸林鲁肉馆"进餐，饭菜颇可口，也许是跑饿了，便多吃一点。接着过台北一条小吃街，排档林列，灯光如昼，气味混浊，令人不爽，而在一家名为"豪大大鸡排"店前，新台币 50 元一张的鸡排，竟排起了长长的队伍，生意的兴旺，可见其一斑了。台北小吃夜市，亦当是一种景致吧，我却无多兴趣，遛到一侧颇为冷清的书摊前，购得《张学良口述历史》和《章太炎传》。回到住地《麒麟商务公馆》327号，时已是晚上9点45分。

五月二十五日

6点起床，7点半早餐，8点半外出，逛商店购物，10点半往阳明山公园小憩，漫步曲径，观花赏木，吃茶叙话，绿荫乘凉，得一时之快也。

12点于碧海山庄就午餐，餐毕复登车浏览市政诸建筑后到"自由广场"，场周有"中正纪念堂"和富丽的音乐厅、肃穆的戏剧院以及高大而简朴的石牌坊。于此适逢在中正纪念堂第二展厅展出的《由激扬归宁静——近代文学作家书迹展》。我有幸看到了徐志摩、朱自清、胡适、陆小曼、夏丏尊、梁启超、梁实秋、林语堂、丰子恺、台静农、王国维、马衡、溥儒、吴宓、梅兰芳、荀慧生等八十多位作家艺术家的百余件作品，或中堂、或对联、或简札，风格迥异，文采照人，在作品展简介中知道"从他们的书信往返的墨迹，或是馈赠友人之书画手稿，文人的性格都将跃然纸上，亦可多面地了解其思维与理念。前人穿越时空留下的一字一句，编织成一页历史，足以供后世晚辈增长智慧，这就是文字书写的力量"。我慢慢地欣赏这些墨迹，时间过去了几十年，墨香犹在，让人亲近。其中有些书件，早就看见过印刷品，而今看到了真迹，自然会仔细地观摩，所憾此展没有图录出版，给人的记忆只会挂一漏万了。

下午所余的时间，又是购物，效英买手链、围巾、

"兰蔻"化妆品，我则到"维格饼家"选购了台湾的"凤梨酥"、"鸳鸯绿豆糕"、"黑条酥"等杂色糕点，然后往松智大路，登地标建筑 101 大楼，以观台北日落之景象。未几，夜色降临，华灯竞放、车水马龙，一条通衢大道，竟变成了流光溢彩的河流，我按动了照相机快门，留下了夜色中的台北一瞬。

晚餐后，返回住地。

五月二十六日

5 点半起床，8 点早餐，餐毕，乘车由台北而苏澳。因改乘火车时间所限，于上午 11 点 20 分便提前进午餐，然后到宜兰新站，于 12 点 34 分登上小火车，往花莲而来。车出山谷，东望太平洋，浩然无际，西仰高山，峰峦插天，车外，海风击浪，窗前，碧树摇青。而车厢小巧简朴，绿绒靠背，白纱衬巾，清新典雅，一个车厢内，疏疏落落坐着不多的旅客，有人小声叙话，有人低头读书，也有人闭目养神，我则不时观察车外变化的景色，不知不觉中，便到了花莲和平乡新社站，看看表，才下午 1 点 48 分。下车出站，便去往游台湾享有盛名的"太鲁阁大峡谷"。未到台湾之前，便听到过"太鲁阁"的大名，原以为是风景区一个标志性的建筑物，为"楼观"之属，若"岳阳楼"、"滕王阁"者，抵台后，方知这"太鲁阁"乃是当地原住民的语言，意为"伟大的山脉"。

入"太鲁阁"谷口，奇峰陡起，连冈夹涧，真有"山从人面起，云傍马头生"的感觉，仰之弥高，峭壁欲坠，连山夹峙，中天如线，下视溪谷，乱石奔流，声气之壮，溢谷填壑。其石皆花岗之岩，为水（云雾溪）切割，奇伟之状，肖狮肖象，如虎卧兽蹲，似鱼跃龙飞，或洪流注壶口，或乱珠射天门。对之目眩，闻之心悸。入"燕子口"，过"九曲洞"，断崖千尺，岩洞幽邃，人行其间，不敢浪叫，唯恐惊落坠石。双峰飞流，细雨喷薄，绿树挂云，杂花呈鲜，山中之景致，奇险之余，幽深附之。步行"慈母桥"上，小憩"望云亭"中，面对这中横公路的险绝，导游介绍着当年大陆到台老兵，风餐露宿，历尽艰辛，以斧凿镐筑，竟在这悬崖峭壁上挖出一条公路来，不禁令人嘘唏而凄然，"老兵啊，您可健在？"在中横公路上，蓦然泛起了一阵乡愁。

由"慈母桥"，返至"长春祠"下，云雾溪流雕琢着岩岩巨石，留下了发人深省的长沟石堑和精美抽象的艺术品，大自然的神奇与魅力，人力是无可比拟的。"长春祠"下，相对静穆，细流高挂，飞瀑如帘，古祠黄瓦，出于林表木末，游人三五结伴探胜，小路沿云，飞鸟相逐，其境界之清幽，则大异于峡谷之豪壮。

"太鲁阁"玩之尽兴，乘车往一家"台宝博物馆"参观购物，大理石雕，巧夺天工，猫儿眼、七彩玉、玫瑰红、白玉、黄玉……琳琅满目，美不胜收，唯其价格不菲，似少有求购者；即有所买者，仅止于小件纪念品。

下午 7 点半就晚餐，餐毕乘车入住花莲"鲤鱼潭度假酒店"327 号房间，时值晚 8 点半。

五月二十七日

晚 3 点 10 分起夜，3 点 15 分有地震，震级不高，却有感觉，鸡鸣狗吠，突搅清夜，其中一只鸡，连续啼叫，不肯止歇，虽嗓音沙哑，却颇有力，当是一只雄健的老公鸡。听着鸡声，遂不得再入睡，至 5 点，天已大明。

6 点起床洗漱，见窗外初阳朗照，花影摇曳，遂与效英步出客屋，徜徉于花木间，后新华、建龙等相继出来，叙谈昨夜地震感受，又在花木间留影纪念。

7 点半早餐，8 点半乘车造访"慈济静思堂"。由义工黄金子女士导游介绍，参观了讲经堂、展厅、长廊等处，于书屋购得有关印顺法师和住持证严法师的书籍资料。慈济的善举在四川汶川大地震时，便以上亿元的捐款声闻天下，听了义工的讲解，对证严法师兴教办学、济困扶贫、治病救人、仁慈大爱、普度众生的菩萨行愿肃然起敬。置身"静思堂"中，反躬诸己，行己有耻，确确实实受到一次净化心灵的教育。

离慈济静思堂经往机场，托运行李，后入关待机，下午 1 点许登机飞离花莲，就午餐，4 点飞抵太原武宿机场，6 点半回忻，往"建苑"就晚餐，久违了的家乡饭，大快朵颐。

短短八天台湾之行，了结平生漫游全国各省、市、自治区、港、澳、台之夙愿，至于世界各地，若有机缘，身体许可，再跑一些国家，则吾愿足矣。

五台山消夏十日记

(2010 年 8 月 5 日—8 月 15 日)

2010 年 8 月，再过两天就要立秋了，然而，夏暑未退，秋老虎便会光顾的，无奈，还得上五台山住上十数日，届时返忻，处暑将至，当会是凉秋天气了。

八月五日

上午，亢佐田由并到忻，中午文友宁志刚在"五台山大酒店"为我等上山饯行。饭后，学棣潘新华驾车，我与内人石效英，老同学佐田径往五台山而来。经定襄、河边、东冶、台城，穿阁道，过茹湖，见泗阳岭上，一塔高耸，白云偎依，正尊胜寺也。此地，曾数次谒拜，今过其境，遂不复造访。道路高下，杂花飘香，经豆村、柳院，车入山道，时见曲折。过东瓦场，盘山而上，旋至清凉寺牌坊，随往游览。忆昔陪同香港画家杨善深先生来访时，山寺破败，所见断碑扑道，蔓草丛生，残僧出入，疏磬传响。唯清凉石高卧山阿，龙象坚贞，傲然不群，正傅山诗"无情薰不热，有骨踏难柔"之谓也。彼时匆匆一过，徒留荒败萧索之印象。而今，大雄宝殿、五方文殊殿，已复建完成，气宇轩昂，亦甚可观。其余诸殿，尚在施工中，热气腾腾，能不令人欢喜赞叹。

离清凉寺，上金阁岭，过山寺牌坊，须臾，抵台山，入住紫霞谷口"税苑山庄"，时正下午六点。

七点就晚餐，饭菜丰盛，皆可口。有老范同志，为旧识，是餐厅经理，说："你们喜欢吃什么？可随时吩咐，家常便饭，随要随做。绿色蔬菜，是自种的，尽可放心。"老范甚是热情，我们自是感激不尽。

饭后，漫步至菩顶后，仰观满天星斗，不禁赞叹雀跃；在山下，这样清澈而明洁的星天，实在是久违了。难怪，会产生出一种无以言状的亲切感，不由得引颈长天，多看上一会儿；俯视山中夜景，灯光在丛树间闪烁、辉映，山寺的高甍和佛塔的尖顶黑越越的，亦复让人生发几许遐想，一缕清冷的钟磬声，在静夜中传递，当是僧人们晚课的时候了。徜徉良久，步回住处，四人坐大厅一角，煮普洱茶，以佐谈天，甚感闲适而舒心，至晚十一点，方各归卧室。

八月六日

早餐后，往菩萨顶访住持章样摩兰。法师1969年生，乳名林虎，1985年出家，曾往拉萨哲蚌寺修习二年，现兼任五台山佛教协会副会长。师身材短小，颈项短，双目炯炯，谈锋尤健。小坐有顷，导引寺院各处巡礼，观滴水殿，读御书碑，尽兴而别。

下菩萨顶，经广宗寺门，入圆照寺。该寺正大兴土木，重建山门、大殿，聊作游览，遂下返税苑山庄，于路上，遇新华驾车来接，时方上午11点，复返大广宗寺，礼法尊法师纪念堂、法师灵骨塔，住持法师为云介绍纪念堂建设经过，诵读四柱楹联，有今之中国佛教协会会长传印法师撰书嵌名联，耐人品读，仅抄其一如后：

法印高提，互翻汉藏经典，遗泽五峰昭日月。

尊容宛在，交映显密骊珠，垂芳九界奕乾坤。

时过中午12点，返回住处进午餐，午后休息，下午4点往访普寿寺，适有北京高官到寺巡礼，在市县领导陪同下，岗哨林立，警察威严，好不气派。

离普寿、往游白云寺，古寺重建虽规模阔大，却无甚可观之处，入即出，拟往佛母洞一游，行至山脚，询诸当地人，知徒步上磴道，来回约需一个小时，佐田等腿脚欠佳，遂不复前行，适值盲艺人阳光自京而来，围观者，照相者，不一而绝，亦山中一时之景观。

待返台怀，经"明月池"山脚，见路旁有放蜂者，蜂箱成列，帐篷低撑，一女子依篷而立，新华下车，购蜂蜜三瓶以赠，回到山庄，时值下午6时半。晚饭后散步有顷，然后泡铁观音茗饮，笑谈1小时，方就寝休息。

八月七日

入乡随俗，早早起床洗漱，于6点与效英、新华往万佛阁拜五爷。山下炎暑尚炽，山中早晨，已感凉意袭人。入庙，见两只焚香炉，炉中香火正旺，熊熊然，火焰外逸，我立炉旁，身上暖融融的，寒意顿消。效英与新华礼佛毕，我等离五爷庙，循原路而返，经道广仁寺（即十方堂），闻藏密僧人诵经声，遂循声步入山门，正红衣喇嘛做早课活动。寺院不大，颇有曲折，后殿西侧有一小院，乃十世、十一世班禅驻锡之地，登楼一观，室虽迫窄，而陈设井然有序，唯光线暗淡，不愿在此逗留，匆匆下楼而离去。

上午9点，佐田在家休息，我和效英、新华到普寿寺，预约下午3点参见梦参法师。在客堂，见一只前腿有残疾之黑毛小狗与一小尼姑玩耍，一腿虽残，三腿行走，也算灵便。这狗儿后被小尼唤出，颠颠簸簸跑到寺门前，竟然打坐起来，后腿着地，前爪互握，置于胸前，若迎宾作礼状，甚是让人喜欢。询之尼姑，言此狗原为流浪狗，腿伤致残，冻饿于寺门外，将不治，尼众见之，救回寺内，精心护理，伤遂愈，命名曰"慧根"，养于寺中。今见慧根，毛色光亮，动作机敏，双眼上方，各有赭色圆点一个，亦颇可爱，正民间所谓"四眼"者。新华对猫狗素来喜爱，面对慧根，频频拍照。出家人珍爱众生，于此，当可窥见一斑。

后往金界寺，寻访智明法师。寺在复建中，师于大殿中，头着斗笠，手持工具，正在劳作中，除去僧衣外，与所有工人别无二致，以致我不曾认出法师，便随口问讯："知道智明法师哪里去了？"法师应声而出，延至客堂，我送上拙书"文殊殿"匾字，法师合十致谢，并以水晶小如意、珊瑚观音小挂件赠效英留念。小坐用茶后，导引我等入后高殿能海上师纪念堂巡礼，登楼有如步入藏传佛殿中，诸佛法相庄严，唐卡金碧辉煌。下视文殊殿，铜瓦锃亮、浮光耀金。法师说，该殿用去紫铜八吨，每只瓦重八十斤，殿脊构件，皆为铜铸，日后经风雨打磨，将会更加瑰丽。此殿完成后，便是填沟垫基。前殿的工程会更艰巨，慢慢来吧。耳听介绍，面对宏构，不禁惊诧这位年轻僧人的宏愿和功德了。

离金界寺，往碧山寺，访妙江法师不值。在路上，见一黄嘴小雀挡道，恐伤其体，新华下车，将雏雀捧起，放飞路边树丛中。关爱自然，关爱众生，天人和谐，乐何如之。

上午尚有闲暇，径入紫霞谷，访"妙德庵"，旧寺已毁，新寺复建，此外信众多多，尚未中午，在侧院中，长长的矮桌前，大家已经进餐，尼众送上罗汉菜，白面馍，人多地窄，虽感嘈杂，却见众人皆恬然怡然，自得其乐。

出妙德庵，东去"宝华寺"，亦为新建。原有明代遗构，今荡然无存，而新建之地藏殿，内壁陈列绢塑数十尊观音现身法相，制作十分精美，当以艺术品视之，珍藏什袭，传诸后人。寺门外，铁笼中，饲养藏獒数只，闻人声，狂吠不止，僧人说，待到冬日，放獒出笼，以护寺庙耳。

妙德庵，宝华寺，位居北台之下，深谷之中，游人少，其境清，颇富野趣，寒泉野花，戏蝶游蜂，随时节而化现；岩下之怪石，岭上之奇松，忘天年以永寿。

下午3点，复往普寿寺，参见梦老，听其开示，大受教益，九六老人，现身说法。接待信众，日复一日，指点迷津不知倦怠，其言其行，令人感动。

听梦参法师开示后，返回山庄，稍事休息，后散步到慈福寺（禅堂院），见寺门虚掩，推门而入，山寺空寂，除我等外，无一游览者，入后院，方见二女义工，打量我等来者，问寺院为何如此冷落，皆支吾不知所云。待走出寺门，见一农民，他说自己是被雇看管庙门者，每月500元，寺内有三僧一尼，因不愿有游客光顾，故庙门整日关闭。闻言，略窥寺中之讯息。时有小雨洒落，轻寒侵身，遂寻小道，匆匆返回山庄。

八月八日

上午礼殊像寺毕，往竹林寺访妙江大和尚，小坐吃茶，后导引参观重建之大雄宝殿，大殿高踞石台之上，气宇轩昂，殿内珠光宝气，法相庄严。

下午新华返忻，我与佐田、效英散步，又至光广寺，在"翻经沙门法尊法师灵骨塔"下，"法尊法师纪念堂"中，诵读碑文，赏读对联，浏览图片展览与文字资料，亦为法师的经历和对佛教事业所作的巨大贡献而心生敬仰。

八月九日

上午与佐田游广化寺，是处为密宗寺院，有山门、天王殿、大文殊殿，大雄宝殿早年毁去，地基尚存，今正在复建中。大文殊殿，为庑殿顶，造型十分优美。虽殿宇不大，然形制、门窗之雕饰，则古朴典雅。殿内有二小沙弥，皆来自内蒙古，问其年龄，皆仅14岁。两人各坐案边低头在手机上玩游戏，见我等问话，才偶尔抬头一答，然后又复低头玩耍。殿内壁画，虽为新制，却也精工细密，颇有可观处。殿前有二杏树，甚高大，亦具姿态，若在杏花时，花若红云，蜂蝶成阵，又当何等景致！殿后一老榆，枝头高过殿脊，互为映衬，甚富意趣。早年曾来一游，记得一株黄刺梅，高可二丈，正在花期，花光灿烂，香气袭人。而今再寻刺梅，已无踪影，忽生凭吊心绪。

寺内多经幢、石塔，其形制，各具特色，有些构件残缺，则重新叠架，互为补充，有伤大雅，似为不妥，就中有宋建石幢遗构，最为完整，亦最为精美。而殿侧之通道，以鹅卵石铺作图案，也见匠心，且经多少年游人打磨，光洁莹润，几成艺术品了。

出广化寺，逛法音书店，未见合意之书。遂过清水河，步入下善财洞，寺院虽占地广阔，然布局计设零乱，新建殿宇佛塔，多用新材料，有嫌富贵流俗之气，而无古雅朴素之风，大量采用黄色琉璃瓦，对之，令人生厌。

中午 12 点半，潘新华、徐秀英夫妇到山庄。

下午将乘车远游，奈何新华不慎将小车钥匙锁入车内，遂就近到慈福寺外散步，至菩萨顶后门，已是车辆拥塞，人头攒动。面对所见，有感而生，今之游菩萨顶者，多乘车走后门，与时风相似，办事走后门，购物走后门，礼佛也走"后门"（此处是真后门），不独不见信士之虔诚，游山逛寺之趣，也失之殆尽矣。山寺游人拥挤，寺之幽境禅趣，也难得领略其万一，身在寺院，有如进入百货商场，人声嘈杂，头晕脑热，故曰，香火正盛之寺院，已然不可参礼游观；倒是地处僻境，香火冷落之茅篷尼庵，唯我等三五游客，与鸟雀、风铎相呼应，得几许清静与自然。然此又有违于发展旅游事业，与大把赚钱相矛盾，如何兼而有之？我自无言以对，一切随顺因缘可也。

八月十日

每值农历初一、十五，上山朝拜五爷者络绎不绝，香火之旺，五爷庙几为五台山之最者。今值七月初一，一早，便与效英、新华夫妇往万佛阁来。五爷庙前，人山人海；停车位，略无阙处，香火烟雾缭绕，迷漫半空。新华导前，扒开人缝，挤入庙院，进香者，已排成几行长队，据云昨晚午夜前11点，已有人入寺顶礼膜拜，彻夜如昼，灯火通明。此时戏台上正在由榆次小鸣琴戏团演出晋剧《打金枝》，由信士出资，唱戏"还愿"，以谢神灵。眼前景象，正我儿时在乡下所见庙会之情景，触景生情，亦觉温馨而有味。

上午，往游"文殊洞"，乘车经观音洞，洞子村（洞上），清凉石，到文殊洞。前年到此巡礼，尚在建设中，唯半山一眼破窑洞，在五色风幡悬挂下，一门上锁，而洞中佛灯闪烁，影像恍惚，透露出一丝神秘来。而今所见之"文殊洞"，楼观高起，磴道盘曲，丛树掩映，蔚为壮观。崖畔一松鼠，前来觅食，似不惧人，与之嬉戏，甚感可爱。

寺门外有几个老妪坐靠影壁前聊天，见有香客到，便趋前乞缘，效英送上零用钱，老妪合十致谢，离文殊洞，再入山，有龙兴寺，寺门紧掩，扣之，未有应，不得入。复前行，到庙沟村。山村虽感破旧贫穷，然安谧和平，清静自然。步入一户路边人家，石墙低矮，茅檐浅露，檐下海棠竞放，吊金钟红中泛紫，沉甸甸亮晶晶，光彩照人。小女孩抱一小黄狗，尽情戏弄，女主人延客至家，见老人正在做午饭，捏好的花卷，衬以莴子白叶片，准备上锅去蒸，地下堆积着蒸饭的柴禾，简朴而温馨。

村头石坝上，坐着四、五位中年妇女，身在农村，却是城市人打扮，也见时尚，她们一边聊天，一边做着针线活儿，说说笑笑，也颇适意。于村外走走，但见蓝天白云下，高山逶迤，绿树撑空，野花飘香，小溪吟唱，牛羊点缀。小巷石径，村人出入，偶闻鸡鸣犬吠，又见炊烟四起，时近中午，山静似太古，或谓桃花源，生活或不富裕，却无纷扰，多了几分宁静和祥和，都市中人，怕是得不到这里的山光和水汽的滋润。他日有缘，当复再来。

下午游三塔寺，知圆照老法师五年前圆寂了，忆昔游寺，与法师结缘，今方来，竟生人琴之叹。寺在复兴之中，新增建筑，焕然有致。今寺内有僧人九位，住持名法信。寺之西，新建请佛法师、寂度法师二舍利塔，形据藏密塔式，得似镇海寺章嘉活佛塔，而此二塔，雕刻则更见精工，体态更见俊伟，塔铭为隆莲法师所撰，文字亦复精当而典雅。

正在塔下巡礼，忽有细雨霏微，遂离寺而返山庄。

八月十一日

今日台山中雨，时有间歇，我同新华两次外出拍摄台山雨中和雨后景致。

先上菩萨顶后门高处，雨虽停，然大雾弥天，一片混沌，自然无景可言。有顷，北望山顶之寿宁寺，渐露殿角，转而风裹白云，偎拥寺门，竟成堆絮，且瞬息万变，幻化神奇，偶有红衣僧人出入山寺，若清都玉府，正天上人间。新华见状，频频扣动快门。东望黛螺顶，则如薄纱笼罩，轻烟升降，高岩奇树，时隐时现，石磴岩泉，若有若无，正一幅清雅素洁的水墨画。后驱车至镇海寺，山雨又来，淅淅沥沥，于山寺檐下避雨，对檐溜下泻，听松声雨声，呜呜然，若天籁四起，静心涤虑，是时也，正有所思又无所思。山中之雨，说来便来，说止就止。雨乍停，对山云起，升腾无状，唯山尖显露，青染欲滴，眉黛生辉，而山脚丛树，皆为沉云覆盖，尽藏踪影，新华打开相机临见妙裁，近景取奇松二株，状如铁铸，衬以对山景色，遂成妙构。我说："此景只应天上有，岂知身在镇海寺。"

返回路上，又见南山寺如琼楼玉宇，亦甚摄人心魄，已过午饭时间，竟又跑入云峰宾馆后高院二楼抢景。此行，新华当有摄影佳作多多，故一路兴奋不已。

下午又是小雨，遂不复外出，佐田在客寓理纸染翰，为新华画中堂一幅，小犬一只，长毛洁白，憨态可掬，当是其家养之"毛毛"；而小犬之侧，则添黄菊一丛，细叶披离，黄花流彩，正前日往游碧山寺方丈院所见者。彼时，佐田手执画簿，对景写生，勾枝画叶，无不求精，而今移之绢素，更见鲜活。画毕，上题古诗摘句："浮生适意即为乐，人间有味是清欢。"最后钤以印章，整个画面疏密有致，生动得体。佐田说，画此以志我等闲居游山之乐也。

八月十二日

昨日在雨中度过，也觉颇有清趣。今日一早醒来，已见旭日临窗，是个大晴天，匆匆起床洗漱，便顺往菩萨顶方向坡道而来，道路湿漉漉的，花草树木上都挂满了珠露，在阳光中，闪闪烁烁，大有一花一世界，一叶一菩提之感觉。待至坡顶，已见新华站在高处捕捉胜景了。他指着云天说："你看，那不是一条云龙吗？"我仰天而望，见碧空湛蓝，白云变化，确是一条云龙出海，腾云吐雾，正头朝旭日，滚动而来，其龙角、龙目、龙嘴、龙舌，无不妙肖。我深感天呈瑞相，委实神奇，然如此胜景，只留一瞬，观赏间，已作变相，所幸新华眼疾手快，留下了影像资料。

上午游三泉寺、寿宁寺、西寿宁寺，皆为旧地重游，忆昔游此，曾作《游了三个寺》短文，以记胜缘。今方来，旧识自静法师早已升西，但见寿宁寺观音殿的供桌上，摆放着老和尚的法照，不禁忆起当年与法师叙谈时之景况。

天气热甚，在山路草丛中行走，颇费精神，且旧识已去，诸寺荒落，虽作游观，却了无兴致，遂循原路返回山庄，看看钟表，来去也用去了两个小时。

上午跑了长路，膝关节甚感疼痛，下午遂不外出，在客舍与佐田聊天，艺海生涯，同窗旧事，漫无边际，话头相接，生发开来，亦复畅快。

八月十三日

上午到台怀中心，忽闻八音会吹奏，锣鼓铿锵，笙管激越，所奏北路梆子剧目，声声入耳，循声而去，有太原市书法院与五台山文联书法联展，正值开幕，特邀八音会助兴。在展厅现场，某多被书友认出，求索点评，又有记者采访，一时未得脱身，遂对展品逐抒己见，赞之励之，权作酬应耳。

返回山庄路上，仰见黛螺顶景色，云影变化，浮岚横陈，翠螺拥起，山寺嵌空，好一幅天然图画，山光水气，假圣手而挥毫，亦恐难得其万一也。

下午五点，再入慈福寺，细雨如丝，山寺幽寂，住持能戒法师延入客堂，供茶小坐。法师毕业于北京佛学院，现为五台山佛协副会长，修净土宗，与之晤对时许，似有创见。天色向晚，山气夕佳，遂别僧院，踏雨裹雾，不觉已至山庄门厅。

八月十四日

在五台山十日，走得最多的路当是从税苑山庄到菩萨顶后门的一段缓坡路。几乎每日的朝夕，都要在这条山道上散步。这路长约数百米，丛树夹道，有杨、柳、榆、柏之属，有珍珠花的灌木丛，含珠带露，煞是醒目，偶有手摇经筒的喇嘛，而或是一位头戴斗笠的老尼，从身边急匆匆而过，勾画出佛地的特有景致。放眼望去，右手边头顶上是慈福寺的红墙；前方的林表木末，露出了菩萨顶耀眼的橘黄琉璃瓦，风中飘拂摆荡的五色经幡；耳际是断断续续传递着的诵经声，穿林的喜鹊，停车坪上觅食的鸽子，早开的寺门，开始忙碌发售门票的红衣喇嘛。有远道而来的游客，有京、津、内蒙、江苏等地的旅游车，有序地停放在车位上，下车的人们，则迫不及待地拍照留念，殊不知他们来到的是菩萨顶的后门，四处寻觅，恐怕并没有一个可观而适意的背景。

我避开早到的游人，独自立在一处高台上，但见黛螺顶的浮岚，飘逸着，稍纵即逝；普寿寺的大殿，七佛寺的白塔，则光影如割，轮廓分明。紫霞谷的丛树，露着青紫的梢头，层层叠叠，的似东山魁夷的风景画。更见冉冉升起的光照中泛着蓝色而又透明的炊烟，间或飞过几只鸣叫着的鸦雀，打破了山村早晨的幽寂。

在返回住处的路上，我离开了主道，沿路旁的陡坡下去，步入一片白杨林，林下有溪，溪上有桥，独自伫立在汉白玉栏杆的小桥头，看桥下飞溅的流水，洗涤着各具形态的青石，水声中夹杂着附近寺院的经声，是天籁之声，还是佛陀在说法？我用心地谛听着领略着，竟忘了回山庄进早餐。这是一个何等宁静而惬意的早晨呢。

上午往游龙泉寺，绕过大影壁，步上石板小道，走累了，于草地上歇脚，暖和阳光朗照全身，境寂心清，随情适意，便是此行的目的吧。进龙泉寺西门，未见发售门票者，此或所谓"走后门"。于文殊殿内，觅得一本《法尊法师圆寂二十周年纪念文集》，大为快意，忙于展读，便坐在石牌坊下 108 级石阶上翻阅起来，新华为我摄影拍照，我说："这有什么好拍的？"新华说："这是台山难见的特有景致呀！"

下午游凤林寺，寺处深山峡谷，颇具规模，旧寺早毁，复建有年，此来已是第三次登临了。山寺远离台怀，游人寥寥，而一路野趣无限，河谷之中，彩石铺陈，衰草迷离；高山之阴，青松茂密，满眼苍翠。是日也山风甚大，寒意袭人，浅游而归，待返回紫霞谷口，已是薄暮冥冥。

八月十五日

结束在台山十日闲居，上午 9 时，离五台山，中午于定襄生态园就餐，餐后返回忻州，送佐田往汽车站乘车返并，我等洗澡归家，此时之忻州，虽不及台山之凉爽，而十日过去，似乎燥热已消解了许多。

俄罗斯之旅

（2011 年 8 月 24 日—9 月 6 日）

八月二十四日

晚 23 点 28 分，乘 K602 次快车，与内人石效英赴京。

八月二十五日

早 8 点 10 分抵达北京站，打的入住空港快捷大酒店。

12 点进午餐，见已有报到者十数人，其中有几位是 2009 年西欧旅行之同仁，相见叙谈，颇为融与。

晚 11 点到北京机场，办理有关登机手续。偌大之候机楼，尚感旅客之稠密，觅座休息而不易，真可谓一座难求。

八月二十六日

午夜 12 点 10 分检票登机，近 1 点方起飞。所乘之机为俄罗斯飞机，机组人员以俄语讲话，自然一句也听不懂。大学时学俄语，数十年过去了，所学之单词几乎连一个也不记得了。

在机上昏睡中，竟送来两次饭，有米饭、面条、面包、小吃、饮料之属，只是在迷梦中用餐，不欲下箸，其实在这次航班上，"箸"是没有的，仅有刀、叉、小匙而已。

早晨 8 点许，飞抵莫斯科上空，机下漆黑中，有灯光

闪烁，星星点点，行行串串，明明灭灭，似有情致。到飞
机降落，出关、办签证、取行李，竟用去 1 个多小时，待
走出机场，已是北京时间上午 10 点整，北京与莫斯科时差
4 小时，其时为莫斯科早上 6 点，雨后机场，凉意十足，
人们纷纷增加衣服，遂上车离机场。是时，天微明，眼前
黑越越是成片成片的林木，唯道旁之白桦，高干挺拔而醒
目。偶有田园别墅，屋角闪现，灯光亮起，薄雾轻纱中，
颇显层次。天渐亮，车行莫斯科州土地上，更见森林迭出，
芳草铺陈，花团锦簇，风光喜人。

车行 20 分钟，于道旁某中餐馆就早餐。餐毕，乘车到
麻雀山，今称之为列宁山，山上有莫斯科大学，主体建筑，
高耸云天，石阶陡起，雕塑比列，学子出入，气度不凡。
漫步观景台，但见莫斯科河曲折回环，由西北而东南，半
个莫斯科的建筑在绿色丛林的掩映中，高低起伏，多姿多
态。

9 点许到久负盛名的红场参观。车停"前市杜马大楼
前"，下车徒步到练马广场，途见一大酒店，颇古老而宏
大，2005 年开始重修，到现在尚未完工，不唯工程浩大，
速度之缓慢，恐此中纠葛也不会少。又见"国家历史博物
馆"红楼，也颇庄重，楼前有一座朱可夫元帅纪念铜像，
乘坐骑，持缰勒马，双目炯炯，神采焕然。入"复活门"，
便是"红场"，"红场"赫赫大名，然其地不算大，克里姆
林宫宫墙外，"列宁纪念墓"庄严肃穆。而广场一侧，
"圣瓦西里教堂"之九座洋葱头型顶组成的建筑群，五彩斑

斓，鲜艳夺目，不过远远看上去，有点像小儿玩具之感觉，华丽有余，而无典雅之可言。而教堂旁，有民族英雄米宁及波扎尔斯基纪念碑，上置雕像，一人坐而左手按盾牌，一人立，右手握剑，左手高扬，二人对谈，神情专注，雕像衬以蓝天白云，英武之气，令人振奋。

红场一侧，宫墙对面为一座三层大商场，则素净典雅，上午10点方开市。我无心购物，却急匆匆跑上三楼，以解内急。

出红场，步入亚历山大公园。武器库后墙外，有一座"无名烈士墓"，墓前有长明火，火焰从五角星口冉冉飞升，墓侧卫士肃立，游人有敬献鲜花者，有拍照者，有敬礼者，无名烈士当不寂寞，亦可慰藉。而公园中，芳草鲜花，佳树好鸟，游人有结伴漫游者，有独坐长椅上读书者，有小孩与鸟雀相戏者，无不悠然自得，乐趣无穷。今之游人悠游之乐之余，当不会也不该忘记那些长眠于地下的无名英雄吧。

11点半离红场，乘车到某中餐馆就午餐。

下午参观"国家特列季雅科夫画廊"，为自费项目，我和效英花1000元（人民币）购得门票，有人说，此费装入导游之腰包，却也管不了许多，能看到俄罗斯一千多年文化发展艺术经典之作，也算值得的。在这个艺术殿堂中，我看到了列宾《伏尔加河上的纤夫》的小稿，看到了《伊凡杀子》和《意外归来》的变体画之初稿，还有希什金的《松林里的清晨》、布留洛夫的《女骑士》，苏里科夫的《女伯爵莫罗佐娃》，还有列维坦的风景画等等，这些名作，我在读大学时，看过印刷品，便留下了深刻的印象；今天面对原作，我自然逐幅地观摩，人物刻画，细腻传神，动物描写，生动活泼，而其风景画，幽美自然，弥漫着一股清新之气息，赏对间，也觉神清气爽，有如置身森林草地间，乐而忘返。

徜徉画廊两个小时，步出户外，我站在特列季雅科夫雕像前，打量这位工商企业家，他独具慧眼，倾资收藏艺术品，把自己所经营的画廊打造成当时莫斯科最为著名的艺术展览中心，而在其临终前将毕生的收藏品捐赠给莫斯科市，这是何等的功德呢，面对雕像，能不肃然起敬。

离画廊，驱车入住酒店，沿路塞车严重，也无可奈何，好在我的脑海中还是那些名画中的形象，让我思索，让我回味，竟忘却了堵车的心烦。顺路带回盒饭，也便免去外出的劳顿了。

晚上9点，推窗而望，落日熔金，西天半红，未几，绿树变成了黑色的屏障，时见华灯璀璨，小车流彩；而近处窗下之林木，在晚风中瑟瑟摇摆，间或落下三五片黄叶来，亦见莫斯科秋意之缠绵。

八月二十七日

6点醒来，推窗而望，晴空无片云，又是一个好天气，幸甚。阳光渐次照到路西的楼房上，半阴半暗，切割分明，南来北往的车辆，渐次增多，发出瑟瑟的磨擦声，偶尔一两声喇叭声，给莫斯科宁静的早晨带来少许的骚动。

　　洗漱后，到一楼打一杯开水，吃药。9 点离酒店，乘车到某中餐馆进早点。餐毕，到新圣女公墓地参观。这里有新圣女修道院，历史上，在此清修的女修士多为皇室家族的女贵族，诸如索菲亚公主等，所以此修道院素来与皇室有着十分密切的关系。从外表看，新圣女修道院，规模宏大，建筑堂皇而不失典雅，而修道院之墓地，则在绿荫包裹之中，是一处"世界文化遗产"之所在，这里埋葬着数不清的文化名人，如果戈里、契诃夫、马雅可夫斯基等等，漫步墓道上，寻觅着他们的丰碑，回想着他们的著作，在墓碑前拍摄着影像。此间也看到了众多的政治人物的墓碑和他们的画像，如赫鲁晓夫、叶利钦等，我只是匆匆一过，而在这所墓地上，我发现了一个中国人的墓碑身影，他便是王明，我站下来，请导游给予解读，那只是一段十分简略的小传，我还是认真地听着，并默默地哀悼，不管怎么说，他虽然在中国革命进程中犯过很多错误，给中国革命事业带来极大损失，而我们也不能忘记他为革命事业的操劳和贡献。

　　按预约，于下午 1 点排队检票入克里姆林宫参观游览。入"库塔菲亚塔楼"下层之侧门后，有长长的缓坡，坡之尽头，入"特罗伊塔楼"之通道，路之右侧便是气势宏大、雄伟壮观的"克里姆林宫大宫殿"建筑，以白、黄为主色调，堂皇中有几分素朴，富丽而不失庄重，为俄罗斯的心脏，是全俄的最高权力中心所在地。对此宫殿只能作外观的浏览，是不可以入内参观的。路之另一侧，是"武器库"，也是一处庞大的建筑物。前行，路边有"炮王"、"钟王"，也是游人驻足流连的地方，前者为 400 多年前重器，虽然锈迹可见，却不掩其铸造的精工和气度的宏伟。而后者"沙皇钟"，也有一百多年历史了，虽有破损，而人们还是不停地用手抚摸那钟体上的花纹。

顺路前行，是伊凡大帝钟楼、圣母安息大教堂、圣母报喜大教堂、大天使教堂等，此起彼伏的洋葱头式鎏金顶，在蓝天映衬下，金光闪烁，耀人眼目，仰望之，眼花缭乱，不知哪个金顶是哪处建筑物上的构件。

首先进入白色石造的圣母安息大教堂，便为璀璨的华灯和精美的壁画所叹服，从墙壁、圆柱到穹顶，几乎布满了壁画，除窗户外，可以说了无阙处，真让人有点难于应接。这里曾经是经历国家各种重大庆典活动的场所，诸如大主教的受职典礼，历届沙皇的加冕及重大法令的颁布。各处还陈列着珍贵的文物和稀世的艺术品，我看到一座伊凡雷帝的镶银宝座，工艺之精美，雕饰之繁缛，也可以见沙皇的审美与设计师的匠心独运了。

至于除金顶外，墙体更为洁白的圣母报喜大教堂，则是皇家接受洗礼、皇室举办婚庆及沙皇进行宗教礼拜的地方。内部陈设更见其堂皇富丽，多层式的圣像墙壁上，描绘了东正教众圣者之尊容，虽各具姿态，而神情肃穆也耐人品读。

而大天使教堂，则是一座安葬莫斯科大公和历届沙皇陵寝的皇家祠堂，这里仍然有精美的壁画，然而最为引人注意的则是陈列教堂内的棺椁，在精致的图案围绕中，雕刻有整肃的文字，当是对大公和沙皇的简介。面对着这些曾经不可一世的人物们，而今天竟作了让人们参观的对象，往日的淫威自然荡然无存了，正"后之视今，亦由今之视昔"，当今之大公们，作何考量？而吾等庶民百姓，则安然自在，无须思虑了。

在克里姆林宫内逗留一小时，然后往一家名为"黄河中餐馆"的地方就午餐。餐毕，往全俄展览中心游览。此处原为苏共时期 16 个加盟共和国的经济成就展览中心，也是莫斯科最大型的商品展示中心。其地有各具特色的建筑外，有名为《石花》和《人民友谊》的壮阔喷泉，有身着民族服装的金色雕塑，有草地、有花坛，有早在苏联影片中看到的刊头画面——《工人与集体农庄女庄员》的雕塑，它高高矗立在展览馆拱形大门的上方，看到那熟悉的身影，感到有几分亲切。所憾者，在展览馆将照相机的程序弄乱了，快门竟然按不动，错过了不少的精彩镜头。

晚餐在"长江中餐馆"，由于时间的紧促，急匆匆进餐，又匆匆赶到列宁格勒火车站，方上车，行李尚未整理好，火车便启动了，时在晚 8 点 20 分。4 人间的软卧车厢，设备十分的破旧，用品也极简单，小桌上为每人摆了一份小点心，谁也没有打开看一眼。同车厢除我和效英外，尚有安徽的马先生和武汉大学的郭女士。郭女士颇有特点，很天真，年初她曾往利比亚访问，卡扎菲接待过，谈到卡扎菲的处境，她为之担忧，表现出一种同情而又无奈的样子，不时叹息着。

八月二十八日

8月28日4点醒来，5点车抵圣彼得堡。下车，天尚未亮，唯夜灯还显示着光芒，静谧中，只有匆匆走出车站的旅客。接站导游姓母，一见面，先对大家表示欢迎和问候，然后自我介绍，说"我叫母鹏"，诸位叫我鹏导好了，请不要叫"老母"或"母导"。一言既出，便将大家逗乐了，晨风中，弥漫着笑声。

乘车到一家叫"瑞龙"的中餐馆用餐，餐后就地休息，奈何我不慎把眼镜架弄断了，给以后几天的观光浏览，带来诸多不便。

8点，乘车先到伊萨克广场。夜间有小雨，广场上低洼处，尚有积水明灭，一阵凉风，带来些许的寒意，太阳露脸了，首先照到伊萨克教堂的宝顶上，光彩夺目，辉照四方。据说，它是俄罗斯帝国的主教堂，在同类型圆顶教堂中，它有101.5米的高度，在世界上，仅次于罗马的圣彼得教堂、伦敦的圣保罗教堂和佛罗伦萨的圣母玛丽亚教堂。大圆顶下，又拱卫着4个小圆顶，同样在阳光下，放射着光华，堂皇气派，屹立在彼得堡的朝阳朗照中。

广场的中央有尼古拉一世皇帝的纪念像，雄踞于底座的马背上，青铜的锈迹，古色斑斓，底座的周边排坐着几位女人的雕塑，据说是以尼古拉一世的妻子和女儿为原型塑造的。广场的另一端是"玛丽亚宫"，是尼古拉一世送给大女儿玛丽亚结婚的礼品。

　　空阔的广场上，仅我们十数位早到的游客，海风夹带着涅瓦河的水汽，朝阳播撒着和煦的温暖，漫步在桥头，看拍岸的浪花，听咿呀的鸥叫，舒解着长途奔波的疲劳，精神为之一爽。

　　从伊萨克广场，转过一片丛林和草地，便到了"十二月党人广场"。破目而来的是一座英姿洒脱彼得大帝雕像，骏马前蹄腾起，双耳挺立，马口长嘶，有万里奔驰之势。而骑士一手紧勒缰绳，一手扬起，神态自若，坚贞刚毅之气度溢于眉宇间，难怪普希金面对这尊雕塑写下了《青铜骑士》的不朽诗篇。

　　离开十二月党人广场，乘车往瓦西里岛滨河街游览，从河滨的艺术学院大楼前，走下台阶，一座狮身人面像高置在几层红砂岩上。它可是公元前 8 世纪的文物呢，据说是埃及王国鼎盛时期的法老阿缅霍捷普三世的头像，运来作镇河之用的，今天已成为游客不可或缺的造访和留影的地方。

　　到瓦西里岛的岬角，见中心是一所围柱式的教堂——"俄罗斯的帕尔忒农神庙"，土红屋顶洁白围柱，是一座沉稳而壮观的建筑物，广场之左右，高耸着两根红色的"海神柱"，上饰战船船头，柱脚上有形象迥异的雕塑；柱顶有灯塔，曾经起着导航和照明的用途。想见那灯火朗照，战船云集的港湾，是何等壮观的景象呢。而今只见深蓝的涅瓦河，纭纭漾漾，间或一两只游轮驶过，船后留下一条长长的浪花，而低飞的鸥燕掠过河面，似乎在与浪花亲近呢。

从岬角上望过去，彼得保罗教堂的尖顶赫然云天，而港湾另一侧则依稀可见一列绿色的建筑物，那便是"冬宫"的所在了。

离瓦西里岬角，驱车径往郊区的彼得宫，人们也有称之为夏宫花园的。彼得宫地处波罗的海芬兰湾之南的土地上，占地 1000 多公顷，建有 30 座楼阁，最为豪华的有大宫殿、马尔利宫和蒙普列济尔宫以及雄伟的大教堂，大宫殿北侧有三个梯形的瀑布，无数的喷泉，在喷泉映衬下有数不清的雕塑，各呈姿态，金光夺目，而喷泉水气中，处处化现出五彩缤纷的霓虹，游人驻足，欣赏着、评论着、拍照着，我则打量这些游人，不同肤色、不同装束、不同风采，在这瑰丽的园林建筑群中组成一道道的风景线。

步下台阶，穿过森林草地，来到芬兰湾的长堤上，任海风吹拂，听浅浪诉语，观鸥鸟掠水，与自然亲近，怡然恬然，几忘自我。手拍栏杆，与效英指点，向西北，那里便是北欧，走水路，西去不远，直抵芬兰首都赫尔辛基；南去，可达爱沙尼亚、拉脱维亚和立陶宛。

海堤上游观尽兴，复步林间小道上，树荫匝地，星星点点，芳草如茵，繁花缀之。行进间，忽有小松鼠近前相戏，赐以食物，更见欢跳奔腾，人行它追逐，人站它拱立，拖着长尾巴，竖起小耳朵，摇头晃脑，东张西望，这机灵可爱的小精灵，给我留下了美好的印象。

在林间，见一女士，手推小车，携带工具，修剪树枝，清理落叶，其神情之专注，似不知有游人之往来，我为之感动，随手按动相机快门，将这位劳作者的形象收入镜头。

于皇家园林中逗留 2 小时，返回市区，复入"瑞龙"进午餐，然后入住酒店，时在下午 2 时许，略作洗漱，倒头而卧，待醒来，已是下午 5 点整。

晚餐于"中华饭店"，离住所不远，饭后散步而归，顺路看看街边小景，也满有情味的。

八月二十九日

7 点起床，9 点 15 分于酒店楼下用早餐。10 点外出，驱车观摩圣彼得堡市容，经涅瓦大街，楼不高，皆三四层，色调素雅和谐，路面宽广整洁，间以河流分割，桥梁相接，车水马龙，四通八达。而街边桥头，时见精美之雕塑。涅瓦河中，水天云影，游艇帆船，动静相生，相得而益彰。给人之印象，彼得堡比莫斯科整体感强，只是丛树林木相对少一些。

车停林荫道侧，徒步往"彼得保罗要塞"而来。小小的兔儿岛，四面环水，一桥相连，远远望去，桥如长虹卧波，颇富韵致。步上圣约翰木桥，但见桥下绿水微澜，乳鸭相偕，而水边草地上，一人仰面而睡，似乎在尽情地享受着日光浴。桥之尽头，红墙围绕，入圣约翰大门，眼前又一片小天地，草坪绿树前，高高的彼得大门洞开，拱门之上方，高挂着铅制的双头鹰国徽，那当是帝国的遗物了。入洞门未几，路左有彼得大帝铜像，端坐椅子上，游人上前与之合影留念，也有几个天真活泼的孩子，竟坐"皇帝"的怀抱中玩耍，这也是要塞中一个景致吧。复前行，便是

彼得保罗教堂，教堂钟楼有高耸的镀金尖顶，总高为 122.5
米，当时是全俄罗斯最高的建筑了，导游说，彼得堡当时
建筑是不准超越此要塞教堂钟楼高度的。

在六角形的要塞中游走，看看教堂，看看特鲁别茨科
堡垒监狱，据说这里曾关押很多政治要犯，作家陀思妥耶
夫斯基、车尔尼雪夫斯基、高尔基等都在这里经历了牢狱
之灾的体验。小小的要塞，可看景点和可说的故事太多了，
我步上码头，面对碧绿的涅瓦河和冬宫的倩影，才收回零
乱的思绪。循原路步出要塞，只见彼得大帝，仍端坐阳光
下，任孩子们嬉戏，任游人们摩挲，他不高兴，却也无震
怒。

在中学时就多次看过《攻占冬宫》的黑白电影，那
"阿芙乐尔巡洋舰"炮轰冬宫的场面，令人振奋，而今停立
在涅瓦河畔，面对永久停泊的"阿芙乐尔"大舰艇，便想
起了列宁站在人群中的高台上，振臂演说，伟大的十月革
命胜利了，第一个苏维埃政府——人民委员会成立了。似
乎"乌拉"之声，又在耳际回荡。

中午，在"天都食府"进餐，一样的清淡，根本品尝
不到四川麻辣味，亦徒挂招牌而已。

下午往涅瓦大街的"喀山教堂"参观，圣殿上方有高
高的圆顶，圣殿两侧是宏伟的柱廊，粗壮的廊柱简洁明快，
有如双翼，同圣殿围成个半圆形，与殿前草地、喷泉相映
衬，在细雨中，更见庄重和典雅。在圣殿中正举行婚礼，
宾客们站立四周，身着盛装的大主教在圣徒的陪同下为新

婚夫妇祈祷和祝福，同行者不停地按动相机快门，灯光闪亮处，便会遭到管理人员阻拦，似乎大主教是不愿让人们拍照的。有幸一睹俄罗斯婚礼的风俗和仪规，也算一开眼界了。

下午4点到展览馆，参加首届中俄友好艺术展，展览无多精品，观众也不多，只是酒会还算丰盛，剪彩如仪，想来大家都是借此展览名义，得以旅游而已。组织者赚钱，参与者游览。

下午6点，晚餐于"亚细亚饭店"。

八月三十日

早7点起床，听窗外小雨瑟瑟，滴水有声。9点外出早餐，然后雨中驱车到涅瓦河畔，车停冬宫博物馆临河入口处。这是一处拥有丰富文化遗产的艺术殿堂，包括冬宫小、老、新艾尔米塔斯组合建筑群，即国立艾尔米塔斯博物馆。

入馆仅有两小时的参观时间，便不能在各个展厅从容漫步，急匆匆跟着导游在迷宫中穿梭，眼睛实在是应接不暇，富丽壮阔的大厅、长廊，精美绝伦的名画雕塑，美轮美奂的工艺珍宝，都在眼前溜走了，而冬宫博物馆给我留下的印象却是十分丰富的。

首先步上入口处的是楼梯，洁白素雅的建筑，栩栩如生的雕塑，饰以精工细琢的金丝图案，典雅而不失高贵。而豪华的彼得厅、乔治厅、大小客厅以及众多的艺术展厅，无不让人看得头晕目眩。而孔雀石大厅，给我的印象最深，碧绿透亮的孔雀石柱，饰以金色的柱头和柱脚，孔雀石壁炉、孔雀石花瓶、孔雀石盘，散发着珠光宝气；在闪放光华的金色大门，宝石红的窗帘、坐垫以及布满图案的穹顶，相互辉映下，真见皇家的奢华和气派。而以蓝色为主调的拉菲尔敞廊，设计的细密，绘制的精工，也令人赞叹，步行其间，为之一爽。通过军事走廊，布满墙壁的是俄罗斯军事家们的英伟画像，一双双炯炯有神的眼光似乎在注视着一位位过往的参观者，竖起两耳似乎在聆听对他们丰功伟绩的评说，就中库图佐夫元帅的肖像画，不独尺幅大，且挂在显著的位置，画家对这位胸前挂满勋章的人物刻画，则更加细腻传神，从他的皮大衣内，似乎还散发着周身的热气。在艺术展厅，我看到了夏尔丹的《午餐前的祈祷》，福拉哥纳尔《偷吻》，更看到了达·芬奇的《圣母与花》和《圣母和圣子》两幅小幅油画，圣母之慈祥，圣子之无邪，虽为宗教画，却充溢着人情味，流露着有如庶民日常生活的情趣，令人亲近，而圣母表情之细腻深沉，又发人遐想。尽管时间紧张，我还是在这两张意大利文艺复兴时期的名作前奢侈地逗留着。步入米开朗基罗厅，精致典雅、小巧玲珑，白净的大理石墙面，秀逸的装饰浮雕，镶面的图形地板，墙下周边陈列着一座座名家的雕塑，而米开朗基罗的《缩着身子的男孩》，独置中央，一尊紧缩身躯，低头屈腿，双臂下垂，双手搭在右脚的脚背上，让人不能仔细看到面目的冰冷大理石雕，却充满活力，强健的体魄，得不到伸展，赏读间，给人以压抑和不安，雕塑家深邃的思想实在是发人深省的。

而一幅《威尼斯迎接法国大使》的风俗画，在画家卡纳列托的笔下，建筑起伏，船只泊岸，人物云集，一个迎宾典礼场面，跃然眼前。尤其是画中景物，随观者所在画前左、中、右位置之不同，画中建筑所占画面空间也随之左右推移，令我感到新奇，故尔，在此画前往复观摩。此外，荷兰画家伦伯朗的《浪子回头》、《丹奈尔》等名作，都是我早已熟悉的作品，今有幸一睹原作，自然会用心去打量一番。

在花园厅中我看到了"孔雀钟"，这也是一个不同凡响报时钟，机械开启，孔雀开屏，雄鸡啼叫，松鼠、猫头鹰应声合奏，美妙之音乐，顿时回响于花园厅中。

两个小时匆匆溜走了，走出冬宫大门，在涅瓦河边的小书摊上购书，同行者淮南的马先生和常州某女士，竟遭了小偷的"关照"，马先生丢失了五千元现金和银行卡，某女士丢失了些许美元和银行卡，好在现金数目都不大，立即与国内通电话，将银行卡挂失，也算稍安了。

午餐后，雨停风起，首先驱车斯莫尔尼修道院，一座修美的浅蓝色建筑物，挺起高高的五顶，洋葱头式的金尖上闪烁着光芒。四边是规整的住宅楼，四角有四个家庭式的小教堂，整个修道院座落在树丛中，前面有花坛和草坪，环境幽美，游人也稀少，加之间落的雨星和拂面的微风，更显是处的幽寂了。

离修道院，车停涅瓦大街之文化广场，在普希金像前徘徊良久，然而又起风雨，匆匆拍一留念像，便与内人在涅瓦街逛商店，取出钱，售货员见是一百元面值的人民币笑着说："毛泽东！不要。"效英方悟自己粗心，竟把人民币当卢布使用了。一时间，相对而笑。我则想配个眼镜架，找了几家商店，终未能如愿。

下午5点晚餐，餐毕回酒店休息。

八月三十一日

早8点起床，9点半就早餐。又值小雨，且因几天之劳顿，上午便在家休息。

下午再到涅瓦大街，沿河到复活教堂观光，1818年3月1日，亚历山大二世在这里遭受到炸弹袭击而身亡，悲剧发生后，在这里建起了这座复活教堂，也称之为"喋血教堂"。游人似乎不曾在意亚历山大二世的遭遇，只是指点着五彩斑斓的教堂圆顶，它有如在莫斯科看到的圣瓦西里教堂，是东正教传统的建筑模式吧，教堂的光影倒映河流中，斑斑点点，明明灭灭，好一幅印象派的点彩画。离教堂过小桥，就近一家叫"津格尔"的大楼，楼下是一座图书城，我漫步其间，竟没有一本中文书，空手而出，唯有慨叹当年学俄语不上心。站在大楼外小河对岸，打量大楼圆顶上的雕塑，楼下各具形色的行人，急驰而过的汽车，这五光十色的涅瓦大街，确是彼得堡的骄傲了。

走累了，坐在奥斯特罗夫斯基广场的长椅上，效英抛洒着食物，引逗着一群群鸽子围拢身边，有的落在肩膀上、头顶上、手心里，她玩得很开心，催促着让我打开照相机，留下了一张张喜人的影像。

在广场的街心花园，有一座叶卡捷琳娜纪念碑，围绕在女皇脚下的高座上，雕刻的是她的挚友和同时代的名人。我在雕像下浏览着，多少有点锈色的艺术品传递出它的历史信息。

广场后面便是浅黄色的亚历山大剧院，从 1832 年建成后，在舞台上演绎着俄罗斯的历史和故事。剧院的左右是商城，建筑物上装饰的雕塑也是一件件精美的艺术品，为打造和装点彼得堡的市容，艺术家的心血是随处可见的。

四处闲逛，见街头有画像的、拉琴的，只收些许的小费。繁华的彼得堡当有人恐怕还没有解决了温饱的需求。

晚餐后在涅瓦河畔，欣赏流光溢彩的景色，在华灯朗照下，多姿多态的桥梁、各具风采的雕塑、铁制雕花的栏杆，皆楚楚有致，而远方的建筑物，则隐隐约约闪现着秀美轮廓。夜风拍打着堤岸，河影散乱了，有如迷离的梦幻。

时将午夜，直奔莫斯科火车站。

九月一日

午夜 1 点 10 分，乘圣彼得堡开往莫斯科的列车而东去。躺在虽然破旧的软卧车厢内，因疲劳，便也很快入睡了。

早 7 点醒来，稍作洗漱，泡方便面，以为早点。其时窗外漫天大雾，一片混沌，继而小雨，转而薄雾，沼泽地隐约显现，复见湖泊浩荡，水平如镜，也无声息；又见白桦林、红松林成片掠过，天渐亮，杂树纷呈，落叶缤纷，金黄者耀眼，橘红者醒目，而胭脂色深沉而厚重，将俄罗斯的山河装点成一片高秋景象。间或在丛树间拥出三五间小木屋，有梯形，有人字形，其色彩亦甚鲜亮，远远望去，酷然儿童案头之玩具，薄雾飘来，有如轻纱，小木屋慢慢沉入睡梦中，有几许缱绻的韵致，顿现出水墨画的况味来。

上午 10 点，车抵莫斯科站，有人提议去瞻仰列宁遗体，遂乘车复驰红场，等候列宁墓前，排队通过墓道，进入墓室，唯地下光线暗淡，只见卫士在各处肃立，游人无一说话，慢慢摸索着靠近了一代伟人的遗体，静默几分钟，一睹遗容，而后离开了墓室。瞬息间，有所思而无思，脑海中只冒出 5 个字："这便是列宁！"

午餐后，在酒店几乎睡去一下午，到下午 5 点，导游招呼外出，于纪念二战胜利广场一游，空阔的广场上，前有凯旋门，后有纪念塔，奈何风起天寒，草草浏览后，便紧裹外套跑上车。在莫斯科的市区兜一圈，车停外交部楼前，人们便纷纷步入商店，我和效英将身上的卢布清理一番，买洋酒、巧克力、小点心、杂七杂八的小玩意儿。

晚餐后，回酒店，已是晚上 10 点许。

九月二日

5 点半起床，洗漱，7 点离酒店往机场，路上经一家小吃店，以热咖啡、麦当劳为早餐。

到机场，办理了有关通关手续，10 点 50 分登机，11 点 10 分起飞，乘俄罗斯航班飞回北京。到空港，看看钟表，为莫斯科时间 6 点 30 分，而北京时间已是晚上 10 点半了，待取出行李，打的进城，又花去了两个小时。此去俄罗斯，耗时耗力，何苦来哉？

九月三日

待入住广渠门外大街"如家"酒店，已是午夜两点许。上午 10 点起床，洗漱，早餐，12 点外出，到双井桥售票处购得 6 日返忻车票。然后陪效英就近逛商店，下午 2 点在老店"松鹤楼"进午餐。下午 3 点回"如家"休息。

晚餐在酒店餐厅，点小菜数种，每人炸酱面一碗，不料此处碗大量多，吃一半剩一半，实在是有点浪费了，日后进餐，当引以为戒的。

九月四日

上午 10 点打的往王府井，先逛书市，再配眼镜。已是中午时分了，遂于东风市场楼上吃饺子。午后，逛王府井百货大楼，走累了，坐在行人道上小凉亭中喝冷饮，下午 5 点许欲回酒店，谁知打的十分困难，无可奈何，只好等。晚餐于"豆花庄"。

九月五日

7 点起床，洗漱，早点。9 点外出，打的又十分困难，等车 1 小时，热甚。待拦得一车，欲往法源寺礼佛，司机又不知寺之所在，遂电话询问，方知寺在牛街附近，便择路往宣武区方向而来，路上又复塞车，深感北京城区之交通也甚不便。

法源寺到了，寺前有广场，绿树草坪中有一僧人塑像可见，前标"唐悯忠寺旧址"六字。入山门，有院落 6 进，古木参天，绿荫覆天。有国槐，尤为粗大，标为一级古木；有桧柏、有油松、有白皮松、有海棠、有紫薇，皆为百年以上之古树，老干新枝，生意盎然；有盆栽荷花，莲叶田田，亦复可人。而殿前屋角，更多的则是玉簪，翠叶披离，油光可鉴，若逢花期，定然素洁高雅，幽香绕寺。建筑在中轴线上，有天王殿、大雄宝殿、悯忠阁、毗卢殿、观音殿、卧佛殿。效英到各殿礼佛，我则倾心于悯忠阁的造像和碑刻，有唐、辽、金等文物，慢慢品读，仔细观摩。

寺之西，有中国佛学院，与寺相连，或许原来就是寺院的一部分，而今为绍隆佛种，培养僧才，有多少高僧大德在其中传道授业弘扬佛法哩。步出法源寺，很想到南小栓一号谒访赵朴老的故居，奈何几经打听，无人知晓，机缘未到，拜访之事，还待来日吧。

到琉璃厂，逛荣宝斋、中国书店。中午在大栅栏吃老北京炸酱面，此面食为我之所好也。

下午效英购物，东西无法提携，遂又买行李箱一只，打包装箱，稍为便捷。

下午 4 点回到酒店，不复外出。

九月六日

上午 10 点外出，与效英再逛两个市场，中午 1 点于"松龄楼"就午餐，此日值农历八月初九，是我的生日，效英在琉璃厂为我买了北京老式玩具"兔儿爷"，双耳高挺，身跨猛虎，背插令旗，造型饱满，设色浓艳，憨态可掬，令人发噱，这古老的北京小玩意儿，着实让人喜爱。

下午两点半回酒店休息。

晚餐于酒店餐厅。晚 8 点半上北京站，10 点 20 分乘 601 次快车离京而返晋。

九月七日

早 6 点 36 分车抵忻州。行李多多，提携困难，幸有同车旅客相助，深为感谢。

游独担山记

初居忻州，读州志，即知有独担山者，为州之名胜，距州城廿余里，位城之西南。居州垂五十年，未尝往也，常引以为憾焉。然由忻而并，出城南，至豆罗，必引颈而西望，见一山突兀高标，起于坡田木末之上，正独担山也。或由并而返忻，甫过石岭关，独担山便入望中矣。晨之见，轻岚浮空，青山拥翠，若马夏之山水；夕之见，丹霞落照，峭壁熔金，亦大小李将军之画也。而或雨过雾起，山色空濛，草树迷离，其韵致深幽而趣味亦无穷；至若严冬雪后，四野沉寂，万类荒寒，唯此独担，挺然特立，其玉颜高洁而风骨崚嶒，甚可敬也，甚可畏也。要之，春山多媚，秋山如染，四时之景不同，而望之无不令人心逸而神驰。

客岁得识童君小明，与余有同好，富收藏，喜游览。去秋重九后一日，邀余同登陀罗山，以试腰脚，尚堪登临，得一日之乐也。谈及忻州山水，唯独担一山，未曾往顾。尔后，童君数相约，皆因杂务冗繁终未成行。

岁在壬辰立夏，于五月六日下午四点，小明驾车，我与内人石效英遂有独担山之游。出西门坡而南行，经"张野"而"烟村"，忽忆儿时习字课老师所题之仿引，有句云："一去二三里，烟村四五家，亭台六七座，八九十枝花。"又忆及"南朝四百八十寺，多少楼台烟雨中"古诗句。这"烟村"二字，颇富诗意，引我遐想。过小王村、大王村，车转九十度西向而去，直抵独担山麓。

方下车，清风徐来，杂花送香，绿树垂阴，鸟鹊呼叫，境极清幽，而游览者，仅我等三人，反以为快。立山下，唯见独担，山石岩岩，雄踞大荒，仰之弥高。石磴入目，了无斗折，直挂天庭，望之心悸。

山下之西南角，有庙一区，为复建，正殿坐西面东，当祀灵显王；殿之对面为戏楼，祈赛之日，定复热闹。南北有配殿，建筑简陋，未能匹配主殿也。据云庙内有金皇统二年灵显王庙碑，未暇搜读，摩挲古祠，以待他日。

庙之后，山之脚，有巨石嵌于崖下者，石面光平，杂树掩映，青苔斑驳，似有古人题刻，然苔掩草埋，字迹怅然有失。

山麓徜徉有顷，遂拾阶而登山。磴道为新建，虽平且宽，然路之左右，既无护栏，也无林木，登之愈高，惧之愈甚，凭高临险，心田突突。内人效英方登百余级，已感不适，遂依石落座，不欲前行，余知"世之奇伟瑰怪非常之观，常在于险远，而人之所罕至焉。故非有志者，不能至也"，遂鼓余勇，继续攀登，足力不济，以手助之，或小坐片刻，借复元气。其时也，俯对下界，忽见山前有天然形成之太极图象者，山陵起伏，成一圆圈，占地可数十亩，因沟壑交互，成两仪而分明，俗所谓"阴阳鱼者"。地现瑞象，甚可奇也！诚可贵也！余大喜，特为之张目。有好事者，愿前往而审察之，当知余言之非妄。

起复前行，脚踏实地，目不旁视，行复歇，歇复行，幸得小明护持与叙谈，临高减少恐惧，长路免却寂寞。

磴道将尽，已至山之北顶矣。其顶平旷，草木铺陈，北建文殊殿，檐角飞举，铃铎传声；南端有戏台，面对大殿。戏台内壁，墨迹斑斑，皆游人之题记，多胡写乱画，几无可诵读者。殿前有断碑扑道，为明清旧物，苔封泥积，似久无摩挲者。而院中凿石为池，以待霖雨，池之侧，有题记一则："至元二十一年甲申七月中"，凿刻粗糙，字亦不工。然至元甲申为元世祖忽必烈之年号，值公元1284年，于此中，亦可窥见独担山历史之一斑。

绕北顶而下眺，东见系舟之山，峰峦逶迤，复睹牧马之水，玉带萦回。北望州城，平林漠漠，烟横雾断，新楼林立，依稀可见。西瞰陵谷坡田，层层叠起，遥接天边。而近者，唯此独担，高标直上，俨然将士，担当晋北门户之护卫，诚可敬也！诚可颂也！

由北顶而南去，又见细路沿云，峰峦升起，巨石叠架，壮阔无比，而其大小形状，各具面目，拥草衣苔，古色斑斓，如此景象，足征造化之神奇。遂绕小道，择径攀升，见一石阔大，如砥如坛，遥想太古，仙人衣薜萝，驾云霓，来游于此，或采撷玉芝，或拾掇云母，或坐坛论道，或抚石谈经。又见一石如床者，幻觉仙人抱膝而卧，向月听风，竟不知岁月之几何。又一石如几，上置盈丈石琴，风来石奏，空谷传响，天籁之音乎！仙人之乐乎！其音也，发乎上古，传诸天地，能得此声闻，亦三生有幸。又有石如大船者，岂非当年大禹治水，也曾系舟于此欤？石船之侧下，今人有以磐石作棋盘状，列棋子于其上，似待仙人光临对弈也。路之畔，草之丛，更有红砂石跃然隆起，如赤兔，如花狐，时隐时现，顿见生机，似与游人相戏耳。

日将暮，红云渡天，飒风捧袂，循原路而下山，飘飘然，若羽化而登仙。回州城，已是华灯朗照，夜色十分矣，遂寻"五福园素食馆"进晚餐，待菜品茗之际，快然而为记。

2012 年 5 月 7 日

宁武记游

（2012年8月3日—8月8日）

八月三日

上午九时，宁武接待办随主任和司机小张到忻，接我和内人石效英往东寨而来。走顿村，上高速，经忻、静界，到宁武石家庄，下高速路，过宁化、蒯屯关、二马营，到东寨，入住"德胜芦芽山接待中心"。曾住之地，变化多多，崇楼广院，焕然一新，唯古柳白杨，荫天蔽日，乃旧时之识者。更见其地大兴土木，建宾馆、固堤坝、垫广场，热气腾腾。

下午两点方等得祝焘、亢佐田夫妇与焦如意父子由太原抵达东寨，遂进午餐，而后休息。

四点，散步于汾源，新建之汾源宫，高阁凌空，画栋溢彩，额字鎏金，乃书友郭新民之手笔，宫中壁画亦复精工可爱，为画友韩业所绘。宫下一泉，正"汾源灵沼"者，游人汲饮，凉感五内，清心醒目，真神泉也。

宫外，灵泉涌出，绿水荡漾，垂柳拂堤，白云在天，游人抚栏遣兴，湖光山色，尽在眼底。仰头而望，雷鸣寺耸峙山崖，檐甍高起，琉璃光闪，铃铎之声，随风而来，清韵悠扬。

我们沿湖边小路而行，杂花夹道，高树垂荫，听泉听鸟，观花观云，更兼夕阳在山，飒飒晚风，悠然怡然，适意任情。

晚，边东胜县长来看望大家，并共进晚餐。餐后散步时许，往祝焘道兄客房叙话，八十老人，谈兴甚浓，文坛掌故，并门旧友，画界近况，饮食起居，话头相接，似无倦意，时过十点，各自休息。

八月四日

早餐毕，往马仑草原。驰车盘山而上，至半山腰，车停道侧，拟徒步登山，然山高路滑，行进吃力，骑马上山，同行者，皆不善乘骑，遂改坐滑竿而代步，奈何其时仅有三架滑竿空着，便让八十老人祝焘和两位女士贺明月、石效英落座而行，我等沿石磴慢慢攀登，走走歇歇，看看林木、听听鸟叫，时有青年少壮，飞步腾空，蹦跳着经我身侧而过，也有乘坐骡马者，则见肢体僵直，神情紧张，深恐落马而"跑（音炮）坡"（滚下的意思)，也有扶老携幼者，各具神态，在山林的映衬下，勾画出一幕幕不同的场景。

登上高山草甸，天高原阔，松老云移，马奔牛叫，眼界顿开。行进在新铺设的木板通道上，登山之劳，为之消解。行至通道之尽头，芦芽山之丰姿破目而来，其时也，风起云涌，云影幻化，初如轻纱飘拂，后成兜罗棉絮，填谷裹峰，顿成云海，忽疾风阵马，云烟化去，山复如旧，峰峦剑拔，直刺青山，奇松倒卧，有若蛟龙，游人拍影留念者，摆出时尚姿势；放声长啸者，山鸣谷应，此起彼伏。

面对芦芽小坐而观，看云卷云舒，听空谷传响，山水展观眼前，画境长留脑海，外师造化，中得心源，此之谓也，感悟弥深，为之快然。

离马仑草原，循原路下山，至"情人谷"，入口一小段，山溪飞溅，水石相击，轰鸣之声，不绝于耳。更见老树争奇，群花竞艳，脚踏石磴，手扶栏杆，耳闻之，皆山水清音，目对之尽宋元画卷，奈何时过中午，半途而返。

下午一点回住处，午餐、休息。命笔写一条幅，以赠祝燊兄：

祝君康且健，樵路入云峰。

长夏不知暑，寿比岭上松。

且有题记云：壬辰夏，与祝燊道兄避暑管涔山中，得俚句，书似，即乞一笑。

八月五日

七点半早餐，八点出发，往"冰洞"而来，经"支锅石"，为入山第一景观，下车一睹为快。过涔山乡，大石洞，麻地沟，沿山而上，转而至"冰洞"，已见路人多多，租衣以御寒，购门票而排队，礼让老幼，鱼贯而入。沿磴道，扶护栏，路滑脚踏实地，冰冷触手彻骨，而四周之奇观，仿佛溶洞之所见，而玲珑剔透、晶莹明丽则远过之，正冰雕玉琢之谓也。然此天然之造像，岂手工雕琢所能成！

但见冰柱奇伟若定海之神针；冰幔壮阔，似天池之飞瀑；冰花瑰丽，冰笋竞逐，左顾右盼，奇景迭出，更兼彩灯变化，人影晃动，光怪陆离，难于捉摸。置身此中，恍入神话世界、龙宫宝殿，不禁惊叹这造物之神奇，世界之一绝。

步出"冰洞"，回到人间，高天云渡，深树鸟鸣，循原路，转入"小石门"，看"小悬空寺"，皆旧游之地，三十多年前于此写生作画，人烟荒疏，古寺破败，唯牛羊觅食，任蜂蝶争喧。今方来，处处游人，乘马者、坐车者、徒步者，熙熙攘攘，深山古道竟作商场闹市了。

我们改乘骡车，入山深处，见"悬棺"叠架峭壁洞窟之间，或置凌空木栈之上，似人造之景点，聊作逗留，步出小林，小坐休息，购山中小吃，以作品尝。祝焘兄爱天然小木凳，把玩再三，焦如意见状，购以赠之。

出"小石门"，至"栈道"谷口，远而望之，高下起伏，细路沿云，连绵十数里，尽在巉岩绝壁之上，我等七八十老人，已不复能攀登矣，远望而已，远望而已。

返回住处，已十二点半，遂就午餐，而后休息。

下午四点往"天池"游览。出东寨，经上、下鸾桥，过分水岭、海子背，至"天池"，一路风光，尽入眸中，即不见景观，仅听这些地名，也颇生诗情画意的。

至天池，水浅了，似无昔日所见之壮阔，而绿化过之。远见瀛海寺，游云岚气浮荡，虚无缥缈，有若海市蜃楼。而近边则青年扑水，小孩摸鱼，浪花飞溅，笑语喧阗。我则落座岸边盘石，看野鸭游弋，鹡鸰点水，时有风起波扬，水声拍岸，遥想千年之前，那汾阳之宫，高阁凌空，回廊映水，舞腰彩唱，钟鸣鼎食，又是何等的景象。曾几何时，灰飞烟灭。后之来者，当有"章华之召灾，悟阿房之速祸"镜鉴。君不见当今之"房姐"，一个个也步入牢房。

临池有顷，尽兴而返，仅用去个半钟头，归以记之。

八月六日

早餐后，自东寨顺汾河南去，经三马营、二马营、蒯屯关、化北屯、北屯而宁化古城，听这些地名，便会产生挑灯看剑，吹角连营，铁马冰河，沙场点兵之通感，这宁武关寨、汾河夹谷，想当年定是屯兵重地，关寨要冲。

车至宁化汾河西岸，与古城隔河相望，北城墙、西城墙巍然可见。汾河之上，一铁索桥，悬诸两岸，颤颤悠悠，供行人之往来。东南去，绕水泥桥而东入宁化。古城西傍汾水，东依高坡，依山傍水，颇具气势。至西城墙下，下见石条所筑之城基，碧苔斑驳，蔓草罗织，石缝中缀有之黄花正放，临风摇曳，野趣横生。石基上城墙壁立，包以城砖，间有破落处，凸显古城之容颜。城下遇一青年，四十一岁，姓张，主动为我们作导游，自城西破阙处，沿慢坡而上，见一古建，乃关帝庙，蒿草过人，扒草入庙院，坐南一殿，殿门以匾额木板拼接而成，额之残字尚依稀斜卧门板上。殿之东，原为山门，已坍塌，行丛草中，两臂不慎，竟为"蝎蘑"所伤，疼痛搔痒，双臂顿发红斑，导游小张一笑，遂采臭蒿一把，在我患处搓揉，痒疼遂止，此乃验方，遂附一笔。

正殿三间，中堆柴禾，并有棺木存置殿中。殿前有碑三通，清同治年一通，民国间二通，皆重修大殿之功德碑，上列捐资人名姓，聊作摩挲，知大殿为明建，后屡重修。

出关帝庙，爬坡而上，为古城南北大道。北有衙门院，入院见一工作人员，言于1950年后，衙门院便被拆除，改为四合院，今作乡镇卫生所。其地，无些许古迹可寻，遂步出院门，沿街南去，街头冷落，几无行人，至南门，见老者三五，坐街头"圪榄"（倒置之树干）上，趋前问讯，一老翁指南门说：此城门内圈为宋建，外加一圈为明补。城门前堆置杂物，不得近前观摩，姑妄听之。后绕门向北而来，过垃圾场，见有瓮城尚完好，依瓮城有人家而居，丛树覆盖，小路崎岖，遂裹脚而不前。

宁化民居，古老而破旧，石碾盘依石墙面立，三三五五，随处可见。而山道拐折多多，道之尽头，皆有人家，破墙之上，多置盆花，姹紫嫣红，亦甚醒目。瓦屋鳞次，老树连理，蔓草攀附，甚饶趣味。

导游言，宁化为宋城，原为千人之堡，今青年人外出打工，现堡中仅有五、六百人，多老弱病残。此城无东门，日寇侵华时，在此设炮台，残害百姓，罪恶累累。城中古建，仅存关帝庙和泰山庙。泰山庙曾为供销社占用，今已停业，庙门紧锁，无法入观。

见泰山庙路北第一家，置小门，门楣雕花，柱下有石础，门有铺首、门钉，门下有石雕莲花座石鼓，其雕刻无不精美。门侧坐一老人，七十八岁，为此院主人，询之如此低墙小门，何以有此装饰，答以土改时，从地主家移来。入院，见小圃半亩，瓜蓬豆架，楚楚有致，所植葱、西红柿、芫荽、韭菜等，无不生机盎然。一母鸡偕二鸡雏，觅食于院侧小道上，咯咯有声。小院有正房数间，窗台满置盆花，皆为绣球，红、白、黄、紫，花光烂漫。女主人闻声而出，招呼来客，甚是热情。

于宁化逗留尽兴，离古城，过汾河，沿公路南去未几，见路西高山挺然，峭壁千仞，石磴垂天，道之尽头，石窟高启，正"万佛洞"之所在。我与佐田游兴尚浓，不服衰朽，遂奋力攀登，走走歇歇，步步高升，下视汾水，纭纭南去，上瞰崖窟，更见险峻。经几番歇坐，沁满头汗水，锲而不舍，终造极顶。穿一石碹洞门，见有石窟洞数孔，窟之南，沿山细路盘绕，可通地藏殿，方行数步，目眩而止，遂登高转出石洞，已至"万佛洞"前，但见巨石横空，了无缝隙，凿石为洞，气度浩然，洞之左右，为妙峰法师所题诗壁，诗风超迈，字亦清真。

入佛殿，主佛三尊，慈颜可亲，四壁凿小佛万尊，更见佛国之庄严。佛殿中央，香客信士，跪拜如仪，木鱼钟磬，佛号经声，不绝如缕，清韵和谐。

出佛洞，顺陡坡缘木而北去，有老君洞，洞下积水，择砖石而入内，因日前有雨，水从石缝中漏下，若水帘珠瀑，洞不高，顶凿藻井，工艺粗犷而简洁，彩绘古色而斑斓。

万佛洞，聊作观览，与佐田取新开大道折绕而下行，道虽宽，却不平整，坑坑坎坎，行走其间，也颇吃力。至山脚，与山下坐等诸位乘车而返东寨。

午餐后，祝焘兄由女婿、外甥接回太原。

八月七日

前游"情人谷"，似未尽兴，遂复往游。

鸣泉流水，板桥石道，凉亭瀑布，杂花丛树，奇石迭出，题刻满眼，民歌词抄，剪纸图案，装点山谷人家，正"情人谷"之特色者，偶值游人三五，擦肩而过，唱几声"二人台"，声传山谷，与水声相驳杂，山鸟惊起，落花飞溅，则又一情趣也。攀栈道，过悬桥，小坐山水亭下，留影玉石栏杆，山中景趣与我辈游人，皆入画中。

入山五六里，为"月老祠"，皆旅游开发者之新构。楼阁高耸，磴道宽绰，松杉茂密，碧草铺陈，返景朗照，金光点点，人影未见，人语相闻，静绝幽绝，不负重游也。

下午作字画，答谢主人，祝焘兄临别前，已留画一帧，以表心意。

八月八日

经边东胜县长推荐，本拟上午往未开发的"桦林场"一游。忽然朝雨袭来，久未止歇，为安全计，不再往游，决定返忻。九点，宁武接待办随主任自县城到东寨来送客，握手告别，遂由焦如意驾车而返。十一点半到顿村，吃农家饭，餐毕，过忻州，佐田夫妇到吾新居一观，未及吃茶，即返太原。此行也，来去匆匆，也算一次山中消夏之旅吧。

滇行日记

（2012 年 11 月 25 日—12 月 2 日）

十一月二十五日

凌晨四点起床，洗漱、吃饭，五点与效英，偕潘新华、童小明，由小明驾车往太原而榆次，欲存车小明内弟处，奈何天黑，未寻得去处，遂由榆次返，于七点到达武宿机场，车停机场存车处，待其内弟来取。

七点半登机，八点零五分起飞，飞行三小时许，抵昆明机场。就餐于机场餐厅，饭菜未感精美，然价位不菲，此亦机场物价之特点也。

下午三点许，再登机转丽江。飞行一小时，到达丽江机场，有预约接站者，引到一家所谓四星级宾馆，条件差甚，勉强入住，充其量是一家家庭旅社，有约在先，暂住一宿。

见诸位精神尚好，遂外出浏览丽江夜色。由北门大水车处，徒步穿新华街而过，虽值初冬时节，游人尚是摩肩接踵，夹道店铺比列，灯火灿烂，银器、玉器、首饰、工艺品，琳琅满目，流光溢彩，酒吧、咖啡屋、大排档，叫卖声声声不息，非洲鼓，鼓声激越；葫芦笙，声韵悠长。

更见纳西女郎，身着艳装，站食品店前招揽顾客，一排排地方风味小吃摆置于窗下，热气蒸腾，香味四溢，不少碧眼黄发的年轻俊男靓女们品尝着食物，在高挂的红灯笼映照下，似乎是一道中西合璧的风景。正赏读间，有剽悍的马队急驰而过，得得嗒嗒的马蹄声践踏在五彩的石板路上，声响更觉清越，马背上的青年，身着白羊皮的外套，手执长鞭吆喝着，顿现茶马古道上的雄姿。

马队过后，复归平静，仰望长天，明月朗照，独具民族风格的建筑物，在月光、灯光的映衬下，风姿绰约，光彩焕然。

从北门到南门，穿街过巷，看着风景，说笑中，不知不觉中，便用去了一个小时，有人提议该进晚餐了，便走进了一家临河的餐厅，坐小窗下，檐角成串的红纱灯映照窗下的小桥绿水、翠竹盆花，未曾进食，已觉兴味无穷了。就着茶绿色的鸡豆凉粉，小呷一口青稞酒，似也别有滋味，最后尝半块丽江粑粑，喝一小碗过桥米线，浑身暖和，疲劳顿消，步出餐厅，又涌入长街曲巷的人流中去了。

前行中，路见有打架者，棍棒相加，相劝不止，以致一人被打倒卧地而告结束，游人闪躲一边，驻足观看。于此亦见其地粗犷之一斑，然对世界文化遗产之古城丽江，此举不免有失文明，其影响也大矣。

返回大水车处，东街之旷地，有纳西族妇女舞蹈者数十人，场面热烈而欢快，称之为"阿哩哩"，游人加入其中，牵手而跳，虽有不入节拍者，间或踩人脚尖，或被人踩踏，皆不介意，报之一笑，继续歌舞。

回到酒店，已晚上九点许，效英兴致未阑，说丽江空气、温度皆适宜，一天的行程，加上三个小时游览，此前似未有如此精神。

十一月二十六日

八点外出就早餐，餐毕，徒步往黑龙潭游览。丽江乃旧游之地，昨日重到，我自然而然为之向导了。

远见玉龙雪山在初日朗照中，晶莹剔透，更见光华，且有浮云缭绕，仙姿幻化，瞬息万变，不可捉摸，诚一神山也。然黑龙潭风光，却不若当年，水浅了，落叶飘零，似有点荒漠破败，抑或是冬天的景致吧。新建多了，视线为之遮挡，原来偌大的湖面不见了，徒唤奈何。唯玉河桥在高山翠湖映衬下，修姿不减当年，高耸的五凤楼出于林表木末，檐角上翘，翩翩欲飞，亦引人入胜也。

转过湖角，丛树间，阳光下，十数位纳西族老人在晨练，挂在树枝上高高低低的鸟笼，疏密有致，不经意中织出一幅五彩缤纷的工笔画，齐白石画草虫，题之曰"可惜无声"，而这些鸟笼中的画眉鸟竞相歌唱，给恬静的龙潭公园带来缕缕清音。踏着黄叶，听着得得脚步声，一会儿在阳光中，一会儿在树荫下，行行站站，摸摸叫不上名字的参天古木，嗅嗅五光十色的奇花异草，幽极静极，时间在惬意中流过。上午九点，公园似乎才真正苏醒，园林工人清扫道路，摆放盆花，游人才一伙一伙涌进公园。我们则步出了公园的大门，望狮子山而来。

狮子山不高，却可仰观玉龙雪山之神奇，俯察丽江古城之斑斓，是天设地造的观景台，有磴道沿山脚至山顶转折而上，走走歇歇，指指点点，说笑中，便登上了山顶，山巅有"万古楼"，五层，二十二米，冷杉直柱从下而上，直立到顶。在楼头推窗四望，北见玉龙雪山群峰罗列，"扇子陡"直逼青天，玄云升降，锋锷露藏，对之良久，遐想无限。南望莽原林海，碧浪连天，亦令人心旷神怡。东则丽江古城，瓦屋连片，甚为壮观，个中有楼阁鲜焕，重檐飞甍者，正木府之所在，有道是"宫室之丽，拟于王者"。西则群岭逶迤，如万马奔来眼底。

楼头有小书店，主人张姓，大理人，甚是热情，为我搬椅子，沏茶款待，谈丽江之变化，喜形于色。小坐有顷，握别主人。出万古楼，楼下有古柏四十余棵，直干霄汉，柏子瑟瑟，似诉说着四五百年沧桑阅历。

下狮子山，沿黄山上段、下段而行，逛数家店铺，制铜器者，叮咚有声，书东巴文者，笔生图画，首饰、工艺品五光十色，让人看得眼花缭乱，真假难辨。到四方街，树荫下小憩，得观游人往来，各具神态，不经意间，按动快门，得人物特写五六张。

沿街而行，水流脚下，桥横岸头，有栗木桥、石板桥、大石桥、小石桥，或双孔，或单孔，皆方便行人，水流有声，浮光耀景，更有古木临水，浓荫覆地，树荫下长椅短凳，供人小坐，品茶者，吃饭者，观景者，玩手机者，读报者，不一而足，亦是一道多彩的风景线。

随意步入一家四川餐馆就午餐，经主人推荐，点"高山雪鱼"等数品菜肴，每人一份水饺，虽价格不菲，然"高山雪鱼"有名无实，味同嚼蜡者也，而水饺，还不如馄饨，一碗中七、八个面皮儿，几无馅可言。

餐毕小坐休息，然后打的往束河而来。先逛滇缅玉石场，效英于此精神大增，选购翡翠、玉镯等不遗余力，于此间竟耗去一个多钟头。然后步入束河古镇，是镇更见古朴原始，数百年老屋，容颜衰朽，窗台上满置盆花，柳荫下，一狗卧睡，游人光顾，也不理睬。当院置一火塘，烧水煮饭，也极方便，院之侧，有一种立杆，每杆上多凿孔洞，横竖穿插，不知为何物，询之乡民，言为晒玉米之装置，方悟旧时画报中曾有写照。

穿街过巷，过大石桥，见路旁有马帮歇脚，游人驻观。我们一行四人小坐河边凉棚下，每人要一杯冷饮叙谈，唯店铺之音响，过于吵人，实在是有伤于古镇的清幽。

晚七点返回酒店，似乎有点疲累，倒床而卧，竟入梦乡。

晚餐在酒店，由新华、小明亲自料理，小米稀饭，炸馒头片加椒盐，炒山药丝，凉拌黄瓜，外加四川榨菜一碟，其中拌黄瓜，香色最为可人，吃得很惬意。餐毕，在楼头观丽江夜色，遥见"万古楼"灯火通明，古城一角，尽收望中。有小风，感凉意，遂回室休息。

十一月二十七日

上午九点外出，经四方街，百岁坊，过数小街，入几家古民居参观，皆深宅广檐，回廊曲槛，花木扶疏，奇石点缀，唯主人他去，尽作旅馆之用。我小坐檐下躺椅上休息，忽有小猫偎依，小狗厮磨，竟将我这不速之客当作主人亲昵着。新华遂为之拍摄，立此存照。

至白马潭，门前有三眼井，前高后低，一水三池，依次为饮用水，洗米洗菜水，洗衣水，真是井然在序，不失规矩。井前孩子嬉戏，身着民族服装的洗菜者、洗衣者相与交谈，诚然一幅风俗画。

入龙潭大门，见一圆潭占下院整个院落，上环白玉石栏，潭中游鱼可数，往来倏忽。沿东墙磴道攀登，道旁一棵滇朴神木十分高大，树荫半院，落叶飘金，树冠在蓝天白云映照下，一片金黄，煞是壮观。龙潭最高处为藏传佛教大殿，为密宗修行礼佛处所，皆新建。东侧院尚在兴建中，各殿已起，只待彩绘。

离白马龙潭，打的回北门，就午餐于一家浙江夫妇所开小餐馆，餐毕休息。两点离酒店往丽江火车站，三点半乘车由丽江往大理。经鹤庆而车近大理，苍山洱海渐入望中，忆当年泛舟洱海，亦极一时之乐也。车行景变，苍山在落照中，更见英姿，洱海在夕阳下，方显妩媚。在车厢中忙坏了新华和小明，不时摆弄着相机，抢拍着稍纵即逝的风景。

车到海东镇临时停车，得以从容观赏车外景色。约五点半，车抵下关，即大理车站，打的入住"天赐大酒店"312号，因值旅游淡季，标间仅一百五十元，房间宽绰明洁，看上去，便可人意。待洗漱休息未几，新华、小明已在他们的房间摆上了晚餐，是从街上买回的炒菜、大米，泡上了方便面，他们的辛苦，实在是让人感动的。

明日将访鸡足山，遂电话预约了司机。四十年前读高鹤年居士《名山游访记》，对鸡足山的行脚记载，给我留下了深刻的印象。知鸡足山乃传说中迦叶尊者入定处，山高九千四百尺，周四百里，前列三岗，后拖一峰，宛然鸡足形也。后读《徐霞客游记》，更勾起我一游鸡足山念想，然而多少年过去了，且曾游大理，未登鸡足山，颇有遗憾，此行便安排鸡足山一日游。明日将能成行，夜来卧床头，徐霞客和高鹤年笔下的奇峰幽壑、梵宇琳宫顿现脑海，令我久久不能入睡。

十一月二十八日

早七点半，外出就早餐。八点司机到，乘车由下关行百公里到宾川县鸡足山，车过"灵山一会"坊，路边有"鸡足山大庙"、"九莲寺"、"九品石"等标识，皆未作游观，直奔山门售票处，每人八十元，复乘车循新修盘山公路而前进，但见林坪起伏，峡谷幽深，夹道苍松翠柏，冷杉青樟，满眼苍翠，肌肤鉴绿，正徐霞客所言"巨松夹陇，翠荫飞流，不复知有登陟之艰也"。况我辈是乘车上山，何艰之有？未几，车停半山"石钟寺"停车场。下得车来，南望"祝圣禅寺"就在眼前。遂沿缓坡而下，穿钻天古木，踏筛路云影，入山寺西门，经往大雄宝殿礼佛。

祝圣寺，唐为钵盂庵，又名迎祥寺，虚云和尚于光绪十五年和二十八年两次上山朝礼迦叶尊者，见山中寺院破败，寺风日下，决心重振佛寺，恢复道场，遂往缅甸、泰国等地讲经说法，募化功德，数年间得海内外资助黄金万两，在钵盂庵的旧址上，扩而大之，建成了山中第一座十方丛林大刹，一时名扬中外，光绪皇帝御赐"护国祝圣寺"字额。民国二年，孙中山题"饮光俨然"，梁启超题"灵峦重辉"。今匾字犹在，然皆为复制。在"文革"浩劫中，山寺荡为瓦砾场，文物毁坏殆尽。今之寺院，复建重建，已具规模，在八角亭前，手抚"云移石"，松涛过耳，如泣如诉，似乎在叙述着山寺的盛衰，人事的因果。一副对联提醒我："退一步想，得几回来。"赶紧重到山门、大影壁、天王殿诸处巡礼，后登祖师堂，今作虚云和尚陈列室，一代高僧竟被金装得无一丝超凡脱俗的气息，而柜中所收的虚云著述，还没有隐堂书架上的齐全，不禁令人叹息。

出祝圣禅寺，返回石钟寺，唯残基断碑而已，仅一座"灵感观音殿"，颇迫窄而卑小，其中塑像也无格局可言。传说寺中有潭，潭上有悬岩石，叩之若钟鸣，今潭干涸，悬岩石早已飞去，"石钟寺"徒有虚名了。

由石钟寺停车场，乘电瓶车至鸡足山缆车站，奈何是日缆车检修，说下午两点方可开通，只得在此消磨时间。不过此处地势平阔，林木挺秀，野花芳菲，空气清新，更有卖香烛者、售山货者点缀其间，亦复生动。步上西坡，有新建之玉皇阁，尚未完工，小坐台阶，观云卷云舒，听鸟鸣雀唱，亦觉与山林共呼吸，任情适意。步下台阶，仰望天柱峰，虽近在咫尺，若欲徒步攀登，尚须半天时间。而华首门，壁立千仞，磴道直挂岩壁，望之畏然而不可登。其处当是所谓迦叶奉佛袈裟入定，以待弥勒降生处。

南下磴道数百级为"香会街"，往昔朝山进香者，无不沿此道而行进。时近中午，我们下至"香会街"，一家白族家庭餐馆门前，见案头有土豆、南瓜、辣角、黄瓜、西红柿、豆芽、豆腐、竹笋、蘑菇，更有冷菌、岩参、树花、松毛尖、野百合什么的，色泽鲜活的山珍野蔬，看上去，就让人眼馋的。遂请店主炒几品山中特色菜，小明在厨下切山药丝，新华在案头作手擀面，以啤酒瓶代擀面杖（本地人不吃面条，故无擀面杖），面竟擀得匀而薄，切得细而长，于此亦得见新华做饭的本事了，而小明炒的山药丝也不让厨师的技艺。小饭馆除去我们一桌外，还有一桌是云南某大学的几位女同学，她们利用假日，来登鸡足山，吃着饭，放着流行音乐，大说大笑，充溢着青春的活力。

饭完，返回缆车站，又得知，缆车到下午四点才能开通。我不忍在此空耗时间，在新华的陪同下，慢慢步上"慧灯庵"。一路磴道，渐感吃力，新华为我觅得一根叉叉桠桠的木棍，以代手仗，拄着它，喘着气，爬上了"慧灯庵"的山门。庵为明僧洪平结茅静习处，今无旧时遗存，有新建大雄宝殿，内塑释迦牟尼佛和达摩、关帝，稍作瞻礼，漫步庭院，小坐翠竹丛中，与小犬相戏，尝闻"狗子也有佛性"。忽有凉风习习，修竹摇曳，更见风姿韵致。玉兰尚花，吊金钟怒放，时值寒冬，而此庵花木正盛，未见凋疏，赏对良久，复循原路下山至缆车站。在徐霞客滇游日记中有"会灯寺"，当为今日之"慧灯庵"，门前道路称之为"会灯大道"，乃登顶之必经之路，今有缆车，故门前冷落，来寺庵游览者所见寥寥。

下午四点，缆车开通，每人四十五元乘缆车费用，仅行五分钟，到天柱峰头金顶寺下，时感胸闷头痛，乃高山反应也，稍坐休息，起复慢行，入罗城，于大殿礼佛后，到"楞严塔"下，绕塔而观，砖砌方形密檐塔十三层，高标无际，云飞塔动，仰之头晕，疑塔将倾。下视介绍文字，知此塔为四十二米，为龙云资助，历时三年，建成于1934年。而金顶由昆明鸣凤山太和宫移来之明铸金殿也毁于十年劫难，今新建之殿，虽金光灿烂，却无沧桑厚重之感，难与雄奇苍古之名山相匹配也。

出天王殿，立"睹光台"，眼界顿开，云海荡漾，林海壮阔，夕阳西下，红霞满天，松涛阵阵，寒意袭人，但见山寺僧人，紧裹棉袍，匆匆而过，唯远处古寺塔影尚在夕阳朗照中，询之金顶影人，正文笔峰下，尊胜塔院是也，塔高六丈六尺，"塔院秋月"为鸡足山一大景致，望之若图画，脚不能到，远见之，也算一种缘分吧。

下山缆车五点半将停运，在金顶不得久留，急切中，拄杖登上缆车，反观这海拔3248米的天柱峰，真是撑天一柱，竟得登临，虽未能尽兴观日出、观云海、观沧海、观雪山，然十数年前，我曾应征为江阴"徐霞客纪念馆"书徐宏祖《绝顶四观》诗，在缆车中一时尽浮脑际：

日　观

天门遥与海门通，夜半车轮透影红。

不信下方犹梦寐，反疑忘打五更钟。

雪　观

北辰咫尺玉龙眠，粉碎虚空雪万年。

华表不惊辽海鹤，崆峒只对藐姑仙。

海　观

万壑归同一壑沤，银河遥点九天秋。

沧桑下界何须问，直已乘槎到斗牛。

云　观

白云本是无心物，南极祥光五色偏。

蓦地兜罗成世界，一身却在玉峰巅。

　　遐想中，缆车到站，下车循原路而返，道经"虚云寺"正古之"大觉寺"者，奈何薄暮冥冥，无暇一顾，与名刹失之交臂，引以为憾也，至于担当和尚脚迹，悉檀寺遗址等胜迹在一日的行程中就不能一一寻觅了。返程中，头痛愈来愈烈，几难于支撑，口服心痛定，于晚七点回到酒店，服药而卧，九点病痛缓解，方脱衣而睡。

十一月二十九日

　　早餐后，在下关逛一家玉石城，然后打的往"崇圣寺"三塔而来。大理三塔，背点苍面银洱，亭亭玉立，别来无恙。绕主塔而观，在主人呵护下，不减当年风韵，复再塔下留影，不知后会有期否。此来，崇圣寺复建一新，且规模宏大，山门为唐建风格，坐西面东，中轴线上，大殿几重，愈后愈高，"雨铜观音殿"重檐叠加，收缩有度，青瓦红柱，古朴中不乏新意；大雄宝殿一仍旧制，重檐歇山顶，覆以黄琉璃瓦，雄踞高台之上，气势轩昂，光彩照人。礼佛毕，步入滇西重镇、文献名邦的大理古城，此地曾为当年游观留宿之处，今再来，少了几许宁静，多了几分热闹，由北门而南门，行进在三里长的街道上，店铺依旧，不改旧时格局，而珠宝玉器、银器、扎染、日用百货、大理石雕、大理石画，无不盈台满柜，游人选购，讨价还价之声，不绝于耳。而饭馆酒肆，随处飘香，于下午一时半，就餐于"东洋人街"路南一家白族饭馆，点几道地方特色菜慢慢品尝，顺便看看门前东来西去的游客，不同民族，不同服饰，不同肤色，有的行色匆匆，有的悠哉慢步，有的拍照，有的购物，熙熙攘攘，的似《清明上河图》一类风俗画。

餐毕，再向南门而来，路西高台上是一处文化活动场所，入门，庭院深深，古木荫荫，回栏曲槛中，亭台楼阁下，叙话者，品茶者，对弈者，遛鸟者，各尽其兴，各得其乐，此皆大理古城之民众也。院中有山桃两株，高过屋檐，姿态婀娜，新花怒放，蜂蝶争喧，遂按动相机快门，拍照记事。前行是"总统兵马大元帅府"，登上台阶，步入大门，一位回族人杜文秀引领滇西民众，抗击清军，威震天下的故事，让人心潮澎湃，感奋不已。今之府地，南向立碑廊，陈列着南诏大理国石碑多多，搜读其字迹清晰者十数通，以窥大理历史之一斑。

过数家商店，选购新制玉璧一块，以为纪念，又于街头地摊购蓝印花布一块，可见其扎染之特色，图案古朴而简洁，亦甚可爱。逛一书店，购书两册，此亦我旅游中不可或缺之项目。

下午四点许离大理古城，于南门外打的回"天赐大酒店"。晚饭后倚枕读所购之新书。

十一月三十日

早七点半早餐，八点半花七百元租车往昆明。经祥云、弥渡界，其间在标为"云南驿"的地方换车而行，不时打量车外景色，坝子中，平畴田稼，屋宇俨然，丛树阡陌，湖光云影，指点中，倏忽而过。车到楚雄，稍作休息。早年由川入滇，车过楚雄，即知此地有元谋古人类化石、禄丰恐龙蛋与土林景观，今又过其地，有新建标识建筑物和广告标语牌，破目而来，煞是亮丽。

过楚雄，小睡有顷，中午十二点半，车抵昆明，入住"亿翡翠大酒店"，楼下西侧有大商场，专营珠宝玉器，午餐后，效英等不觉疲累，又身入其间，精心物色所爱了。我独回家休息。

十二月一日

七点半早餐后，本拟为诸同行导游西山，攀登龙门，一睹滇池之浩瀚，奈何诸位畏登陟之苦，遂改游大观楼。入园，漫步林木花丛之中，西望太华山，晨雾未收，轻纱笼罩，西山睡美人，似未苏醒，而近处滇池草海，水光潋滟，海鸥上下，游人有扶栏静观者，施食相戏者，鸟雀与人共欢乐，山水与人相容与。又见画船凌波，鸥鸟相逐，傍船舷而争食，明镜澄湖上传来欢笑，滇池在晨风中，涟漪微动，风情万种。

停足三层大观楼下，读孙髯翁长联，赏赵藩手泽，不禁脱口而诵。髯翁长联，闻名遐迩，写景咏史，无不精美，词藻之典丽，感情之沉郁，向为后人之赞叹。而赵藩之书字，楷则谨严，质朴厚重，与联词相表里，诵联品字，不忍离去，遂立楼下联侧，摄影留念，吾与大观楼其缘不浅，此为再次造访也。

离大观楼，径往翠湖而来，"翠湖春晓"的乐曲，声韵在耳，而此来在季节上未值春晓，却胜春晓。沿湖所见，柳丝拂堤，杂花拥坛，更幸运者，正值鸥鸟南来，聚之湖面，千只万只，不计其数，游客投以食饵，鸥鸟争相夺食，人多展臂伸手，将食品置于指间，待鸟而来，以拍影像，或以食投入水中，鸥鸟则凌波相逐，双翅扑扑，水花泠泠，亦复引人乐甚。偶值万鸥升腾，竟成飞阵，长空掠过，其气势倩影亦复令人击掌而欢，方开启相机，未及按下快门，其鸟阵已不复存在了。

在翠湖，诸同游，不知买了多少包鸟食，与鸥相戏，似无倦意。时近中午，往游"圆通寺"。寺在市东北之螺峰山下，危岩壁立，草树叠翠，与殿宇池渊相映带，诚一天然画屏。寺始建于唐，初名"补陀罗寺"，日久倾毁，复兴于元，更名"圆通寺"，明清两代，多有修葺，今为云南省佛协所在地，乃全国重点佛教寺庙也。入山寺，古木掩映，盆花夹道，一牌坊翼然凌空，以"圆通胜境"四字颜其额，步牌坊下，观高柱阔坊、昂棋玲珑剔透，彩绘精工瑰丽，尤以夹柱鼓形狮面白玉石雕为精绝，遂频频拍摄以留资料。过牌坊，复沿中轴线而前行，一池碧水，中建重檐八角亭，前后有以白玉石拱桥相连接，长桥卧波，倒影如虹。过桥，为"圆通宝殿"，效英入殿礼佛，殿内明柱上塑青、黄二龙，腾空舞爪似相搏击，引得游人仰头张望，风动幡动，或龙之兴云致雨之前奏也。后高殿，供泰国所赠之金身释迦牟尼佛像，故称"铜佛殿"，其建筑，流露泰国形制。大殿之东侧有"潮音"、"幽谷"二洞，岩洞幽深，石径仄滑，上为岩崖，题刻比列，有"纳霞屏"、"瞻啸崖"、"秀拥五华"等字样，苔痕掩映，古色斑斓，或劲健挺拔，或浑厚苍茫，时见笔画剥落者，仍不失整体之风采。行走"采芝径"上，小憩"咒蛟台"端，遐思孙髯翁晚年寄居此处，虽食不果腹，而不废诗书，心怀旷达，适其所适，有诗为证也：

> 万古一卷书，乾坤七尺床。
> 卧游宗炳宅，吟依费公房。
> 石蠹经台翠，云流洞谷香。
> 夕阳山气好，天海入苍茫。

时已过午多多，步出千年古刹圆通寺，就近于某饭店就午餐。餐毕，打的直驱"金殿"而来，司机说："不就是个'铜房子'，有什么好看的？"车抵山门，转乘电瓶车，绕后山慢坡而上，至停车场。下车缓步而行，穿松林夹道，踏芳草石径，眼前突兀一楼拔地而起，高可十丈，三层三十六檐角，翼然欲飞，此正"鸣凤晨钟"之新建钟楼者。入楼，扶栏而登，至顶层，圆形穹顶下，悬大钟一口，上铸铭文十七字："大明永乐二十一年岁次癸卯仲春吉日造。"是钟体态宏大，造型古朴而典雅，据说是云南铜钟之王了。楼之侧，置新铸小钟一口，以供游人撞击，其声亦复镗鞳宏亮，回荡松涛林海间，给人平添几许游兴。

下钟楼，缓坡而下，至金殿太和宫紫禁城，由棂星门而入，见大理石平台上，两层石栏中，托起一座金殿，虽锈迹斑斑，仍不失其风采，此康熙十年之遗构，亦弥足珍贵的，故列于国保之文物。出入紫禁城四门，抚摸栏杆、摩挲城墙，青砖不语，思接兴亡。下磴道，穿云林，过"鸣凤晨钟"坊，出太和宫山门，经"三天门"、"二天门"、"一天门"至"鸣凤胜境"石坊前，乘68路车返回酒店，已是下午六点许。

十二月二日

上午童小明与石效英就近再逛珠宝玉器专卖店，我与新华往云南省博物馆而来。路经"碧鸡"、"金马"坊，未作逗留，径入博物馆参观。登二楼，有"滇国——云南青铜文明陈列"展厅，左侧有"南诏大理——佛光普照的国度"陈列。展厅几无参观者，十分清静，我们得以逐一观摩，面对"牛虎铜案"、"立牛铜贮贝器"、"叠鼓形狩猎贮贝器"、"虎鹿牛贮贝器"、"五牛铜桶"、"虎噬牛铜枕"等器物，尤为惊绝，造型的奇特，布局的诡异，形象的生动，无不令人赞叹。而那些"三狼噬羊"、"二豹噬猪"、"牛虎博斗"等铜扣饰，直看得让人紧张而心悸。那些不同形状的铜鼓和舞乐人，则让人心感愉快，闻声起舞，前面紧张的心情也为之缓解。在展厅中反复赏对，这些战国、西汉时期的青铜器，古色斑斓，让人惊叹不已，亦见七彩云南悠久的历史，灿烂的文化。

在"南诏大理——佛光普照的国度"的展厅里，一尊尊佛像，一幅幅唐卡，佛菩萨庄严肃穆，白度母、绿度母典雅高洁，慈悲喜舍俱现，清和敬寂顿生，徜徉佛国宝光之中，恍觉梵呗声起，经幡飘动，佛乐悠扬，不禁心生禅悦，充溢法喜。有幸在南诏大理佛国中连留，亦感因缘之殊胜。

时近中午，不能继续参观，步下二楼，在门厅购得《滇国青铜艺术》、《担当大师》各一册，以补参观之疏漏。

十二点回酒店后，就餐于一家"陕西餐馆"，是夫妻店，然陕西小吃应有尽有，我们点小菜数品，每人"羊肉泡馍"一小碗，"肉夹馍"一个，北方口味，纯正地道。此次入滇，饭菜可口，此小餐馆小吃远胜在大酒店所品尝的汽锅鸡和过桥米线了。

下午六点离"亿翡翠大酒店"，打的往云南机场。晚九点十五分起飞离昆明，经道重庆，停机半小时，而后飞回太原武宿机场，时值三日凌晨两点许，天甚冷，在零下十一度，且有大风茫荡，急匆匆拎行李由候机楼跑上小明的汽车，连夜赶回忻州。

入山深浅去　且尽丘壑美

——陀罗道上

　　上午十点许，童小明、赵庆华来家，邀我与内人石效英同游陀罗沟。小明驾车，出忻州，经张村、上社、合索，过陀罗，至黄龙村。一路白杨夹道，平畴沃野，按时令，行将春分，田野中，尚感苍黄，多处冒起高高的青烟，有人在整理垄亩，点火烧荒呢，唯见杨柳梢头，似有薄纱淡云轻笼着，泛着似有若无的绿意。而那些黄牛、花牛们还未劳作，悠然自得地在田埂上觅食，啃食着草色遥看近却无的嫩芽儿。

　　至黄龙村口，下得车来，见二人扎着红袖章，拦堵游人入山。说近来天气干燥，山火多发，且节近清明，乡镇有安排，陀罗山暂不开放。幸好小明与守护者相熟稔，说明我们皆不吸烟，不带明火，且不拟上山，仅在溪边夹谷间散散步。护山者遂作放行。

　　入陀罗山门，见溪水下聚，成一濠泊，纭纭漾漾，清澈见底，蓝天白云，倒影其中，风轻影动，亦复神奇。濠泊出水口，细流飞溅，泠泠有声，敲金击玉，清音可人。

　　溪之上下，丛树夹岸，高者、矮者、疏者、密者，攒三聚五，皆画中布局。更有枫树八九株，枝干窈窕，苍岩映衬，想到秋冬之交，霜林尽染，那红叶满树，又是何等景致呢。

溯溪而上，路时在溪左，稍一斗折，又转溪右。入山未几，忽地，三只雉鸡扑扑咕咕从眼前飞过，长长的尾羽在阳光下，闪烁着亮丽的光华。宁静的山谷中乍然一丝骚动，不曾提防，也让人一惊。

前行，两山间，一坝陡起，高可数丈，溪水自坝头平铺而下，飞珠溅玉，成一水帘，流光溢彩，喷洒而下，亦山中一道景致也。至坝头，复见一池，然池水尚在坚冰覆盖下，春梦初醒，春潮涌动，春水从消解的缝隙中溢出，漫过堤坝，编织珠帘，这正是"柳塘春水漫，花坞夕阳迟"的诗境了。

山中泉眼多多，夏秋间细流涌出，择石缝而下，且为茂草繁花遮掩，不见流水，仅闻其声。入冬则水出成冰，日久为大，冰柱、冰瀑、冰盖耀然山谷间，晶晶莹莹，冰下之泉眼竟现山崖沟壑间。

山间之水，不择细流，汩汩而下，与顽石相击搏，浪花溅起，野趣横生。溪流至一低洼处，四围巨石成堤，小池冰凌如盖，方广丈余，盖之左，有穿孔如井眼然。孔下之水，明亮如鉴，趋前下视，人影尽见。汲一掬而饮，凉透肝脾。取一壶，烹茶煮饭，其性能，当不在惠泉之下。

复前行，忽闻水声铿锵，峡谷回响，的似钟鼓相续。即至，见有水自路右跌下崖谷，谷深尺百，聚水成潭，水注潭中，声起崖壁，遂成巨响，我名之曰"响水潭"，质之赵童二君，无不然诺。方过"响水潭"，路左有崖壁立，正老杜"山从人面起，云傍马头生"之谓也。崖之下，有细路可通，书"百尺崖"三字于其上，然崖高岂止百尺，易之为"千丈崖"，则更妥帖耳。崖之巅，似笏板者，似莲瓣者，似城堞者，不一而足，仰头而观，云移山动，若有岩石下坠者，诚惶诚恐，赶紧离去。

前去里许，见三巨石，大如房屋，分列坡头，互不连属，而有倾倒之势，此乃地震山崩之致者，然岁月沧桑，巨石之上，已是苔痕斑驳，蓑草披离了。远望陀罗山峰，尚在林表木末。看看表，在山中已是一个钟头，尽兴而返，时有鸟声相伴，拄杖而听，仰望线天，闲云驻空，一时间，赵朴老词句浮游脑海中："鸟声一路管弦同"、"拄杖仰停云"。

出陀罗山门，便是黄龙王村，路之北，台阶上，有老屋三五户，人去房空，屋檐黝黑，门窗紧闭，唯鲜红的春联揭示出主人在年节时曾有光顾，这春联也更加映衬出房屋的衰朽和古老。老屋前后，桃李榆柳之属，互为穿插映照，而主人迁去，空遗篱落，亦令人想见昔日之墟里炊烟，鸡鸣狗吠之景象。至村东，那两位守护者，尚在村口，可谓忠于职守，让人敬佩。东口一家，路北为街门，入门，有照壁一铺，大门与照壁之间种麦冬，俗谓金银花，藤盘蔓绕，高过门楼。院中，去年的瓜棚豆架，依稀可见；而今畦中的菠菜，鲜碧的嫩叶儿已经破土而出，阳节葱也暴出了黄嘴儿。正房前的两棵柏树，已高过屋檐，看上去，也有些年月了。房主人不在，据说是一位摄影家，姓司，在省城某报社工作。节假日，便驾车和妻子回这"双柳居"小住几日。因门前有柳树两棵，便起了这颇为雅致的名字。听这名字，也会让人想起"五柳先生"陶渊明。司先生有个女儿，在法国留学就业，还找了一个法国人，很快就要回国，并在"双柳居"举办婚礼。故而，我们今天所见，有几位工人正在为其粉刷和装潢房屋。待到婚礼之日，这深山窝铺的黄龙王沟，将接待一位洋女婿，当会出现一个热闹的场面，也将是山乡的一种景致吧。

司先生不是本地人，他的岳父是副军级干部，岳母是正师级干部，离休前在解放军驻忻某部工作，地点便在这个黄龙王沟。岳母谢定淑，四川人，离休后，为祖国绿化事业，身体力行，奋力拼搏，成为全国绿化劳动模范，全军绿化先进个人，山西省林业劳动模范，其先进事迹见之于报纸、杂志，为植树足迹几遍全国荒漠区，将积蓄和工资每月5000元，无偿用于绿化山河，装点江山，编织出蜀锦和巴缎式的图案。山村的老人们谈起"老谢"的故事，无不让人敬佩和感动。"老谢"和她的丈夫去世后，便安葬在他们多年工作和生活过的黄龙王沟，司先生和他的妻子便买下了这座旧院，改装成今天的"双柳居"。清明节又近了，他们便上坟为老人们扫扫墓，培培土。谢定淑生前的那两首诗又会在黄龙王沟浮荡开来：

怅山川无垠，美土覆兮，何佳树之稀？盼草木之葳，流泉畅兮，五谷丰以时。吾虽盲且愚，病又弱

·387·

兮，老骥思伏枥。顺天行不惑，人皆悟兮，乐土长安民。

繁花似锦兮，荫盖若云；鸟啼蜂吟兮，东皇相伴；风调雨顺兮，惠及我父老乡亲。

图书在版编目（CIP）数据

隐堂丛稿/陈巨锁著. --太原：三晋出版社，
2013.7
ISBN 978-7-5457-0777-9

Ⅰ.①隐… Ⅱ.①陈… Ⅲ.①游记—作品集—中国—
当代②随笔—作品集—中国—当代 Ⅳ.①I267

中国版本图书馆CIP数据核字（2013）第160851号

隐堂丛稿

著　　者：	陈巨锁
责任编辑：	田潇鸿
责任印制：	李佳音
出　版　者：	山西出版传媒集团·三晋出版社（原山西古籍出版社）
地　　址：	太原市建设南路21号
邮　　编：	030012
电　　话：	0351-4922268（发行中心）
	0351-4956036（综合办）
	0351-4922203（印制部）
E-mail：	sj@sxpmg.com
网　　址：	http://sjs.sxpmg.com
经　销　者：	新华书店
承　印　者：	山西臣功印刷包装有限公司
开　　本：	787 mm×1092 mm　1/16
印　　张：	24.75
字　　数：	300千字
版　　次：	2013年8月　第1版
印　　次：	2013年8月　第1次印刷
书　　号：	ISBN 978-7-5457-0777-9
定　　价：	48.00 元